한강

趙廷來 大河小說 ❽

제3부 불신시대

해냄

차례

한강

제3부 불신시대 ②

16
마침내 시작된 싸움

「이봐, 학생들! 꼼짝 말고 이리 와.」

길을 막 돌아서던 김선진과 송상균은 엉거주춤했다. 10여 미터 앞에서 경찰봉을 빼든 경찰이 그들을 노려보며 손짓하고 있었다.

「튀자, 장발 단속이다!」

송상균이 눈치 빠르게 외치며 획 돌아섰다. 김선진도 가방을 추스르며 재빨리 돌아섰다.

「이새끼들, 꼼짝 말어!」

한 남자가 소리치며 그들의 앞을 가로막았다. 인상 사납고 어깨 벌어진 그 남자는 한눈에 형사였다. 그들은 우뚝 멈춰서고 말았다. 그때 뒤쫓아온 경찰이 그들의 뒷덜미를 낚아챘다.

「이거 왜 이래요. 아무 잘못도 없는 사람들을.」

송상균이 몸을 내두르며 볼멘소리를 했다. 김선진은 재수 더럽다고 생각하며 경찰이 미는 대로 걸음을 떼어놓았다.

「얌마, 떠들지 말어. 죄가 있고 없고는 파출소에 가서 따져.」

형사가 송상균의 팔을 비틀며 내쏘았다. 지나가는 사람들이 그들을 힐끔힐끔 쳐다보았다.

파출소 안에는 열 명 가까운 젊은이들이 잡혀와 있었다. 긴 나무의자에 앉기도 하고 풀죽어 서 있기도 한 그들의 머리는 다 귀를 덮을 정도로 길었다.

「소장님, 열 명이 넘었는데 일단 처리해야죠?」

「응, 빨리 해야지. 파출소도 좁고, 오늘 책임량 채우려면 아직 스무 명이나 남았는데.」 소장이 고개를 끄덕이며 그들 앞으로 나서더니, 「여러분은 이미 알고 있다시피 상부의 지시로 실시하고 있는 장발 단속에 걸렸으므로 지금부터 차례로 삭발을 실시한다. 차후로는 또다시 장발을 하여 미풍양속을 해치는 일이 없도록 명심하기 바란다.」 마치 연설하듯 목소리를 가다듬어 말하고는 젊은이들을 휘둘러보았다.

젊은이들은 하나같이 불만 가득 차고 반항적인 기세로 파출소장을 외면하고 있었다.

「자아, 잡혀온 순서대로 한 명씩 이리 나와.」

이발기를 든 경찰이 손짓했다.

「야, 느네 형한테 빨리 전화 좀 해라. 느네 형 한마디면 깨끗하게 해결될 텐데.」

송상균이 김선진의 귀에 대고 다급하게 속삭였다.

「미쳤냐, 이런 일로.」

김선진이 혀를 찼다. 형이 알면 오히려 체면 망치고 다닌다고 야단칠 것이 뻔해 그는 얼굴이 구겨졌다.

「야, 검사 형 둬서 좋다는 게 뭐야. 나도 이런 때 덕 좀 봐얄 것 아냐.」

「글쎄, 헛꿈 꾸지 마. 이런 일로 전화했다간 나 죽어.」

김선진은 일부러 거세게 말했다.

「빌어먹을, 머리도 맘대로 못하고 다니게 억압이야, 억압이. 참 더러워서.」

송상균은 투덜거리며 담배를 꺼냈다.

머리는 다 깎는 것이 아니었다. 긴 머리를 짧게 깎지 않을 수 없도록 양쪽 귀 위, 목덜미 위에다가 이발기를 들이대 흠집을 내놓았다.

「와아아, 미치고 환장하겠다!」

「니기미, 이민은 괜히 가냐!」

흉한 머리 모양을 하고 파출소를 나서는 젊은이들 중에서는 이렇게 외치는 사람들도 있었다.

「아저씨들 부수입 오르겠시다.」

김선진 앞의 젊은이가 이발기를 든 경찰 옆의 의자에 털퍽 앉으며 말했다.

「무슨 소리야?」

경찰이 이발기를 들며 물었다.

「이거 말이유. 값 나가잖수?」

그 젊은이는 의자 밑에 수북하게 쌓인 머리카락을 발로 가리켰다. 그걸 고물상에 팔면 돈이 되지 않느냐는 배짱 좋은 야유였다. 그 말투로 보아 학생 같지는 않았다.

「뭐야! 너 이새끼 이마까지 확 깎이고 싶어 그따위 소리 나불대는 거야, 지금.」

경찰이 곧 후려칠 것처럼 화를 내며 소리질렀다.

「맘대로 하쇼. 머리는 또 기니까.」

전혀 겁먹지 않고 대꾸하는 그 젊은이를 김선진은 신기하게 바라보고 있었다.

「빌어먹을, 난 절대로 머리 다시 안 깎고 그냥 이대로 다닐 거야.」

파출소를 나오며 송상균이 내뱉었다.

「허 참. 그건 또 무슨 배짱이냐? 반항하겠다 그거냐?」

김선진은 송상균을 어이없이 쳐다보았다.

「반항이 아니라 유신독재에 대한 저항이다. 내 뜻 알아들어?」

송상균은 김선진을 쏘아보더니 침을 내뱉었다.

「야, 머리 좀 깎이고 뭐가 그리 거창하냐?」

「이새끼 이거 영 맹탕이네. 대통령이면 대통령이지 명색이 자유민주주의 국가에서 이래도 되는 거냐? 머리를 발끝까지 기르고 다니든 빡빡 밀고 다니든 그건 어디까지나 개인의 자유야. 근데 대통령이 그런 것까지 간섭하고 억압하고 나서? 이건 멋대로 유신헌법 만들어 독재를 하면서 생긴 횡포야. 그런데 저항 안 하게 생겼어?」

「너 아주 제법이다. 그럴듯한데?」

맞은편에서 오던 젊은 여자 셋이 그들의 모습을 보고 킥킥거리며 지나갔다.

「웃지들 마시오. 이래도 애인 있는 몸이니까.」 송상균이 비위 좋게 한마디 던지고는, 「가자, 기분 더러운데 어디 가서 한잔하자」 하며 건널목으로 내려섰다.

「오늘 참 재수 더럽기는 더럽다. 그동안 파출소를 잘 피해 다녔는데.」

김선진이 머리를 매만지며 혀를 찼다.

9월 들어 장발 단속은 전국적으로 실시되고 있었다. 대통령의 특명이라는 것을 입증이라도 하듯이 장발을 한 남자 연예인이나 미니스커트를 입은 여자 연예인들은 텔레비전 출연이 금지될 지경이었다. 9월 말에 머리를 깎았으니 김선진의 말마따나 그들은 그동안 파출소를 잘 피해 다닌 셈이었다.

「느네 학교는 요새 분위기가 어떠냐?」

막걸리 첫 잔을 비운 송상균이 입을 열었다.

「다 마찬가지지 뭐. 뒤숭숭한 게 강의도 잘 안 되고 그래.」

「느네 학교에서 일어나면 넌 어떡할래?」

「글쎄, 유신이란 게 말이 안 되긴 안 되는데……, 좀더 생각해 봐야지.」

「나도 어떡할까 생각해 왔었는데 오늘 딱 결정했다. 이건 웃기는 소리가 아니고 이 머리 이대로 나설 거야. 이 일은 사소한 문제가 아니라 개인의 자유를 짓밟는 표본적인 사건이야. 앞으로 이런 식으로 모든 횡포가 자행될 거거든.」

송상균은 아주 진지하게 말했다.

김선진은, 그의 말이 다소 비약하고 있는 편이 없지는 않지만 결코 잘못된 판단이라고 생각하지 않았다. 아니, 어찌 보면 사소하게 넘겨버릴 수 있는 그 문제에서 잘못된 정치 현실의 핵심을 꿰뚫어보는 그가 새롭게 느껴지기도 했다.

「그래, 그렇게 된다면 정말 문제지.」

「너도 더 생각하고 말고 할 것 없어. 너 작년 조기방학 때 충장로에서 두 여대생 만난 것 기억하지? 그때 현민자가 했던 말 똑똑히 생각하라구. 1년 동안 제멋대로 하는 짓 다 봤고, 생각할 만큼 다 생각했으니까. 이번에 두말 말고 과감하게 나서자.」

김선진은 천천히 술잔을 기울이며 큰형을 생각하고 있었다. 자신이 유신 반대 데모에 나선 것을 알면 큰형은 어찌할 것인가……? 큰형은 어느 편일까? 검사니까 무조건 정권 편일까? 아니면, 속마음이 따로 있을까? 큰형은 그저 공부만 열심히 하라고 했다. 작은형이 자살한 다음부터 그 말이 부쩍 심해졌다.

「그래, 하긴 해야지.」

김선진은 송상균에게 면목없어 더는 생각해 보겠다는 말을 하지 못하고 이렇게 얼버무렸다. 그러나 큰형만 생각하지 않는다면 그 데모는 꼭 해야 된다고 마음먹은 지 오래였다. '대한민국은 민주공화국이다' 하는 헌법 아래서 종신대통령제라니, 그건 백 번 생각해도 말도 안 되는 소리였다.

「자아, 우리 화끈하게 한판 하자. 젊은 혈기 어디다 쓸 거냐. 그런 의미로 건배!」

송상균이 술잔을 들었다. 김선진은 그 잔에 자신의 잔을 부딪쳤다.

김선진은 무겁고 우울한 마음으로 어두운 골목길을 터덕터덕 걸었다. 집이 가까워질수록 우울함은 심해지고 있었다. 작은형이 죽은 다음부터 골목으로 접어들면 어김없이 일어나는 증상이었다. 고개 푹 숙인 작은형이 헐어빠진 가방을 들고 골목을 걸어나오는 것 같았고, 작은형의 냄새가 물큰 풍겨오는가 하면, 어느 때는 목소리가 선명하게 들리기도 했다. 그럴 리가 없다는 것을 알면서도 어느 순간에는, 작은형의 혼백이 저세상으로 가지 못하고 여기를 떠돌고 있는 것이 아닌가 하는 생각이 언뜻 들기도 했다.

작은형은 생각할수록 딱하고 안쓰러웠다. 실패를 거듭하다 못해 죽음을 결정하기까지 얼마나 고통스럽고 외로웠을까. 큰형만 아니었어도 작은형은 법대를 안 갔을지 모르고, 큰형만 아니었어도 작은형은 죽기까지는 하지 않았을지 모를 일이었다.

「병신 같은 자식, 능력에 맞게 살라니까 건방지게.」

큰형은 작은형이 자살했다는 말을 듣자마자 대뜸 이렇게 내쏘았다. 큰형은 작은형이 목숨을 끊은 것조차 '건방지게' 받아들이고 있었다. 큰형은 화장을 결정했고, 끝내 병원에도 화장터에도 나타나지 않았다.

그러나 작은형은 혼자 죽어간 것이 아니었다. 자신의 흔적인 것처럼 집안에 큰 우환을 남겨놓고 갔다. 어머니가 작은형의 자살 소식을 듣고 쓰러져 거동도 못하는 반신불수가 되고 말았다. 큰형은 어쩔 수 없이 어머니를 서울로 모셔왔다. 그런데 큰형은 난처해 하며 어머니를 자기의 집으로 모시지 않았다.

그러나 일은 그것으로 끝나지 않았다. 큰형은 당연한 것처럼 작은누나에게 어머니 수발을 들라고 명령했다. 그 말이 명령인 것은, 유명 디자이너가 될 꿈에 미쳐 있는 작은누나는 명동의 양장점에 취직해 있었기 때문이다.

「난 못해. 당연히 장남인 큰오빠가 모셔야지 내가 왜 직장을 관둬? 난 그렇게 못해.」

성질 억센 작은누나는 즉각 반발했다.

「잔소리 말고 시키는 대로 해.」

「난 박정희가 명령해도 그리 못해. 큰오빠 양심 좀 있어봐. 법 잘 따지는 검사가 그렇게 불효해도 되는 거야? 나 법원에 가서 물어볼 거야.」

「뭐야, 이 돼먹지 못한 기집애!」

큰형은 여지없이 작은누나의 뺨을 후려쳤다. 작은누나는 그 기회를 놓치지 않고 목청껏 울며 대들었다. 큰형은 딱하게도 작은누나의 그 기세에 밀려, 어머니의 수발은 식모를 두어 하게 되었다. 그리고 큰형은 급히 돈을 마련해 셋방살이를 면하게 했다.

김선진은 집으로 들어서 곧장 어머니 방으로 갔다.

「엄니, 저 왔어요. 오늘은 좀 어떠세요? 식사는 잘하셨어요?」

그는 어머니의 손을 잡으며 물었다. 그건 매일 되풀이하는 문안이었다.

「으, 으냐. 괴, 괴차어다. 니, 니너 고부 자으혀냐?」

몰라보게 변해버린 월하댁은 한쪽으로 힘없이 처져 돌아가는 입으로 말을 하려고 애썼다. 그러나 혀가 잘 돌지 않아, '은냐. 괜찮허다. 니넌 공부 잘혔냐?' 하는 말이 거의 알아들을 수 없도록 흐르고 샜다.

「예, 공부 잘했어요.」

김선진은 밝게 웃으며 대꾸했다.

「니, 니, 머, 머리가…….」

월하댁이 아들의 머리를 보고 놀랐다.

「엄니, 이거 놀랄 거 없어요. 머리가 너무 길어 보기 싫으니까 단정하게 깎고 다니라고 경찰들이 밀어버린 거예요. 어때요, 멋있지요?」

김선진은 킥킥거리며 어머니의 마비된 오른쪽 팔을 붙들었다. 그는 정성스럽게 어머니의 팔을 주무르기 시작했다. 그는 매일 한 시간 정도씩 어머니의 마비된 팔다리를 주물렀다. 그러면서 제발 낫게 해달라고 간절하게 기도했다. 호강 한번 못해보고 그렇게 된 어머니가 생각할수록 가슴 아프고 눈물겨웠다.

그러나 서독의 큰누나한테는 어머니의 병환을 알리지 않았다. 모르는 게 약이라며 어머니는 절대 알리지 못하게 했다. 작은형의 자살도 마찬가지였다.

한편, 이규백의 막내동생 이규동은 첫 시간부터 아예 강의실에 들어가지 않고 교정의 은행나무 아래서 데모 분위기를 타고 있었다. 오늘 데모는 어제 이미 학생회에서 예고했기 때문에 학생들 대부분은 교정에 끼리끼리 모여 앉아 토론장을 만들고 있었다.

10월을 머금은 은행나뭇잎들은 누릿누릿 변해가고 있었다. 어떤 잎들은 아직 초록색이 다 바래지 않았는데도 10월의 투명한 햇살 속에 투신하고 있었다.

이규동은 방금 떨어져내린 은행잎을 주워들며 모여앉은 학생들의 대화에 귀기울이고 있었다.

「지난 1년 동안 나라가 돼온 꼴을 좀 봐. 이건 도무지 나라라고 할 수가 없잖아? 대통령을 뽑는 데도 국회의원을 뽑는 데도 국민의 존재가 완전히 무시되고 있으니 이 나라가 도대체 어떻게 되겠어?」

「더 말하면 뭘 해. 대통령후보로 혼자 출마해 체육관에 대의원들 몰아넣고 체육관대통령으로 당선되는 것도 세계의 웃음거리가 될 가관인데 국회의원 뽑는 것을 보라구. 대통령이 73명이나 임명해 버리니 야당은 제아무리 발버둥쳐 봤자 허수아비 꼴이고, 국민의 뜻은 완전히 묵살되고 마는 거지. 이런 꼴에 비하면 그래도 이승만 독재는 아주 민주주의였던 거야.」

「그뿐이면 말도 안 해. 국회를 그 꼴 만들어놓고도 부족해서 국정감사를 폐지하는 법까지 만들었으니 이게 도대체 뭘 하자는 수작이야. 국정감사가 있어도 부정부패가 갈수록 심해졌는데, 그나마 국정감사 없애면 공무원들이 얼마나 맘놓고 해먹으며 난장판을 치겠어. 도대체 나라를 이 꼴로 몰아가는 박 통 의도는 뭐야?」

「그야 뻔하잖아? 만년독재를 하자면 확실하게 믿을 수 있는 세력이 있어야 하는데, 그 사람이 믿는 게 누구야? 군대 아니야? 그리고 국가예산 중에서 가장 비중이 큰 게 국방예산이잖아. 막대한 예산을 국정감사 받을 필요 없이 군인들이 마음대로 쓸 수 있게 특혜를 베풀어주는 대신 박 통은 군부의 충성스런 지지를 손아귀에 넣는 거야. 그 다음이 공무원 장악이고. 그러니 세금 내는 국민들만 불쌍한 거지 뭐야.」

「그거 맞는 말인데, 그렇다면 데모를 한다고 4·19처럼 될까?」

「그건 무슨 소리야? 그리 안 될 바에야 뭐 하려고 데모해? 체력단련 하자는 것도 아니고.」

「아까 말 나왔잖아. 박에 비해 이승만이 더 민주주의였다고. 이승만은 경찰을 동원했지만 박은 바로 군대를 동원할 수 있어. 경찰과 군인은 질적으로 다르잖아.」

「그래, 그 말도 일리가 있어. 이승만은 정치 술수에는 능할지 모르지만 위기상황에 대처하는 작전에는 군 출신인 박을 당할 수가 없겠지. 박이 좋아하는 초전박살로 군인들을 동원하면 그건 좀 곤란해지지 않겠어?」

「그럼 군인들 무서우니까 그 사람이 황천객이 될 때까지 유신임금으로 받들며 소나 개·돼지처럼 살아가자는 거야 뭐야. 그런 식으로 말한다면 4·19가 일어날 수 있었겠어?」

「맞는 말이야. 그런 것 생각해서는 아무것도 못해. 박은 이승만이 몰락해서 비참하게 되는 꼴을 보았으면서도 그보다 더한 유신독재까지 만들어냈어. 이것은 곧 정치의 퇴보만이 아니라 사회의 퇴보를 말하는 거야. 세계 여러 나라들은 날로 변화하고 발전해 가고 있는데 우리는 4·19 이후 13년이 지난 이 시점에서 오히려 퇴보한 사회에서 산다는 게 말이나 돼? 4·19가 우리에게 가르쳐주고 있는 게 뭐야. 이 땅에서 그 어떠한 독재도 용납하지 말라, 독재는 싸워서 물리치지 않으면 타도되지 않는다, 독재를 타도하려면 희생을 두려워하지 말라. 이런 것 등등이 아니겠어? 민주주의 세상에 살기를 원하거든 피 흘리는 것을 두려워하지 말라!」

「옳소! 피 흘리지 않는 혁명은 없고, 민주주의는 피를 먹고 자라는 꽃이다!」

「옳거니! 자유가 아니면 죽음을 달라. 비겁자는 물러가라!」

학생들은 서로 구호 아닌 구호를 주고받으며 데모 분위기를 조성하고 있었다.

「좋아, 좋아. 빼앗긴 민주주의는 반드시 되찾아야 하는데 말이지, 지속적인 경제발전을 위해서는 박이 안 하면 안 된다는 논리가 일반 국민들 사이에 꽤나 먹혀들어 가고 있다는 게 좀 곤란한 문제 아니겠어? 4·19가 얻었던 국민적 호응과 비교해서 말야.」

「그게 바로 독재자들이 써먹는 전형적인 수법이야. 팔십 넘은 나이에 이승만도 나 아니면 이 나라는 안 된다고 했거든. 그런데 그때와 지금의 상황이 다른 게 바로 경제문제야. 박 통이 경제개발을 추진했고, 그 덕에 이만큼 잘살게 됐다. 앞으로 계속 더 잘살게 되려면 박 통이 나라를 이끌어가야 한다. 아주 그럴듯한 감언이설이고, 판단력이 약하거나 가난한 일부 국민들은 속아넘어 가기 딱 좋은 괴변이야. 그러나, 오늘의 경제발전을 이룩한 것은 박 통이 아니라 하루 14시간이 넘는 중노동, 그러면서도 입에 겨우 풀칠이나 하는 저임금, 건강을 해치는 형편없는 작업환경 등 온갖 악조건 속에서 피땀을 흘리며 일해 온 국민들의 노력과 힘이라는 것을 이번 데모에서 동시에 일깨워야 해. 국민 여러분이 경제발전의 주인공이다, 국민 여러분이 경제발전의 원동력이다, 이 진실을 밝혀 박 정권이 유포해 온 최면에서 국민들을 깨어나게 하는 게 우리들의 또다른 임무야. 국민들이 그 최면에서 깨어나는 건 바로 박 정권이 안주하고 있는 성벽을 무너뜨리는 거니까.」

「그거 참 옳으신 말씀! 너, 내가 학생회에 추천할 테니까 이따가 마이크 잡고 그 발언 좀 해라.」

「나도 그러고 싶은데 마이크에 약한 게 병이란 말야.」

둘러앉은 학생들이 웃음을 터뜨렸다.

「그나저나 우리가 첫 데모인 모양인데, 딴 대학에서는 호응을 할래나? 연달아 일어나지 않으면 곤란한데.」

「그야 당연히 일어나지 않겠어? 유신정권이 틀려먹은 거야 충분히 아는 거고, 학생회에서도 상호 연락하는 거야 기본일 텐데.」

「그렇겠지. 학생회 간부들의 조직력이나 정치력도 만만찮으니까.」

이규동은 끊일 줄 모르고 이어지는 학생들의 대화를 들으며 큰형을 생각하고 있었다. 큰형이 4·19에 참여했다는 것을 알면서도 자꾸 신경이 쓰이고 있었다. 큰형이 검사이기 때문이었다. 혹시 자신의 행동이 큰형의 입장을 거북하게 만들지 않을까 하는 걱정을 떨칠 수가 없었다.

그는 지방근무 중인 큰형을 향해 물어보았다.

'큰형, 나 유신 반대 데모해도 돼요?'

'넌 관둬라. 내 입장이 난처하잖아.'

'묻지 말고 네 판단대로 해라.'

'당연히 해야지. 젊은이가 정의를 지키지 않으면 누가 지키냐.'

그는 큰형의 이 세 가지 대답 앞에서 다시 생각을 간추려나갔다. 큰형의 입장만을 생각한 것은 첫 번째였다. 세 번째 것은 그와 정반대로 당위론이었다. 그럼 남는 것은 두 번째인 자신의 판단이었다.

'너는 어떻게 생각하지?'

그는 스스로에게 물었다. 10월 유신……, 종신대통령……, 경제발전……, 독재…….

「아, 아, 교내에 있는 학생 여러분께 알립니다. 캠퍼스에 있는 모든 학생 여러분께 알립니다. 우리는 지금부터 우리의 모든 자유를 억압하고 이 땅의 민주주의를 말살한 유신 반대 데모를 거행하고자 합니다. 학생 여러분들께서는 한 사람도 빠짐없이 운동장으로 집결하시어 이 성스런운 행사에 동참하여 주시기 바랍니다. 학생…….」

「가자아!」

「유신독재 타도하자!」

교정에 있던 학생들이 제각기 소리치고 팔들을 뻗쳐올리며 움직이기 시작했다. 확성기에서 계속 울려나오는 힘찬 목소리와 함께 학생들의 움직임은 금세 교정의 분위기를 바꿔놓았다. 노란색으로 물들어가는 은행잎들에 서린 스산함으로 10월의 정취가 가득했던 교정에는 데모의 긴장만이 팽팽하게 부풀어오르고 있었다. 이규동은 책가방을 옆구리에 끼며 숨을 들이켰다. 그리고 학생들이 이루기 시작한 물결 속으로 섞여들었다.

이규동의 대학에서 데모가 일어난 바로 다음날 김선진네 대학에서도 아침부터 교정이 뒤숭숭했다. 학생들은 여기저기 모여서 어제 일어난 데모에 대해서 얘기하느라고 바빴다.

「개네들이 배짱 좋게 유신독재 타도를 외쳤다면서?」

「그야 당연하지. 데모하는 마당에 타도를 외치지 개선을 바라겠냐?」

「박 통 기분이 어땠을까? 왕창 독이 올랐겠지?」

「그동안 자기 뜻대로 잘돼 가는 줄 알았다가 된통 뒤통수 맞은 거지.」

「그나저나 우리 대학 학생회에서는 뭐 하고 있는 거야? 학생회비 깔고 앉아 술들이나 퍼마시고 있나?」

「오늘 데모한다고 지금 학생회관 쪽이 불나고 있는 것 몰라?」

「병신 같은 새끼들, 기왕 하려면 선수를 쳐야지 왜 자꾸 선수를 뺏기냐 그거야. 제일 먼저 치고 나가는 기분이란 게 있잖아.」

「그야 그렇지. 허지만 오늘 하는 것도 작전상 괜찮아. 대학들이 연달아 일어나서 다같이 호응하고 있다는 것을 보이는 것은 저쪽에 연타를 날리는 효과가 있거든.」

「응, 그것도 괜찮은 방법이야. 권투에서 잽을 계속 날리다가 결정적 기회가 포착되면 스트레이트 펀치를 내갈기는 것처럼. 이렇게 대학별로 하다가 때가 왔다 하면 모든 대학들이 한꺼번에 일어나 밀어붙여 버려야지. 4·19 때처럼 말야.」

「그거 말은 좋은데 실제로 우리 뜻대로 될까?」

「그거 무슨 김빼는 소리야?」

「이승만하고 박정희는 다르다 그거지. 박의 독기는 이미 세상이 다 알잖아. 이승만처럼 쉽게 물러갈 사람이면 이승만이 당한 꼴 다 보았으면서 유신 악법을 만들었겠어? 예사 상대가 아니라구.」

「이거 그렇게 말하지 말어. 이승만이 쉽게 물러가긴 뭐가 쉽게 물러가. 4·19 때 얼마나 죽은지 알어? 170명이 넘는 생사람들이 죽었어. 그러고도 안 물러갈 위인이 있어? 박도 국민 우습게 알았다간 큰코다치지 별수 있어.」

「그 말 들으니 으시시한데. 또 그렇게 죽어가게 되면 어쩌지?」

「이거 미리부터 겁먹지 말어. 사람답게 살려면 독재는 타도해야 되고, 이 땅에 독재가 계속되는 건 우리의 운명이니까 또 다치고 상해도 감수해야지 어쩌겠어.」

「운명? 그럴지도 모르지. 좌우간 정치하는 것들은 어떻게 된 게 '탐욕을 버려라. 탐욕은 너 자신을 망치고 세상까지 망치는 가장 큰 화근이니라' 한 석가모니의 그 쉬운 말도 모르지? 참 답답한 인종들이야.」

「이거 왜 갑자기 철학적으로 나오시나? 그 말에 대한 가장 명쾌한 답이 있지. 오스카 와일드 왈, '정치가라는 자들은 가장 하급 인간이다. 왜냐하면 그들은 끝없이 거짓말을 일삼고, 오로지 권력을 갖기 위하여 전혀 회의할 줄을 모르기 때문이다.' 어때? 썩 괜찮은 말씀이지?」

「여기 정치학과 없어? 이런 말 듣고도 전과 안 하면 그건 사람도 아니다.」

「순진한 소리하지 말어. 정치학과 애들은 이미 회의할 줄 모르는 자질을 갖추고 있어서 그런 말이 아예 귀에 들어오지 않는다는 걸 몰라?」

「하하하……, 그건 너무 심했다.」

「저렇게 말하는 재야말로 정치학과에 딱 어울리는데 상대 헛다니지 아마?」

학생들이 와아 웃음을 터뜨렸다.

김선진도 동급생들을 따라 웃으며 줄곧 큰형을 생각하고 있었다.

「선태 그놈은 인간으로서 아무 가치도 없는 놈이야. 못나게 죽긴 왜 죽어. 죽을 결심이 있으면 그 결심으로 더욱 악착스럽게 공부해서 고시를 패스해야지. 정 능력이 모자라면 딴 길로 인생을 새로 개척해야 하고. 너, 똑똑히 들어. 자살이란 패자들이 택하는 가장 치졸한 도피야. 작은형을 거울삼아 넌 공부만 열심히 해. 기본적으로 교재를 앞뒤로 달달 외워버리도록 열심히 하란 말야. 그런 실력으로 졸업하면 취직은 내가 책임지고 일류기업에 시켜줄 테니까. 알아듣겠어?」

작은형을 화장하고 나서 일을 다 마친 것을 알리려고 가자 큰형이 한 훈계였다.

큰형과는 나이 차이가 너무 많아 평소에도 늘 어렵기만 하고 서먹서먹했는데 그 말을 듣고부터는 더 사이가 멀어지는 느낌이었다. 큰형의 속마음이 어떤지는 모르지만, 그 말에는 작은형의 죽음은 조금도 슬퍼

하지 않은 채 승자의 입장만 드러나고 있었다. 그리고, 큰형이 육법전서를 달달 외웠던 식으로 공부를 하라는 것이었지만 그럴 자신도 흥미도 없었다. 또, 교재를 앞뒤로 달달 외울 정도로 공부를 하면 굳이 큰형의 검사 백을 동원하지 않고도 일류기업에 얼마든지 취직할 수 있었다.

그 뒤로 가끔 얼굴을 대할 때마다 큰형은 공부, 공부를 강조할 뿐이었다. 나도 둘째 동생처럼 실패할까 봐 그러는 큰형의 마음을 이해하면서도 똑같은 소리를 계속 듣는 것은 지겹고 신물 났다. 공부 열심히 하라는 말 대신 방학 때 용돈을 따로 주며 여행이라도 한번 하라고 한다면 공부할 마음이 절로 생길 것 같기도 했다.

그런 큰형이 공부하고는 반대인 데모를 하고 나섰다면 좋아할 리가 없을 것은 뻔했다. 그러나 큰형의 말을 그대로 따를 수 없는 것이 문제였다. 지금도 데모를 앞둔 열띤 분위기를 외면하고 도서관이나 강의실로 들어가는 학생들이 있었다. 그들이 잘나 보이거나 모범생으로 보여야 할 텐데 그렇지가 않았다. 그들이 이기주의자나 비겁자로 보이고, 자기만을 위해 몸을 사리는 그 꼴이 얄밉고 얌통머리 없어 한 대 쥐어지르고 싶기까지 했다.

그런데 또 한 가지 헷갈리는 것이 있었다.

「……시청 앞까지 진출했지. 그때는 벌써 여러 대학 학생들이 몰려들고 있어서 시청 앞의 넓은 광장은 발 디딜 틈이 없이 사람들로 넘치고 있었어. 그 많은 사람들이 모두 '독재 물러가라', '이승만 물러가라'고 구호를 외쳐대는데, 그 광경은 굉장했지. 그런데 학생들이 계속 밀려드니까 시청 광장이 좁아 먼저 온 학생들은 세종로를 채우면서 점점 광화문 쪽으로 밀려가기 시작했지. 그때 이미 태평로도 데모대로 꽉 차 있었어. 광화문 쪽으로 밀려가던 데모대는 광화문 네거리에서 종로에서 오는 데모대와 합류하게 되었지. 수가 더 많아진 그들은 그대로 광화문을 향해 갈 수밖에 없었어. 그런데 중앙청 앞에는 경찰들이 바리케이드를 치고 종로에서처럼 저지선을 구축하고 있었어. 그런데도 데모대 앞에서 갑자기 '경무대로 가자' 하는 외침이 터져나왔고, 그 외침은 순식간에 뒤로뒤로 퍼져나가 금방 광화문 쪽 데모대의 구호로 변하고 말았어. 마음이 한 덩어리가 된 데모대가 무서운 기세로 밀어붙이기 시작하자 중앙청 앞의 경찰들은 허망하게 무너져 경무대 쪽으로 도망치기 시작했지. 더욱 힘을 얻은 데모대는 거침없이 중앙청을 돌아 경무대를 향해 몰려가기 시작했어. 경찰들은 중간중간에 바리케이드를 치고 소방차로 물을 뿜어대는가 하면 최루탄을 쏘아대기도 했어. 그러나 도저히 데모대의 기세를 꺾을 수가 없었지. 바리케이드가 하나씩 다 무너지고 마침내 데모대가 경무대 앞의 바리케이드에 도착하는 순간이었어. 탕, 탕, 탕, 총소리가 울리기 시작한 거야……」

고등학생 때 친구 서너 명과 함께 들은 큰형의 무용담이었다. 큰형이 검사였기 때문에 그 4·19 무용담은 더욱 근사했고, 친구들은 눈부신 듯 큰형을 바라보았던 것이다.

그때 큰형은 고등고시 공부를 하면서도 4·19데모에 앞장선 것이 아닌가. 내가 괜히 공부 열심히 하라는 말에 너무 주눅들어 있는 것인지도 모른다. 그때나 지금이나 독재는 똑같이 나쁜 것 아닌가. 그럼 큰형이 했던 것처럼 나도 하는 것이 옳다. 더 생각하지 말자.

김선진은 복잡한 머리를 정리하고 마음을 정했다. 마음이 개운해진 그는 옆의 친구에게 담배를 얻어 불을 붙였다. 그때 언뜻 송상균의 모습이 떠올랐다. 그는 파출소에서 깎인 머리 모양 그대로 지금쯤 데모를 하고 있을지도 몰랐다. 머리를 짧게 깎은 자신을 보자 송상균은 대뜸 내뱉었었다.

「이 배신자! 형님과의 약속을 어기다니. 이 유신헤어스타일을 당당하게 지켜야지.」

학생회의 확성기가 울리기 시작했다.

17
삶의 굽이굽이

일반 교실의 절반만한 크기의 사무실에는 담배연기가 가득 차 안개 형상을 이루고 있었다. 그런데도 사무실을 비좁도록 채우고 있는 40여 명의 남자들은 모둠모둠 둘러서 왁자하게 떠들며 연신 담배를 피워대고 있었다. 바깥 날씨가 추워 창문을 꼭꼭 닫은 사무실 가운데는 연탄난로 하나가 있을 뿐이었다.

사람들이 많은 것에 비해 썰렁하게 추운 그곳에는 두 가지 특이함이 있었다. 일반 사무실과는 전혀 다르게 책상이라고는 하나도 없이 접었다 폈다 하는 철의자들만 벽에 기대어져 있었다. 그리고 그 많은 남자들은 하나같이 머리가 말끔하게 손질된데다가 넥타이를 맨 신사 차림이었다.

「우리 윤 사장님 이거 너무하셔. 그 화력 좋은 석유난로 좀 팍팍 돌려 댈 것이지 이게 뭐야. 돈 그리 많이 벌어들이면서 왜 이리 짠돌이야 이 게. 누구 덕에 돈 버는 건데 우릴 이리 푸대접해서 되나?」

한 남자가 어깨를 부르르 떨며 투덜거렸다.

「입 아픈 소리 작작해. 석유난로는 고사하고 연탄난로 하나 더 피우자고 한 사람을 내쫓아버린 사람이야. 지금도 설렁탕 먹는 것이 아까워 짜장면으로 점심 때우는 사람이니까 더 말할 것 없어.」

「앉은자리에 풀도 안 난다는 건 바로 우리 사장을 두고 하는 말이야. 그 돈 벌어서 다 어디다 쓰려고 그러지? 죽을 때 가져가는 것도 아닌데.」

「그런 나사 풀린 소리하지 마. 우리 사장의 원대하신 꿈 못 들었어? 직접 전집 출판사를 차린다는 것 말야. 50권짜리를 찍어낼 출판사를 차릴 때까지는 택시도 안 탄다는 거잖아.」

「홍, 출판사가 먹는 이익까지 깡그리 챙기시겠다는 욕심이신데, 그게 뜻대로 될까? 말이 좋아 50권짜리지 그 자본이 어마어마할 텐데.」

「안 될 것도 없지. 우리 사장이 얼마나 무서운 독종이라고. 중령으로 예편당한 빈털터리로 이런 회사를 일으킨 사람이야. 그 사람이 돈을 얼마나 꿍쳐놓았는지 아는 사람 누구 있어?」

「하긴 그래. 그 꿍꿍이속을 누가 알겠어. 좌우간 우린 언제나 이런 회사를 가져보나? 이렇게만 돼도 한평생 니나노판으로 배 두들기며 살 수 있는데.」

「괜히 헛꿈 꾸지 말어. 우리 같은 종자들은 다 틀렸으니까. 기분 잡쳤다고 한잔 술타령, 일 좀 풀려 기분 난다고 그림공부(화투놀이), 그 버릇 싹 도려내 청계천에 처박지 않고선 어림 반 푼어치도 없는 소리니까.」

「이거 김새게 사장 말투 그대로네. 말이야 공자님 말씀인데, 그런 걸 딱 끊고 세상을 무슨 재미로 사나. 아이고, 이놈에 세상살이 뭐가 뭔지 모르겠다.」

그 옆에 둘러선 대여섯 사람은 다른 이야깃거리로 열을 올리고 있었다.

「우리 일이야 세상이 잠잠하면서 편안하고 물가도 출렁거리지 말고 착 가라앉아 있어야 하는데 요새 세상이 왜 이리 난리판굿이야? 이거 미치고 환장하겠다니까.」

「글쎄 말이야, 작년 10월부터 데모가 시작되었으니까 벌써 넉 달째 아니야? 대학생들 조기방학 하고 해가 바뀌면 좀 나아질 줄 알았더니 점점 더 심해지고 있잖아. 장준하 같은 점잖은 양반이 개헌하자고 서명운동 나서서 불을 붙일 건 뭐야? 우리 같은 하바리 인생들 코피 터지는 줄 모르고.」

「점잖기로 치자면 이희승 선생이 더하지. 그 영감님은 왜 또 서명운동을 지지하고 나서시나. 자기가 세상 시끄럽게 해대면 우리가 파는 자기 국어사전 안 팔리는 것 모르고.」

「말이야 바른 말이지 어디 그 양반들 잘못인가? 잘못이야 다 박 통이 저지르는 거지. 그런 점잖은 양반들까지 나서면 박 통은 일을 순리로 풀어나가야 할 텐데 오히려 긴급조치만 펑펑 쏴대고 있잖아. 그놈의 유신이 사람 잡어.」

「오늘 아침 이 신문을 좀 봐. 개헌에 앞장선 사람들을 구속하기 시작했어. 이렇게 우격다짐으로 나오는 게 바로 군대식인데, 이건 불에 휘발유 끼얹는 거지 뭐야? 어쨌거나 우린 박 통 덕에 전업해야 될지도 모르게 생겼어.」

「여러분운, 좀 조용히 하시고 빨리 자리 정돈해 주세요. 사장님 나오십니다.」

그때 앞쪽 문을 열고 나타난 아가씨가 카랑하게 목소리를 높였다.

그러자 사람들은 양쪽 벽에 기대놓은 철의자를 제각기 하나씩 집어다가 펴느라고 와짝 더 소란을 피웠다. 그리고 그들은 대충 줄을 맞춰 앉았다. 촘촘히 붙어 앉은 그들은 조금 전까지와는 전혀 다르게 입들을 꾹 다물고 있었다.

앞문이 열리며 한 남자가 나타났다. 손에 큰 봉투를 들고 있는 그 남자도 매끈한 신사복 차림이었다.

「에, 에……, 어제도 여러분이 카드 뽑아온 실적은 형편없었습니다. 계속 이렇게 실적이 나쁜 것은 회사적으로나 개인적으로나 유감적인 일이 아닐 수 없습니다. 물론 연말연시가 끼었고, 유신 반대다 뭐다 해서 세상이 시끌시끌하니까 우리 사업이 방해를 받을 수 있습니다. 그러나 이런 때일수록 여러분들은 가일층 마음적으로 각오를 단단히 해야 하는데, 형편이 안 좋으니까 하고 기분적으로 풀어져 있어서 실적이 안 오른다 그겁니다. 우리 외판사업은 첫째도 정신무장, 둘째도 정신무장, 셋째도 정신무장입니다. 정신일도 하사불성, 정신을 똑바로 차리면 안 될 일이 없습니다. 내가 너한테 이 책을 먹이지 않고는 안 물러나겠다 하고 마음적으로 철통같이 무장을 했는데 안 먹히는 경우는 없습니다. 한 번으로 안 되면 공손하게 인사를 하며 다음에 또 오겠습니다 하고 물러나서 두 번, 그래도 안 되면 세 번, 이렇게 공략해 대면 제아무리 책값 아까워하는 인간도 다섯 번 이전에 다 정복할 수 있어요. 이건 내가 개발한 것이기 때문에 누구보다 잘 알아요. 여러분들은 그런 정신무장이 마음적으로 안 되어 있다 그겁니다. 에, 에……, 이런 때일수록 각오를 가일층 단단히 하기를 촉구하면서, 여러분의 판촉을 돕기 위하야 이번에 새로 나온 신상품 하나를 소개합니다. 그게 뭐냐! 24권짜리 세계명작동화전집! 이것으로 말씀드릴 것 같으면…….」

사장은 큰 봉투에서 꺼낸 천연색 선전지를 쫙 펼치며 더욱 기세를 올리기 시작했다.

사장의 책 내용 설명에 따라 외판원들의 눈빛도 달라지고 있었다. 새로운 상품에 대한 관심과 기대뿐만이 아니라 사장의 말은 바로 판촉 요령이었기 때문이다.

「……우리나라의 대학을 왜 우골탑이라고 합니까? 무식한 농사꾼들이 전 재산이나 다름없는 소까지 팔아 자식들을 대학에 보냈기 때문입니다. 우리나라 부모들의 교육열은 그렇게 열광적이고 지독합니다. 농사꾼들만이 아니라 서울사람들이 더 심한 것은 더 말할 것이 없습니다. 유치원생이나 국민학생을 둔 젊은 아주머니들, 그 사람들이 공격 목표입니다. 그 사람들이 서울에 얼마나 많습니까? 어머니들은 자식을 위하는 일이라면, 특히 공부를 위해서는 피라도 뽑아 책을 사주게 되어 있습니다. 이 책은 애들에게 피가 되고 살이 되는 것이니까 애들이 있는 집집마다 꽂지 못한다면 그건 말이 안 됩니다. 이 상품으로도 소기의 목표를 달성하지 못하는 사람은 나와 인연적으로 안 맞는 거니까 각오해야합니다. 자아 여러분, 오늘도 돌격하는 마음적 각오로 다같이 힘차게 나갑시다!」

사장을 따라 외판원들은 다같이 팔을 뻗쳐올리며 '나갑시다!'를 복창했다. 사장이 나간 다음 외판원들은 그 뒤를 따라 차례로 사무실로 들어갔다. 사무실에서는 아가씨가 새 전집의 선전지를 나누어주고 있었다.

사무실을 나가는 다른 문 옆에는 전신이 비치는 커다란 거울이 붙어 있었다. 선전지를 든 외판원들은 그 거울 앞에 똑바로 서서 머리 모양이며 옷매무시를 바로잡고는 했다. 그런 그들의 얼굴은 사장이 거듭거듭 강조한 '마음적 각오'를 단단히 하려는 듯 입을 꾹 다물고 굳어져 있는가 하면 근심기와 함께 심각하기도 했다.

그런데 선전지를 맨 끝에 받은 사람, 그는 정동진이었다. 그는 머뭇머뭇 눈치를 보다가 아가씨에게 다가섰다.

「저어……, 미스 최. 나 가불 좀 안 될까? 집에 급한 일이 생겼는데…….」

마르고 지친 얼굴에 피어난 비굴한 웃음과 함께 정동진의 목소리는 힘없이 떨리고 있었다. 남재구와 고급 술집에 마주앉았을 때의 기름진 모습은 흔적도 없었다.

「또 가불요? 실적도 없으면서 자꾸 그러면 어떡해요. 난 모르겠으니까 사장님한테 직접 말하세요.」

사원 아가씨가 얼굴을 찌푸리며 싸늘하게 내쏘았다.

「알아, 알아. 나 급해서 그러니까 미스 최가 사장님한테 알려주기만 해. 말씀은 내가 드릴 테니까.」

잔주름이 부쩍 많아진 정동진의 얼굴에 비굴한 웃음이 더 진해졌다.

「참 별꼴이야, 아침부터.」

사원 아가씨는 짜증을 부리며 사장실로 갔다.

연탄난로 옆에 붙어서서 사장실을 바라보고 있는 정동진의 눈에는 불안이 가득했다. 선전지를 돌돌 말고 있는 손놀림에서는 초조감이 묻어나고 있었다.

「들어오시래요.」

정동진은 오버를 벗으며 허둥지둥 사장실로 들어갔다.

사장실은 아주 좁았다. 책상 하나와 사무용 검정 비닐소파가 비좁게 놓였고, 한쪽 벽의 책꽂이에는 여러 가지 전집물들이 빽빽하게 꽂혀 있었다.

「앉으쇼. 가불이라니 무슨 소리요?」

턱짓으로 소파를 가리키며 책상에서 일어나는 사장, 그는 10여 년 전에 거리에서 정동진을 만나 커피도 얻어먹고 전집도 팔았던 윤 중령이었다.

「예, 사장님, 이거 참 죄송합니다만 마누라가 갑자기 쓰러져 병원에 입원을 했습니다. 치료비가 급한데 어떻게 좀······.」

소파 끝에 겨우 앉은 정동진은 연신 고개를 주억거렸다.

「이거 왜 이러쇼. 군 선배라 특별대우 하는 것도 한도가 있지 카드도 잘 뽑아오지 못하면서 이래서 되겠소? 지난번 가불 때 벌써 한도가 넘었는데, 이게 땅 파서 하는 장사가 아니잖소.」

'군 선배'라는 말이 무색하게 윤 사장의 반말투는 꽤나 거칠었다.

「죄송합니다. 형편이 워낙 급해서······.」

정동진은 사장의 거드름 앞에 그저 머리를 조아렸다.

「아니, 내가 보기엔 정 선배는 아직 형편이 덜 급하고, 배도 덜 고픈 거요. 왜냐! 육군 준장 출신이면 위아래로 아는 사람들이 어디 한둘이요? 더구나 5·16 이후에는 군대가 판치는 세상이라 그 사람들 태반이 노른자위 차지하고 있잖소. 그 기막힌 기반을 언제 써먹을 거요? 그 연줄 연줄을 타고 들어가면 그보다 더 좋은 노다지가 어디 또 있소. 그것만 잘 캐먹어도 우리 회사에서 최고 실적을 올릴 수 있게 돼 있소. 아니, 이런 회사까지도 차릴 수 있어요. 날 보시오, 날. 나는 겨우 고졸에 간부 후보생 과정을 거친 죄로 중령에서 밀려났지만 군대생활의 연줄을 안면적으로 인연적으로 최대한 이용해 이렇게 자수성가했다 그거요. 헌데 정 선배는 이게 뭐요. 열성적으로 일을 하지 않아 카드 실적은 꼴찌를 못 면하면서 맨날 가불이라니, 벼룩도 낯짝이 있어야지.」

윤 사장은 다리를 꼬아올리며 담배에 불을 붙였다.

「예, 죄송합니다. 앞으로 열심히 하겠습니다. 이번 한 번만 좀…….」

「거 맨날 입에 발린 소리 좀 하지 마쇼. 체면, 자존심, 위신, 그따위 게 다 뭐 말라빠진 거요. 배꼽이 등에 찰싹 붙도록 굶어보쇼. 아새끼들이 배고파 눈 하얗게 까뒤집고 쓰러지는 꼴을 당해보란 말이오. 그럼 그따위 것들 다 쓰레기통에 처박고 아무나 찾아가게 될 테니까. 아직 고생이 모자라요.」

「예, 사장님 말씀 명심하겠습니다. 이번엔 형편이 너무 급하니…….」

「아아니, 그거, 그거 아까 배포한 새 상품 팜플렛 아니오!」

윤 사장의 얼굴이 험하게 변하며 정동진을 겨누듯 손가락질했다.

정동진은 흠칫 놀라며 자신의 손을 내려다보았다. 선전지는 자신의 두 손 안에서 돌돌 말려 있었다.

「죄송합니다. 저도 모르게 그만…….」

「닥치시오! 그게 바로 당신 맘보야. 당신은 틀려먹었어. 오늘 당장 해고야. 꼴도 보기 싫으니까 당장 나가!」

눈을 부릅뜬 윤 사장은 탁자를 걷어차며 소리를 질렀다. 그는 평소에 '복장 단정'으로부터 시작되는 '비즈니스맨 10개 수칙'에 못지않게 선전지를 깨끗하게 간수하라고 강조해 오고 있었다. 고객 앞에 깨끗한 선전지를 내보여야만 상품에 대한 첫인상이 좋아지고 구매욕도 자극하게 된다는 것이었다.

정동진은 쫓기듯 사무실을 나와 싸늘하게 냉기 품은 시멘트계단을 터벅터벅 걸어 내려가고 있었다.

내가 어쩌다가 이 꼴이 되었는가…….

절망이 아니었다. 좌절도 아니었다. 그보다 훨씬 더 깊은 암담함 속을 허우적거리며 오늘에 이르렀다. 방금 당한 일도 모독감이 아니었다. 이 참혹한 심정을 무어라고 대신할 말이 없었다. 자신은 갈가리 찢기고 찢겨 이제 사람일 수가 없었다.

아래로 내려가는 계단이 죽음에 이르는 길 같았다. 차라리 그랬으면 싶었다. 이대로 죽을 수 있다면 그게 좋을 것 같았다. 더 살고 싶지 않았고, 더 살아갈 자신도 없었다. 아내마저 병 들어버렸으니 마지막 끈마저 끊어지고 말았다. 그러나 세 자식이 앞을 막아섰다.

건물을 나선 정동진은 어디로 가야 할지 방향을 잡지 못하고 멍하니 서 있었다. 거리에는 매운 1월 추위에 몸을 웅크린 사람들이 종종걸음을 치고 있었다. 정동진은 몸 속에서 찬바람이 일어나는 오한을 느끼며 옷깃을 여몄다. 그건 몸이 추워서 생기는 바람이 아니라 마음이 추워서 생기는 바람이었다.

정동진은 무작정 걸음을 떼어놓았다. 넓고 넓은 서울이 파도 거칠게 일어나는 망망한 바다 같기만 했다. 그 바다를 헤쳐 나아가려고 사람들은 저마다 배를 가지고 있었다. 능력에 따라 그 배들은 크고 작고 각양각색이었다. 그런데 자신은 돛단배는 고사하고 뗏목배조차 가지지 못한 신세였다. 허우적거리고 발버둥치다가 결국 파도에 휩쓸려 사라질 위기에 빠져 있었다.

그런 생각에 몰리자 정동진은 속떨림이 더 심해지는 것을 느꼈다. 따끈한 물이라도 한잔 마셨으면 싶었다. 그러나 서울 거리 그 어느 곳에서도 뜨거운 물 한잔을 얻어마실 데는 없었다. 시내버스 차비 단돈 20원이 없으면 종점까지 30~40리 거리를 꼼짝없이 걸어가야 하는 것처럼, 서울은 그런 곳이었다. 아니, 사람 사는 곳이면 그 어디나 다를 것이 없었다. 수중에는 차비 정도뿐 차를 마실 여윳돈은 없었다. 그러나, 가슴까지 벌떡거리는 속떨림을 다스리지 않고는 더 걸을 수가 없을 지경이었다.

정동진은 다방 구석자리에 주저앉으며 숨을 몰아쉬었다. 그는 그제서야 자신이 윤 사장의 말에 너무 충격을 받은 것이라고 생각했다. 가불을 하지 못한 것만이 아니라 그나마 있던 일자리마저 잃어버리게 된 때문이라 싶었다. 자신이 선전지를 그렇게 말아대고 있었던 것은 전혀 의식하지 못한 일이었다.

커피를 시킨 정동진은 김이 피어오르는 물잔을 두 손으로 받쳐잡고 마시기 시작했다.

「……아직 형편이 덜 급하고, 배도 덜 고픈 거요.」

윤 사장의 말이 떠오르며 정동진은 울컥 눈물이 나려고 했다.

「이거 보지도 않는 월부책 때문에 사람이 미칠 일이야. 나 벌써 여섯 가지나 걸려 있어. 안면 좀 있는 사람은 다 와서 괴롭히니 이거야 원.」

마침내 국회의원의 꿈을 이룬 남재구가 다시는 찾아오지 말라는 듯 이렇게 말하며 월부 카드에 이름을 썼었다.

「나 월부책 너무 많아 꽂을 데도 없어. 이거 한 질 팔면 자네가 마진을 얼마나 먹지? 그걸 내가 줄 테니까 카드 쓰는 건 관두기로 하지.」

군납업이 한창 잘될 때 뒷돈을 배부르게 챙겼던 군대 동기가 한 말이었다. 그에 비하면 남재구는 그나마 나은 편이었다. 남재구한테서도 마구 짓밟히는 굴욕감을 느꼈지만 그는 완전히 거지 취급을 했던 것이다.

윤 사장의 말이 아니었어도 자신은 그동안 한 번쯤 폐를 끼쳐도 괜찮다고 여겨지는 사람들을 거의 다 찾아다녀 보았다. 그러나 그들은 쓸모없게 된 삶의 실패자를 대하는 데 전과 너무 달랐다.

인간관계라는 것, 우정이라는 것까지도 거래에 지나지 않았던 것이다. 서로가 이익을 보며 거래가 이루어지고 있을 때 그토록 돈독했던 우정은 거래가 필요없게 되자 일순간에 싸늘하게 식어버렸다. 세상 인심이 야박하다는 거야 상식일 수도 없는 사실이지만 친구라고 생각해 왔던 사람들의 그 야박함을 뒤늦게 겪으며 거듭 절망하고 좌절할 수밖에 없었다.

그러나 그들의 모습은 자신의 모습이기도 했다. 지난날 한인곤이 예편당했을 때 자신이 의도적으로 그를 외면했던 일이 아프게 떠올랐다. 그때 미안함과 괴로움이 없지 않았지만 한인곤을 계속 접촉하는 것은 여러모로 자신의 진급에 피해를 주었으면 주었지 이익이 될 리 없어서 피했던 것이다. 그때 한인곤이 느꼈을 배신감이 얼마나 컸을 것인지, 뒤늦은 죄의식이 마음을 괴롭혔다.

그때 자신이 그렇게 하지만 않았더라도 한인곤은 군납업에 자본을 대고 동업을 했을 것이다. 그랬으면 자신의 신세가 이렇게 되었을 리 없었다. 그러나 그 안타까운 후회 또한 자신의 이기심이 뒤늦게 고개를 든 것뿐이었다. 그때 자신은 예편이라고는 상상도 하지 않은 채 별 둘을 달기 위해서 총력을 다하고 있었다. 5·16이라는 날벼락이 칠 줄을 어찌 땅뜀이나 했던가.

정동진은 뜨거운 물을 다 마시고 한 잔을 더 시켰다. 속떨림은 약간쯤 나아지는 것 같은 기미를 보였다.

아무리 나날을 사는 것이 다급했어도 한인곤을 찾아갈 수는 없었다. 죄의식 때문만이 아니었다. 돌이켜 생각해 보니 사업이 잘될 때 그를 등진 남재구와는 빈번하게 만나 힘을 빌렸으면서도 야당의원인 그는 거들떠보지도 않았던 것이다. 그것은 또 하나의 자신의 이기적이고 기회주의적 행동이었다. 자신은 한인곤에게 거듭 잘못을 저지른 것이었고, 한인곤은 자신이 얼마나 잇속만 챙기고 살아온 인간인가를 비춰주는 거울이었다.

나만 그런 것이 아니고 세상사람은 누구나 다 그렇다……. 이렇게 변명하고 싶었다. 그러나 그 변명이 통하려면 그나마 사업이 번창해 있어야 했다. 얄량하게 사기를 당해 쪽박을 찬 신세로는 그런 변명조차 할 자격이 없었다.

정동진은 두 잔째의 뜨거운 물을 반쯤 마시고 나서 커피잔을 끌어당겼다. 속떨림은 꽤 가라앉고 있었다. 그는 커피잔을 물끄러미 내려다보고 있었다. 아내의 병든 얼굴이 거기 어릿거리고 있었다.

「여보, 나 아무렇지도 않아요. 내 병은 내가 다 아니까 어서 퇴원해요. 일이 좀 고됐을 뿐인데 이러고 있으면 어떡해요. 손님 많은 겨울 한철에 어서 많이 벌어야 애들 등록금 대지요.」

아내는 병원에서 깨나자마자 퇴원하자고 졸라댔다. 그러나 아내는 자기의 병을 알고 있는 것이 아니었다. 아내는 자기가 하는 일이 너무 고달파 잠시 정신을 잃고 쓰러졌던 것으로 생각했지만 진찰 결과는 뜻밖에도 위암이었다.

「수술하지 않으면 위험합니다. 글쎄요, 발병 원인이야 여러 가지가 있을 수 있는데, 지나치게 속을 썩이거나 심하게 신경 자극을 받는 일은 특히 나쁩니다. 개도 야단을 치면서 밥을 먹이면 제대로 소화를 못 시키고 먹은 걸 그대로 배설할 정도니까요.」

결국 아내의 위암은 사기를 당해 사업이 망한 것과 직결되어 있었다. 돈이 될 만한 살림살이까지 다 뺏기고 사글세 단칸방 신세가 된 뒤로 아내가 겪은 고생은 참담한 것이었다. 하루 15시간이 넘는 식당 물일을 거쳐 손수레를 밀며 시장통의 커피며 쌍화차 행상을 해온 아내의 몸고생은 눈물겨웠다. 그러나 그에 못지않게 하루아침에 전 재산을 잃어버린 분함과 억울함을 견뎌내야 했던 마음고생도 컸을 것이다.

아내는 한 번도 임상천을 입에 올린 일이 없었다. 그러나 눈에는 언제나 눈물이 서려 있었고, 얼굴에는 분이 차 있었다. 그리고 혼자 부엌일을 하거나 양말을 꿰매거나 할 때는 불현듯 이를 뿌드득 갈거나 가슴 무너지는 것 같은 한숨을 토하고는 했다. 아내는 풀 길 없는 원한으로 혼자 속을 태워왔던 것이다.

정동진은 커피를 한모금 마시고 나서 속주머니에서 무엇인가를 꺼냈다. 그는 종이쪽지를 펴들었다. 영어 글씨, 그건 임상천의 미국 주소였다.

네놈이 이제 내 아내까지 망쳐놓았어. 네놈을……, 네놈을…….

정동진은 어금니를 앙다물며 부르르 떨었다. 종이를 들고 있는 두 손끝도 떨리고 있었다.

그동안 수없이 꺼내 보아 이젠 스펠링 하나하나까지도 다 외우고 있었다. 어서 빨리 돈을 모아 꼭 찾아가겠다는 생각 하나로 버티어왔었다. 그러나 그 복수의 길은 뜻대로 열리지 않았다. 외판원은 누구나 경원하는 천덕꾸러기였고, 세 아이들의 학비 대기도 헉헉거리는 판에 미국행 비행기 요금은 너무 비쌌다.

미국으로 찾아가서 자신의 돈을 전부 되찾을 작정이었다. 아니, 그동안 온 식구가 몸고생 마음고생 한 것까지 다 쳐서 받아낼 작정이었다. 그리고 분이 풀릴 만큼 두들겨패 줄 작정이었다. 그러나, 돈을 안 내놓으려고 하면 찔러 죽일 작정이었다.

그동안 그 꿈을 수도 없이 꾸어왔다. 이상하게도 꿈에서는 꼭 그놈이 돈을 내놓지 않았다. 그래서 그놈을 난자해 자신의 온몸이 피투성이가 되어 꿈을 깨고는 했다.

이놈을 꼭 찾아가야 하는데……. 아내를 이대로 죽일 수는 없는데…….

어떻게 해야 아내를 살릴 수 있을까…….

정동진은 임상천의 주소를 노려보며 부들부들 떨고 있었다. 그때 언뜻 머리에 떠오르는 것이 있었다. 다음 순간 그는 자신의 생각에 흠칫 놀랐다.

정동진은 깊은 숨을 쉬며 커피잔을 들었다. 커피를 천천히 마시고 있는 그의 의식 속에서는 여러 가지 생각들이 빠르게 교차하고 있었다.

그걸 그렇게 하면……, 아니야, 아니야, 그건 곤란해……, 뭐가 곤란하긴 곤란해……, 하지만 그들이 무슨 잘못이 있다고……, 그럼 우리 애들은 왜……, 아내는 왜……, 병신 같은 생각 말고……, 그렇지만 그게……, 그럼 아내를 그냥 죽일 거야…….

정동진은 눈을 질끈 감았다. 그 생각은 지워지는 것이 아니라 오히려 더 구체적으로 펼쳐지고 있었다. 한번 떠오른 그 생각은 갈수록 점점 더 강한 힘으로 의식을 끌어당기고 있었다.

정동진은 유괴의 충동에 사로잡히고 있었다. 임상천의 주소를 알아내려고 그의 딸을 찾아갔을 때 보았던 사내아이. 임상천과 절친한 척 꾸미려고 그애에게 말을 걸며 물어본 나이는 여섯 살이었다. 아이는, 올해 학교에 들어간다고 묻지도 않은 말을 했었다. 임상천의 딸은 나이에 비해 부자로 살고 있었다. 아파트도 평수 넓은 고급인데다가 한눈에 보기에도 가구들이 값나가는 것들이었고, 식모까지 거느린 생활이었다.

정동진은 문득 그 부유한 생활에 자신의 돈이 흘러 들어갔을지도 모른다는 생각을 했다. 사업이 잘되는 친정의 도움을 받기는 쉬운 일이었고, 그렇다면 그럴 가능성은 얼마든지 있었다.

「수술은 빠를수록 좋습니다. 암균은 갈수록 활동이 왕성해지니까요.」

그러나……, 정동진은 생각을 바로잡으려다가 의사의 말을 퍼뜩 떠올렸다. 아내는 죽어가고 있었다. 무슨 수를 써서든 살려내야 했다.

정동진은 커피잔을 비우며 다방에 있는 사람들을 의식했다. 자신이 너무 끔찍한 생각에 말려들고 있었던 것을 깨달았다. 그는 얼굴을 훔치고 머리를 흔들며 그 무서운 유혹을 떼쳐내려고 했다.

그는 돈을 구할 다른 방법을 생각해 보려고 했다. 그러나 이미 다 생각했었지만 윤 사장에게 사정하는 것이 마지막 방법이었다. 그냥 돈을 달라는 것도 아니고 책을 사달라는 것인데도 그렇게 싫어했던 사람들에게 한두 푼도 아닌 돈을 빌려달라고 사정한다고 빌려줄 리 만무였다. 그 유혹이 다시 그의 의식을 휘감고 들었다.

내가 왜 자꾸 이러지. 안 되겠다. 이러고 앉아 있지 말자.

정동진은 스스로를 나무라며 자리를 털고 일어났다. 다행히 속떨림이 가라앉은 것을 느끼며 그는 잔돈을 다 털어냈다.

햇살이 퍼지기는 했어도 밖은 여전히 추웠다. 광화문 네거리까지 나왔지만 정동진은 갈 곳이 없어 막막하기만 했다. 넓은 길이 비좁을 정도로 차들이 달리고, 인도로는 많은 사람들이 분주하게 오가고 있었다. 그는 자신만이 외톨이로 버려진 적막감과 외로움 속에서 또 이 세상이 파도 거칠게 일어나는 망망한 바다인 것을 느끼고 있었다.

무슨 수로 이 바다를 헤쳐나가나……, 새 배를……, 어떻게 새 배를 장만해야…….

이런 생각을 하며 정동진은 무작정 발을 떼어놓기 시작했다. 그러나 자신의 나이를 생각하며 그는 신음했다. 쉰셋의 나이……, 잘 있던 직장에서도 밀려나게 될 나이였고, 노동을 하자 해도 막노동판에서 송장 취급을 받을 나이였다. 무슨 기술을 가졌어도 쉰이 넘으면 푸대접이었다. 군납공장에서 바로 자신이 쉰 넘은 기술자들을 내보내지 않았던가. 쉰셋……, 아무짝에도 쓸모 없는 나이……, 쓰레기 같은 존재……, 인간 쓰레기! 그는 자신이 인간 쓰레기임을 어느 때 없이 절실하게 느꼈다. 그 통렬함이 쓰리고 아프게 가슴을 쳤다.

그러나, 사업이 그대로 지속되었더라면 쉰셋의 나이는 오히려 사장으로서 위엄과 권위가 더 생길 나이였다. 한인곤과 남재구가 국회의원으로서 그 나이가 더 잘 어울리는 것처럼. 결국 원수는 임상천이었다. 그놈은 자신이 40대를 아낌없이 바쳐 이룩해 놓은 부를 송두리째 낚아채 자신을 인간 쓰레기로 만들어버린 것이었다. 그놈을……. 그의 가슴에서는 또 복수의 불길이 타올랐다. 그 불길은 이내 아까의 유혹으로 바뀌었다.

그 일이 꼭 성공한다는 보장이 없어. 만약 실패해서 체포되는 날에는…….

정동진은 감정에 휩쓸리고 있는 자신을 막느라고 일부러 이런 생각을 끌어들였다. 그러나 마음 한구석에서 곧 반발이 일어났다.

난 바보가 아니야. 군대 작전 짜듯이 하면 그까짓 건 식은죽 먹기야.

이 생각을 하는 순간 마음에 급속도의 변화가 일어났다. 그래, 해치우자! 자신감과 함께 그쪽으로 마음이 치달아갔다. 자신도 믿을 수 없는 그 묘한 효과에 정동진은 섬뜩 놀랐다.

그 생각은 다방 구석에 혼자 쪼그리고 앉아 있어서 생긴 망상이 아니었다. 밝은 대낮에 대로를 걸으면서도 자신은 그런 무서운 생각을 하고 있었다. 정동진은 그토록 험하게 변한 자신을 보며 또 신음을 씹었다. 제발 어디서 아내의 수술비만 구할 수 있다면……, 그는 이 위기에서 스스로를 구하고 싶은 간절함으로 주위를 둘러보았다. 그러나 서울은 날씨만큼 차갑고 냉정할 뿐 찾아갈 데라고는 없었다.

마지막으로……, 면박당하더라도 마지막으로 한인곤을 찾아가 볼까……. 한인곤은 남재구하고는 다른 데가 있는데……. 아무리 사정이 급박해도 그런 흉한 짓을 해서는 안 되는데…….

정동진의 머리에 떠오르는 것은 한인곤뿐이었다. 일단 한인곤을 생각하자 그가 꼭 도와줄 것 같은 느낌과 함께 그쪽으로 왈칵 마음이 쏠려갔다. 자기자신도 알 수 없도록 마음은 갈팡질팡하고 있었다.

내가 왜 이 모양인가……. 이제 정신이 도는 것인가…….

정동진은 잠시 후에 그 일을 저지르기 두려워하는 자신을 발견했다. 그리고, 자신이 표적으로 삼고 있는 아이가 임상천과는 직접 관계가 없는 외손자라는 사실도 깨달았다.

정동진은 그 무서운 유혹에서 도망치듯 한인곤을 만나기로 작정했다. 그리고, 또 마음이 변하기 전에 연락을 하려고 커피값을 내고 남은 동전 몇 개를 소중하게 쥐었다.

그는 공중전화 앞에서 두툼한 수첩을 꺼냈다. 수첩을 넘길 때마다 앞 뒤로 사람들의 주소와 전화번호가 빽빽하게 들어차 있었다. 이미 쓸모가 없어진 외판원의 재산이었다.

정동진은 천천히 다이얼을 돌렸다. 그 손가락 끝이 떨리고 있었다.

「의원님 지금 안 계십니다. 의사당이 개회 중입니다. 실례지만 누구신가요?」

「예, 친굽니다. 언제쯤 끝나십니까?」

「아마 두 시간쯤 걸릴 것 같습니다.」

「예, 알았습니다. 다시 걸겠습니다.」

「누구시라고 전할까요?」

「예……, 옛날 군대 동깁니다. 다시 걸도록 하겠습니다.」

정동진은 황급히 전화를 끊었다. 하마터면 이름을 댈 뻔했던 것이다. 이름을 남겼다가는 한인곤이 자리를 피해버릴지도 모를 일이었다.

그는 지나가는 사람에게 시간을 물어보았다. 시계를 전당포에 잡혀먹은 지도 이미 오래 전이었다. 그는 세종로까지 걸어갈 시간은 충분하다고 계산했다. 기왕 내친걸음이니 직접 찾아가 만나기로 했다. 이런 일에 전화라는 기계는 거절하기 딱 좋은 흉물이었다. 그는 종로5가에서 급히 발길을 되돌렸다.

「이거 보시오, 나 육군 준장이었소. 한인곤 의원하고 육사 동기고.」

주민등록증을 내놓았는데도 까다롭게 구는 국회 별관의 경비에게 정동진은 불쾌하게 내쏘았다.

「아 예, 그러십니까.」

경비 경찰은 깜짝 놀라며 거수경례까지 올려붙였다. 정동진의 후줄근하고 지친 몰골은 의심을 살 만도 했다.

「아니, 자네가 여기까지 어쩐 일인가? 그런데 어쩌지? 내가 점심 선약이 있어서.」

「괜찮아, 괜찮아. 나도 점심 먹고 올 테니까 그 담에 만나면 돼.」

정동진은 한인곤과 악수를 하며 들뜬 듯 흥분한 듯 턱없이 큰소리로 대꾸했다. 뜻밖에도 한인곤이 반갑게 맞이해 주는 바람에 그는 고마움과 함께 힘을 얻고 있었다.

정동진은 시간 보낼 만한 데를 찾아 광화문 네거리를 건너가며 다리가 아픈 것도, 배고픈 줄도 모르고 있었다. 걱정하고 주저했던 것과는 달리 격의 없이 대해주는 한인곤의 태도가 암담하게 막혀 있던 가슴을 광화문 넓은 길처럼 틔워주고 있었다.

저러다가 궁한 소리를 하게 되면 또 다른 사람들처럼 안면 바꾸는 게 아닐까…….

정동진은 마음 한쪽에서 자꾸 솟아오르려는 이런 생각을 한사코 억눌러댔다. 그러면서 한인곤에게 어떻게 이야기해야 할까를 궁리하기 시작했다.

그는 이야기를 이렇게 엮어보고, 다시 뜯어고쳐 연습하며 저 멀리 있는 경복궁을 향해 걸었다. 어차피 한 시간 반이나 남아 있는 시간을 죽여야 했다. 그는 몇 번이고 이야기를 고쳐가며 입장료 없이 들어가는 경복궁을 두 번 돌았다. 더 걸을 기운이 없어서 학생에게 시간을 물어보았다. 너끈히 한 시간은 지난 줄 알았는데 겨우 40분 정도가 지났을 뿐이다.

미리 가서 기다리기로 하고 한인곤이 말한 다방을 찾아나섰다. 그는 될 수 있는 대로 천천히 걸으면서 남재구를 생각하고 있었다. 그가 저 범접하기 어려운 국회의사당에 들어가 있다는 것이 아직까지도 실감이 나지 않았다. 벼락출세란 바로 그를 두고 하는 말이었다. 세상살이란 참 알다가도 모를 일이었다. 그놈의 5·16으로 그와 자신은 팔자가 정반대로 뒤집어지고 말았다. 생각할수록 기막히기만 한 일이었다.

정동진은 다방에 자리잡고 앉자마자 뜨거운 물 두 잔으로 배를 채웠다. 빈 재떨이를 무심코 바라보던 그는 눈이 번쩍 띄었다. 그 옆에 스푼이 꽂힌 설탕그릇이 놓여 있었다. 설탕그릇은 으레 아가씨들이 커피와 함께 가져왔다가 커피에 타기가 바쁘게 가져가는 물건이었다. 그는 이상하게 생각하며 옆자리를 곁눈질해 보았다. 그런데 그 탁자에도 설탕그릇이 놓여 있었다. 그는 슬그머니 고개를 들어 다른 자리들을 둘러보았다. 역시 탁자마다 설탕그릇이 놓여 있었다. 국회 가까운 다방이라 다르다고 생각하며 그는 신침이 지르르 흐르는 것을 느꼈다.

정동진은 아가씨들과 주위의 눈길을 살펴가며 설탕가루를 입에 털어넣기 시작했다. 시장기 동하는 속에 설탕가루는 그야말로 꿀맛이었다. 다 먹고 싶은 입맛을 달래며 그는 설탕가루가 절반쯤 줄어들었을 때 손길을 멈추었다.

「그래, 그동안 어떻게 지냈어?」

한인곤이 자리잡고 앉으며 물었다.

「나 사업 망했네.」

「응, 남재구한테 얼핏 들었어.」

「남재구가 그런 말을 해? 뭐라고 그러던가?」

정동진은 당황스러운 빛으로 한인곤의 기색을 살폈다.

「응, 자세한 말은 없었고, 어떤 모임에서 만났는데 그냥 지나가는 소리로 한마디하더군. 자네가 어떻게 지내냐고 물으니까.」

한인곤은 담배를 권했다. 정동진은 안도하며 담배를 빼들었다. 돈이 없어 담배를 끊은 지도 오래였다.

「그 말 하기 전에 내가 자네한테 크게 사죄할 게 있네.」

정동진은 모든 것을 솔직하게 말하자고 작정한 대로 이렇게 말을 꺼냈다.

「사죄?」

「응, 내가 자네한테 큰 죄를 졌었지. 자네 예편당하고 난 다음에 내가 고의적으로 전화를 피하고 관계를 끊었던 거 말이야. 여태껏 정식으로 사과를 못했는데, 정말 미안하고 면목없네. 용서해 주게나.」

「난 또 무슨 소리라고. 그게 죄는 무슨 죄.」

한인곤은 그냥 픽 웃고 말았다.

정동진은 당황했다. 사과를 받아들인다는 것인지, 아니면 입에 발린 소리하지 말라고 거부하는 것인지 한인곤의 반응이 모호하고 야릇했던 것이다.

「여보게, 내 말이 거짓말로 들리나? 난 이제 거짓말할 기력도 없고, 남을 속여 이익 볼 일도 없네. 내 진심을 좀 알아주게.」

정동진은 울음 번지는 얼굴에 간절한 눈길로 한인곤을 바라보았다.

「이 사람아, 내 말 오해하지 말게. 자네 말 다 믿으니까 이제 와서 쑥스럽게 그러지 말라는 거야. 솔직하게 말하자면, 나도 사람인데 그때 서운한 마음이 없었다면 그건 거짓말이지. 허나 다 지난 일이고, 남재구가 나한테 한 것에 비하면 자네가 그런 건 아무것도 아니야. 그러고 말야, 나도 세상 살면서 그런 경우가 없지 않거든. 나이 쉰을 넘기고, 얼마 전에 험한 꼴 당하고 나서 나도 많이 변했어. 그런 사소한 일 다 잊어버리세.」 한인곤은 사과를 받아들인다는 듯 아주 흔쾌하게 말하고는, 「그런데, 땅 짚고 헤엄치기라는 그 사업이 망했다는 건 무슨 소리야? 요즘 유행하는 것처럼 딴 사업을 또 벌렸었나?」 그는 말머리를 돌렸다.

「아니, 동업자 임상천한테 몽땅 사기를 당했어.」

「뭐라고? 임 사장이 사기를 쳐?」

한인곤은 의자에서 등을 뗄 정도로 놀랐다. 동업자로 임상천을 소개한 사람이 바로 한인곤이었다.

「응, 월남 특수를 타고 우리 사업도 번창일로였지. 그런데 월남 특수가 서서히 기울자 건설업 호황을 따라 목재업을 겸하기로 했지. 그 준비로 내가 동남아 현지로 몇 달 나갔는데, 그동안에 임상천은 어음을 엄청나게 남발해 사채시장에서 돈을 바꿔가지고는 미국으로 이민을 가버렸어.」

「아니, 그런 못된 인간이 있나. 자기 몫만 챙겨간 게 아니고?」

한인곤이 노기 서린 눈으로 새 담배에 불을 붙였다.

「글쎄, 작은 공장은 그만두고 내 집이라도 날아가지 않게 어음질을 했더라도 내가 이 꼴은 되지 않았을 거야. 돈이 될 만한 살림살이까지 다 뺏기고 사글세방 신세가 되지 않을 수가 없었지. 그러고 나서 굶어죽을 수 없는 일이니까 집사람은 막일로, 나는 월부책 외판으로 나섰지. 그런데 자네를 못 찾아왔던 건 그때 진 죄 때문이었어.」

「하, 이런 놈의 일이 있나.」

「나는 미국으로 임상천을 찾아가려고 그의 주소를 알아냈어. 시집간 그의 큰딸은 여기 살고 있었거든. 그런데 내가 주변머리가 없어서 외판 실적은 형편없지, 집사람 수입도 보잘것없어 세 아이들 학비 대기도 허덕거리는 판이니 미국 갈 돈을 모은다는 건 헛꿈이지 뭐야. 그러는 판에 집사람이 쓰러지고 말았어. 막일이 힘들어 그런 줄 알았는데 알고 보니 위암이야. 수술비가 없어 오늘 아침에 회사에 가불을 좀 해달랬더니 돌아온 건 해고야. 실적이 부진한 내가 더 이상 쓸모가 없어진 거지.」

「어허, 이거 참……」

「그런데 말야……, 앞이 캄캄해져 있는데 갑자기 떠오른 생각이 있었어. 임상천의 딸한테 대여섯 살 먹은 아들이 있어. ……걔를 유괴하자는 생각이 떠오른 거야.」

「아니, 뭐라고?」

담배를 빨고 있던 한인곤이 눈을 크게 떴다.

「하도 답답해서 생긴 생각인데, 한번 그 생각이 떠오르자 자꾸 그쪽으로 마음이 말려드는 거야. 아무리 다급해도 그런 짓을 해서는 안 된다고 나를 막았지만 다른 무슨 수가 없잖아. 있다는 건 딱 하나, 자네를 만나 보는 거였어. 참 면목없는 일이지만 안 될 때 안 되더라도 마지막으로 찾아가 보자 하고, 이렇게 온 거네.」

아랫입술을 깨무는 정동진의 눈에 물기가 번지고 있었다.

「세상에 참 별 기막힌 일이 다 있군. 왕년의 육군 장성이 유괴범으로 신문에 날 뻔했어.」

한인곤은 정동진을 측은하게 바라보다가 혀를 차며 다시 담배를 권했다.

「임상천의 주소는 지금 가지고 있나?」

「응, 여기 있어.」

정동진은 재빨리 종이쪽지를 꺼냈다.

「못된 인간, 겨우 한다는 짓이……」 한인곤은 주소를 내려다보며 혀를 차더니, 「내가 어떻게든 해결해 볼 테니까 이건 나한테 맡겨놓고, 병원비는 내일 점심시간에 여기서 다시 만나도록 하세. 곧 오후 회의가 시작되거든. 내일 12시 반에」 하며 임상천의 주소를 속주머니에 넣었다.

「고맙네, 고맙네……」

한인곤의 손을 덥석 잡는 정동진의 목소리는 울컥 터지는 울음이었다.

임채옥은 벽시계가 8시 30분인 것을 확인하며 다시 안방으로 들어갔다. 벌써 네댓 차례나 남편을 깨웠지만 남편은 술기운을 이겨내지 못하고 있었다.

방으로 들어서던 임채옥은 '에그!' 하며 코를 싸쥐었다. 역한 술 냄새가 끼쳐왔던 것이다.

「여보, 여보, 벌써 8시 반이라구요. 또 늦게 생겼잖아요. 빨리 일어나요.」

임채옥은 요 위에 헤풀어져 있는 남편을 세게 흔들어댔다.

「어! 여, 여……, 아이구 속 쓰려, 아이구 죽겠네……」

그녀의 남편은 눈도 제대로 뜨지 못하고 무겁게 몸을 일으키며 앓는 소리를 냈다.

「그러게 술을 무작정 마시지 말고 요령껏 눈치껏 마시면 되잖아요. 당신 몸이 뭐 강철인 줄 알아요? 이러다가 큰 탈 난다구요.」

「아이구, 모르면 그놈의 바가지 좀 긁지 마. 술상무가 요령 피워서 상대방을 어떻게 취하게 만들어. 술상무의 가련한 임무를 알기나 해? 아이구 속이야……」

「맨날 억지술을 마시고 이 고생인데, 이게 사람 사는 게 아니잖아요. 이러다가 몸 상하고 탈나면 어찌 되겠어요. 그놈의 술상무 관두세요.」

「이 사람 이거 왜 이래. 어떻게 따낸 상무라고.」

그제야 정신이 번쩍 드는 얼굴로 그는 아내에게 눈을 흘기며 허둥지둥 밖으로 나갔다.

창문을 열어제치고 거실로 나오던 임채옥은 주춤했다. 웩 웩 하는 소리가 화장실 쪽에서 들려오고 있었다. 또 토하는가 싶어 그녀는 화장실로 내달았다.

그녀의 남편은 칫솔질을 하다 말고 세면기를 붙든 채 헛구역질을 하고 있었다. 임채옥은 무슨 말을 하려다가 그냥 돌아서 부엌으로 갔다.

임채옥이 사발의 국물을 입으로 불어 식히고 있는데 넥타이를 손에 든 남편이 허둥거리며 거실로 나왔다. 그의 머리는 빗질이 되어 있지 않았고, 와이셔츠 단추들도 다 채워지지 않은 상태였다.

「이 국물이라도 마시고 가요. 콩나물국이 술 깨는 데 특효래요.」

「아냐, 아냐. 그런 것 마시면 더 속 뒤집어져. 술 깨는 약 사먹을 거야.」

그녀의 남편은 손사래를 치며 철문을 박차고 나갔다. 임채옥은 그런 남편의 뒷모습을 바라보며 울상이 되고 있었다.

임채옥은 회사들이 사업을 하는 데 왜 그리 술을 마셔야 하는지 이해할 수가 없었다. '술상무', 그 호칭부터가 끔찍스러웠다. 그런데 회사마다 영업을 담당하는 상무들은 '술상무'가 되어야 하는 모양이었다. 남자들이 얽혀 돌아가는 세상에는 어이없고 어리석은 일들이 한두 가지가 아니었다.

임채옥은 두 아이에게만 밥을 먹이고 식탁에서 물러났다. 합승택시 안에서 넥타이를 매고 머리를 빗고 있을 남편을 생각하자 입맛이 하나도 없었다.

「아줌마, 전화 받으세요.」

임채옥이 화장실로 들어가는데 식모의 짜증 섞인 목소리가 들려왔다.

「저는 국회의원 한인곤이라고 합니다. 부친 임상천 사장의 일로 의논할 게 있으니 내일쯤 만났으면 합니다.」

「무슨 일이신지……, 저희 아버지한테 무슨 일이 생겼나요?」

임채옥은 국회의원 전화가 뜻밖이었고, 순간적으로 불길한 생각이 스쳐갔다.

「전화로 말씀드리기 곤란하니까 일단 만났으면 합니다.」

「예에……, 그렇게 하지요.」

아버지한테 무슨 일이 생겼다는 반응에 임채옥은 바짝 몸이 달아올랐다.

「그럼 내일 몇 시에……」

「저는 오늘이라도 괜찮은데요. 의원님 시간이 어떠신지……」

임채옥은 마음 급한 것을 감추지 못했다.

「오늘이라……, 잠깐만 기다려주세요. 선약을 좀 확인해 보겠습니다.」

임채옥은 두근거리는 가슴을 눌렀다. 타국에서 무슨 일이 생긴 것인지 불안이 고무풍선으로 부풀어오르고 있었다.

「아 여보세요, 오후 5시부터 6시까지는 시간이 있습니다.」

「네에, 5시에 뵙도록 하겠습니다. 근데 저희 아버지가 무슨 사고를 당하신 겁니까?」

「아아, 너무 걱정하지 마세요. 미국에서 무슨 일이 생긴 게 아니라 이민 떠나기 전에 있었던 일을 상의하려는 겁니다.」

전화를 끊은 임채옥은 안도의 숨을 길게 내뿜으며 소파에 주저앉았다.

그러나 임채옥은 목욕탕에서도 미장원에서도 불안감을 떼치지 못하고 있었다. 그 어감으로 보아 좋지 않은 일이 분명했고, 국회의원이 나섰다는 것은 사소한 일이 아니라는 뜻이었다. 그녀는 시간을 끈다고 끌었지만 약속장소에 도착하니 30분이나 일렀다.

한인곤은 임채옥에게 명함을 건넨 다음 이야기를 시작했다.

「지금부터 내가 하는 이야기를 잘 들어주시기 바랍니다. 이건 임채옥 씨의 아버지와 관계되는 일인 동시에 임채옥 씨에게도 직결되어 있는 문제이기 때문입니다. 그게 무슨 얘긴가 하면……」

한인곤은 임상천과 정동진 사이에 얽힌 이야기를 간추려 해나갔다.

「……그런데 문제는 궁지에 몰리다 못한 정동진 사장이 임채옥 씨의 아들을 유괴할 생각까지 한 것입니다.」

「네에?」

한인곤의 이야기를 들어가며 점점 안색이 변하고 울상이 되어가던 임채옥은 이 대목에서 소스라치며 입을 가렸다.

「다행히 정 사장이 이성을 찾아 나한테 그런 심정을 고백해서 서로 흉한 일은 피하게 됐습니다만, 누가 정 사장을 그런 지경에까지 몰아넣은 겁니까?」

「죄송합니다. 저는 그런 일이 있었는지 전혀 몰랐습니다.」

임채옥은 머리를 조아리며 손수건으로 눈물을 훔쳤다.

「내가 정 사장한테 받은 주소를 가지고 미국에 편지를 보냈습니다. 임채옥 씨한테 부탁하는 건, 임채옥 씨도 아버지한테 편지를 써달라는 겁니다. 정 사장은 큰돈을 바라는 것도 아닙니다.」

「네, 제가 당장 편지를 보내겠습니다.」

임채옥의 가슴은 벌떡벌떡 뛰고 있었다. 언젠가 집에 찾아와 아버지 주소를 알아간 사람, 그가 바로 정 사장이었던 것이다. 자신의 전화번호까지 알아내고.

「잘 이해해 줘서 고맙소.」

「그분이 어려우실 텐데 우선 제가 좀 돈을 드렸으면 합니다.」

임채옥은 어머니가 자신에게 주고 간 돈이 그런 돈인 것을 견딜 수가 없었다.

18
여자에게도 꿈이

아파트의 3층까지 한달음에 치올라온 박보금은 숨을 헐떡거리며 양쪽 문을 살폈다. 왼쪽 304호를 확인한 그녀의 눈길이 갑자기 사나워졌다. 그녀는 숨을 몰아쉬며 304호의 초인종을 마구 눌러댔다.

「어머, 누가 이리 야단이야」하는 소리가 멀리 들리고, 이어서 「누구세요?」하는 목청 높인 소리가 가까이 들렸다.

「나야, 빨리 문 열어!」

박보금은 성급하게 문 손잡이를 잡아돌리며 소리쳤다.

「나가 누구예요?」

「잔소리 말고 빨리 열지 못해. 너, 내 목소리도 까처먹었어.」

박보금은 목소리만큼 거칠게 문을 걷어찼다. 유록색의 고운 색감과는 달리 둔중하게 울리는 쇳소리가 가운데 공간을 둔 철문인 것을 알리고 있었다.

「어머나!」

놀라는 소리와 함께 안에서 문 따는 소리가 났다. 박보금은 문을 벌컥 열어제쳤다.

「어머, 언니⋯⋯.」

거침없이 안으로 들어서는 박보금에게 밀리듯 젊은 여자는 뒷걸음질을 했다. 그 여자의 얼굴은 독이 오른 박보금의 얼굴과는 정반대로 기가 질려 있었다.

「흥, 언니 좋아하고 자빠졌네. 의리라고는 반푼어치도 없는 년이.」

박보금은 곧 잡아챌 것 같은 기세로 거실로 올라섰다. 발에서 벗겨진 하이힐 두 짝이 제각기 나가넘어졌다.

「언니, 왜 이래요, 왜⋯⋯.」

울상이 되어 뒷걸음질치고 있는 젊은 여자는 가발공장에서 술집으로 자리를 옮겼던 이양자였다. 그녀의 모습은 전혀 딴사람처럼 바뀌어 있었다. 곱상했으나 촌티가 흐르던 얼굴은 세련된 화장과 함께 미인으로 변해 있었고, 모양새라고는 없이 구지레하던 옷은 몸매를 날씬하게 드러내주는 멋진 디자인에 어울리게 호화스러운 무늬의 홈웨어로 치장되어 있었다.

「이 뻔뻔스러운 년아, 몰라서 그따위 주둥이 나불거려!」

눈을 부릅뜬 박보금이 더 크게 소리치며 손을 내뻗었다. 머리채를 잡으려는 그 손을 이양자는 재빨리 피했다.

「언니, 왜 이래요. 말로 해요, 말로.」

하얗게 질린 이양자는 울음이 터지는 소리를 냈다.

「요런 쌍년 보게. 내 손을 피해!」

이 외침과 함께 박보금이 핸드백을 팽개쳤다. 그리고 이양자를 향해 내달았다. 두 팔을 뻗힌 그녀는 사나운 매였고 쫓기고 있는 이양자는 한 마리 병아리였다. 그러나 거실은 언제까지 도망가도록 넓지 못했다.

「야 이년아, 어디 뒈져봐라.」

박보금은 이양자의 머리채를 낚아챘다.

「언니, 언니, 내가 그런 게 아니야. 이시하라가······, 이시하라가······.」

이양자는 거실 바닥에 나둥그러지며 다급하게 말하고 있었다.

「이 쌍년이 이거 뻔뻔스럽게 주둥이 놀리는 것 봐, 이거, 니년이 꼬리 치지 않았는데 이렇게 됐어?」

박보금은 이양자의 머리채를 짤짤 흔들어대며 포악을 부렸다.

「언니가 잘 알잖아. 우리가 아무리 꼬리쳐 봤자 이 사람들 맘에 안 들면 소용없는 거.」

그 위기를 벗어나려고 이양자는 울면서 이렇게 말했다.

「이 싸가지 없는 년이 말하는 것 좀 봐. 이년아, 쪽발이들이 좋아하기만 하면 아무놈한테나 가랭이 벌려주고 살림차리면 장땡이다 그거야? 누가 그따위 의리 없는 짓거리 가르쳐주든? 야 이년아, 아무리 개판치고 살지만 화류계에는 화류계 의리라는 게 있어. 먹을 밥, 안 먹을 밥이 따로 있다 그거야. 이년아, 아무리 급하다고, 의리 없는 년! 의리 없는 년!」

박보금은 '의리 없는 년'에 맞추어 이양자의 머리를 거실 바닥에 쿵쿵 찧어댔다.

「아이고, 아이고, 엄마! 왜 나보고 이래. 이시하라한테 따지지.」

「이년 주둥이 놀리는 것 봐, 이거. 이년아, 그놈이 꼬시면 나한테 미리 한마디라도 했어얄 것 아냐. 이 쌍년이 잘나지도 못한 쌍판때기 믿고 까불어.」

박보금은 뿌드득 이를 가는가 싶더니 빨간 매니큐어 칠한 손으로 이양자의 얼굴을 할퀴었다.

「엄마아!」

이양자가 비명을 질렀다. 그 다음 순간 그녀는 상체를 벌떡 일으키더니 박보금의 팔을 물어뜯었다.

「아야야야······.」

느닷없이 역습을 당한 박보금은 비명을 지르며 그때까지 머리채를 잡고 있던 한쪽 손을 풀고 말았다. 이양자는 그 기회를 놓치지 않고 몸을 벌떡 일으켰다.

「이년아, 가긴 어딜 가.」

박보금은 소파를 돌아 텔레비전 쪽으로 도망가는 이양자를 뒤쫓았다. 그녀의 눈에서는 살기가 번득이고 있었다. 이양자가 도망간다고 해보았자 별로 넓지 않은 거실 가운데 놓인 소파를 돌 수밖에 없는 형국이었다.

「이년아, 웃기지 말라니까!」

이양자가 텔레비전을 막 지나는데 박보금이 그녀의 뒷머리를 낚아챘다.

「엄마아!」

이양자가 텔레비전을 받치고 있는 나지막한 장식장 위에 놓인 인형 하나를 재빨리 집어들었다. 그리고, 획 돌아서며 박보금을 후려쳤다.

「아얏!」

박보금이 얼굴을 싸잡으며 비틀거렸다. 이양자는 당황해 어쩔 줄을 모르며 손에 들고 있던 인형을 떨어뜨렸다. 거실 바닥에 부딪쳐 구르는 것은 일본 목각인형이었다.

「니년이 나를 쳐!」

박보금이 소파 사이에 놓인 탁자 위에서 유리재떨이를 날쌔게 집어들고 이양자에게 덤벼들었다.

「엄마!」

이양자는 질겁을 하며 몸을 피하려고 했다. 그러나 때는 이미 늦어 있었다. 박보금은 유리재떨이로 이양자의 머리를 내려쳤다.

이양자는 비명을 토하며 푹 고꾸라졌다. 박보금은 잠시의 틈도 주지 않고 이양자의 배에 올라탔다. 그리고 유리재떨이를 높이 치켜들었다. 그녀의 눈에서는 살기가 이글거리고 있었다.

「언니, 언니, 잘못했어요. 동생들 때문에……, 고향에 있는 동생들 때문에……, 엄마 혼자서 네 동생을……, 마음이 급해서, 제가 잘못했어요. 살려……, 살려주세요.」

이양자는 울면서 두 손을 맞비비고 있었다. 이양자의 울음 범벅인 애원을 따라 높이 솟았던 유리재떨이는 힘없이 아래로 처져내리고 있었다. 박보금은 이양자의 애원만 듣고 있는 것이 아니었다. 그녀의 머리에서 흘러내린 피가 거실 바닥에 묻어나는 것도 보고 있었다.

박보금은 아무 말없이 몸을 일으켰다. 그리고 유리재떨이를 소파에 던지고 자기 핸드백을 집어들었다.

「이시하라, 그 치사한 쪽바리새끼. 돈푼이나 좀 있다고 티껍게 놀고 자빠졌어. 이년아, 더럽게 번 돈으로 만든 아까운 피 더 쏟기 전에 어서 병원에나 가.」

현관으로 나가며 박보금이 던진 말이었다. 이양자는 그때까지 죽은 듯이 몸을 부리고 있었다. 그녀의 눈은 감겨 있는데 양쪽 관자놀이로는 눈물이 줄지어 흘러내리고 있었고, 머리에서 흘러내린 피는 거실 바닥에 점점 넓게 번지고 있었다.

밖으로 나온 박보금은 핸드백에서 담배를 꺼내 불을 붙였다. 깊이 빨아들인 담배연기를 내뿜으며 그녀는 헛웃음을 쳤다. 여기를 찾아올 때와는 정반대로 가슴은 텅 비어 있었다.

박보금은 계단을 내려가다가 말고 문득 머리가 헝클어졌을 거라는 생각이 났다. 그녀는 다시 핸드백을 열어 거울을 꺼냈다.

「어머나!」

그녀는 소스라치게 놀랐다. 헝클어진 머리보다 먼저 눈에 띈 것은 왼쪽 눈 밑 광대뼈 부분에 잡힌 멍이었다. 아까 목각인형으로 얻어맞은 자리였다.

그녀는 담배를 던져 발로 끄고 분첩을 꺼냈다. 두 번, 세 번 그 자리에

분을 덧칠했다. 그리고 머리를 대충 빗질한 다음 쫓기듯 계단을 뛰어내렸다. 이양자를 찾아온 것을 후회하며.

박보금은 택시에 눈을 감고 앉아 화류계 환갑이 스물다섯 살이라는 말을 곱씹고 있었다. 그 말은 영락없이 자신을 두고 하는 말이었다. 아니, 자신은 환갑을 넘기고도 네 살이나 더 보탰으니 이제 화류계에서는 시들 대로 시들어버린 꽃이었다. 그러고 보면 3년 전 이시하라의 현지처 노릇을 시작한 것이 오히려 신기한 일인지도 몰랐다.

「너 말이야, 이시하라 상 잘 모셔라. 네가 나이보다 좀 젊어 보이기는 해도 땡땄지 뭐니. 걔네들도 눈은 빠끔인데 어쩐 일인지 몰라. 시들어가는 꽃에 벌이 앉는 법이 있으니 좀 신기하니? 내가 슬그머니 질투가 날려고 한다 얘.」

오동장 최 마담이 샐샐 웃으며 놀리듯 농담하듯 했지만 그건 질투가 생길 만도 한 일이었다. 이시하라가 아파트를 얻자고 했을 때 자신도 너무 뜻밖이었던 것이다.

「하여튼 잘된 일이니까 이시하라가 원하는 대로 싸아비스 잘해서 한 밑천 톡톡히 챙기라구. 몇 년 동안만 잘 붙들고 있으면 팔자 고칠 수 있으니까. 걔네들 돈가치가 커서 우리나라에서 맘껏 폼잡아 가며 돈을 물 쓰듯 하니까 그 돈 못 후려내는 건 쪼다라구. 걔네들이 기술 좀 있고, 물건 좀 좋다고 인정사정없이 우리나라 돈 박박 긁어가나 우리가 몸뚱이 밑천삼아 걔네들 돈 요령껏 뜯어내나 서로 피장파장 아니니? 애국자 따로 없는 거다 얘.」

요정 하나 버젓하게 차려 독립하는 게 꿈인 최 마담의 말이었다. 최 마담의 꿈은 곧 자신의 꿈이기도 했다.

김명숙이 일류 디자이너가 되고 명동에 양장점을 차리는 게 꿈이라는 말을 들었을 때 코웃음을 치고 말았었다. 혀는 짧아도 침은 길게 뱉고 싶어하더라고 겨우 양재학원에 다니는 주제에 가당치도 않은 헛소리를 지껄이고 있었다.

그런데 김명숙은 양재학원을 특등으로 졸업한다고 하더니만 이내 명동의 일류 양장점에 떡 취직을 했다. 버스 차장 김명숙이 명동 일류 양장점의 디자이너로. 물론 일류 디자이너의 '시다'일 뿐이었지만, 그건 상상도 할 수 없이 큰 변화고 출세가 아닐 수 없었다.

'그럼 나는 뭐야' 하는 생각에 몰렸고, 요정이라도 꼭 하나 차려야 한다는 마음이 다급해졌다. 개처럼 벌어서 정승처럼 쓰랬다고 자신이 김명숙 앞에 당당하게 나설 수 있는 것은 돈을 많이 갖고 폼 나게 쓰는 것이었다. 김명숙이 일하는 양장점에 가서 비싼 옷을 펑펑 해입는 것, 그것이야말로 김명숙을 기죽일 수 있는 일이었다.

그런 꿈을 가지고 아이들 합숙소는 임시로 친구에게 맡기고 이시하라와 동거를 시작했다. 그런데 2년쯤 되어 이시하라는 배신을 해버렸다. 이시하라가 하필 자신이 데리고 있던 이양자와 눈이 맞아 자신을 속였기 때문에 배신이라고 하는 것이 아니었다.

어차피 화류계 사랑이란 하룻밤을 자나 10년을 사나 헤어지기로 작정된 돈사랑이고 몸사랑이었다. 벌, 나비가 제맘대로 이 꽃, 저 꽃에 앉았다 날아가고 하듯 화류계 사랑도 남자들 뜻대로 마음대로였다. 그러나 남자가 떠날 때는 사나이답게 그 뒤를 넉넉하고 보기 좋게 처리하는 게 도리였다. 그게 한량의 멋이고 풍류였다. 그런데 이시하라는 이 대목에서 너무 치사하게 자신을 속였던 것이다.

현지처 노릇은 대개 전세 아파트에서 시작했다. 그리고 매달 정해진 돈을 받았다. 그렇게 살다 보면 남자가 일본을 오가며 한국에 귀한 가전제품을 사다 주기도 했고, 더 정이 들면 보석을 선물하기도 했다. 보석의 종류에 따라서 크기에 따라서 다르긴 하지만 일단 보석 선물을 받으면 한밑천 잡은 것으로 쳤다. 그러나 그보다 더 큰 것이 전셋돈을 물려받는 것이었다. 언제든 현지처 노릇이 끝나면 남자는 일본말로 '기마이' 쓰느라고 아파트 전셋돈을 여자에게 넘겨주었다.

그것이 사나이다운 풍류인 셈인데 이시하라는 자신을 까맣게 속인 채 전셋돈까지 빼 가버렸다. 그런데 이양자마저 자신을 속이고 이시하라와 배를 맞춘 거였다.

그들의 동거를 알게 된 것은 열 달쯤 지난 뒤였다. 그동안 이시하라는 일본으로 가버리고, 이양자는 고향 찾아 내려간 줄 알고 있었다. 끝내 아파트를 알아내 찾아갈 때는 이양자의 낯짝을 다 망가뜨려버릴 작정이었다. 그러나 돌이켜 생각해 보면 이양자에게 미안함이 없지 않았다. 이시하라에게 따로 감정을 풀 수는 없고, 이양자는 절반은 덤터기를 쓴 셈이었다.

「돈, 그거 참 웃기는 물건이야. 잡힐 듯 잡힐 듯하면서도 살살 빠져나가는 게 그 물건인데, 사람들은 왜 그따위 걸 만들어내 가지고 서로 많이 가질려고 사족을 못쓰고 그러니 글쎄. 너나 나나 다 웃기는 병신들 같애.」

최 마담이 가끔 하는 푸념이었다.

박보금은 그게 맞는 말이라고 생각하며 한숨을 푹 쉬고는 핸드백에서 다시 거울을 꺼냈다. 그동안 악착같이 돈을 모았지만 마음먹은 대로 불어나질 않았다. 누구는 현지처 노릇을 해서 큼직한 다이아반지를 받았다고 하는가 하면, 또 어느 누구는 집 한 채 값의 돈을 받았다고도 했다. 그런데 자신은 하필 이시하라 같은 얌체족 쪽바리를 만나 겨우 푼돈이나 건지고 마음만 크게 상한 것이다.

박보금은 거울을 들여다보며 또 한숨을 쉬었다. 얼굴의 멍은 아까보다 더 심해진 것 같았다. 분첩을 꺼내 몇 번이고 멍 위에 덧칠했다. 돈이란 참 더럽고 치사하고 독하고 매운 것이었다. 흔히 하는 말로 몸을 파는 게 밑천 들지 않는 장사라고 하지만 그건 해보지 않고 쉽게 떠드는, 웃기는 소리였다.

세 끼 밥 먹는 건 안 치더라도 남자들 눈 끌리게 옷 해입어야지, 미장원 출입해야지, 화장품 사야지, 그 밑천에 돈 쏟아붓다 보면 시루에 물 붓기요, 잘못하면 빚 깔고 앉기 십상이었다. 어디 그뿐인가. 피한다고 피하지만 재수 없으면 덜컥 임신을 해서 망조 들고, 더 재수 옴붙으면 성병에 걸려 꼴사납게 되고는 했다.

그동안 애비가 누군지도 모르는 임신을 두 번이나 해 수술대에 누웠고, 성병이 세 번이나 걸려 의사 배를 불려주었던 것이다. 돈 없애고 고통당하고, 그건 이중으로 밑지는 장사였다. 피임약이 신통찮은 형편에 그 두 가지를 한꺼번에 막을 수 있는 것은 콘돔밖에 없었다. 그러나 콘돔 싫어하는 작자들이 의외로 많으니 그걸 다 퇴하다가는 폐업하는 수밖에 없었다. 그 꼴을 해가며 모은 돈이 아직 마음에 차지는 않았지만, 버스 차장 할 때를 생각하면 엄청난 돈이기도 했다. 언제나 택시만 타는 것은 화류계의 폼 때문만이 아니었다. 버스 차장 시절이 지긋지긋해서 버스는 절대 타기 싫었다.

「언니, 어찌 됐수? 양자 그거 박살냈수?」

박보금이 대문으로 들어서는데 수돗가에서 무엇을 빨고 있던 아가씨가 냉큼 물었다.

「어머, 언니 오셨니?」

「이시하란가 저시하란가 하는 놈도 만났수?」

이 방, 저 방에서 아가씨들이 다투어 나오며 물었다.

「미친년들, 아주 살판들 났구나.」

박보금은 입들을 막으려고 눈을 치뜨며 사납게 내쏘았다.

「어머머, 언니 얼굴이 왜 그래요?」

그때 수돗가에 있던 아가씨가 바짝 다가서며 놀라는 몸짓을 했다.

「어머나, 언니, 멍이 들었잖아요?」

다른 아가씨가 마루에서 뛰어내리며 소리쳤고,

「아니, 양자 그게 언니를 쳤어요?」

「설마 양자가 그랬을까. 이시하라 그놈이 그랬겠지.」

아가씨들이 우르르 마당으로 내려오며 입들을 놀렸다.

「시끄럿!」 박보금은 빠락 소리치고 아가씨들을 노려보면서, 「느네들 내 앞에서 또 이시하라 그놈이나 양자 그년 얘기 꺼냈다가는 알아서 해. 양자 그년처럼 대가리 깨져 병원 신세 안 질려거든 느네들도 개판 치지 말구. 화류계밥이 개밥은 아니니까.」 그녀는 싸늘하게 말하고 자기 방으로 들어가버렸다.

아가씨들은 질린 얼굴로 서 있었다.

박보금은 곧 멍자리에 달걀을 문지르기 시작했다. 아가씨들이 배치받은 요정들로 나가자 그녀는 식모를 불러들여 냉수찜질을 시켰다. 그리고 또 달걀을 갈아가며 밤늦도록 문질러댔다.

이튿날 아침 눈을 뜨자마자 박보금은 거울을 찾아 들었다.

「어머나!」

박보금은 깜짝 놀랐다. 가시리라 생각했던 멍은 밤사이에 오히려 더 심해져 있었다.

「당연하지요. 멍이야 하룻밤 자고 나면 더 심해지는 법이잖아요. 어제 그리 공을 들였으니 이만한 거지요. 안 그랬어 봐요, 이보다 훨씬 더 심했을 텐데요. 이 정도야 화장 짙게 하면 표 안 나겠는걸요.」

그나마 식모의 이런 말에 박보금은 위안을 받을 수밖에 없었다. 다시금 이양자를 찾아간 것이 후회스러웠다.

박보금은 점심때가 가까워 짙은 화장을 한 얼굴에 선글라스를 끼고 집을 나섰다. 기분이 칙칙한데다가 뜻 모르게 부아가 꼬약꼬약 괴어올라 집에 죽치고 앉아 있을 수가 없었다.

「미도파 앞 명동 가주세요.」

「예에. 손님, 그 썬그라스가 아주 삼삼하게 자알 어울리는데요.」

택시 운전수가 차를 출발시키며 말을 걸쳤다.

「이봐요, 덜떨어진 히야까시(희롱) 하지 말고 운전이나 똑바로 해요.」

박보금은 여지없이 쏘아붙였다.

「거 원, 보기 싫다고 했으면 사람 잡겠수다 그려.」

운전수가 뒤를 흘끗 돌아보며 코웃음을 쳤다. 그 운전수는 다시 택시를 몰고 있는 문태복이었다. 그는 색골 황동일에게 교육받은 대로 돈 냄새 확 풍기는 여자에게 낚시를 던져본 것인데 따귀를 맞듯 면박을 당해 더 할말을 잃고 말았다. 이런 경우에도 황동일은 말을 풀어가는 무슨 요령이 있는 것인지 궁금하기만 했다.

자신은 황동일에 비해 색도 약했고 언변도 떨어졌다. 그래 가지고는 돈 많고 외로운 여자 낚아 꿩 먹고 알 먹고 하기는 틀린 것이 아닌가 생각하며 백미러 속의 여자를 힐끔거렸다. 황동일의 말로는 큰 회사의 간부들이 외국에 오래 나가 있는 일이 잦아져 돈 두둑하면서 심심한 여자들이 날로 늘고 있다는 거였다. 그러나 그동안 몇 번 낚시를 던져보았지만 번번이 헛방이었다.

「얘, 명숙아.」

양장점으로 들어선 박보금은 자신을 알아보지 못하고 천을 손질하고 있는 김명숙의 어깨를 쳤다.

「어머, 얘. 너 혼자 여름 만났니? 웬 썬그라스는. 근데, 너 꼭 그 촌스런 이름 부를래?」

김명숙은 마땅찮은 기색으로 눈을 흘겼다.

「얘 나 좀 봐주라. 어떻게 루비 김이라고 부르니. 아유, 징그러워.」

박보금은 팔과 상체를 과장되게 떨었다.

「그게 안 되면 그냥 미쓰 김이라고 부르라니까.」

「얘, 그러지 말고 나처럼 우리나라 말로 예쁜 이름을 하나 지어. 친구끼리 미쓰 김은 또 뭐니?」

「피이, 혜미가 뭐 그리 예쁜 이름인 줄 아니? 박혜미보다야 박보금이가 훨씬 더 낫지. 박보금, 좀 좋아? 정답고.」

「이 기집애, 너 지금 나한테 복수하는구나? 아유, 얄미워.」

박보금은 김명숙의 팔을 꼬집는 시늉을 했다.

「애, 너 그것 좀 벗어라. 실내에서 썬그라스 끼는 건 비 오는 날이나 달밤에 썬그라스 끼는 것처럼 무식한 짓이라고 하잖아. 갑갑해 죽겠다.」

「남 속 모르는 소리 좀 하지 말어.」

「아니 왜, 어떤 나쁜 놈한테 얻어맞았니?」

「눈치 하나는 빨라가지고. 놈이 아니라 년이다.」

「싸웠구나? 많이 다쳤어? 무슨 일인데 다치게 싸우니?」

김명숙은 연달아 물어댔다.

「애, 숨 넘어가겠다. 인생 고해 살다 보면 그럴 일이 있으니까 알 것 없고, 나 기분 드러워 옷이나 한 벌 맞추려고 나왔다.」

「그래, 잘 나왔다. 여자들 기분풀이에는 옷 맞추고 쇼핑하는 게 최고 아니니.」

김명숙은 반색을 했다.

「애, 나 지금 배고파 죽겠으니까 우리 점심부터 먹고 디자인 고르자. 나 아침 안 먹었거든.」

「네에, 그러시지요. 고객은 왕이신데요.」

김명숙은 서양영화에서 윗사람을 모시는 몸짓을 흉내내며 기분 좋은 것을 감추지 않았다.

「어머머, 애가 왜 이래. 그런다고 나 두 벌은 못 맞춰.」

박보금이 쑥스러워하며 김명숙의 등을 쳤다.

「네에, 옷은 철 따라 자주 하는 게 좋지 한꺼번에 두 벌씩 맞추는 건 지혜롭지 못한 거예요. 미쓰 킴, 손님 대접 잘하고 와요.」

세련되게 멋을 부린 양장점 주인이 사르르 웃으며 말을 받았다.

「어머 얘, 느네 사장은 어쩌면 저렇게 말하는 것까지 쎄련되게 사람을 녹이니? 저 여잔 디자이너로 타고난 것 같은데, 너도 저렇게 될 자신 있어?」

양장점을 나온 박보금이 김명숙을 보며 혀를 내둘렀다.

「저런 내숭에 너무 감탄할 것 없어. 저거야 손님 끌려면 누구나 금방 익히는 기본이니까. 문제는 디자인 솜씨가 얼마나 좋으냐가 중요하지.」

「어째 말이 요상하다? 저 여자 디자인 솜씨가 별로라는 것 같기도 하고, 네 솜씨가 저 여자보다 더 낫다는 것 같기도 하고.」

「뭐, 꼭 그런 뜻은 아니고…….」 김명숙은 피식 웃으며 얼버무리고는, 「아이구, 난 언제나 독립을 하나 그래. 돈이 웬수야, 돈이.」 그녀는 갑자기 목소리를 높이며 머리를 쥐어뜯는 시늉을 했다.

「웃기는 소리하고 앉았네. 아직 스물아홉밖에 안 먹은 게. 서른다섯까지는 얌전하게 실습하면서 채곡채곡 경험을 쌓는 게 좋아. 공부해서 남 주고, 경험 쌓아서 남 주니?」

'공부해서 남 주나?' 하는 말은 살살이라는 별명을 가진 코미디언 서영춘이 유행시켜 놓은 말이었다. 그는 큰 키에 바짝 마른 몸, 장난기 넘치는 잘생긴 얼굴이 코믹하게 어우러져 사람들은 그의 모습만 보고도 빙그레 웃을 정도였다. 그런데 그는 콧소리 섞인 특이한 목소리를 다양하게 변성시켜 가며 온몸을 던져 폭 넓은 연기를 해내 고달픈 삶에 찌들고 중노동에 지친 서민들이 잠시나마 웃음꽃을 피우게 하고는 했다. 그는 천부적이면서도 끊임없이 노력하는 일급 코미디언이고, 텔레비전 시대가 열린 사회에서 없어서는 안 될 서민의 벗이었다.

「얘 좀 봐. 밥맛 없게 늙다리들이 하는 소리를 그대로 하고 앉았네. 젊은 것이 철든 척하는 것처럼 꼴사납고 아니꼬운 것도 없다, 얘.」

「이것아, 삐딱하게 생각하지 말구 내 말 똑똑히 들어. 있잖니, 젊은것들이 하는 변두리 양장점에서 얼마나 쌈이 많이 나는지 아니? 기술도 시원찮고 경험도 없는 것들이 양장점부터 벌여놓고 앉아서 손님들 옷감을 다 망쳐놓는 거야. 우리 애들이 명동에 나올 돈은 없고 하니까 시장에서 감을 끊어다가 옷을 맡기는데 글쎄, 맨날 쌈질 아니니. 그거 서로 못할 일이니까 너도 맘 급하게 먹지 말라 그거라구.」

「그 정도는 이 언니도 다 알고 있음네. 어쩌다가 한두 번 실수라면 모를까 연달아 남의 옷감 망쳐먹는 것들은 애저녁에 때려치워야 해. 그런 돌대가리로는 밤낮 옷감 주물러봐야 디자이너 되긴 틀린 거니까.」

김명숙은 비위가 상한다는 듯 드센 성깔을 내비쳤다.

「남들보다 머리 좋다고 애 또 잘난 척하는 것 좀 봐. 어쨌거나 돈 차분하게 모으면서 차근차근히 해. 몸으로 때우는 우리 화류계에서도 개업하려면 경험이 필요한데 양장점이야 순전히 기술로 하는 건데 경험이 좀 많이 필요하겠니?」

박보금은, 차장 시절에 경리 뺨치도록 암산이 빠르던 김명숙을 생각하고 있었다.

「알궂다, 이것아. 화류계 생활도 사람 철들게 만드는구나. 아유, 인생 답답해.」

「그럼 너 시집가 봐. 답답한 거 확 풀릴 수도 있잖아.」

박보금이 음식점으로 앞서 들어가며 말했다.

「결혼? 그거 필요한 거니?」

「그럼, 너 요새 유식하다는 여자들이 잘난 척하면서 내세우는 독신주의 닮은 거니?」

박보금이 마땅찮은 투로 되물었다.

「메스껍게 그건 아니고, 내가 돈푼이라도 좀 있는 집으로 시집가서 양장점을 미끈하게 차린다면 모르겠는데, 그저 그렇고 그런 남자 만나 지지리 궁상으로 살면 그게 바로 흔한 말로 '결혼은 지옥'이지 뭐니?」

「미친 지집애, 그저 양장점 타령이로구나?」

「얼씨구. 자나깨나 요정 차리고 나설 생각밖에 안 하는 건 누군데?」

박보금은 구두를 벗으며 킥킥 웃더니,

「우리 둘이가 극성은 극성이다, 그치?」

「모르겠다. 가난한 집에 태어나서 제대로 배우지도 못하고 고생만 한
게 억울해서 어떻게든 한판 사람답게 살아보려고 발버둥치는 건데 어찌
될라는지……」

김명숙이 자리잡고 앉으며 한숨을 쉬었다.

「너 뭘 먹을래?」

「너, 아까 우리 사장이 하는 말 들었지? 손님 대접 잘하라는 거. 이런
땐 더 볼 것 없이 불고기 먹는 거야. 근데, 너 밥 먹으면서도 그놈의 썬
그라스 끼고 있을 거야?」

「그럼 어떡해.」

「애, 밥맛 떨어지게 하지 말구, 어디 좀 벗어봐.」

「안 된다니까 그러네.」

「글쎄, 안 되겠으면 다시 쓰게 할 테니까 어디 벗어봐.」

「기집애, 고집통하고는 예전하고 하나도 달라진 게 없어.」

박보금이 느리게 선글라스를 벗었다.

「어머 기집애, 허풍 어지간히 떠네. 그 정도는 얼핏 봐서는 표도 안
난다 애. 난 또 눈까지 피멍이 들고 야단난 줄 알았지. 썬그라스 당장
집어쳐.」

김명숙은 째지게 눈을 흘겨댔다.

「믿어도 되니? 그래, 나도 썬그라스 끼니까 침침하고 답답한 게 영 안
좋긴 해. 근데 애, 손님한테 불고기 척척 사주고도 장사가 되니?」

「염려 놓으셔. 너한테만 살짝 하는 얘긴데 말야, 옷값이라는 게 엄청
이익이 남는 장사야. 감값, 인건비, 임대료, 기타 운영비를 다 제해도
옷값의 절반 이상이 이익으로 남는다니까. 소문만 좀 나서 손님이 많으

면 떼돈을 벌게 돼 있어, 떼돈. 우리 사장 돈 버는 걸 옆에서 보고 있으면 환장하겠다니까. 빨리 독립하고 싶어서.」 김명숙은 흥분기를 감추지 못하고는, 「여보세요, 여기 불고기 빨랑 주세요.」 신경질을 부리듯 소리쳤다.

「어머 애, 그게 사실이구나. 글쎄 말이다, 술장사라는 것두 이익이 얼마나 큰지 말도 못해. 양장점 이익이 옷값 절반이라구? 그건 댈 것두 아니야. 이름난 술일수록 부르는 게 값인데, 요정 주인들 돈 긁어모으는 것 보면 눈깔 나와 못살아. 내가 왜 요정 차릴려고 환장을 하는데. 떼돈 벌어 돈에 원수 갚으려면 그게 제일 빠르니까.」

박보금의 목소리도 들뜨고 있었다.

「애, 근데 양품점은 재고로 망하고 술집은 외상으로 망한다는 말이 있잖니? 양장점은 그런 게 없는데.」

「아유, 명동물 먹는다고 별걸 다 아네. 술집도 술집 나름이지. 술장사는 외상 안 주고는 안 되는 장사지만 말야, 망하는 건 이익 적은 싸구려 술집들이고, 요정은 워낙 술값이 비싸니까 웬만큼 떼먹혀도 새발의 피야. 원가로 치면 얼마 안 되거든. 그리고, 어지간한 외상은 다 받아내는 요령이 있어. 구더기 무서워 장 못 담그는 것 봤니?」

「기집애, 꼭 요정 주인 다 된 것처럼 말하고 앉았네. 자아, 어서 먹자.」 김명숙은 젓가락을 들며 다정하게 웃고는, 「그나저나 요새 경기 나빠져서 골치 아프다」 하며 고개를 저었다.

「그래, 요새 물가가 왜 그리 미친 것처럼 오르고 그러니? 근데, 물가 땜에 느네 장사에 지장 있는 거니? 느넨 부자들만 상대하니까 상관없잖아?」

「그래도 그렇지 않아. 아무리 부자들이라도 물가가 뛰고 경기가 나빠지면 자연히 몸을 사리게 되거든. 보통 사람들이야 더 말할 것도 없고. 단골들은 아니라 해도 보통 손님들을 무시하고는 장사 못해먹어. 그 사람들이 올려주는 매상도 아주 크거든.」

「그래, 나부터도 맘이 달라지긴 해. 근데, 왜 갑자기 물가가 이 난리를 치는 거니? 택시요금이 배로 뛰질 않나, 비누, 설탕 같은 것까지 100원 짜리가 150원 되는 판이니 못살겠다고 시끌시끌해질 수밖에 없어.」

「그놈의 석유 때문이래잖아. 외국에서 사다 쓰는 석유값이 치솟으니까 석유하고 연관된 물건값들이 다 따라서 뛰는 거지. 쥐꼬리만큼 받는 월급 그놈의 석유파동 때문에 오르기는 다 틀렸다.」

김명숙은 어깨한숨을 쉬었다.

중동 여러 나라들이 뭉쳐 일으킨 석유파동은 석유가 한 방울도 나오지 않는 한국에서 거센 파도를 일으키고 있었다. 속수무책인 정부에서는 전기료며 수도료 등 공공요금을 대폭 인상시켰고, 그 뒤를 따라 모든 물가가 날개를 달기 시작했다. 그 걷잡을 수 없는 물가폭등은 유신헌법 반대와 맞물려 돌아가면서 사회 불안의 회오리를 일으키고 있었다.

「그래, 그거 큰일이다. 넌 월급을 얼마나 받는 거니?」

「말도 마. 창피해서 말도 못해. 끝나게 기술 가르쳐줍네 하고 월급이 말도 못하게 박한 게 이 동네야.」

김명숙이 싸늘하게 잘랐다.

「아이구, 저 지독뱅이. 나한테 살짝 말하는 건데 뭐가 창피해. 몇 번을 물었어도 대답을 안 하는 걸 보면 날 친구로 생각 안 하는가 보지?」

「그래, 친구로 생각 안 한다. 어쩔래?」

「어쩌긴. 나도 당장 절교지 뭐.」

둘이는 고기를 맛있게 먹으며 마주보고 웃었다.

「느네 쪽도 찬바람 타지?」

김명숙이 불고기를 박보금 앞으로 밀어놓으며 물었다.

「글쎄, 술집 중에서도 우린 좀 다르잖아. 일본사람들을 상대하니까 별로 달라지는 걸 모르겠어.」

「그거 참 다행이다. 근데 일본 것들은 얼마나 잘살길래 그렇게 끝도 없이 몰려드는 거니?」

「그야 세계 제일인 미국 다음이래니까 더 말할 게 없지 뭐. 그리고 말야, 즈네 국내 여행하는 것보다 우리나라에 오는 게 돈이 더 싸게 먹힌대잖니. 거기다가 즈네 나라보다 술값 싸지, 여자값 싸지, 물건값 싸지, 막 폼잡아 가면서 신나게 놀 수 있으니까 어중이떠중이 막 몰려드는 거지 뭐야.」

「그래, 어쨌거나 맘 독하게 먹고 돈 많이 모아라. 이 세상에 돈이 왕이니까 우리처럼 배운 게 없을수록 돈이 많아야 해.」

「그래도 너나 나 정도면 성공한 것 아니니? 잘먹지도 못하면서 만원 버스에 매달려 고생고생하고, 더럽고 치사하게 몸수색까지 당하던 그 불쌍한 기집애들 다 어찌 됐는지 몰라.」

박보금의 목소리가 슬프게 변했다.

「모르겠다, 성공인지 어쩐지. 혹시 그 기집애들 중에서 양장점에 손님으로 오지 않나 하고 유심히 살펴봐도 여태껏 하나도 없어. 다 밑바닥 하바리 인생으로 살아가는 거지.」

「그래, 학벌 따지고 집안 따지고 돈 따지고 해서 끼리끼리 맞춰 돌아가는 이런 야박한 세상에서 차장 출신들이 무슨 수로 팔자를 고쳐 명동 양장점 출입을 하겠니. 평생 밑바닥에서 기다가 마는 거지. 근데 애, 우리만 이러고 앉았으니까 나복녀 생각이 간절하다. 걔는 어찌 됐는지 몰라.」

「그 병신 같은 기집애, 아마 어디서 죽었을 거야.」

김명숙의 얼굴이 금세 슬프게 변하며 그 목소리가 퉁명스러워졌다.

「죽어?」

박보금이 입으로 옮기던 숟가락을 멈추며 눈이 커졌다.

「그렇지 않고서야 여태까지 고향에 소식 한번 없을 수가 있니? 피 토하는 그 중병 든 몸으로 어찌 됐겠니? 천대받아 가며 병은 자꾸 심해져 결국…….」

「그래, 어쩌면 그랬을지도 몰라. 나도 그런 생각이 자꾸 들었지만 무서워서 말을 못 꺼냈어. 어째 몸은 약해가지고 한때를 못 보고…….」

「어차피 잘됐는지도 몰라. 이 험한 세상 아등바등 살아봤자 그게 그 꼴일 바에는. 속만 상하는데 그 얘기 그만 하자.」

김명숙이 손가락빗질을 하며 자리를 고쳐앉았다.

「그래, 산다는 건 참 더럽기도 해. 내가 서울 올 때 이런 꼴이 될 줄 어찌 알았겠어. 우리 시골집에선 지금도 내가 괜찮은 회사에 취직해서 돈 벌어 보내는 줄 알고 있으니 웃기는 일이지. 근데 더 웃기는 건 이제 그만 시집가라고 성화를 대는 거야. 자기네 딸 진작에 걸레쪽 된 줄도 모르고.」

박보금이 허망하게 웃었다.

「그런 애들이 어디 한둘이겠니. 돈에 무슨 표나는 것 아니니까 그저 돈만 많이 벌어. 돈 힘이란 게 얼마나 요상스러운 건지 아니, 너? 삼류 여인숙 집 딸은 여인숙 하는 게 흠이 되어 시집을 잘 갈 수 없는데, 일류 호텔 집 딸 앞에는 의사·검사·판사·박사, 그 잘난 '사' 자 돌림 남자들이 줄줄이 줄을 서는 거야. 사람 잠 재워주는 직업으로 여인숙이나 호텔이나 뭐가 다를 게 있니? 근데 돈 차이 땜에 여인숙은 천한 직업으로, 호텔은 고상한 직업으로 취급하는 거야. 돈 앞에서 사람들 맘이라는 게 그렇게 간사하고 더러워. 그러니까 너도 여러 말 말고 돈만 많이 벌어. 그럼 넌 공주님 되는 거니까.」

「누가 아니래니. 이런 음식점도 마찬가지잖아. 이렇게 끝에 '관' 자가 붙거나 '정' 자가 붙은 큰 식당을 하면 알아주면서도 그냥 무슨 식당이라고 간판 붙이고 뒷골목에서 하면 우습게 알고 무시하잖아. 돈 많은 사람이 즈네들 그냥 돈 주는 것도 아니고, 돈 적은 사람이 즈네들한테 돈 달라고 손 벌리는 것도 아닌데 말야. 사람 맘보라는 게 어떻게 생겨먹은 건지 알다가도 모르겠어.」

「말도 마라, 돈 위세 무서운 거. 자유당 때부터 권력 있는 사람들만 잡고 요정해 온 정릉 원 마담이라고 있어. 그 여자가 돈을 억수로 벌었다는데, 그 소문대로 이 명동에 나타날 때는 손가락마다 보석반지에 귀걸이, 목걸이까지 요란뻑적해. 그래서 양장점마다 그 여자를 모실려고 안달복달 정신들이 없어. 그 여잔 한번 나타났다 하면 두세 벌씩은 예사로 맞춰버리거든. 그 여자 뻐기는 건 눈꼴시어서 못봐.」

「어머머, 그렇게 성공한 여자도 있구나. 그 여잔 그렇게 많은 옷들을 다 뭘 하지?」

「두세 번 입고 싫증나면 밑에 아가씨들한테 줘버린데. 그게 예쁜 아가씨들을 맘대로 다루는 비결이래나 뭐래나.」

「그래, 그 여자 수완이 보통이 아니다. 오늘도 한 가지 배웠네.」

박보금은 손뼉을 치는 시늉을 했다.

「얘, 넌 보석 안 좋아하니?」

「보석? 왜?」

「글쎄, 관심 없어?」

「살 돈이 없어 그렇지 여자치고 보석 안 좋아하는 여자가 어딨니? 왜, 느네 언니가 뭘 보내준 게 있니?」

「아니야, 그냥 물어본 거야.」

김명숙은 무언가 시침을 떼며 고개를 저었다.

「얘 좀 봐, 누굴 바보로 아나. 숨기지 말고 말해 봐. 나는 아직 못 사더라도 돈 좀 있는 마담 언니들 소개해 줄 수도 있잖니.」

「아니, 정말 그냥 물어본 거니까 그 언니들 옷이나 맞추게 소개해 줘. 그건 나 폼내 주는 거니까. 그만 가자.」

「아유, 응큼한 기집애. 예나 지금이나 저놈의 속을 알 수가 있어야지.」

박보금이 김명숙을 따라 일어서며 잔뜩 눈을 흘겼다.

「얘, 느네 언니한테 좀 도와달라고 해.」

박보금이 식당을 나서며 말했다.

「말 마. 네가 말한 것처럼 급하게 서두르지 말고 기술이나 착실히 익히라고 훈계만 잔뜩 늘어놨더라. 자기도 몸이 안 좋다고 엄살까지 떨어대면서. 돈 앞에서는 형제간도 다 소용없어.」

　김명숙은 언니한테 도움을 청했다가 퇴짜맞은 것이 새삼스럽게 화가 나고 있었다.

19
서로 내민 손

밝지 않은 전기스탠드 불빛 아래서 유일표는 노동법을 읽고 있었다. 보통 60촉짜리 전구를 쓰지만 그의 전기스탠드에는 30촉짜리가 끼워져 있었다. 근면과 절약을 가르치고 있는 재건대에서는 60촉짜리를 쓰는 데가 없었다.

「여보세요, 유 선생님 계세요?」

빨간 볼펜으로 밑줄을 그어가며 책 읽기에 정신을 쏟고 있는 유일표는 바깥의 인기척을 알아듣지 못하고 있었다. 잔뜩 억누른 느낌의 그 목소리는 너무 낮고 가늘었다.

「여보세요, 유 선생님 주무세요?」

똑, 똑, 손기척과 함께 목소리가 조금 커졌다.

「예에? 누, 누구세요?」

유일표는 놀라 목소리가 컸다.

「선생님, 저예요. 서경혜.」

서경혜……. 유일표는 순간적으로 멈칫하다가 이내 한 여자의 얼굴을 떠올렸다. 동그란 얼굴에 눈이 큰 편이고, 짙은 눈썹에 언제나 입술을 힘주어 꼭 다물고 있는 것 같은 여자.

「아니, 서 선생이 어쩐 일이세요. 이 밤중에.」

　유일표는 서둘러 방문을 열었다.

「선생님, 저 지금 쫓기고 있어요.」

　작은 가방을 든 여자가 숨 가쁜 듯 말했다. 그 젊은 여자는 대학생 표가 나는 수수한 차림이었다.

「쫓겨요? 깡패들인가요?」

　유일표는 민첩하게 방을 나섰다.

「아니, 수사기관에…….」

　서경혜는 목소리를 더 낮추며 얼른 뒤를 돌아보았다. 통행금지 시간이 가까워 재건대 앞의 희미한 가로등 불빛 아래는 아무런 인기척이 없었다.

「수사기관? 그게 무슨 소리죠? 아니, 빨리 안으로 들어오세요.」

　유일표의 말이 끝나기 바쁘게 서경혜는 벗은 구두를 집어들고 방으로 들어갔다. 유일표는, 서경혜가 유신 반대 데모 때문에 쫓기는 것이라고 직감했다. 봉사활동 클럽을 이끌고 있는 그녀는 사회의식뿐만이 아니라 정치의식도 강했던 것이다.

「앉으세요. 데모 때문에 무슨 수사가 시작된 겁니까?」

　유일표는 서경혜의 입장을 편하게 해주려고 먼저 그쪽으로 말을 꺼냈다.

「빨리 알아차리시는군요. 민청학련(전국민주청년학생총연맹) 관련자들을 대대적으로 검거하기 시작했어요.」

　서경혜의 입매는 여전히 야무져 보였지만 얼굴에는 불안과 긴장감이 서려 있었다.

「드디어 칼을 빼들었군요. 그 단체가 데모를 주도했던 모양이지요?」

유일표는 담배를 입에 물며 서경혜가 그 단체의 간부였을 거라고 짐작했다.

「네. 각 대학의 개별적인 데모로 생기게 되는 힘의 분산을 막고, 전국적인 조직을 짜서 힘을 강화시키고 투쟁 효과를 높이기 위해 그 단체를 만들었습니다. 그동안 각 대학들이 일으킨 데모를 효과적으로 진행시켰고, 이번에 전국에 걸친 연합시위를 계획하고 있었는데 기관에서 냄새를 맡고 덮치기 시작했습니다.」

서경혜는 낮은 소리로 또박또박 침착하게 말했다. 유일표는, 그녀가 재건대 아이들을 가르치는 열성도 대단하고 아이들을 이끌어가는 다부짐도 잘 알고 있었지만 이런 상황에서 침착을 잃지 않는 것에 놀라고 있었다.

「그랬겠지요. 그들로선 좌시할 수 없는 위기가 닥치고 있으니까요. 그런데……, 여기는 안전한 피신처가 못 됩니다. 드나드는 사람들이 너무 많아요. 경찰이나 형사들도 불쑥불쑥 나타나고요.」

「네, 그 생각도 안 한 게 아닙니다. 검거가 시작되고 한 1주일 정도 피신하고 보니까 더 이상 찾아갈 친척집이 없었습니다. 귀신같이 그들의 손길이 뻗쳐왔거든요. 그들에게 탐지되지 않을 곳은 친구들 집도 안 되고, 아무런 연고가 없는 타인이어야 했어요. 믿을 수 있어야 하구요. 그러나 그런 타인을 찾아내기가 어디 쉽나요. 골똘히 생각하다 보니 유 선생님이 떠올랐어요. 제가 여기 재건대에는 혼자 나왔었고, 그때의 봉사활동 클럽에서 민청학련에 참여한 애들은 없으니까 수사기관에서는 저와 재건대와의 관계는 포착할 수 없게 돼 있어요. 선생님을 믿을 수 있구요.」

유일표는 상대방의 눈길에 문득 당황했다. 자신에게로 쏟아지고 있는 상대방의 눈빛은 너무 강렬했다. 이글거리는 느낌의 그 눈빛은 '그렇지요? 믿어도 되지요?', '저를 숨겨주실 거지요?' 하는 말이기도 했다. 그러나 유일표는 그 눈빛이 심장을 찌르는 그 어떤 다른 느낌 때문에 당황하고 있었다. 지금까지 꽤나 많은 여자들을 대해왔지만 그런 눈빛을 받기는 처음이었다.

「예, 잘 오셨어요. 별 걱정 마세요.」 유일표는 부드럽게 웃으며 고개를 끄덕이고는, 「수사기관은 중정인가요?」 하며 담배연기를 내뿜었다.

「네, 중정이에요.」

「그렇겠지요. 그런데 지금 서 선생이 중정의 품안에, 아니, 품안은 아니겠고, 그 처마 밑에 들어와 있다는 건 아세요?」

「네에?」

유일표의 갑작스러운 말에 서경혜의 눈이 커졌다.

「놀랄 것 없어요, 농담이니까. 저 위쪽 큰길을 따라 조금만 내려가면 중정이거든요.」

「어머, 그 생각은 미처 못했어요.」

서경혜는 깜짝 놀라며 한 손으로 가슴을 눌렀다.

「이런, 긴장을 풀어주려고 한 건데 그리 놀라면 됩니까. 등하불명이라고 자기들이 노리는 사람이 이렇게 가까이 와 있으리라고는 그 사람들도 상상을 못해요. 오히려 여기서 하룻밤 보내기는 안성맞춤인 셈이지요. 수배자가 서울을 떠나 산간 절이나 시골로 숨는 게 가장 어리석은 짓이란 말이 있잖아요. 그런 데는 외지인이 금방 표가 나니까요.」

「네, 그래서 저도 서울을 떠나지 않고 있었어요.」

「그런데, 긴급조치 1호에 따라 검거가 시작됐다면 이게 보통일은 아닐 거요. 군대용어로 이번에 '시범쪼'를 보일 테니까 희생자들도 엄청나게 생길 거고, 반대 세력의 뿌리를 뽑으려고 들 테니까 앞으로의 전망도 걱정스럽소.」

말머리를 돌리는 유일표의 목소리가 무거웠다.

「그놈의 긴급조치 1호만 생각하면 치가 떨려요. 그건 유신독재가 얼마나 잔인하고 악독한지를 자기들 스스로가 입증하고 있어요. 이 세계 어느 나라에도 그따위 법은 없을 거예요.」

서경혜의 태도가 금세 달라졌다. 그녀는 정말 치를 떠는 것처럼 얼굴에 분노의 빛이 서리고, 야무진 입매에는 더 힘이 모아져 있었다.

「그래요, 그건 무법천지의 표본이오. 그런 세상에서 살려면 사람이기를 포기해야 한다는 건데, 앞으로 어찌 될지…….」

유일표는 혀를 찼다.

「세상에 법원의 영장 없이 체포하고, 전시도 아닌데 비상군법회의에서 심판, 처단한다는 게 말이나 되는 소리예요? 이게 도대체 무슨 나라예요.」

서경혜가 말하는 것은 긴급조치 1호의 5항과 6항이었다. 대통령 긴급조치 1호는 전체 7항으로 이루어져 있었다.

1. 대한민국 헌법을 부정, 반대, 왜곡 또는 비방하는 일체의 행위를 금한다.

2. 대한민국 헌법의 개정 또는 폐지를 주장, 발의, 제안 또는 청원하는 일체의 행위를 금한다.

3. 유언비어를 날조, 유포하는 일체의 행위를 금한다.

4. 전 1, 2, 3호에서 금한 행위를 권유, 선동, 선전하거나 방송, 보도, 출판, 기타 방법으로 이를 타인에게 알리는 일체의 행동을 금한다.

5. 이 조치에 위반한 자와 이 조치를 비방한 자는 법원의 영장 없이 체포, 구속, 압수 수색하며 15년 이하의 징역에 처한다. 이 경우에는 15년 이하의 자격 정지를 병과할 수 있다.

6. 이 조치에 위반한 자와 이 조치를 위반한 자는 비상군법회의에서 심판, 처단한다.

7. 이 조치는 1974년 1월 8일 17시부터 시행한다.

「글쎄 말이오. 무법의 칼을 휘둘러대기 시작했으니 이게 어찌 될 것인지…….」

「그 종말이야 뻔하지요. 이승만 독재가 그 비참한 꼴을 잘 보여주고 있잖아요. 제2의 4·19가 폭발해야 되요. 그리 되면 박정희라고 별수 있겠어요.」

서경혜의 말은 거침없고 어떤 확신에 차 있었다.

「글쎄요. 그랬으면 좋겠는데 그때와 사회적 상황이 같지 않은 게 문제요.」

「네에? 무슨 말씀이세요?」

「서 선생 못지않게 나도 제2의 4·19를 바라는 사람인데……, 그때와 지금은 사회 현실이 많이 다르지 않나 싶소. 지난 4·19는 전국민적 호응과 지지를 받았던 투쟁이었는데 오늘날에도 과연 그렇게 될 수 있겠느냐 하는 게 문제요. 무슨 말인고 하면, 이승만은 정치와 경제 양면을 모두 실패해 국민들로부터 완전히 외면당했던 것에 비해 박정희는 정치를 실패로 몰고 가면서도 경제적 성공을 거둔 면이 있어요. 그게…….」

「그렇지만 독재가 이승만보다 훨씬 더 혹독하잖아요. 3선개헌에 유신까지, 세상을 지옥으로 만들었어요.」

서경혜는 성급하게 유일표의 말을 자르고 들었다.

「서 선생, 서 선생 말도 옳아요. 그러나 정치 투쟁을 하려면 사회 현실을 냉정하게 직시하고 판단하는 이성을 잃지 말아야 해요. 정치의식과 사회의식이 강한 지식인들의 입장에서는 오늘의 현실은 틀림없이 지옥이오. 그러나 의식이 빈약한 상태에서 좀더 잘사는 것에 급급하고 있는 일반 대중들의 입장에서는 더 필요한 게 뭐겠소? 어차피 정치행위를 하지 않는 그들은 정치적 자유 같은 것에는 별 관심이 없고, 그저 잘살게 되기를 바라고, 오늘보다 내일이 낫기를 기대하고 있소. 그런 대중의식 속에 박정희 독재는 한 발을 깊이 박고 있소.」

「그렇지만 오늘날의 경제는 박정희 혼자서 일으킨 게 아니잖아요. 그 주체는 지난 10년 동안 죽어라고 피땀 흘린 국민들이에요.」

「맞소. 그건 부정할 수 없는 명확한 사실이오. 그러나 그런 인식을 하는 건 극소수 지식인에 불과하다는 사실이 또한 문제요. 참 불행하게도, 박 정권은 그동안 경제발전을 자기네 업적으로 선전하는 데 크게 성공했고, 현명하지 못한 대중들은 정치선전에 최면되면서 대중들의 약점인 영웅주의에 빠져들어 박정희를 경제를 일으킨 영웅으로 믿고 받들게 되었소. 대중들이 그렇게 된 데는 그동안 그 영웅주의를 깨는 데 아무런 역할도 하지 못한 야당·언론·지식인들에게 전적인 책임이 있소. 다시 말하면 정치·사회적 투쟁이란 폭넓은 대중들의 호응과 지지를 받지 않고서는 성공할 수 없는데, 오늘의 현실에서 그게 과연 얼마나 가능할 것이냐 하는 것이오.」

「그럼 어떻게 하나요? 선생님이 생각하는 방법이 뭐가 있으세요?」

서경혜의 풀죽은 기색이 유일표의 말에 동의를 표하고 있었다.

「작년 말부터 대학생들 데모가 일어나자 내 나름으로 곰곰이 생각해 봤어요. 그런데 암담하기는 마찬가지면서 엉뚱한 사실 한 가지를 깨달았어요. 이승만 정권 12년은 지긋지긋하게 길었는데 박정희 정권 12년은 어떻게 하다 보니 지나갔다는 사실이었어요. 이승만 정권 때는 내가 미성년이었고, 박정희 정권 때는 내가 성인으로 사회생활을 하며 살았는데도 말이오. 박 정권을 비판적으로 보는 내가 이럴 때 대중들은 어떨 것인가를 생각하니 더욱 암담해졌소.」

「그럼 아무 저항도 하지 말고 당하기만 해야 하나요?」

서경혜는 어깨한숨을 내쉬었다.

「그럴 수야 없지요. 그러나 제2의 4·19를 기대하는 환상을 버리고 그동안 최면되어 온 대중들의 의식을 깨워나간다는 자세로 각오를 단단히 해야 할 거요. 이승만 때와는 달리 군부에 또 한 발을 깊이 박고 있는 이

정권의 탄압이 보통이 아닐 테니까.」

「선생님 말씀을 듣고 보니 절망스러워져요. 어쩜 좋지요?」

서경혜는 울상이 되며 아랫입술을 물었다.

「참 어려운 일이오. 밤이 늦었으니 그만 쉬도록 하시오. 거처는 내가
생각해 볼 테니 너무 걱정하지 말고.」

유일표는 재건대장 이용진의 방으로 건너갔다. 그는 방으로 들어가기
전에 사방을 살펴보았다. 흐린 가로등 불빛 아래 의심스러운 인적은 느
껴지지 않았다.

「누가 찾아왔나요?」

유일표가 방으로 들어서자 장부를 정리하고 있던 이용진이 물었다.

「예. 작년 7월까지 1년 동안 우리 야학에서 영어를 지도해 주었던 서
경혜 선생 기억하시지요? 서 선생이 피신을 왔습니다.」

「피신이오?」

이용진이 놀라는 기색으로 돌아앉았다.

「예. 유신 반대 데모 지도부에 속했던 모양인데, 그 단체원들에 대한
대대적인 검거가 시작됐다고 합니다.」

「이런, 결국 시작이군요. 근데 여기서 피신이 되겠어요? 보는 눈이 한
둘이 아닌데.」

「그 말 이미 했습니다. 우선 애들 눈부터 피해야 하니까 마땅한 장소
를 제가 좀 생각해 보도록 하겠습니다.」

「그래야지요. 여자 몸으로 끌려가 고초를 당하면 그거 큰일이지요. 서
로 돌려가면서 하면 좋을 텐데 박 통도 무슨 욕심이 그리 많아 세상을
이리 시끌시끌하게 만드는지 원. 바다는 메워도 사람욕심은 못 메운다
는 옛말이 어찌 그리 맞는지. 어쨌거나 박 통도 이제 좋은 시절 다 지나
간 것 같소. 일단 반대가 시작됐으니 쉽게 가라앉진 않을 거고, 반대당
하는 대통령 꼴이 그게 뭐요. 참 한심스러워요.」

이용진은 장부를 덮으며 쯧쯧쯧 혀를 찼다.

「권력욕을 이길 수 있으면 그건 사람이 아니라 성인이지요. 권력욕이란 건 자식도 죽이고, 애비도 죽이는 거니까요.」

유일표는 문이 덜렁거리는 헌 장롱에서 베개를 꺼내 자리잡고 누웠다.

「하긴 권력을 앞에 두고 그 욕심을 이길 사람이 이 세상에 어디 단 하나라도 있겠어요? 안 되는 게 없는 게 권력인데.」

이용진도 유일표 옆에 누우며 기지개를 켰다.

「꼭 한 사람이 있긴 있지요.」

「그래요? 그게 누구요?」

이용진이 재빨리 유일표 쪽으로 몸을 돌리며 관심을 드러냈다. 배움이 적은 그는 언제나 새로운 것을 알아 자신의 부족을 채우려고 애썼다. 그가 유일표에게 지성으로 하는 것도 야학 운영만이 아니라 그런 욕구를 창피스러움 없이 채울 수 있기 때문이기도 했다.

「인도의 간디입니다. 우리나라가 일본의 식민지였던 것처럼 인도는 영국의 식민지였는데, 간디는 인도의 독립운동을 이끌어 영국으로부터 인도를 독립시켰기 때문에 '인도 독립의 아버지'로 추앙받고 있습니다. 그런데 간디가 세계적으로 유명해진 것은 '비폭력 저항'이라는 독립투쟁 방법을 세계 최초로 실행했기 때문입니다. 비폭력 저항이란 무기를 든 영국군을 향하여 인도의 독립대원들이 아무것도 갖지 않은 맨몸으로 덤벼 항의하고 독립을 외쳐대는 것입니다. 무장을 했지만 수가 적은 영국군은 자기네보다 수십 배가 넘는 인도사람들을 해산시키려고 공포를 쏘아대고, 그에 맞서 인도사람들은 '영국군 물러가라!'를 더 크게 외쳐대고, 그러다 안 되니까 영국군은 개머리판이나 몽둥이로 인도사람들을 두들겨패기 시작합니다. 그때 인도 독립대원들은 맨주먹으로 맞서 싸우는 육박전을 하는 게 아닙니다. 때리는 대로 맞고 피 흘리며 쓰러집니다. 그럼 그 사람들을 끌어내고 다음 사람들이 앞으로 나섭니다. 그러는 동안 쓰러진 사람들은 여자 간호대가 치료를 합니다. 중상자들은 빼고 경상자들은 붕대를 감거나 붉은 약을 바른 몸으로 다시 줄을 서 영국군을 향해 덤벼듭니다. 부상자들이 다시 덤벼들고 또다시 덤벼들고……, 결국은 영국군들이 질려버리고 맙니다. 그러한 독립투쟁이 인도 곳곳에서 일어났고, 그 세계 최초의 육탄투쟁은 외국 기자들에 의해서 전세계에 알려지게 되었습니다. 그러자 각 나라 사람들은 그 희한한 육탄투쟁에 놀라는 한편으로, 세계 여론은 비무장인 사람들을 무자비하게 구타해 대는 영국군을 지탄하기 시작했습니다. 결국 영국은 인도에서 물러나지 않을 수 없었고, 인도는 우리보다 2년 뒤인 1947년에 독립을 이룩하게 되었습니다.」

「하아, 총칼을 들지도 않고 독립을 하다니, 그런 묘한 방법도 있구만요.」

「예, 총칼을 든 우리나라하고는 다른 방법이었지요. 그런데 그 비폭력 저항을 '간디의 무저항주의'라고 말하거나 글로 쓰는 사람들이 꽤나 많아요. 그건 아주 잘못된 겁니다. 무저항주의란 말뜻 그대로 하자면 '저항을 하지 않는 주의'인데, 인도 독립대원들은 자기들이 영국군에게 폭력을 행사하지 않았을 뿐이지 온몸을 내던져 저항했거든요. 그리고 무저항주의라는 말은 간디의 뜻과도 맞지 않는 겁니다.」

「예에, 무식한 내가 생각해도 그래요. 이쪽에서는 폭력을 행사하지 않는 저항이란 뜻이니까 비폭력 저항이라고 해야 옳고말고요.」

이용진이 말을 받았다. 그건 단순히 맞장구를 치는 것이 아니었다. 어떤 새로운 것을 확실하게 머리에 넣어야 할 때 그가 흔히 쓰는 복습 방법이었다.

「예, 그런데 간디가 두 번째로 세계적으로 유명해진 일이 생겼어요. 인도가 독립이 되었으면 당연히 간디가 인도를 다스리게 되는 것 아닙니까? 그런데 간디는 권력을 잡지 않고 독립대원이었던 네루한테 수상을 맡게 하고 자기는 야인이 되었습니다. 그때 전세계 사람들은 또 한번 놀라고 말았습니다. 그리고 그 순간 간디는 성인이 되었습니다. 간디가 죽었을 때 아무 권력도 직위도 없는 야인이었는데 세계 각국의 대통령이나 수상들이 가장 많이 조문을 온 장례식이 되었습니다. 그리고 온 세상사람들은 성인이란 뜻의 인도말을 이름 앞에 붙여 '마하트마 간디'라고 부르게 되었던 겁니다.」

「마하트마 간디, 마하트마 간디……. 참 부처님이 따로 없구만요. 알 만한 사람들이 어째서 그런 좋은 본을 못 보나 그래. 하긴 박 통이야 젊었을 때부터 우리 아버지 같은 사람들 등뒤에서 총질해 댄 인간이니까.」

이용진이 한숨을 푹 쉬었다.

유일표는 가슴이 섬뜩한 걸 느꼈다. 이용진의 부친은 만주에서 투쟁하다 숨진 독립투사였던 것이다.

「그만 주무시지요. 벌써 1시가 다 됐습니다. 저는 아침에 애들이 일어나기 전에 서 선생이 여길 떠나게 해야 될 것 같습니다.」

「어디로요? 마음에 정한 데가 있습니까?」

「글쎄요……, 지금 생각으로는 급한 대로 저희 집으로 옮기는 게 어떨까 싶은데요. 서로 연고가 안 닿으니까 안전하고, 낮에는 빈 집이나 마찬가지니까 서 선생이 지내기 편하고요.」

「그런데……, 셋방 든 사람들이나 이웃사람들한테 의심 사지 않을까요? 하루이틀 있을 것도 아닌데.」

「그거야 시골서 서울로 취직하러 온 친척이라고 적당히 둘러대지요, 뭐.」

「하긴 무작정 상경녀들이 수두룩한 판이니까. 우선 그리 해놓고 나도 좀 알아보도록 하겠소. 그만 잡시다.」

유일표는 4·19 그날을 생각하고……, 이런 상황 속에서 자신은 노동자문제에만 신경 쓰고 있어야 하는가를 생각하고……, 그러다가 잠 속으로 가물가물 젖어들었다.

유일표는 새벽 5시에 재건대를 나섰다. 남산자락에는 새벽 안개가 자욱하게 퍼져 있었다. 완연해진 봄기운을 따라 자주 끼는 안개는 마치 피신을 돕는 듯했다. 큰길까지 나오는 동안 서경혜는 몇 번이고 뒤를 살피고는 했다. 유일표는 곁눈질로 그런 그녀의 모습을 보면서 피신자의 신중함을 느끼는 동시에 여자의 나약함도 느끼고 있었다.

「금년 졸업반이지요?」

큰길로 나서며 유일표는 불쑥 물었다. 서경혜는 멈칫 놀라더니 고개만 끄덕였다.

「집에서는 뭐라고 하세요?」

「어른들 하는 말 다 똑같잖아요. 하라는 공부는 안 하고 딴 짓 한다고…….. 그 말은 참겠는데, 계집애가 뭐 잘났다고 나서서 까불다가 감옥살이하고 나면 시집은 어떻게 갈 거냐는 말에는 참을 수가 없어요.」

「그 말씀이 맞는 것 같은데요?」

유일표는 픽 웃었다.

「네에?」

「농담이오. 자아, 저 차 빨리 탑시다.」

「그건 미아리 쪽이 아니라 금호동…….」

서경혜는 말을 하다 말고 유일표를 뒤따라 시내버스에 올랐다. 버스의 몸체를 따라 붙인 ㄷ자형의 긴 의자에는 빈자리가 많았다. 유일표는 먼저 자리잡고 앉으며 서경혜에게 빠르게 눈짓했다. 그건 아무 말도 하지 말라는 눈짓말이었다. 서너 정거장을 지나 유일표는 퇴계로5가에서 버스를 내렸다.

「아까 우리하고 버스를 탄 사람이 몇인 줄 아세요?」

버스가 떠나자 유일표가 물었다.

「글쎄요……, 서너 사람쯤…….」

「세 사람이었는데 그중에 둘이 남자였어요. 그런데 한 남자가 신경에 거슬렸어요. 그러나 여기서 안 내렸으니까 이젠 걱정할 거 없지요. 여기서 편한 맘으로 미아리 쪽 버스를 탑시다.」

서경혜는 그제서야 미행에 대비했다는 것을 알았다. 그녀는 조심스럽게 눈동자만 돌려 유일표를 훔쳐보았다. 새벽 공간에 윤곽을 뚜렷이 드러내고 있는 그의 옆얼굴이 무척 강인해 보인다는 것을 그녀는 처음으로 느끼고 있었다.

「아까 말한 대로 누가 물으면 시골서 온 친척이라고 해줘요. 낮에는 혼자니까 편할 거고, 밤에는 내 여동생하고 함께 잘 수밖에 없어요. 여동생이 말이 없는 편이지만 마음은 넓어요. 서 선생보다 나이가 서너 살 많을 테니까 언니 대하듯 하며 마음 편하게 지내면 될 겁니다. 서 선생이 재건대에서 1년이나 무료봉사 했으니까 나도 그 정도는 봉사할 수 있어요. 아무 부담 느끼지 말고 편히 지내세요.」

버스에서 내려 골목을 걸어가며 유일표가 말했다.

「어머, 그렇게 오래 걸리면 어쩌게요.」

「모를 일이오. 뿌리를 뽑으려고 할 테니까. 어쨌든 좀 오래 걸리더라도 감옥살이하는 것보다는 낫지 않겠소?」

「선생님은 농담 잘 안 하시는 줄 알았는데…….」 서경혜는 옆눈길로 유일표를 보며 수줍게 웃고는, 「저어……, 집에는 며칠에 한 번씩 오시나요?」 그녀는 조심스럽게 물었다.

「1주일에 한 번 정돈데……, 매일 출퇴근을 할까요?」

유일표는 쿡쿡거리고 웃었다. 서경혜는 고개를 푹 수그리며 아무 대꾸가 없었다.

「전혀 불편해 할 것 없어요. 저쪽 일이 있으니까 사흘에 한 번쯤 와보도록 하겠소. 텔레비전은 없지만 매일 뉴스는 트랜지스터로 듣고, 책이나 읽으면서 시간 때우도록 해요.」

유일표는 찌그러진 판자대문 사이로 손을 넣어 문고리를 벗겼다. 그러자 문에 달린 작은 종이 땡그랑땡그랑 맑게 울렸다.

「우리 집이 그야말로 무허가 판잣집이오. 이런 집이나마 장만하느라고 우리 형이 무진 애를 썼고, 이런 집이나마 없는 무주택자가 서울특별시에 50퍼센트가 넘는 형편이니 우린 부자인 셈이오. 우리한테는 이 집이 궁전이니까 서 선생도 그리 생각하고, 편히 지내주시오.」

서경혜는 고개를 보일 듯 말 듯 끄덕이며 유일표의 말을 듣고 있었다.

「어머, 작은오빠…….」

종이 울리는 소리를 듣고 부엌에서 나오던 유선희는 작은오빠 뒤를 따라 들어오는 여자를 보고 말을 멈추었다.

「큰오빠는?」

「아직 안 일어났는데…….」

작은오빠를 쳐다보는 유선희의 눈길은 의문에 찬 말들을 담고 있었다.

「일표냐? 아침부터 웬일이냐?」

잠이 덜 깬 목소리와 함께 방문이 열렸다. 동생을 쳐다보던 유일민도 얼떨떨한 얼굴이 되었다.

「너 방으로 좀 들어가자.」

유일표가 여동생에게 말하며 걸음을 떼어놓았다.

「어머, 방도 안 치우고…….」

유선희는 작은오빠를 앞서 큰오빠의 방으로 뛰어 들어갔다. 유일표는 형과 여동생에게 서경혜를 소개하고 집에 오게 된 사연을 간략하게 이야기했다.

「예, 어려운 일 하시면서 고생이 많으시군요. 보시다시피 집이 누추합니다만 안전할 수 있다면 편한 마음으로 지내도록 하십시오. 참 힘든 세상입니다.」

유일민이 집주인답게 따뜻한 어조로 손님을 맞이했다.

「네, 마음 편안하게 먹으세요. 그래야 저도 편해지니까요.」

한 방을 써야 할 유선희도 부드럽게 웃으며 말했다.

「고맙습니다. 앞으로 친척으로 지내야 하니까 말씀들 낮추십시오.」

서경혜가 고개를 깊이 숙이며 붙임성 좋게 말했다.

유일표는 날마다 서경혜에게 마음이 쓰였다. 꼭 여동생을 남의 집에 갖다 둔 것 같은 기분이었다. 그리고, '선생님을 믿을 수 있구요' 하며 자신을 쳐다보던 그녀의 강렬한 눈길이 떠오르고는 했다.

그는 한사코 그녀에게로 쏠리는 마음에 스스로 부끄러워하며 아이들이 거둬오는 신문들을 열심히 뒤지고 뉴스시간마다 트랜지스터를 틀었다. 그러나 그 사건에 대한 보도는 전혀 접할 수가 없었다. 그렇다고 재건대와 가까운 경찰이나 형사들에게 슬쩍 물어볼 수도 없었다. 자칫 의심 사기 쉬웠고, 중정에서 주도하고 있는 일이라면 음지에서 움직이는 그 속성상 경찰에서도 알기 어려운 일이었다.

유일표는 나흘째 되는 날 아침부터 잠시도 쉴 틈이 없이 일손을 놀렸다. 아이들이 거둬들이는 것들을 종류별로 분류하는 것은 재건대장 이용진과 그의 몫이었다.

「좀 쉬엄쉬엄 해요. 몸살나겠어요. 오늘 어디 갈 일 있나요?」

이용진이 일손을 멈추고 담배를 권하며 물었다.

「예, 오후에 잠깐 집에 좀 다녀오려고요. 사흘에 한 번 정도 만나기로서 선생하고 약속했거든요.」

「그거 잘하셨군요. 더러 소식을 전해주고, 서 선생을 위로하고 힘도 주고, 겸사겸사 좋은 일이지요.」

「그런데 그 사건이 어찌 돼가는지 전혀 소식을 알 수가 없다니까요. 신문이나 방송에서 단 한마디가 없으니…….」

「좀 기다려봐요. 여기에 알아봐 달라고 부탁해 놨으니까요.」

이용진이 엄지손가락을 세워 보였다. 그건 명동 일대를 장악하고 있는 왕초를 말하는 것이었다.

「거기서 중정으로 통하는 데가 있을까요?」

유일표는 반가운 기색을 드러냈다.

「5·16 터지고 싹쓸이할 때는 어쩔 수 없이 당했지만 이젠 서로 그렇고 그런 사이가 됐으니까 판이 어떻게 돌아가고 있는지 정도는 알아낼 수 있을 거요. 이 양반 무시해서는 안 되는 일도 적지 않으니까.」

이용진은 또 엄지손가락을 세웠다.

유일표는 고개를 끄덕이며 웃었다. 이용진이 그 왕초를 받드는 '의리'는 눈물겨울 지경이었다. 그의 옥바라지 비용을 대느라고 미제 물건들을 취급하다가 감옥살이까지 하고 나왔는데도 그 마음은 변함이 없었다. 굶주리며 떠도는 자신에게 재건대를 마련해 주고 보살펴준 은혜 때문이었다. 그리고, 자신이 독립투사 자손인 것을 유일하게 알아준 사람이 그 왕초였다는 것에 이용진은 더욱 감읍하고 있었다. 그 왕초는 출감하여 다시 지난날의 세력을 장악했고, 이용진이 왕초와 더 깊은 사이가 된 것은 말할 것도 없었다.

유일표는 2년 전 일을 생각하며 속으로 웃었다. 어느 날 느닷없이 이용진이 대우 좋은 회사로 자리를 옮기지 않겠느냐는 말을 꺼냈었다. 내용을 들어보니 그 왕초가 새로 생긴 어느 호텔에 카지노사업을 하게 되었는데 많이 배우고 믿을 만한 사람을 찾고 있다는 거였다.

그는 이미 큰 규모의 카바레를 경영하고, 사채시장에서 돈놀이도 하고 있어서 사업 전체를 관리할 사람이 필요했던 것이다. 이용진이 자신을 '믿을 만한 사람'으로 생각하는 것은 그가 감옥살이를 하는 동안 재건대와 야학을 별탈 없이 지켰기 때문이었다. 저쪽에서 제시한 직책은 거창하게도 '기획관리상무'였고, 보수도 대기업 상무와 다를 게 없었다. 그러나 차마 주먹세계로 들어갈 수는 없었다. 그때 이미 노동자문제에 관심을 쓰고 있기도 해서 재건대 아이들을 내세워 사양했던 것이다.

유일표는 오후 4시쯤에 일을 다 마치고 옷을 갈아입었다.

「이거 얼마 안 되는데 서 선생 먹을 거나 좀 사다 주세요. 오래 먹을 수 있게 사탕 같은 걸로. 서 선생이 무료봉사 해준 은혜를 이런 때 조금이라도 갚아야지요.」

이용진이 누런 편지봉투를 내밀었다.

「아이구, 이렇게 마음을 쓰시다니……..」

유일표는 자신이 미처 생각하지 못한 일이라 반색을 했다.

「내가 해야 할 일을 유 선생님이 선뜻 맡고 나섰는데 나는 뒤에서 이쯤은 해야지요. 감옥살이해 보니 시간은 어찌 그리 지루하고, 사탕 같은 군것질 생각은 왜 또 그리 간절한지. 서 선생은 지금 감옥살이하는 거거든요.」

봉투를 받아가지고 돌아서며 '내가 해야 할 일'이었다는 이용진의 말이 옳다는 것을 유일표는 뒤늦게 깨달았다. 이용진은 재건대의 대장만이 아니라 야학의 교장 격이었다. 자신은 기껏해야 교무주임 정도일 뿐이었다. 야학에서 봉사했던 인연을 찾아왔으면 서경혜는 의당 이용진에게 도움을 청했어야 한다. 그런데 그녀는 자신을 찾았고, 자신은 또 당연한 것처럼 그녀의 일을 맡고 나선 것이다. 그 일을 이용진이 어떻게 생각했을까 하는 마음이 일며 쑥스러워지고 뒷덜미가 뜨거워졌다.

유일표는 버스에서 내려 미아리시장의 식료품 도매상을 찾아갔다. 어머니가 국밥장사를 할 때 미원이며 샘표간장 같은 것을 사려고 자주 다닌 곳이었다. 거기에는 온갖 종류의 사탕이며 과자까지 먹을 것은 없는 게 없었다.

유일표는 그 상점으로 들어서며 혼자 픽 웃었다. 자신에게 유난히 친절했던 여 점원이 떠올라서였다. 주인 아내의 먼 친척이라는 그 처녀는 뼈대가 커서 남자 같은 체구인데다가 얼굴까지 어글어글해서 여자로서 고운 데를 찾기가 어려웠다. 그런데 그 처녀는 주인이 없을 때는 물건값을 푹 깎아주는가 하면, 사탕을 한움큼 집어 굳이 자신의 손에 쥐여주기도 했다. 그런 친절이 거북하고 난처해 결국 발길을 끊게 되었다. 그런데 몇 년이 지나 어머니한테 들으니 어디론가 시집을 갔다고 했다.

유일표는 사탕과 과자를 이것저것 골라놓고 돈봉투를 꺼냈다. 그는 돈을 보고 놀랐다. 그건 군것질 값으로는 너무나 많았다. 거기에는 피신이 오래 걸릴지도 모른다는 이용진의 마음이 담겨 있기도 했다.

언제나처럼 유일표가 판자 사이로 손을 넣어 문고리를 따자 작은 종은 딸랑딸랑 울려댔다. 그가 판자대문을 밀치며 안으로 들어서는데 서경혜가 부엌에서 달려나왔다.

「아니, 그게 뭐요?」

유일표는 서경혜를 어리둥절한 얼굴로 쳐다보았다. 머리를 뒤로 한 묶음으로 묶고 앞치마를 두르고 있는 서경혜는 평소와는 전혀 다른 모습이었다.

「셋방 할머니한테 사촌 언니 오빠들이라고 했는데 말을 그렇게 하면 어떡해요?」

서경혜는 속삭이듯 빠르게 말하며 주먹으로 허공을 치는 손짓을 했다.

「아 참…… 그런데 이게 뭐요?」

유일표는 갑자기 말을 어떻게 할 수가 없어서 그 대신 목소리를 잔뜩 낮추었다.

「할머니 가게에 가셨으니까 크게 말씀해도 괜찮아요.」 서경혜는 곁눈질과 함께 곱게 눈웃음을 짓고는, 「저녁밥 하는 거지요. 눈치가 빠르신 줄 알았는데.」 그녀는 어떠냐는 듯 앞치마를 쓰다듬었다.

「밥을 해요?」

「당연하지요. 직장에서 피곤하게 돌아온 언니한테 밥을 얻어먹어서 되겠어요? 그렇게 뻔뻔하게 굴면 쫓겨나기 딱 알맞지요. 저라도 그런 얌체는 하루도 안 붙여둬요.」

「하루도? 그럼 언제부터 밥을 하기 시작했다는 거요?」

「다음날 아침부터지요.」

「선희가 그러라고 해요?」

「아아니요, 안 된다고 야단이시길래 제가 사정사정했어요. 남들 보기도 이상하고, 저를 편케 있게 해달라고요. 그래서 아침은 함께, 저녁은 제가 하기로 했어요.」

모습만 여자답게 변한 것이 아니라 언행도 삽삽하게 달라진 서경혜를 유일표는 물끄러미 바라보고 있었다. 그녀가 보인 신속한 적응력도 놀라웠고, 많이 배운 여자들이 흔히 드러내는 젠체함이 없이 궂은일을 차고 나선 것이 퍽 인상적이었다.

「뭘 그렇게 보세요?」

유일표의 눈길을 의식한 서경혜는 부끄러움을 타며 고개를 돌렸다.

「아니오. 이러고 있다가 할머니한테 들키기 전에 어서 방으로 들어갑시다.」

유일표는 안방 격인 형의 방으로 앞장서 들어갔다. 그는 서경혜가 들어오기를 기다려 큰 봉지를 그녀 앞으로 불쑥 내밀었다.

「이게 뭐예요?」

「재건대장님이 서 선생한테 보내는 선물이오. 지루하고 답답할 때 먹으라고.」

「어머나, 고마우셔라. 사탕하고 과자를 이렇게나 많이!」

서경혜는 봉지 안을 들여다보며 입을 한껏 벌렸다.

「그건 아무것도 아니오. 그보다 백 배쯤 더 살 수 있는 돈이 여기 남았어요. 비상금으로 두고 쓰시오.」

유일표는 돈봉투를 서경혜 앞에 내놓았다.

「저 비상금 많이 있어요. 떠돌 때는 돈이 힘이라면서 아빠가 많이 주셨거든요. 선생님이 가지고 쓰세요.」

「그게 무슨 소리요. 대장님이 서 선생한테 주신 거고, 돈은 많이 지닐

수록 좋아요. 넣어두시오.」

「네, 그럼 선생님이 가지고 계시다가 이것 다 떨어지면 계속 사다 주세요. 저는 나돌아다닐 수가 없잖아요.」

유일표는 대꾸할 말이 막혀 서경혜를 바라보며 웃음을 흘렸다.

「혹시 무슨 소식 좀 들으셨어요?」

서경혜는 과자봉지를 밀치며 조심스럽게 물었다.

「대장님이 저쪽에 선을 대서 상황이 어떻게 돌아가고 있는지 알아보기로 했어요. 조금만 기다려봐요.」

「대장님이 그럴 수 있으세요?」

서경혜는 미심쩍은 기색을 보였다. 그녀의 눈에는 이용진이 넝마주이들 대장으로만 보일 거라고 생각하며 유일표는 싱그레 웃음지었다.

「세상살이란 묘하게 얽히고설키는 거라서 대장님한테 그럴 능력이 충분히 있어요. 아무 걱정 말고 편히 지내요.」

「저어……, 집에 편지 좀 부쳐주세요.」

「편지요? 그거 위험하지 않아요?」

「이쪽 주소를 엉터리로 적었고, 내용도 단서가 잡힐 건 전혀 없어요. 안전하게 자리를 잡으면 연락하기로 아버지하고 약속했거든요. 중앙우체국에서 부쳐주시면 좋겠어요.」

「당연히 중앙우체국이지요.」

학생운동을 하고 있다고 수사 단서가 될 수 있는 우체국 소인까지 피할 줄 아는 것이 유일표는 기특하고 대견하기만 했다.

「편지 가져올게요.」

서경혜는 곧 편지와 접시 하나를 가지고 왔다. 그녀는 재빠른 손놀림으로 과자와 사탕을 종류별로 조금씩 접시에 옮겨놓았다.

「좀 드세요.」

「허! 내가 꼭 손님 같소. 서 선생 거니까 서 선생이 먼저 집으시오.」

「아니에요, 여자가…….」

서경혜가 부끄러워하며 고개를 숙였다. 유일표는, 아까 앞치마를 입은 모습을 보는 순간 일어났던 그 야릇한 감정이 다시 스치는 것을 느꼈다. 그는 그 묘한 감정을 감추듯 과자를 집으며 불쑥 말했다.

「자아, 먹읍시다. 맛있게 생겼소.」

「주무시고 가실 건가요?」

서경혜도 과자를 집으며 물었다.

「아니오. 나 야학선생 아니오?」

「그럼 저녁은 드시고 가세요. 제가 빨리 지을게요. 언니도 오실 시간 다 됐어요. 누워서 좀 쉬세요.」

서경혜는 과자와 사탕 서너 개를 집어가지고 재빨리 밖으로 나갔다. 유일표는 서경혜의 뒷모습을 보며 담배를 빼들었다. '제가 빨리 지을게요', '누워서 좀 쉬세요'. 정겨운 그 말은 흔히 부부 사이에 많이 쓰는 것이었다. 그는 그만 얼굴이 화끈 달아올랐다.

사흘이 지나 이용진이 소식을 가지고 왔다.

「수사가 거의 끝난 모양이고, 며칠 있다가 발표한다는 거요.」

「아 예, 그럼 집에 돌아가도 되겠군요.」

「아니오. 그게 아니라 체포를 일단 끝내고 본격적인 조사는 앞으로 시작한다 그거요. 중정 조사를 받으면서 실토할 것들이 많을 테니까 새로 잡혀 들어갈 사람들이 생길 것이고, 앞으로도 계속 위험해요. 수사가 완전히 다 끝나고 재판이 시작될 때까지는 조심해야 돼요.」

이용진의 말대로 나흘이 지나 수사기관에서는 민청학련 사건 수사 상황을 발표했다. 민청학련은 유신 반대 데모를 지도하는 단체가 아니라 공산주의자의 배후조정을 받아 폭력 혁명을 기도한 빨갱이집단으로 둔갑되어 있었다.

「거짓말이에요, 새빨간 거짓말이에요. 무서워 죽겠어요.」

서경혜는 얼굴을 감싸고 소리 죽여 울며 몸을 떨었다.

유일표는 공포에 질려 떨고 있는 서경혜를 묵묵히 바라보고 있었다. 빨갱이라는 누명은 유신독재 반대에 용감하게 나섰던 한 여대생을 순식간에 그렇게 허약하게 만들어버리는 위력을 발휘하고 있었다. 독재정권은 자기네를 위해 공산주의를 마음대로 악용하고 있었고, 빨갱이라는 죄목은 그 누구의 심장이든 찌를 수 있는 비수로 아직도 시퍼렇게 살아 있었다.

「괜찮아요. 세상은 다 알고 있어요. 어쨌든 이 위기만 피하면 돼요.」

유일표는 서경혜를 감싸 안아주고 싶은 심정으로 말했다.

정부의 서슬에 질린 것인지, 폭풍이 잠잠해지기를 기다리는 것인지 대학생들도 데모를 일으키지 않는 침묵의 나날이 지나가고 있었다. 유일표는 사나흘 간격으로 집에 발길을 하고는 했다.

「무슨 다른 소식 없나요?」

「고문들 많이 당하겠지요?」

「저 혼자 배신자가 됐나 봐요.」

유일표를 만날 때마다 서경혜는 우울하게 이런 말을 하며 괴로워했다. 그러는 속에서도 시간의 효험에 따라 그녀는 유일표네 가족과 한 식구처럼 친밀하게 어우러지고 있었다.

보름이 지나고, 한 달이 되었다. 이용진은 수사가 완결되었다는 소식을 유일표에게 알려주었다. 그리고 이틀이 지나 민청학련 사건 수사 전모가 발표되었다. 민청학련은 처음 그대로 빨갱이집단으로 못박인 채 비상군법회의로 넘겨진 사람이 자그마치 253명이었다.

「며칠 더 있다가 집에 들어가는 게 좋을 것 같아요.」

재판이 시작될 때까지 기다리자는 이용진의 말이었다.

「저 집에 가기 겁나요. 요새도 형사들이 오는지 어쩐지 확실하게 좀 알아봐 주세요. 선생님이 곤란해질 수 있으니까 집으로 가지 말고 아버지 상점으로 가주세요.」

　서경혜의 말이었다. 유일표는 중부시장에 있는 서경혜 아버지의 상점을 찾아갔다.

　「요새도 형사들이 가끔 찾아온다니까요. 서약서를 쓰면 더는 잡아넣지 않고 괜찮다는데, 그 말을 믿을 수도 없고 안 믿을 수도 없고……. 어쨌든 딸년을 맡아주셔서 고맙고 고맙습니다.」

　서경혜 아버지는 거듭거듭 허리를 굽혔다.

　유일표의 말을 듣고 난 서경혜는 말없이 밖으로 나가더니 옷을 갈아입고 가방을 든 모습으로 나타났다.

　「아니, 어쩔 셈이오?」

　「가서, 서약서를 쓰겠어요.」

　서경혜는 정색을 하고 말했다.

　「그거 속을 수도 있소.」

　「그럴 것 같진 않아요. 만약 잡혀가면 대장님한테 부탁 좀 해주세요.」

　「아니, 서약서를 쓰는 게 진심이오, 아니면 위장이오?」

　「진심이에요. 그동안 곰곰이 생각해 왔었는데, 이젠 운동 같은 것 그만 하기로 했어요.」

　서경혜는 유일표를 똑바로 보며 말했다.

　「이런, 아까운 용사 하나가 없어지다니. 왜 그리 맘이 변했소?」

　「몰라요. 다 선생님 때문이에요.」

　서경혜는 방을 뛰쳐나가고 있었다.

20
속임수 세월

배상집은 도서관에서 나가기 전에 바깥부터 살폈다. 먼저 눈에 들어오는 것은 교정을 풍성한 녹음으로 장식하고 있는 나무들이었다. 긴긴 세월을 품고 있는 그 나무들의 싱싱하고 무성한 잎들은 대학의 역사와 활력을 동시에 상징하고 있었다. 7월의 녹음이 드리운 짙은 나무그늘을 살펴나가던 배상집의 눈길이 한곳에 멎었다.

그늘 벤치에 혼자 앉아 있는 검은 머리의 남자. 동양사람들은 얼굴 색깔이나 그 모양보다는 검은 머리가 먼저 눈에 띄게 마련이었다. 배상집은 이상한 느낌이 들어 그 남자를 향해 시선을 모았다. 얼핏 보기에는 신문을 읽고 있는 것 같았지만 순간순간 여기저기에 눈화살을 쏘고 있는 남자, 그는 틀림없는 그 사람이었다.

「저자가 북에서 온 백이라는 인물이야. 저자는 여기 목요일이나 금요일에 나타나지. 똑똑히 봐두라구.」

카메라를 훔친 광부를 라인 강에 투신자살시키려는 사건을 해결한 직후에 찾아왔던 기관원이 한 말이었다.

자기 이름을 다 밝히지 않고 한이라고만 하는 그 기관원은 다음에 다시 찾아와서 뜻밖의 사실을 드러냈다.

「이근후가 몇 차례 시도해 본 결과 자네 사상은 아주 건전하고 믿을 만하더군. 우리 일에 협조하는 건 국민 된 도리이고 애국이지. 뭐 학업에 지장이 되거나 어려울 게 전혀 없는 일이야. 협조 잘해 주면 귀국해서 살아가는 데 음으로 양으로 다 힘이 되어줄 거야.」

끔찍스럽게도 이근후는 함정을 파놓고 몇 번씩이나 접근해 온 것이었다. 그렇게도 진지하게 통일을 거론해 가며 동베를린을 비밀리에 다녀오자고 했던 이근후가 정보원의 끄나풀일지 모른다는 의심은 털끝만큼도 하지 않았었다. 그저 유학생활 편하게 하면서 괜히 허파에 바람들고 영웅심에 들뜬 위인이겠거니 했었다. 그때 만약 그를 따라나섰더라면 어찌 되었을 것인가. 그야 더 말할 것도 없는 일이었다. 온 정성을 다해 깎고 다듬은 크리스털 꽃병을 시멘트바닥에 떨어뜨려 산산조각으로 깨는 것이나 다름없었다.

그런데 한이라는 사람은 다시 찾아와 굳이 저녁을 하자고 어느 식당으로 데려가더니 북쪽의 백이라는 사람을 똑똑히 보라고 했었다. 그리고, 백과 접촉하는 학생들을 보고하라고 요구했다. 이근후는 이미 백에게 노출되어 그 일을 할 수 없다는 거였다.

첩보영화나 탐정소설의 세계는 멀리 있는 것이 아니었다. 자신은 갑자기 그 난해하고 살벌한 세계로 얽혀들고 있었다.

「글쎄요, 저는 곧 귀국할 거고, 그런 일에는 소질도 없습니다.」

상대방의 기분을 상하지 않게 하려고 완곡하게 말했다.

「곧 귀국할 거니까 더 좋아. 그때까지만 좀 수고하라구. 그건 1주일에 하루 살피면 되는 거지 소질로 하는 일이 아니야. 귀국하면 내가 책임지고 뒤를 봐줄게.」

「죄송합니다. 저는 그 일을 할 수 없습니다. 저는 순수한 학자로만 살고 싶습니다.」

더 말을 못하게 거절의 뜻을 강하게 나타낼 수밖에 없었다.

「그래? 순수한 학자라……, 그런 사람도 필요하긴 하지. 그럼 경고하겠는데, 우리 사이에 있었던 일은 영원히 비밀이야! 만약 발설하면……, 지킬 수 있어?」

한은 갑자기 살기 뻗치는 눈으로 표변했다.

그 다음에 한은 만날 수 없었다. 이근후도 전혀 접근하는 일이 없었고, 어쩌다 보게 되어도 그가 먼저 피해 가고는 했다.

그 다음부터 배상집은 한국사람을 만나는 것이 싫어졌다. 광부생활을 함께한 가까운 몇 사람을 제외하고는 모두가 함정처럼 느껴졌다. 그런데 지난 3월 1일에 벌어진 사건으로 더욱 사람들을 기피하게 되어 어디를 드나들 때는 미리 살피게 되었다. 왜냐하면 그 사건 이후로 기관원들은 한국사람들끼리 만나는 것을 극도로 경계하고 있었다.

3월 1일의 사건은 엉뚱하다면 엉뚱하고 놀랍다면 놀라운 사건이었다. 한국에서 일어나고 있는 유신 반대 데모바람이 수만 리 밖 서독까지 불어와 베를린에서 데모를 일으킨 거였다. 그 느닷없는 사건은 한국대사관을 폭격한 것이나 마찬가지였다. 다른 나라도 아니고 하필 서독에서 '유신헌법 결사반대!', '독재자 박정희 물러가라!'를 외쳐댔으니 가뜩이나 양국 정부의 관계가 얼어붙은 상태에서 대사관은 직사포를 맞은 셈이었다.

비록 광부와 간호원들을 담보물로 잡기는 했어도 박정희가 이끄는 한국 정부에 최초로 차관을 해준 것이 서독이었다. 그 고마움을 표시하려고, 박정희가 정치적 이유로 미국을 찾아간 것 이외에 외국을 최초로 방문한 것이 서독일 정도로 두 나라 정부 사이는 화기애애했다. 그런데 동베를린 사건으로 서독 모르게 많은 사람들을 납치해 가 양국 정부 관계는 험악해지고 말았다. 서독 정부의 강력한 요구로 박정희는 사형 선고를 내린 사람들까지 다 풀어주었다. 그러나 양국 관계는 그전으로 회복되지 않았다. 서독 정부는 한국 경제에 냉담해졌고, 그런 상태에서 박정희는 3선개헌을 거쳐 유신으로 치달아가는 독재 특급열차를 몰아대고 있었다.

그런 사태를 서독 정부가 달갑게 볼 리 없는데 하필이면 그 나라에서 유신 반대의 불길이 일어난 것이다. 3월 1일, 그 날짜 선택도 의미심장했다. 그 데모를 일으킨 사람들은 광부와 유학생들이었다. 그 수가 많아서 그랬던 것인지 데모에 참가한 사람들은 유학생보다 광부들이 훨씬 더 많았다.

그 데모가 계획되는 과정에서 배상집은 동참해 달라는 제의를 은밀하게 받았었다. 내심으로는 유신을 말도 안 되는 짓으로 반대하고 있었다. 그러나 8월이면 그토록 공들이고 소원했던 박사학위를 받고 귀국하게 되어 있었다. 박사학위를 받는 것은 자신의 생애를 여는 최초의 광명이면서 최고의 잔칫상이었다. 어찌해야 할 것인가……, 고민이 깊었다. 정보원의 협조를 거부한 것이 마음에 걸리는 터에 그런 행동까지 했다가는 무슨 불이익을 당하게 될지 모를 일이었다.

그들은 한 국가의 주권과 치안권을 짓밟으며 많은 사람들을 납치해 가는 일을 서슴지 않고 저지른 사람들이었다. 그런 그들이, 박정희를 반대하고 나섰을 때 무슨 보복을 가할지 두려움이 앞을 막았다. 그들이 손쉽게 해버릴 수 있는 보복이 귀국 금지였다. 권력을 가진 그들로서는 입국을 불허하는 것은 너무 쉽게 할 수 있는 일이었고, 당하는 쪽에서는 치명상을 입는 것이었다. 귀국을 못하게 되면 박사학위고 뭐고 모든 것은 물거품이 되고 마는 것이다. 그야말로 다된 밥에 재 뿌리기요, 다된 잔치에 코 빠뜨리기였다.

비겁자요 기회주의자라고 욕을 먹어도 어쩔 수 없는 일이었다. 종이쪽지에 불과하게 될 박사학위증을 들고 독일에서 미아가 될 수는 없었다. 독일의 박사학위면 교수 자리가 보장되어 있는데 그 꿈을 버리고 다시 광부 노릇을 할 기백은 없었다.

예상했던 대로 대사관의 반응은 즉각적으로 나타났다. 데모에 참가했던 사람들에게 조심하라는 압력이 가해지는가 하면, 광부들에게 유신 반대 운동이 확산되는 것을 막기 위해 정보원들이 탄광에 침투하기 시작했다. 그들은 광부들의 생활을 직접 통제하고 나섰다. 비번인 광부들이 서로의 숙소를 자유롭게 오가던 것을 금지시켰고, 시내 외출을 못하게 막았고, 외출 시에는 다섯 명씩 손을 잡고 다니라고 조를 짰다. 통역들에게 광부들을 감시하고 그 동향을 보고하라는 강압이 가해진 것은 더 말할 것이 없었다. 그리고 얼마 지나지 않아 데모에 참가했던 사람들은 귀국할 수 없을 거라는 말이 떠돌기 시작했다.

배상집은 언뜻 긴장하며 창가로 더 다가섰다. 백이 벤치에서 일어나 잰걸음을 옮기고 있었다. 그가 가는 방향 저쪽에 검은 머리가 뒷모습을 보이며 걸어가고 있었다. 두 사람의 거리가 차츰 가까워지고, 그들의 모습이 멀어지고 있었다. 배상집은 신음처럼 한숨을 쉬었다.

여태껏 의식적으로 외면하려고 했던 살벌한 분단 대결이 다시금 가슴에서 싸늘한 전율을 일으키고 있었다. 좁은 땅 한반도에서 으르렁거리며 대결해 온 것도 부족해서 타국에서까지 대결은 치열하게 벌어지고 있었다. 도대체 어쩌자는 것일까……. 무엇을 위한 싸움일까……. 그 끝없는 소모 속에서 고통당하고 상처 입는 것은 누구인가……. 대결할수록 분단의 벽만 높아지고, 그럴수록 민족의 앞날은 암담해질 뿐이었다.

배상집은 천천히 도서관 계단을 밟아내렸다. 그들의 모습은 보이지 않고 독일의 여름 햇살만 풍성하게 쏟아지고 있었다. 그는 물큰 서울 냄새를 맡았다. 서울의 전경이 떠오르면 어김없이 서울의 냄새도 풍겨왔다. 어느덧 9년의 세월이 지났는데도 후각은 생생하게 살아 있었다. 서울의 모습은 떠오르는데 냄새가 안 난다면 얼마나 무미건조할 것인가. 기억 속에서 냄새까지 생생하게 되살아난다는 것은 참 신기하고 신통한 일이 아닐 수 없었다. 이제 그 서울로 돌아갈 날도 한 달밖에 남지 않은 것이다.

「축하하오. 그동안 참 열심히 공부 잘했소. 당신네 나라는 이제 경제가 시작되고 있는 나라요. 여기서 배운 것이 전부는 아니지만 조국의 발전을 위해 공부한 것을 유익하게 쓰기 바라겠소. 앞으로도 필요한 책이 있으면 연락하시오. 언제든지 힘닿는 데까지 도와드리겠소. 우리 독일어로 학문을 한 것을 고맙게 생각하고 있소. 평생 독일어를 사랑해 주기 바라오.」

박사학위 논문 통과가 결정되던 날 주임교수가 한 말이었다.

광부나 간호원들이 '천국'이라고 부르는 독일. 그건 한국에 비해 사회복지제도가 상상할 수 없을 정도로 잘되어 있기 때문이었다. 자신이 박사학위를 따게 된 것도 전적으로 그 제도의 혜택 덕이었다. 외국인에게도 한 강좌당 2마르크밖에 받지 않는다는 것은 바로 전액 장학금을 지급해 준 것이나 마찬가지였다. 그런 것을 모르고 독일에 온 자신은 천운을 누린 것이었고, 그 고마움은 평생 잊지 못할 거였다. GNP 2만 달러의 독일에서 경제학 박사학위를 따 GNP 400달러의 한국으로 돌아가는 감회는 한마디로 하기가 어려웠다.

배상집은 자취방으로 돌아오자 기분이 다소 나아졌다. 빈 책꽂이들만 볼썽사납게 서 있는 자취방은 누가 보아도 사람의 거처라고 할 수 없었다. 그 을씨년스러운 분위기가 배상집은 그렇게 마음 흡족하고 기분 좋을 수가 없었다. 누추하고 살벌하기까지 한 방 안 풍경은 바로 귀국의 실감이었다.

배 편으로 두 달 가까이 걸리기 때문에 책들은 다 지난달에 집으로 부쳤던 것이다. 먹는 것을 아껴가며 사모은 책들을 한 권 한 권 뽑아 상자에 넣으면서 비로소 자신의 성취를 가슴 떨리게 확인할 수 있었고, 자꾸만 눈물이 솟으려고 했다.

「아, 결국 박사님이 되셨군요. 위대하세요. 그럼, 위대하고말고요. 박사는 아무나 되는 게 아니니까요. 내 조카는 박사가 되려다가 실패하고 회사에 취직하고 말았어요. 그동안 공부만 하느라고 아무데도 구경 못했지요? 참 고생 많이 했어요. 이번에 귀국하면서 유럽 여러 나라를 구경하고 가세요. 목적을 이루고 나서 편안한 마음으로 여행을 하면 얼마나 멋지겠어요. 여행처럼 인생을 풍요롭게 해주는 것은 없으니까요. 우리 독일부터 여행을 시작하세요. 라인강을 따라 여행을 해보면 독일이 얼마나 유서 깊고 아름다운 나라인지 아실 거예요. 그리고 예술이 넘치는 프랑스, 고적과 예술의 나라 이태리, 신이 내린 천국 스위스, 모두모두 보고 가세요. 그동안 잘해 주지 못하고 너무 까다롭게만 굴어서 미안해요. 다 이해하고 용서해 줘요.」

책상자들을 옮기는 날 주인 노파가 박사가 된 사실에 놀라며 오랜만에 마음을 열어놓고 떨어댄 수다였다. 밤 12시가 넘으면 으레껏 방문을 두들겨 전깃불을 끄지 않고 자는가 확인했고, 그때마다 전기요금이 많이 나오게 한다고 투덜거렸고, 우족 고는 냄새나 김치 냄새 고약하다고 코를 싸쥐었던 구박이 박사학위 앞에서 금방 사과로 변했다.

주인 할머니의 말이 아니었어도 귀국길에 유럽 여러 나라들을 두루 여행하고 싶은 마음은 진작부터 간절했다. 언제 다시 오게 될지도 모르는 형편에 이처럼 좋은 기회는 없었다. 그러나 여행이란 최소한의 돈이 없으면 이루어지지 않는 꿈이었다. 수중에 있는 돈이란 고작 서울행 비행기표를 끊을 수 있을 정도였다. 거의 모든 광부와 간호원들이 독일 구경도 제대로 못하고 서울로 돌아가듯 자신도 여행의 꿈을 접을 수밖에 없었다.

배상집은 책상에 앉아 백지를 꺼냈다. 요즈음에 하는 일은 대학 시절의 은사들에게 편지를 쓰는 것이었다. 그것은 또 하나의 중요한 귀국 준비였다. 대학에 자리를 잡자면 그 교수들의 도움을 받는 것이 절대적이었다.

편지에는 그냥 유학을 와서 박사학위를 받은 것으로 썼다. 광부로 와서 돈을 모아 공부를 하게 되었다는 것을 사실 그대로 쓸까 어쩔까 며칠을 망설이며 생각하다가 결국 빼기로 했다. 그것은 그야말로 형설지공의 미담일 수 있었지만, 반면에 광부 같은 직업을 천시하고 가난한 사람을 무시하는 한국 사회의 그릇된 풍토 속에서 그건 흠이 될 우려가 더 컸다. 그리고 취직을 하는 데도 교수들에게 가난하다는 것을 내보여 득될 게 아무것도 없는 일이었다. 외국에서 박사학위를 따오는 대부분의 유학생들이 부유한 환경이듯 자신도 그렇게 행세하기로 했다. 자신의 특이한 이력이 동정적 관심의 대상이 되는 게 싫었고, 특히 부유한 자들이 갖는 우월감 앞에서 초라해져야 할 이유가 없었다.

만년필을 빼들고 생각에 잠겨 있던 배상집은 벨이 울리는 전화를 받았다.

「박사님, 정수남입니다. 벌써 네 번째 전화하는 겁니다. 요새도 학교에 나가십니까?」

전화기에서 쏟아진 말이었다.

「예, 도서관에 좀 있었어요.」

「도서관요? 아이구, 그놈의 공부 지겹지도 않으세요? 박사님이면 됐지 무슨 공부를 또 하세요.」

「예에, 무슨 일 있습니까?」

「예, 다름이 아니고 코 큰 변삼교 있잖아요. 그 친구가 내일 저녁에 박사님을 모시겠다구요.」

「아니, 그럴 것 없어요. 괜히 폐 끼치게 되는데……」

「폐는요, 무슨. 그 친구 마누라가 김치 담그는 솜씨가 기찹니다. 그 마누라도 박사님 떠나시기 전에 꼭 한번 모시기를 바라고 있어요. 아셨죠?」

「예, 고맙긴 합니다만……」

「참, 그리고 박갑동한테서 전화가 왔는데 베를린 가는 박사님 비행기표를 저한테 보냈다고 합니다. 박사님 꼭 모시고 오라고요. 개업 1주년이 나흘 남았습니다.」

「비행기표요? 장사도 잘 안 될 텐데.」

「아닙니다. 그 친구 기반 잡았대요. 독일사람들도 김치맛 보려고 제법 온다는데요. 그 친구 박사님처럼 독종……, 아닙니다, 아닙니다.」

「정 씨는 기술 배울 만해요?」

「예, 죽어라고 열심히 하고 있습니다. 어제도 선생한테 칭찬받았어요. 원래 우리 한국사람들이 눈치 빠르고 손재주가 좋잖아요.」

「그거 잘됐군요. 열심히 하세요.」

「예, 박사님 본받으려고 결심 단단히 하고 있어요. 그럼 내일 이맘때 제가 모시러 가겠습니다. 들어가세요.」

배상집은 전화를 끊으며 정수남과 박갑동이 잘되기를 빌었다. 간호원과 결혼한 그들은 독일에서 영주할 뿌리 내리기에 바빴다.

허가 없는 이발사 정수남은 전직을 하기 위해 기계 만지는 취미를 살려 기술학원에 다니고 있었다. 야간에 탄광일을 하면서 학원에 다닌다는 것은 보통 고된 일이 아니었다.

캐나다를 거쳐 미국으로 가려던 박갑동은 아내를 따라 베를린으로 가더니만 김치 잘 담그는 솜씨를 살려 한국식당을 차리고 나섰다.

간호원들이 많으면 그녀들을 향해 '피아노 치고 싶은' 광부들이 그만큼 많이 모여들 수밖에 없었다. 그리고 베를린은 유명한 도시답게 한국사람들이 이미 많은데다가 점점 더 발길이 잦아지고 있었다. 배상집은 그들의 영주를 나쁠 것 없다고 생각하고 있었다. 좁은 땅에 비해 사람이 너무 많아 산아제한을 해야 하는 형편에 외국으로 나가 사는 것은 여러 가지로 유익한 일이었다. 특히 독일에 자리잡은 광부나 간호원들은 미국으로 이민 가는 사람들이 돈을 챙겨가지고 가는 것과는 반대로 돈을 벌어서 보내고 있었다. 그들의 삶의 성취는 곧 국력의 신장이고 확대이기도 했다.

사흘이 지나 배상집은 서너 사람과 동무해서 베를린으로 갔다. 2층에 있는 서울식당은 개업 때 모습 그대로였다.

「축하합니다. 벌써 기반 잡으셨다면서요?」

배상집은 박갑동과 반갑게 악수하며 조그만 선물상자를 내밀었다.

「예, 고맙습니다. 어찌어찌해서 빚을 다 갚긴 했으니까 한숨 돌린 셈이죠. 아이구, 박사님이 무슨 돈이 있다고 이런 걸 다 사오십니까.」

「어머, 박사님 오셨군요. 학위 취득 축하드리고, 이렇게 와주셔서 영광입니다.」

박갑동의 아내가 주방 쪽에서 달려와 인사했다.

「그 무슨 말씀입니까. 당연히 와야죠. 병원근무도 피곤하실 텐데 여기까지 나오셨습니까?」

배상집은 정중하게 예의를 갖추었다.

「이게 저희 간호원들 팔자잖아요. 이렇게 부려먹으면서도 월급은 한 푼도 안 준답니다.」

복스럽게 생긴 그녀는 입을 가리며 웃었다.

「박사님, 설마 이 말 믿진 않으시겠지요? 재주는 곰이 넘고 돈은 왕서방이 다 챙기더라고 제가 배추농사 지으랴, 시장 보랴, 주방일 하랴, 뼛골 빠지게 일해서 돈 벌어놓으면 이 사람이 나와서 싹싹 긁어가 버립니다. 돈 긁어가기 미안해서 잠깐씩 일하는 시늉하는 것뿐이니까 절대 속지 마십시오.」

박갑동이 너스레를 떨었다.

「아이구, 곰하고 왕 서방하고는 짐승하고 사람 사이니까 그렇지만 두 사람은 부부 사이 아니여? 주머닛돈이 쌈짓돈이지. 그 사랑쌈 눈꼴시어 못 보겠네.」

정수남의 퉁에 모두 와아 웃음을 터뜨렸다.

「자아, 특별 손님이니 저쪽 특실로 들어가십시다. 홀은 일반 손님들 땜에 불편하니까요.」

박갑동이 앞장서 안내했다. 원탁에 둘러앉자 박갑동의 아내가 네댓 개의 선물을 차례로 풀기 시작했다. 선물을 받은 자리에서 풀어 고마움을 표시하는 그 서양식 예의가 배상집은 아직까지도 몸에 익지 않아 어색하고 쑥스러웠다.

「어머 예뻐라, 이 꽃병. 그렇잖아도 식당을 꾸미려고 몇 개 장만하려던 참이었어요. 역시 경제학 박사님이라서 안목이 다르시군요. 두고두고 잘 쓰겠습니다. 감사합니다.」

박갑동의 아내는 환하게 웃으며 선물에 어울리는 인사를 차렸다.

「죄송합니다, 너무 약소해서. 더 좋은 것으로 장만해야 하는데 돈 여유가 별로 없어서 그만……」

왕복 비행기표를 보내준 것에 비해 선물이 너무 볼품없어 배상집은 어물어물 인사를 받았다.

「귀국은 언제쯤 하십니까?」

박갑동이 벙글거리며 물었다.

「한 달쯤 있다가요.」

「송별회는 그때 가서 한판 떡 벌어지게 차리겠습니다.」

「암, 그래야지. 우리 인연이 어디 보통 인연인가. 언제 만날지 모를 이별이고.」

정수남이 맞장구를 쳤다.

선물들을 다 풀어보고 나서 술과 안주가 들어오기 시작했다.

「아니, 이게 무슨 술이야? 진로 아냐?」

「허! 정말 그렇네. 어떻게 된 거요?」

「어떤 회사원이 서너 병 가져온 것 중에서 한 병을 구했어요.」

「햐아, 두껍아, 너 본 지가 얼마 만이냐.」

「허허, 이걸 보니 왜 이리 눈물이 나려고 하지? 이거 사람 미치겠네.」

「그러게 말야. 가슴이 먹먹해져.」

그들은 다같이 원탁 가운데 놓인 소주병에 눈길을 모으고 있었다.

「서울식당이 번창하고 번창하고 또 번창하기를 빌며 우리 다같이 건배합시다. 건배!」

「건배!」

배상집의 선창에 따라 그들은 함께 복창하며 소주잔 아닌 큼직한 유리잔들을 높이 들었다.

「이거야 원, 아까워서 어디 마실 수가 있나. 딱 한 잔씩이니.」

「핥어, 핥어.」

그들은 조심스럽게 잔을 기울였다. 그들이 얼굴 얼굴에는 슬픔인 듯 우수인 듯 외로움인 듯, 그 의미를 헤아리기 어려운 표정들이 서려 있었다.

소주로 목을 축인 그들은 양주를 마시기 시작했다.

「거 서독 의사하고 결혼한 간호원 이름이 뭐더라? 잘살아요?」

정수남이 박갑동의 아내에게 물었다.

「성길자 말인가요? 걔 이혼한 지 벌써 6개월 됐어요.」

「아니, 왜요? 그렇게 팔자 잘 고쳐가지고는.」

놀란 것은 정수남만이 아니었다. 그럴 수밖에 없는 것이 독일에 온 간호원들이 제일 잘 풀리는 것으로 독일 의사와 결혼하는 것을 치고 있었다.

「글쎄요, 여러 가지 복잡한 게 많겠지만, 서로 한 가지는 확실하게 안 맞았던가 봐요. 남자는 여자가 자기를 동양식으로 위해주기를 바랬고, 여자는 그 반대로 자기를 서양식으로 위해주기를 바랬대나 봐요. 서로 그 모양이니 어쩌겠어요. 이혼할 수밖에요.」

「그것 참 골치 아프네. 그래서 그 여자는 어찌 됐어요?」

「독일이 싫다고 두어 달 전에 한국으로 들어갔어요.」

「그게 다 광부 우습게 보고 헛바람들어 날뛰다가 팔자 구긴 거라구요. 다 하늘이 정한 대로 끼리끼리 살아야지.」

「꼭 그렇지는 않아요. 행복하게 잘사는 사람들도 많아요. 근데 얼마 전에 기막힌 일이 생겼어요. 어떤 간호원이 글쎄 의사 자격을 땄다니까요.」

「예에?」

「아이구. 우리 박사님보다 더 독한 여자도 있네 그려.」

그들은 고개를 내두르며 감탄했다. 그리고 그 이야기는 흥미진진하게 이어져나갔다.

배상집은 화장실로 가면서 그 간호원이 참으로 장하다고 생각했다. 간호원생활을 하면서 의대를 다니고, 그 어려운 공부를 다 마치고 끝끝내 의사가 되었다는 것은 눈물겨운 일이 아닐 수 없었다.

화장실을 나온 배상집은 구석진 방의 문이 빠끔 열려 있어서 무심코 고개를 돌렸다. 그 순간 그는 소스라치며 자신의 입을 막았다. 문틈 사이로 보인 두 사람, 바짝 붙어앉아 무슨 밀담을 나누고 있는 두 사람. 그들은 틀림없이 북쪽의 백과 남쪽의 한이었다.

배상집은 너무 심한 충격에 휘둘리며 자기네 방을 지나쳐 정신없이 홀로 나갔다. 머리는 어질어질하고 가슴은 벌떡벌떡 뛰고 있었다. 헛것을 본 것이 아니었다. 그들은 틀림없이 백과 한이었다. 그런데 그들이 어떻게 한자리에 있을 수 있는가. 그는 얼굴을 훔쳐대며 정신을 가다듬으려고 애썼다.

그때 퍼뜩 떠오르는 것이 있었다. 동베를린 간첩단 사건! 그때도 저런 식으로 했기 때문에 이쪽에서 그 많은 사람들을 납치할 수 있었던 게 아닌가!

그럼 뭔가……. 저건 끔찍스럽고 무시무시한 속임수 아닌가. 세상에, 이럴 수도 있는 것인가……. 무엇을 위해서…….

그런데 왜 하필 오늘일까? 우연일까? 아니다. 그들은 여기서 자주 만나온 것이다. 그런데 왜 문은 조금 열려 있었지? 그건 음식을 나르는 종업원의 실수고, 그들은 이야기에 정신팔려 그걸 몰랐을 것이다. 그들이 자주 오는지 박갑동에게 물어볼까? 아니야, 자주 온다면 박갑동은 누구지? 내가 그들을 목격한 걸 그들이 알면 나는……?

배상집은 숨을 깊이깊이 들이켜며 마음을 진정시켰다. 그리고 술에 취한 척하며 자기네 방으로 들어갔다.

「자아, 여기를 보세요. 물리치료로는 더 이상 효과가 없어요. 괜히 무거운 추 매달고 있느라고 고생만 더 하는 거지요. 이걸 초기에 잡았어야 하는데 너무 심해져버린 겁니다. 이제 마지막으로 시도해 볼 방법은 수술밖에 없어요.」

의사는 척추를 찍은 두 개의 엑스레이 사진을 비교해 가며 말했다.

휠체어에 앉은 김광자는 위아랫입술을 꼭 문 채 엑스레이 사진을 응시하고 있었다. 그녀의 위아랫입술은 안으로 말려들어 보이지 않았고 눈에는 물기가 번지고 있었다. 물리치료를 받느라고 지난 두 달 동안 허리에 쇳덩어리를 매달고 침대에 누워 견디어낸 고통이 헛고생이 된 것이다.

「수술하면 완치될 수 있습니까?」

김광자는 눈물이 쏟아지려는 것을 참아내며 겨우 이 말을 했다.

「유감스럽지만 장담할 수는 없어요. 잘 아시다시피 의술은 최선을 다하는 것이지 성공 여부를 확담하기는 어려워요. 이 디스크 수술은 아직

맹장 수술처럼 완벽하지 못한 상태니까요. 환자에 따라 증상의 차이도 많고요.」

김광자는 더 할말이 없었다. 절망감만이 큰 파도로 밀려들고 있었다.

「오늘부터는 더 물리치료 받을 것 없이 수술 여부에 대해 생각해 보도록 하세요. 그동안의 물리치료가 완치의 효과는 없었지만 더 악화되는 것을 막았다는 사실을 잊지 말고요.」

그러니까 수술을 받지 않으면 병이 더 악화될 거라는 뜻이었다. 의사의 말을 되새기며 김광자는 고개를 떨구었다.

병세가 더 악화되면 어떻게 되지? 두 다리를 다 못 쓰게 되는 것인가?

김광자의 손등에 눈물이 뚝뚝 떨어져내렸다. 그녀는 눈물을 참으려고 다시 입술을 맞물었다.

「늦어도 2~3일 안에 결정해 줬으면 좋겠소.」

의사가 돌아서자 나이 어려 보이는 간호원이 김광자의 휠체어를 밀기 시작했다. 그녀는 한국에서 온 지 1년밖에 안 된 윤미애였다. 슬픈 기색과 함께 그녀의 눈시울이 붉어지고 있었다.

엄니……, 엄니……, 나 어째야 쓰겠소. 나가 인자 어째야 쓸란지 말 잠 혀보씨요. 워째 일이 요리도 꼬이기만 헌다요. 엄니…….

김광자는 목놓아 울고 싶은 심정으로 어머니를 부르고 있었다. 어머니를 생각하자 눈물이 걷잡을 수 없이 쏟아졌다. 그녀는 고개를 푹 수그린 채 이제 눈물을 참으려고 하지 않았다. 왼쪽 다리가 마비되어 자리에 눕고 나서 두 달 동안 참고 참아온 눈물이었다.

눈물을 참아내며 기필코 병을 이겨내고 일어나리라고 마음을 곤두세웠었다. 눈물을 흘리면 액운이 끼쳐 병이 낫지 않을 것 같아 이를 앙다물며 눈을 부릅떴었다. 마비된 다리가 끊어져나가는 것 같고 잡아당기고 콕콕 쑤시는 통증을 일으킬 때마다 그 고통이 너무 심해 저절로 눈물이 쏟아지려고 했다. 그러나 그런 눈물마저 기를 쓰고 참아냈었다.

「언니, 다 왔는데요.」

김광자는 고개를 끄덕이며 환자복 소매로 눈물을 수습했다. 윤미애가 침대 가까이 댄 휠체어를 고정시키고 김광자 앞으로 왔다. 김광자는 윤미애의 부축을 받아 오른쪽 다리로 몸을 일으키며 왼쪽 다리를 옮겨보려고 했다. 그러나 마음뿐 왼쪽 다리는 마치 남의 것인 것처럼 말을 듣지 않았다. 자신의 육신 한 부분이 자기가 마음먹은 대로 움직여지지 않는 것, 그것처럼 기막히고 처참한 일은 없었다.

김광자는 윤미애가 덜 힘들도록 애쓰며 힘겹게 침대로 기어올라 몸을 뉘었다. 바로 자신이 지난 6년 동안 몸집 크고 무거운 환자들을 힘부쳐 가며 일으키고 뉘고 뒤집고 부축하다가 허리디스크에 걸리고 만 것이다.

「언니, 수술받도록 하세요. 제가 열심히 기도드릴게요.」

「그래, 고마워. 나 땜에 미애가 너무 고생이 많다. 바쁜데 어서 가봐.」

「고생은요. 저는 언니를 볼 때마다 꼭 제가 아픈 것 같아 죽겠어요. 제가…….」

눈물이 그렁그렁해지던 윤미애는 더 말을 하지 못하고 돌아서 뛰기 시작했다.

김광자는 울컥 눈물이 솟는 것을 억제하지 못했다. 나이 스물한 살이라는 윤미애의 모습이 더없이 슬프고 애처로웠다. 6년 후에 윤미애가 자신 같은 중병 환자가 되지 않으리란 보장이 없었다. 다른 병원들에서 디스크로 반병신이 되어 귀국하는 간호원들이 있다는 소문을 들으면서도 자신이 그 병을 얻게 되리라고는 생각도 하지 않았었다.

김광자는 눈을 감았다. 생각을 간추리려고 했지만 머리는 혼란스럽기만 한 채 자꾸 눈물이 흐를 뿐이었다. 그리고 어머니의 얼굴이 눈앞에 가득 차 있었다. '광자야, 몸 조심혀라. 몸 성헌 것이 천하인 것잉께로.' 동생들의 편지에 가끔 담겨오던 어머니의 음성이 생생하게 울리고 있었다. '몸 성한 것이 천하'라는 말을 그때는 무심코 넘겼었다. 건강하기도 해서였지만, '천하'라는 뜻이 선뜻 잡히지 않기도 했다. 그런데 그 뜻이 비로소 가슴 절절하게 느껴지고 있었다. 몸이 아프면 모든 것이 끝장나게 된다는 그 쉬운 뜻을 미처 새기지 못했던 것이다. 그러나 그것도 뒤늦은 후회일 뿐이었다. 아파보지 않은 자가 환자의 고통을 이해하지 못하듯이 건강할 때 건강의 소중함을 아는 사람이 얼마나 될 것인가.

「광자 씨, 어떡하죠? 방금 의사선생님한테 얘기 들었어요.」

김광자는 놀라며 두 눈을 빨리 훔쳤다.

「어머, 울고 있었어요? 걱정되겠지만 너무 상심하지 말아요. 광자 씨 눈물 흘리는 것 첨 보겠네요.」

주선녀가 김광자의 어깨를 어루만지며 안쓰러운 표정을 지었다.

「안 울려고 하는데도 뜻대로 안 되네요. 심장도 이식하는 의술이 디스크를 완치시킬 수 없다는 게 믿어지지 않고 충격이에요.」

김광자가 공허한 얼굴로 중얼거렸다.

「나도 이상해서 그 점을 물어봤어요. 그런데 설명을 듣고 보니 좀 이해가 됐어요. 간단하게 말하면, 척추에 전신으로 퍼지는 중요한 신경들이 워낙 많이 집결되어 있어서 고난도의 수술 중에 하나라는 거예요. 위 수술이나 장 수술 같은 것하고는 영 다르다는 거지요.」

「하필 병이 들어도…….」

김광자는 고개를 끄덕이며 한숨을 쉬었다.

「하필이 아니지요. 우리가 여기 와서 제일 많이 걸리는 병이 그거잖아요. 그 병을 얻어 중도에서 돌아간 사람이 내가 아는 것만도 열이 넘어요. 우리보다 몸집 큰 중환자들의 온갖 수발을 다 들어야 하는데 디스크가 상하지 않고 성하다면 그게 이상하지요.」

「선녀 씨는 괜찮은데요 뭘.」

「아니에요. 나도 얼마 전부터 허리가 뻐근하고 묵직하고, 자고 나도 싹 풀리지 않고 하는 게 이상해요. 그래서 재연기를 할까 말까 심각하게 생각하고 있어요. 이 일 힘든 독일에서 빨리 도망가고 싶은 마음이 굴뚝 같거든요.」

「그게 정말이에요?」

김광자는 정색을 하고 물었다.

「그럼요. 우리나라는 여기에 비하면 일하는 것도 아니잖아요. 6년 동안 돈 벌어 보내 두 오빠 대학 나와 취직해서 기반 잡았고, 여동생까지 시집을 갔으니 나도 이제 좀 형제간들 덕 보며 편히 살아야죠. 엄마 아빠가 그만 빨리 들어오라구 성화시구요.」

「그래요. 그것도 괜찮은 방법이네요. 몸이 좀 이상하면 미리 조심하는 게 좋아요.」

김광자는 자신의 경우를 생각하며 말했다. 작년에 정남희의 사건이 생겼을 그 임시부터 디스크는 발병하고 있었던 것이다. 그런데도 자꾸 심해지는 통증을 참아가며 안티프라민만 발라댔으니 그 어리석음은 정남희가 한 짓과 하나도 다를 것이 없었다.

「근데, 수술은 받을 건가요?」

「아직 모르겠어요. 정신을 차리려고 해도 어머니 생각만 나면서 자꾸 눈물만 흘러요.」

「왜 안 그렇겠어요. 우리하고는 달리 의사가 될 꿈까지 가지고 있었으니. 수술이 잘돼 결과가 좋아져도 더는 간호원 같은 힘든 일은 못하게 된다니 그 실망이 좀 크겠어요. 그 심정 이해해요.」

「그렇게 말씀하시던가요?」

김광자는 자신을 원망했다. 그 말을 하지 말아야 한다는 생각은 말이 나가버린 다음에 들었다.

「어머나!」

주선녀는 깜짝 놀라며 손으로 입을 가렸다.

「괜찮아요. 어차피 하루이틀 지나면 나한테도 말씀하셨을 거예요. 그리고, 수술로 완치를 장담할 수 없다고 했을 때 나도 언뜻 그런 생각을 했구요.」

김광자는 억지로 웃음을 지었다. 마음은 새로운 절망 속으로 곤두박이치고 있었다.

「저어……, 근데 있잖아요, 내 간호여고 선배가 여기 와서 디스크에 걸려 3년 전쯤에 귀국했거든요. 근데 의사들은 다 수술을 하라고 했지만 그 선배는 워낙 겁이 많아서 한방에서 침으로 치료를 받았어요. 근데 글쎄 거의 완치가 돼서 지금 병원에 잘 근무하고 있어요. 그 선배가 편지에 쓰기를, 한국에서 적게 먹고 가는 똥 싸는 게 훨씬 더 행복하다고 했어요. 광자 씨도 너무 상심하지 말고 그 방법도 한번 생각해 보세요.」

「침 그게 효과가 있을까요? 양의사들은 한방을 전혀 인정하지 않던데…….」

「예, 양의사들이야 다 그렇지요. 동양의학은 비과학적이고, 의술이라고 할 수 없다 하는 식으로 말하거든요. 그렇지만 몇 년 전에 중국에서 전세계를 깜짝 놀라게 하는 일이 벌어졌잖아요. 기억해요? 침으로 대수술의 마취를 성공시킨 것 말예요. 양의사들이 동양의학을 인정하지 않는 건 백인들이 자기들만 제일이라고 생각하는……, 거 뭐지요? 잘난 척하는 것……, 예, 우월주의, 백인 우월주의라구요. 감기약을 보세요. 약국에서 감기약을 사다 먹으면 안 낫는 것도 한약방에서 두 첩만 지어다가 달여 먹으면 깨끗하게 낫는다구요. 근데 그게 어찌 비과학적이에요. 백인들은 자기네와 다르고, 자기네가 모르니까 무조건 무시해 버리는 거고, 우리나라 양의사들은 그걸 그대로 본따서 한방을 의술도 아니라고 잘난 척하는 거지요. 난 한방도 믿어요. 수천 년 동안 동양사람들을 치료해 온 건데 그게 왜 의술이 아니겠어요. 안 그래요?」

주선녀는 김광자를 설득해야 되겠다는 듯 평소와 달리 열심으로 긴

말을 했다.

「그래요, 선녀 씨 말 듣고 보니 일리가 있네요. 그것도 좀 생각해 봐야 겠군요.」

김광자는 어떤 느낌을 받으며 고개를 끄덕였다.

「교대해 줘야 하니까 나 그만 가볼게요. 절대 상심하지 말고 힘을 내요. 정신력이 약한 환자는 아무리 명의가 치료해도 효과가 안 난다는 말 알지요?」

「고마워요.」

김광자는 주선녀가 내민 손을 잡으며 좀 밝게 웃음지었다.

……수술이 잘된다 하더라도 더는 간호원생활을 하기는 어려울 거라고……? 그것은 한국으로 돌아가라는 말과 다름이 없었다. 디스크에 걸린 간호원들이 왜 귀국을 해야 했는지 알 것 같았다. 김광자는 눈을 감으며 가늘고 긴 한숨을 물었다.

계약기간을 연장하며 보낸 6년 세월……, 남은 것이 무엇이 있는가……. 내년에 의대를 갈 참이었다. 그동안 기초공부도 다 마쳤고, 최소한의 돈도 모았다. 먼저 온 간호원들 중에서 의사 자격을 딴 사람이 있어서 더 자신감을 갖게 되었다. 그런데 그 꿈은 물거품이 되고 말았다.

내 인생은 어찌 이리도 꼬이기만 하는 것인가……. 팔자를 드세게 타고난 것인가……. 교사가 되고 싶었던 꿈이 깨진 건 자신의 잘못이라고 할 수 있었다. 다시는 그런 실수를 하지 않으려고 독일에 와서는 일과 공부 이외에는 어디다가 눈길 한번 보낸 적이 없었다.

그런데 또 꿈은 깨졌다. 교사의 꿈이 깨진 것은 엄밀하게 따지자면 자신의 잘못이라고 할 수도 없었다. 원인은 가난이었다. 자신의 월급으로는 생활이 어려울 지경이었고, 은행원 이동원은 사랑을 호소하며 학비를 대주겠다고 했다. 교사의 꿈도 이루고, 은행원 남편도 얻고……, 가난은 그런 계산을 쉽게 하게 했다. 이제 남은 건 서른두 살의 나이뿐이었다.

서른두 살……, 또 눈물이 솟으려고 해 김광자는 속입술을 깨물었다. 자신의 인생이 꼭 얼음산 같기만 했다. 그 산을 안간힘 쓰며 기어오르다가 미끄러지고 다시 기어오르다가 미끄러지고, 그러다가 계곡으로 곤두박질해 처박히고, 또다시 기를 쓰고 기어오르다가 굴러떨어지고……. 이제 한쪽 다리가 마비되어 질질 끌어야 하는 형편이니 어찌할 것인가…….

김광자는 창 밖의 어둠만 바라본 채 한숨도 자지 못했다. 그녀는 먼동이 터오는 것을 보면서 마음을 정했다. 가자, 어머니 곁으로.

입 안이 깔깔하고 입맛이 없어서 김광자는 계란 프라이를 억지로 씹고 있었다.

「많이 먹어요. 그래야 병을 이기지요.」

주선녀가 병실로 들어서며 말했다. 자기 담당도 아닌데 아침저녁으로 병실을 찾아주는 그녀에게 김광자는 말못할 고마움을 느끼고 있었다.

「선녀 씨, 나 한 가지 부탁이 있어요.」

「예, 뭔데요?」

「선녀 씨 귀국할 때 나 좀 데려가 주세요.」

「아니, 귀국 결정했어요? 하룻밤 사이에?」

주선녀는 사뭇 놀란 얼굴이었다.

「아무 쓸모 없는 퇴물인데 떠날려면 하루라도 빨리 떠나야지요. 선녀 씨 말이 도움이 되기도 했고요.」

「예, 잘한 것 같군요. 역시 광자 씨는 강한 데가 있어요. 그럼 병원 측에 빨리 알려야지요. 비행기표도 미리 사야 하구요.」

「미안해요. 너무 성가시게 해서.」

「네, 많이 미안하세요. 만약 내가 디스크라면 광자 씨는 성가시겠어요?」 주선녀는 눈을 흘기며 웃고는, 「그동안 말은 하지 않았지만, 내가 그때 그 일 당했을 때 광자 씨가 붙들어주지 않았으면 독일에 계속 있지 못했을 거예요. 그때 난 하늘이 무너진 줄 알았고, 이 세상 끝까지 쫓아가 복수할 생각밖에 없었거든요. 그 고비를 넘기게 해준 광자 씨가 너무 고마웠어요.」 그녀는 '간호장학생'에게 배신당했던 일을 몇 년 만에 입에 올렸다.

「고맙긴요. 선녀 씨가 냉정하게 판단할 수 있는 능력을 가진 거지요.」

그들은 마주보며 다정한 웃음을 나누었다.

「주 간호원을 통해 보고받았습니다. 재연기 안 하고 귀국하신다고요?」

오전 11시쯤에 원무과 직원이 찾아와 물었다.

「예, 보시다시피 몸이 아파서요.」

「안됐습니다. 여기 서명해 주십시오.」

김광자는 서류 끝에 이름 석 자를 적었다. 그녀는, 그 신속한 사무 처리가 왠지 서운한 감이 드는 한편 자신의 패배에 가슴이 쓰리게 아팠다.

「광자 씨, 빨리 집에 편지 써요. 비행기가 12일 후로 확정됐어요. 특별우편으로 보내면 1주일 이내에 가니까 시간은 충분해요.」

주선녀가 오후에 종이와 볼펜을 가지고 와서 들뜬 소리로 말했다.

「선녀 씨, 나 바로 기숙사로 옮겼으면 좋겠어요. 이젠 치료받는 것도 없고, 조금씩 떠날 채비도 해야 하니까.」

「그래요, 그렇기도 하네요.」

김광자는 동료들의 도움을 받으며 고통 속에서 하루하루를 보냈다. 귀국 준비는 따로 할 것이 없었다. 두꺼운 기초의학 서적 70여 권을 빼고 나면 가져갈 물건이 별로 없었다. 김광자는 그 책들을 어루만지며 울고 또 울었다.

그들이 떠나기 사흘 전에 새로 온 한국 간호원 둘이 인사를 다녔다.

그 많은 광부와 간호원들이 딸라를 그렇게 벌어 보냈는데도 아직도 딸라가 모자라는 것인가…….

김광자는 이런 생각을 하며 앳된 얼굴의 두 간호원을 물끄러미 바라보았다.

　주선녀와 김광자가 떠나는 날 아침에 오전근무가 없는 간호원들이 모두 병원 정문까지 배웅을 나왔다. 주선녀는 김광자의 휠체어를 밀고 있었다. 그 휠체어는 병원에서 김광자에게 준 마지막 선물이었다. 김광자도 주선녀도 정문 앞에 대기한 차에 다다를 때까지 병원을 돌아보고 또 돌아보았다.

21
거룩한 장난

장주호 사장의 사건은 신문사 편집국 안에서 금세 화젯거리가 되었다. 세상에 이름난 대기업인이 빼어나게 예쁜 신인 탤런트와 일으킨 섹스 스캔들이기 때문만이 아니었다. 그런 거라면 이미 숱하게 벌어지고 있는 일이라서 주간지나 여성지의 연예란에 스쳐 지나갈 정도의 이야기밖에 되지 않았다.

그런데 그것이 일간지의 관심까지 끄는 '사건'으로 격상된 것은 장문의 투서인지 제보인지가 편집국장 앞으로 날아든 탓이었다. 그리고, 서로가 몸 사고 돈 받고 해서 한판 잘 놀아났다면 그뿐인데 이건 아들을 놓고 뺏으려 하고, 안 뺏기려 하는 일이 얽혀 있어서 그 취재를 경제부가 하느냐, 문화부가 하느냐 하는 문제가 거론되면서 편집국 전체의 화젯거리가 되고 말았다. 장 사장을 보면 경제부 일감이었고, 탤런트를 보면 문화부 일감이었다. 그러나 기자들의 흥미를 돋우는 것은 사회적으로 시끄러워질 소지가 충분한 그 사건 자체였다.

「그 영감 돈만 많은 게 아니라 정력도 끝내준다니까. 그 정력 부러워.」

「어지간히 부럽기도 하겠다. 인삼, 녹용에 생사슴피, 곰쓸개, 해구신까지 좋다는 건 다 먹어대는데 그 정도 정력 안 될 리 있어?」

「아이구, 아는 것도 많네. 그쪽으로 박사논문 하나 쓰지 그래.」

「거 해구신이 뭐야?」

「이런 무식 봤나. 물개 자지지 뭐야. 저래 가지고 어떻게 신문사에는 들어왔지?」

「그걸 몰라? 우리 신문사는 고상해서 상식문제에 해구신이 안 나왔으니까 들어왔지. 아마 장주호가 신문사를 했다면 여지없이 떨어졌겠지.」

「해구신이 문제로 나와서?」

「말귀 한번 밝네.」

「이런, 이런, 말들 하는 것하고는. 근데 어째서 그런 글이 신문사까지 들어오게 됐지? 그게 인쇄된 걸 보니까 한두 신문사에 보낸 것 같지가 않은데.」

「그거 뻔하잖아? 장 사장 쪽에서 애를 뺏어가려 하면서 인색하게 굴었겠지.」

「인색하게? 그런 글이 주간지고 여성지에 다 뿌려지면 자기한테 막대한 손해가 끼치는데도?」

「그야 설마 했겠지.」

「아니야, 그건 여자 쪽에서 선수치고 나오는 술수일 수도 있어. 자기네가 원하는 돈을 받아내려고 말야.」

「그건 여자 쪽을 너무 나쁘게 보는 것 아닐까? 어디까지나 가해자는 장 사장이잖아.」

「그야 우리가 백날 우김질해 봐야 소용없는 일이고, 이 기회에 내막을 철저하게 파헤쳐 폭로해야 해.」

「그거 맞는 말이야. 돈을 벌었으면 좋은 일에 옳게 써야지 이놈이고 저놈이고 그따위 짓들을 해대니 그게 말이나 돼?」

「그게 다 정치하고 결탁해서 돈을 쉽게 벌었기 때문이야. 가뜩이나 정치 불신이 극에 달해 있는데 기업인이라는 것들은 그따위 짓들이나 해대고 있으니 경제 불신까지 겹쳐 이놈의 사회가 뭐가 되겠어. 단순한 흥미가 아니라 사회정의 차원에서도 철저히 파헤쳐 혼쭐을 낼 필요가 있어.」

「그래, 그동안에 사장족들만이 아니라 그 자식들까지 7공자니 뭐니 놀아나는 작태가 한심했는데, 쥐꼬리만한 월급 받으면서 뼈빠지게 일하는 그 회사 공원들이 그런 소문 듣고 기분이 어떻겠어? 갈수록 부익부 빈익빈으로 경제 불신도 정치 불신 못지않은 판에 시범적으로 이번 사건을 폭로하는 것도 한 가지 방법이야.」

「글쎄, 그거 다 지당하신 말씀들이긴 한데, 그게 그리 쉬운 일일까? 재벌님네들이 가지신 무기의 효력을 너무 우습게 보는 것 아닌가? 펜은 칼보다 무섭다는 말 너무 과신하지 말라구. 그건 나폴레옹 시절 얘기고, 그가 지금 세상에 살았더라면 돈의 위력 앞에서 펜은 돈보다 무섭다고 할 수 있을까? 재벌님네들이 이젠 대통령도 안 무서워한다는 말이 왜 나왔겠어? 돈을 태산처럼 가진 자들, 그거 함부로 볼 거 아니야. 우리 사회는 이미 그들의 손아귀에 장악당해 있다는 걸 알아야지.」

「이거 잘 나가다가 어떻게 학술 토론으로 변해버리나 그래. 하여튼 부럽고 부럽다. 사나이로 태어나서 난 언제나 한번 그 꽃 같은 탤런트하고 놀아나 보나 그래.」

「어쨌거나 이번 사건은 흥미진진한 드라마 한 편이 될 것 같으니까 우린 구경할 준비나 하자구.」

다른 부서 기자들의 이런 방담과는 달리 경제부 이상재는 윗사람들의 움직임을 지켜보면서 마음을 단단히 벼르고 있었다.

장주호, 너 잘 걸렸다!

그 사건을 대하는 순간 이상재의 가슴에서 폭발한 복수심이었다. 그 동안 박부길 사장에게 품어왔던 증오가 그대로 장주호에게로 옮겨 불을 붙였다. 그에게 박부길이나 장주호는 동일한 존재였다.

제보된 내용을 보면 장주호는 박부길이 허미경에게 써먹은 수법을 마치 배우기라도 한 것처럼 똑같이 써먹고 있었다. 다만 다른 것은 허미경의 오빠 허진은 그 일에 전혀 개입을 하지 않았는데 그 탤런트의 오빠는 자신의 이름까지 밝히며 앞으로 나서고 있었다.

어디 두고 봐라. 돈만 믿고 까부는 네놈의 못된 버르장머리를 이번에다 들춰내 매장을 시키고 말 테니까. 그래야 너 같은 놈들도 정신차리게 되고 이 사회가 조금이라도 나아지지. 하여튼 너 잘 걸렸어!

이런 생각을 씹고 또 씹던 이상재는 생각을 고쳐먹었다. 괜히 기다리고 있다가 취재가 문화부로 넘겨져 버리면 그건 참 낭패였다. 그런 일을 당하기 전에 자신이 먼저 나서기로 했다.

「저어……, 부장님, 드릴 말씀이 있는데요. 그 장주호 사장 건 말입니다. 제가 맡았으면 하는데요.」

이상재는 부장의 눈을 똑바로 쳐다보며 말했다.

「이 기자가? 허, 지난번 포철 특집으로 홈런 날려서 재미 붙이셨나?」

빨간 볼펜을 귀에 꽂으며 의자를 이상재 쪽으로 돌리는 부장이 싱그레 웃었다.

「아니 뭐……, 주제넘은 말씀 같습니다만 문화부 연예란에서 다루고 말 사건 같지가 않아서…….」

「음, 그 점 때문에 지금 고민들 하고 있는데……, 이번 건 지난번 것하고 성격이 완전히 다르다는 걸 생각해 봤어? 지난번 건 몸에 흙 안 묻혀도 되는 좋은 일이었지만, 이번 건 몸에 흙 묻힐지도 모르는 영 나쁜 일이야. 경제부 기자로서는 피하고 싶은 사건인지도 모르는데.」

「예, 그 점을 생각해 봤습니다. 좀 입장이 곤란하고 난처해질 수는 있지만 경제와 사회 등 여러 가지 측면에서 취재에 나서는 게 더 의미 있는 일이라고 생각했습니다.」

「허, 역시 젊은 건 좋은 거야. 가서 국장님한테 그대로 말씀드려.」

자기는 허락한다는 뜻으로 부장이 고개를 끄덕였다.

「잘 아시면서요. 국장님 앞에서는 쫄아드는 거. 가서서 응원을 좀 해주셔야지요.」

이상재는 뒷머리를 긁적거리며 멋쩍게 웃었다.

「이 기자가 슬슬 사람 잡는다니까. 재벌과 맞서보겠다는 그 용기가 가상하니까, 가자구.」

부장이 두 손가락으로 딱 소리를 내며 일어섰다.

「국장님, 스스로 총대를 메겠다는 용사가 나섰습니다. 장주호 사장 건 말입니다. 자, 누군지 보시지요.」

부장은 분위기를 부드럽게 하려는 듯 장난기 어린 손짓으로 뒤에 선 이상재를 가리켰다.

「이 기자, 자네? 으음……, 그거 시간 끌 일 아니니까 어서 결정을 내리긴 내려야 되겠지? 자네 가서 문화부장 좀 오라고 해, 회의실로.」

「저도 회의실에 가도 됩니까?」

심부름만 하라는 것인지 편집국장의 말이 모호해 이상재는 자기도 동석하고 싶다는 뜻을 분명히 했다.

「물론이지. 자원한 용사신데.」

편집국장은 빙긋 웃음까지 지었다. 지난번 특집을 잘 처리해 국장이 자신에게 호감을 가지고 있음을 이상재는 알았다.

「그거 글쎄 경제면에서 다룰 문제냐 하는 걸 신중하게 생각해야 한다니까요. 또 같은 말의 되풀인데, 경제면을 타는 것하고 문화면을 타는 것하고는 그 강도나 농도가 아주 달라진다니까요. 경제면에서 다루면 장 사장을 정면에서 치는 것이 되지만 문화면에서 다루면 똑같은 기사라도 탤런트 스캔들로 끝나요. 여러 가지 측면에서 우리 신문이 꼭 장 사장을 정면으로 쳐야 할 이유는 없지 않습니까? 이건 국장님께서 결정 하실 문젭니다.」

문화부장은 같은 말을 반복하며 완강한 태도를 취했다. 이상재는 그 의 완강함이 모처럼 눈길을 끌 수 있는 문화부의 먹이를 놓치지 않으려 는 것인지, 무슨 연고로 장 사장을 보호하려는 것인지 구분하기가 어려 울 지경이었다.

「여러 가지 측면이라……, 그 말도 일리가 있긴 한데…….」

편집국장이 담배를 뻐끔거리며 고개를 갸웃갸웃했다.

이상재는 위기를 느꼈다. '여러 가지 측면'이라는 것이 모호하긴 한데 자칫 잘못하다가는 문화부로 넘어갈 것 같은 느낌이었다.

「그럼 이렇게 하면 어떻겠습니까? 문화부 연예담당 기자하고 저하고 합동취재를 하는 방법 말입니다. 이 사건이 사회적 이목이 집중될 수 있 는 큰 사건이니까 양쪽에서 힘을 합쳐 충분히 취재를 한 다음에 지면은 그때 가서 정해도 되지 않을까 합니다. 우리 신문의 공신력을 위해서도 심층취재는 필요하다고 생각되는데요.」

이상재는 절충안을 내놓았고,

「응, 그거 괜찮은 방법인데요?」

경제부장이 얼른 동의하며 편집국장을 쳐다보았다.

「으음……, 그래……, 사건이 보통 사건은 아니니까……, 그럽시다, 그렇게 해서 자세히 알아봅시다. 바로 취재 시작하시오. 다른 데서도 뛰 기 시작했을 테니까.」

편집국장이 취재 지시를 내렸다.

너 이새끼, 이제 맛 좀 봐라!

이상재는 기관총 방아쇠를 검지손가락에 건 것 같은 기분을 느끼며 어금니를 맞물었다. 보병 후반기 훈련소에서 쏘아본 기관총의 위력은 대단했었다. 훈련소에 와 있는 모든 총기는 2차대전과 6·25를 거친 퇴물들이었다. 그런데, 나무덮개 깨진 M1도 명중률이 괜찮았고, 더구나 기관총의 명중률은 뛰어날 뿐만 아니라 연발사격의 위력은 놀랄 만했다. 이제부터 장주호를 향해 연발사격을 가할 작정이었다.

「이 기자, 법대 출신치고 기자 근성이 쓸 만하다니까. 그런 기질로 법관이 됐더라도 괜찮을 걸 그랬어. 이번에도 잘해 보라구.」

자리로 돌아오며 부장이 이상재의 어깨를 툭툭 쳤다.

이상재는 취재수첩과 그 제보지를 챙겨가지고 문화부로 갔다. 연예담당이 문화부장 앞에서 무슨 지시를 듣고 있었다. 이상재는 인기척을 내며 가까이 다가갔다.

「아, 벌써 왔소? 두 사람 중에 누가 더 선배요?」

문화부장이 이상재를 쳐다보았다.

「제가 1년 늦습니다.」

연예담당 기자가 대답했다.

「그럼 천상 반장은 이 기잘세.」

문화부장이 씁쓰레하게 웃었다. 이상재는 '반장 좋아하고 있네' 하며 피식 웃었다. 그러나 그 말이 문화부장의 뜻과는 달리 자신에게 취재의 주도권을 주는 것이어서 이상재는 뜻밖의 수확을 얻은 셈이었다.

「홍 형, 그 탤런트 아가씨 전화번호 알아요? 제보지에 연락처가 없어요.」

이상재는 연예담당에게 물었다.

「예, 여기 연예협회 회원주소록이 있으니까 찾아보지요.」

민다리의 이름 옆에는 주소와 전화번호가 적혀 있었다. 민다리, 한글로 씌어 있어서 무슨 뜻인지 알 수가 없는 그 이름에서는 유행 세태를 따른 서양 냄새가 물씬 풍겼다. 언제부턴가 '자' 자 돌림의 여자 이름들의 촌스러움을 벗어나 예쁜 이름을 짓는 바람이 불기 시작했다. 그런데 어찌 된 일인지 그 이름들이 애리·주리·나리 하는 식으로 서양 이름 흉내를 내고 있었다.

「민다리, 이거 가명이겠지요?」

연예담당이 주소와 전화번호를 취재수첩에 옮겨 적으며 말했다.

「뻔한 것 아니오. 연예인들은 흔히 그러니까. 더구나 요새 유행하기 시작한 이런 서양식 이름은 어린애들한테나 붙여지고 있으니까.」

「민다리, 이게 무슨 뜻이죠? 예쁜 것도 아니고 발음도 안 좋은데.」

「민다리……? 굳이 뜻을 찾자면 '털 없는 다리'라는 뜻은 되겠소. 민 머리, 민둥산 하는 식으로.」

「호호호호…….」

연예담당은 취재수첩을 덮으며 어깨를 들썩이고 웃었다.

「잠깐, 먼저 전화부터 걸어봅시다.」

이상재는 회원주소록을 끌어당겼다. 연예담당이 잽싸게 전화기를 옮겨놓았다.

「여보세요, 여긴 ㄷ신문삽니다. 죄송하지만 민다리 씨 좀 부탁합니다.」

「아 예, 다리는 지금 없고, 뭐 물을 말 있으면 나한테 다 물으쇼.」

이상재는 상대방이 제보지를 보낸 민다리의 오빠라고 직감했다. 그 말투가 퉁명스럽기보다는 거칠고, 투박하다기보다는 상스러운 느낌이 들었다.

「혹시 제보해 주신 오빠 되십니까?」

「그렇소. 내가 바로 민시평이오.」

「아, 그러십니까. 우선 전화로 인사드립니다. 저는 이상재 기자라고 합니다. 다름이 아니라 누이동생 문제를 취재하고 싶은데, 전화로는 어려우니까 좀 만나뵈었으면 합니다.」

「지금 전화 오는 데가 한두 군데가 아니오. 그냥 지금 물으쇼.」

「예, 물론 그러시겠지요. 허지만 전화로는 취재가 불충분해지기 쉽습니다. 그리고, 저쪽에서는 만나기로 했는데 선생께서 안 만나려고 하시면 손해보실 수도 있습니다.」

「아니, 장 사장을 만나기로 했어요? 언제요?」

「이따가 오후에요.」

「그 새끼 만나기 전에 나부터 만나야 돼요. 당장, 지금 만납시다.」

이상재는 느긋한 마음으로 시간과 장소를 약속하고 전화를 끊었다.

「이 선배, 공갈 실력 한번 놀라운데요.」

「이 사람이 점잖찮게 공갈이 뭐야. 같은 값이면 유인작전이라고 해야지.」

이상재는 연예담당에게 눈총을 쏘며 속주머니에서 전화번호 수첩을 꺼냈다.

대양산업 비서실에서 전화를 받는 반응은 민다리의 오빠하고는 정반대였다. 언제라도 좋으니 만나자고 급급했다. 불붙은 집이라는 것을 숨기지 못하고 그대로 드러냈다.

감정에 치우치지 말자. 냉정하게 그리고 철저하게 취재하자. 그게 바로 최대의 보복이고, 악덕 기업주의 폭로다. 택시를 탄 이상재는 수습기간에 익혔던 것을 떠올리며 스스로에게 경고했다.

「홍 형, 우리가 한 가지 정신차려야 할 게 있소. 장 사장 쪽에는 십중팔구 우릴 촌지로 유혹하려고 덤빌 거요. 아니, 촌지가 아니라 거액일 수도 있소. 그러나 단 한푼도 손대서는 안 돼요. 우린 명절을 맞이한 게 아니고 제보자가 있는 사건에 뛰어들기 때문이오.」

이상재는 정색을 하고 말했다.

「예, 알고 있습니다.」

약속한 다방에는 두 남자가 나와 있었다. 그들은 민시평, 민우평으로 민다리의 오빠들이라고 자기 소개를 했다. 그들은 빼어난 미모의 민다리와 한 핏줄인 것을 입증이라도 하듯 잘생긴 얼굴이었다. 그러나 이상재는 아까 전화를 통해 감지했던 느낌을 그들의 첫인상에서 확인하고 있었다.

「잘 아시겠지만 저희들은 신문기자이기 때문에 그 어느 쪽 편도 들지 않고, 있는 사실 그대로만 듣기를 원합니다. 신문은 거짓말을 보도해서는 안 되기 때문입니다. 피해자의 형제간으로서 속상하고 화도 많이 나시겠지만 될 수 있는 대로 감정을 죽이시고 저희 질문에 답해주시면 고맙겠습니다. 혹시 저희 질문이 기분에 거슬리더라도 사실을 있는 그대로 알고자 하는 것이니까 널리 이해해 주시고, 대답하기 싫으신 것은 대답 안 하셔도 좋습니다. 그러나 이게 민다리 씨의 억울한 입장을 세상에 적극적으로 알리고, 장 사장의 부당한 행위를 폭로하는 기회라는 점을 아시기 바랍니다.」

이상재는 두 사람을 향해 예의 갖추어 말했다.

「예, 뭐든지 물어보시오.」

다리를 꼬고 앉은 민시평이 대꾸했고,

「그 새끼 그거 쇠푼이나 좀 있다고 사람 우습게 보는 순 악질이오. 그 새낄 그냥 한주먹에, 아유, 주먹이 운다, 울어.」

민우평이 이를 갈듯 하며 주먹을 부르쥐었다. 민시평이 그러는 동생을 팔꿈치로 쳤다.

「그럼 보내주신 제보에 없는 것을 여쭤보겠습니다. 장 사장 쪽에서 무조건 애를 뺏어가려고 하진 않았을 텐데요. 위자료랄까 보상금은 얼마나 제시했었습니까?」

「그게 글쎄, 처녀 신세 망친 것만이 아니라 애까지 낳게 해놓고는 40평짜리 아파트 두 채 먹고 떨어져라 하는 겁니다. 이게 말이 돼요?」

「예, 그랬군요. 그럼 민다리 씨 쪽에서는 얼마나 요구했습니까?」

「그거 뭐……, 처녀 신세 망치고 연예인생활도 망치고 해서……, 그저 뭐…….」

민시평이 턱을 쓸고 담배연기를 내뿜으며 우물쭈물했다.

「예, 대답하기 곤란하시면 안 하셔도 좋습니다. 그건 저쪽에 가서 확인하도록 하겠습니다.」

「형, 그 새끼들이 뻥 깔 수도 있잖아. 죄진 것도 아닌데 말못할 게 뭐 있어. 탁 까놓고 말해 버려.」

「좋아, 네가 까발려버려.」

「좋시다. 그 쌍놈에 영감탱이가 우리 예쁜 동생 금봉이…….」

「이새끼야, 다리, 민다리!」

민시평이 갑자기 동생의 장딴지를 걷어찼다. 이상재는 웃음이 푹 터지려는 것을 겨우 참아냈다.

「새끼, 얼띠기는. 넌 죽치고 있어.」 민시평은 동생에게 눈을 째지게 흘기고는, 「우리 동생 신세 평생 조져났으니까 백화점 내놓으라고 했소. 혹시 기자 양반이 과하다고 생각할지 모르나 그 정도는 장 사장이 가진 전 재산으로 치면 새발에 피요. 안 그렇소?」

그는 이상재를 향해 고개를 쑥 뺐다.

「예, 저쪽에서 그 요구를 거부했고, 다시 다른 조건을 제시하고 했을 텐데, 신문사에 제보하시기 직전에 저쪽에서 최종적으로 제시한 조건은 무엇이었습니까?」

「아파트 열 채요.」

「예, 그럼 앞으로 어떻게 하실 작정이십니까?」

「그야 두말할 것 있겠소. 백화점을 내놓기 전에는 애를 절대로 안 줄 작정이오.」

「예, 알겠습니다. 그 제보지는 어디어디에 돌리셨습니까?」

「신문사, 주간지, 여성지 다요.」

이상재는 더 물을 것 있느냐고 연예담당에게 눈길을 돌렸다.

「저어……, 애는 장 사장이 낳으라고 했던 것인가요?」

연예담당이 물었다.

「당연하지요. 임신을 했다니까 평생 데리고 살 것처럼 좋아하면서 아들을 낳으라고 해놓고는 정작 아들을 낳으니까 발을 끊어버렸소. 그리고 6개월이 지나니까 애를 뺏어가려고 덤벼든 거요. 그 늙은 새끼가 처녀 단물 쪽쪽 다 빨아 처먹고 싫증나니까 나 몰라라 하고 걷어차 버리고 지놈 애새끼나 챙기겠다 그거요. 개새끼들, 쇳가루 좀 있다고 사람 우습게들 아는데, 이번에 잘못 걸린 거요. 우리 형제가 끝장을 볼 참이오.」

민시평이 뿌드득 이를 갈아붙였다.

「저어……, 죄송하지만 딱 한 가지 부탁이 있습니다. 기왕 이렇게 만나주셨으니 민다리 씨도 좀 만나게 해주십시오. 그 심정이 몹시 괴로울 테니까 시간 길게 끌지 않겠습니다. 10분, 아니 5분이라도 좋습니다. 민다리 씨에게 꼭 확인할 게 한두 가지 있어서 그럽니다.」

이상재는 고개까지 숙여 보였다.

「그건 안 돼요.」

민우평이 불쑥 내쏘았다.

「좋시다. 신문기자들이란 시건방지다고 들었는데 형씨는 그렇지 않아 맘에 들었소. 다리도 할 얘기가 있을 테니까 잘 듣고, 잘 써주시오. 갑시다.」

민시평이 몸을 일으켰다.

이상재는 기관총 사격수가 자신이 아님을 느꼈다.

한편, 대양산업의 비서실과 홍보실은 초비상 사태가 벌어지고 있었다. 신문사, 주간지, 여성지 기자들이 몰려들고 전화는 연달아 울려댔다. 직원들은 기자들을 따로따로 분산시켜 만나느라고 정신없이 돌아가고 있었다.

「사장님 좀 만납시다.」

「예, 지금 사장님 안 계십니다. 우선 커피부터 한잔하시지요.」

「이거 왜 이러십니까. 사장님이 피한다고 이게 피해질 사건입니까?」

「아니, 그게 아닙니다. 사장님이 그런 일로 누굴 만나고 싶으신 심정이겠습니까. 고의가 아니니 이해해 주십시오.」

「이해하다니요. 이건 피해자가 제보를 한 사건입니다. 장 사장님이 피하시면 우린 제보대로 쓸 수밖에 없어요. 그래도 좋다 그겁니까?」

「아니, 그런 뜻이 아닙니다. 저희도 제보자의 일방적이고 모략적인 주장에 맞서서 이쪽의 입장을 밝히는 해명서를 내일 중으로 각 언론에 배포할 작정입니다. 그런 다음에 사장님이 기자들을 만나는 게 순서 아니겠습니까? 그때까지만 좀 기다려주십사 하는 말씀이지요.」

「그런데 제보 내용은 다 사실 아닌가요? 민다리가 아들을 낳았고, 장 사장님 쪽에서 강제로 애를 뺏으려고 한다는 거 말이오.」

「저희가 그런 걸 어찌 다 알겠습니까. 하여튼 내일까지만 좀 기다려주십시오.」

「우리 주간지는 기다릴 시간이 없어요. 이 특종 지면만 남겨놓고 다른 지면들은 지금 인쇄 돌아가고 있어요. 세상 없어도 난 오늘 오후 4시까지는 기사를 써서 넘겨야 한다구요. 무슨 말인지 아시겠어요?」

「예, 그런데 그렇게 급하게 서두르지 않아도 될 것입니다. 저와 오늘 저녁에 근사한 데 가셔서 느긋하게 술 한잔하시지요.」

「아니, 정신나갔소? 그게 도대체 무슨 소리요?」

「예, 내일까지 기다리셔도 괜찮을 거라는 말씀이지요. 제 말이 믿기 어려우면 지금 회사에 전화해 보도록 하시지요.」

「아니 그럼……?」

「영웅호색이더라고 그거 뭐 별거 아니잖습니까. 우선 오늘 밤 제가 아주 멋들어진 곳으로 모시겠습니다. 귀사와 우리 회사는 사업적으로도 아주 유대가 깊지 않습니까? 이런 일을 계기로 사이가 더 돈독해질 수도 있구요.」

직원들은 이런 식으로 기자들에게 투망을 던지고 있었다.

그런데 장주호는 어디를 간 것이 아니었다. 그는 사장실에 버티고 앉아 비서실장에게 상황 보고를 받고 있었다.

「사장님, 주간지 완료했습니다.」

「으음……, 일간지는?」

「아직 둘 남았습니다.」

「둘이나? 뭣들 하고 있는 거야? 뭐가 부족해서 그래? 돈이야, 광고야?」

「예, 광고국에서는 즉각 통했는데 편집국에서 빡빡하게 구는 모양입니다.」

「그거 어떤 쑥맥 같은 놈들이야. 광고 없이 제놈들이 밥 먹어질 것 같애? 돈을 배로 찔러.」

「사장님, 그것보다는 사장님께서 직접 저쪽 사장님한테 전화를 하시는 게 좋을 것 같습니다. 지금 시간이 촉박합니다.」

「이런 빌어먹을. 빨리 전화 걸어.」

비서실장이 허둥지둥 전화를 걸어 송수화기를 사장에게 받쳐올렸다.

「아 사장님, 그간 안녕하십니까. 대양산업 장주호올습니다. 예, 예, 염려지덕으로 잘돼 가고 있습니다. 그런데 한 가지 부탁이 있어서 부득불 전화 올렸습니다. 뭐 큰 건은 아니고, 사장님께서도 다 아시다시피 사업하다 보면 골치 아픈 게 좀 많습니까? 그래 제가 새 기운 얻으려고 재미를 좀 봤는데 여자 오빠 놈들이 제 등을 치려고 오늘 신문사에 투서를 했습니다. 아, 예, 예, 그렇지요. 그런데 다른 신문들은 다 협조가 잘됐는데 사장님 신문이 잘 돌지를 않습니다. 편집국장이 좀 고지식한 모양인데 사장님께서 좀……. 예, 예, 영웅호걸도 말에서 떨어질 때가 있어야 재미있지요. 하하하하……. 그리 이해해 주서서 백골난망입니다. 이 은혜는 광고국을 통해서 작년의 배로 갚겠습니다. 예, 예…….」

장주호 사장은 쯧쯧쯧 혀를 차며 송수화기를 던지듯 해버렸다. 그의 노기는 자기를 직접 나서게 하는 아랫사람들의 무능에 대한 힐책이었다.

그 노기 앞에서 비서실장은 어깨를 바짝 웅크린 채 전화번호를 급히
돌려댔다.

「……아, 여보세요, 급한 일이라니까요. 그러시지 말고 좀……. 하,
이거 정말 큰일인데……. 여보세요, 잠깐만 기다려주세요.」

비서실장이 몸달아하며 장주호 사장을 향해 돌아섰다.

「사장님, 신문사 사장님이 출타 중이신데, 어디 계시는 줄 모르고, 어
쩌면 안 들어오실 수도 있다고…….」

「시끄럿! 거기 누구야?」

장주호는 버럭 소리질렀다.

「예에, 비서실장입니다.」

「정신 똑바로 차려. 그 어느 놈의 회사에 사장이 어디 간 줄 모르는 비
서실장이 다 있어. 더구나 신문사에서 말야. 자넨 내가 어디 간 줄 모를
때도 있나?」

장주호 사장은 더욱 화를 내고 있었다.

「아, 아닙니다. 그런 일 없습니다.」

「빌어먹을, 전화 이리 내.」

장주호 사장은 송수화기를 낚아챘다.

「여보세요, 나 대양산업 사장 장주호요. 다급한 용건이니 사장님 계신
곳을 빨리 좀 대주시오.」

「사장님, 죄송합니다. 어디 계신지 제가 모르고 있습니다.」

「왜 이러시오, 이거. 비서실장이 일과 중에 사장님이 어디 계신지 모
른다는 게 말이나 되는 소리요? 그러지 말고 빨리 좀 대요.」

「정말입니다. 저는 잘 모릅니다.」

「이거 보시오, 우리 회사 광고가 영원히 끊길지도 모를 사태가 벌어졌
는데, 당신이 책임질 수 있소? 책임질 수 있다면 좋소. 그만 전화 끊읍
시다.」

「예에? 아닙니다, 사장님. 제가 바로 알아보도록 하겠습니다.」

「바로가 언제요? 이거 시각을 다투는 문제요. 10분 넘으면 다 소용없어요.」

「예, 알겠습니다. 제가 책임지고 곧바로 전화 올리겠습니다. 조금만 기다려주십시오.」

「덜떨어진 자식, 어디다 대고 함부로 오리발을……」

장주호 사장은 보란 듯이 거드름을 피우며 송수화기를 비서실장에게 넘겨주었다.

「거 여성지라는 것들은 어찌 됐어? 골치 아프게.」

「예, 주간지 맡은 팀이 그쪽으로 이동했습니다. 여성지들은 월간이라 아직 시간 여유가 충분하니까 염려 안 하셔도 됩니다.」

「뭐야? 시간 여유가 있으니까 질질 끌겠다 그거야? 모두 오늘 중으로 끝장내. 하루라도 끌면 그만큼 쓸데없는 소문 퍼지는 것 몰라?」

「아니, 그런 뜻이 아닙니다. 위로의 말씀을 드린 것이고, 모두 오늘 중으로 완료하게 돼 있습니다. 곧 해결했다는 보고들이 들어올 것입니다.」

손을 모아잡은 비서실장은 머리를 조아리고 조아렸다.

10분이 다 못 되어 아까의 신문사에서 전화가 걸려왔다.

「아이구, 사장님께서 이렇게 직접 전화를 주시다니 황송합니다.」

장주호 사장은 환하게 웃음을 피우며 허리를 굽히는 몸짓을 했다.

「예, 중요 모임이 있어서 밖에 나와 있어서요. 비서실장 말을 들으니까 무슨 심각한 일이 생긴 모양인데, 장 사장님께서 우리 회사에 무슨 유감이 있으십니까?」

「아, 아닙니다. 중요 모임이시라니까 제가 간략하게 말씀드리겠습니다. 저어, 다름이 아니오라……」

장 사장의 전화는 오래 걸리지 않았다. 그는 껄껄껄 웃어대며 전화를 끊었다.

「다 됐지? 난 그만 나갈 테니까 여성지가 다 끝나면 보고해.」

장주호는 살 많이 찐 몸집을 천천히 일으켰다.

「예, 알겠습니다.」

비서실장이 잽싸게 사장실 뒷문을 열었다.

이상재는 홍보실 직원과 입씨름을 해가면서 차츰 이상한 느낌을 받고 있었다. 직원의 언행에서는 오전에 전화를 통해서 느꼈던 비서실의 당황스러움과 다급함을 거의 느낄 수가 없었다. 직원은 흠잡을 데 없이 꼬박꼬박 예의를 지키면서 여유를 보이고 있었다. 그 여유스러움이 이상하게도 신경을 자극하고 불쾌감을 느끼게 했다.

「이게 피한다고 피해질 사건입니까? 나는 오전 중에 민다리 씨 오빠들은 물론이고 민다리 씨도 만나 취재를 다 했어요. 그것만으로도 1차 기사를 쓸 수 있습니다. 장 사장님 쪽에서는 취재를 기피했다고 첨부하면 되니까요.」

「아 예, 수고하셨습니다. 그렇게 말씀하시니까 저도 솔직하게 말씀드리지 않을 수가 없군요. 제가 알고 있기로 아마도 이 문제는 잘 해결된 것이 아닌가 싶습니다.」

「예에? 그럼 그 백화점을 주기로 했다 그겁니까?」

「아니, 그게 아니구요. 죄송하지만 신문사에 연락해 보시는 게 좋을 것 같습니다.」

「뭐라구요?」

이상재는 그제서야 뒤통수를 얻어맞는 것 같은 충격을 느꼈다. 직원의 여유로움이 확실해졌고, 왜 예상보다 기자들의 모습이 많이 보이지 않는지도 뒤늦게 깨달았다.

「필요하시면 이 전화를 쓰시지요.」

직원은 전화기를 이상재 앞으로 돌려놓았다.

직원의 그 능청스러움에 이상재는 면상을 후려치고 싶은 격분을 느졌다.

「홍 형, 가!」

이상재는 벌떡 일어났다.

「기자님, 왜 이러십니까. 사업하시는 분들한테 그런 일은 흔히 있는 그저 그런 일 아니겠습니까. 이 세상 일이란 게 덮을 건 덮고 가릴 건 가리고 그래야지 다 드러내서 좋을 건 없지 않습니까. 그저 다 좋은 게 좋더라고 잘 해결된 것 같으니까 화내지 말아주십시오.」

화가 마구 뻗치는 걸음걸이로 복도를 걸어가는 이상재 옆으로 따라붙으며 그 직원은 다급하게 말하고 있었다.

「저, 회사에 들어가셨다가 저한테 연락 주십시오. 오늘 밤 제가 좋은 데로 모시겠습니다. 너무들 수고하셨는데 제가 한잔 대접했으면 합니다.」

엘리베이터 문이 열렸다.

「타지 마! 당신도 대학 나왔어?」

먼저 엘리베이터를 탄 이상재가 휙 돌아서며 직원을 향해 팔을 뻗었다. 그의 쪽 곧은 검지손가락은 직원의 눈을 겨누고 있었다. 막 엘리베이터를 타려던 직원은 검지손가락에서 뻗치는 힘에 밀리듯 어물어물 엉거주춤했다. 그러는 사이에 엘리베이터 문이 닫혔다.

「빌어먹을, 결국 또 이 꼴 나고 마는군. 그렇지 그럼. 돈 많은 놈들이 그냥 앉아서 당할 리 있나.」

연예담당 기자가 헛웃음을 쳤다.

「또라니, 무슨 소리요?」

「예에, 2년 전쯤에 이번하고 똑같은 일이 벌어졌었어요. 여자 탤런트가 애만 낳지 않았을 뿐이고, 사업가가 화장품회사 사장인 것이 달랐을 뿐이죠. 화장품 모델로 나선 것을 사장님께서 입맛 다신 것인데, 여성지 기자들이 그 냄새를 맡았어요. 그러자 주간지, 일간지로 금방 퍼졌지요.

그런데 그 회사가 속전속결로 일을 해결하는데, 참 기가 막혔어요. 현찰 투입에 광고 공세로 양면작전을 펼치는데, 오늘처럼 하루 만에 작전 완료예요. 그 화장품회사에 비하면 대양산업이야 몇십 배 큰 회산데, 우리가 애초에 괜히 나섰던 거지요, 뭐. 아까 그 직원 말대로 다 좋은 게 좋은 거고, 세상만사 다 그렇고 그렇게 돌아가는 건지도 모르죠. 아유 피곤해.」

그러니까 괜히 화내고 그러지 말라는 듯 연예담당 기자는 두 팔을 있는껏 뻗어올리며 기지개를 켰다.

이상재는 엘리베이터에 머리를 기대며 눈을 감았다. 기업인들이 사업적 비리, 정치적 결탁 같은 것들이 노출되면 온갖 방법들을 다 동원해서 보도를 덮으려고 하는 것을 모르는 것이 아니었다. 그러나 이번 사건의 민다리는 어느 부분 허미경이었던 것이다.

이상재는 대양산업에서 나와 공중전화로 회사에 전화를 걸었다. 그야말로 닭 쫓던 개 모양으로 그 길로 터벅터벅 회사에 들어갈 기분이 아니었다.

「국장님, 이거 어떻게 된 겁니까?」

「응, 지금 거기 어디야?」

「여자 쪽 취재 다 끝내고 장 사장 회사에 왔더니…….」

「수고 많았는데 미안하게 됐네. 나 버티려고 하다가 위에 올라갔다 왔네. 그거 자기네들끼리 해결할 사적인 문제로 생각하고 더 신경 쓸 것 없어. 자아, 나 딴 전화 받아야 하니까 그만 끊겠어.」

「허, 참…….」

이상재는 송수화기를 고리에 걸며 어깨를 늘어뜨렸다. 갑자기 세상이 황량하게 느껴졌다.

「돈이 왕이라는 말이 살아갈수록 실감난다구요. 거 여동생 미끼로 팔자 고치겠다고 설치는 오빠라는 것들 꼴도 장 사장 꼴만큼 더럽고 추하더라구요.」

연예담당 기자가 차들 달리는 큰길로 눈길을 던진 채 중얼거렸다.

「그래, 우리 어디 가서 술이나 한잔합시다.」

「예, 아까 그 친구가 사는 양주보다는 우리 돈으로 마시는 쐬주가 더 맛있겠지요.」

이상재는 자꾸 눈앞에 떠오르는 허미경의 모습을 지우려고 애썼다. 허미경은 그렇게 짓밟히고 얼마나 받았을까. 양품점 차린 돈이 전부가 아니었을까. 그녀는 결혼을 단념한 눈치였는데, 한 여자의 일생을 망쳐놓은 보상이 그 양품점이라면 말이 되는가. 그 두 배를 받았다 해도 그건 말이 안 된다. 강제로 한 여자의 일생을 망쳐놓은 것은 범죄다. 분명 사회적 범죄다. 그런데 그게 다 돈으로 해결이 된다. 도대체 그자가 지금까지 망쳐온 여자들이 얼마나 될까. 앞으로는 또 얼마나 망쳐놓을까. 그런데도 그자는 돈의 힘으로 죽는 날까지 건재할 것이다. 돈, 돈이란 무엇인가……. 과연 이 세상에 진실이란 있는 것인가……. 내일 아침 신문들을 본 민다리의 오빠들은 어찌 될까. 자기네 편이 하나도 없는 세상에 분노하고, 절망하고……. 그러다가 끝내 체념하고 그자가 조금 낫게 제시한 조건을 받아들일 수밖에 없겠지. 재벌은 거대한 산이다. 아니, 산맥이다. 돈으로 덮이지 않을 사회악은 없고, 그들은 그 무기로 완전무장되어 있다. 그들은 자본주의가 잉태해 낸 공룡이고 악마들이다. 노동 착취를 일삼으면서 그따위 짓들을 하는 한 그들은 분명 사회의 악마들이다.

이상재는 가슴속에서 끓는 분노와 증오를 긴 한숨으로 내뿜으며 뒷골목 술집으로 들어갔다.

「이 선배, 우리의 패배를 위하여 건배하시죠.」

연예담당이 씩 웃으며 소주잔을 들었다.

「혼자나 패배해. 난 안 할 테니까.」

「아니, 무슨 소리지요? 그럼 취재를 계속하겠다 그겁니까?」

연예담당이 어이없다는 얼굴로 입을 헤벌린 웃음을 띄웠다.

「나도 모르겠소, 이 빌어먹을 놈의 세상.」

이상재는 술잔을 단숨에 비워버렸다.

「저도 이놈의 세상이 뭐가 뭔지 모르겠어요. 신문사에 들어오기 전에는 신문이 아주 굉장한 건 줄 알았어요. 사회의 정의와 진실을 지키고……, 꿈이 아주 컸었지요. 그런데 해가 갈수록 그 꿈을 허물면서 살아요. 순진했던 게 다 옳고 좋은 건 아니지만 꿈과 기대가 사라져가는 건 비참한 일 아니겠어요?」

「그러기는 누구나 마찬가지 아닌가 싶소. 자본주의 사회에서 언론매체들도 사업이고 장사인 측면이 강하니까. 나이 많은 선배들 말대로, 없는 것보다는 낫다고 생각할 수밖에 더 있겠소.」

이상재의 입가에 쓴웃음이 어렸다.

「그런데 아까 그 말은 뭐지요? 취재를 계속할 건가요?」

연예담당은 아무래도 궁금한 듯 같은 말을 또 물었다.

「글쎄……, 그걸 뭐라고 해야 되나. 보도되긴 틀린 거니까 취재라고 할 건 없고, 장 사장을 어떻게 골탕먹이나 하는 생각을 하고 있소. 기업인들이 그따위로 못된 짓을 하는 게 한두 번이 아니니까.」

「참 이 선배, 보기보다 순진하시군요. 골탕먹인다고 그런 사람들이 골탕먹고, 그런 버릇 고칠 것 같은가요? 오히려 이 선배가 피해를 보거나 당했으면 당했지.」

「그게 무슨 소리요?」

「장 사장이 오늘 전개한 작전에 당하고도 감이 안 잡혀요? 이 선배가 어떤 식으로든 끈덕지게 물고늘어지면 열 받친 그 사람이 어떻게 하겠어요? 우리 회사에 강하게 압력을 가할 것 아니겠어요? 그럼 편집국에서 기자 하나쯤 조사부나 편집부로 보내는 거야 너무 쉬운 일 아닌가요? 아무 표도 안 나고, 무슨 영문인 줄도 모른 채 이 선배 혼자 당하고 마는 거지요. 또, 더 나쁜 경우를 생각할 수도 있어요. 어느 날 밤 술이 취해 돌아가다가 테러를 당하는 거지요. 그건 취재 현장에서 폭행을 당한 게 아니니까 그냥 깡패들하고 시비를 하다가 얻어맞은 것이 되고 말아요. 너무 지나친 상상이라고 하시겠어요? 작년에 있었던 어떤 대기업 사건 기억하시죠? 노조 결성을 파괴하려고 노조위원장으로 내정된 사람을 납치해 며칠을 불법 감금한 다음 저 남쪽 여수까지 데려갔다가 들통난 것. 그 사람을 수장시키려고 했다고 신문들이 떠들썩했다가 곧 잠잠해지고 말았잖아요. 이제 세상사람들은 다 잊어버렸겠지만, 난 그 회사 사장의 이름이나 얼굴을 지면에서 대할 때마다 정나미가 떨어지고 소름이 끼쳐요. 그 사람들 무슨 짓이든 다 하는 것 잊지 마시라구요.」

연예담당은 상기된 얼굴로 술잔을 비웠다.

「허, 참…….」

이상재는 상대방을 멍하니 바라보았다. 그는 홍 기자의 말을 부인할 수 없는 채 등줄기로 찬바람이 스치는 것을 느끼고 있었다.

「그거, 깔려 죽을 정도로 돈 많은 사람들이 즐기는 오락이고 스포츠라고 생각하고 다 잊어버리세요. 지금 그보다 더 중요한 문제가 수두룩하잖아요. 신부들까지 유신 반대에 나서며 '천주교정의구현전국사제단'을 구성하고, 대학생들 데모는 전국으로 퍼져나가고, 곧 전국 대학들이 휴교에 들어갈 거라고 하고, 신경 쓸 일이 어디 한두 가진가요.」

「그래요. 홍 형 말이 옳은 것 같소. 예수가 일찍이, 부자가 천당에 가기는 낙타가 바늘구멍을 꿰기보다 더 어렵다고 했는데, 어쩌면 돈의 분량은 곧 그만큼의 사회악의 축적인지도 모를 일이오.」

이상재는 고개를 끄덕이며 너무 사적 감정에 빠져 있는 자신을 건져 올려야 한다고 생각했다. 허미경의 상처와 아픔은 자본주의 공룡의 발에 짓밟힌 벌레의 운명이었다. 자신 또한 그 공룡 앞에서는 한 마리의 벌레에 지나지 않는지도 몰랐다.

「끝났는데 한 병 더 할까요?」

연예담당이 빈 병을 들어 보였다.

「내키진 않지만 일단 회사에 들어갑시다. 기다리고 있을 테니까.」

이상재는 두 손으로 탁자를 짚고 몸을 무겁게 끌어올렸다.

「벌써 한잔씩 걸치셨네. 술대접 잘 받고 촌지도 두둑이 챙기셨어?」

편집국장이 능글맞게 웃으며 눈을 찡긋했다.

「예, 평생 먹을 것 챙겼습니다.」

이상재가 쓰게 웃었다.

「수고들 했어. 이것도 다 경험이려니 해둬. 내가 언제 술 한잔 사지.」

편집국장은 슬픈 기색의 웃음을 지으며 두 기자를 한참씩 쳐다보았다.

그날 밤 이상재는 다른 때보다 술이 더 취해 허미경의 가게에 나타났다.

「미경 씨, 미경 씨, 미안해요. 난 내가 무슨 힘이 있는 줄 알았는데, 아니야, 아니야, 한 마리 벌레새끼였어. 미안해요.」

이상재는 곧 쓰러질 것처럼 비틀거리며 몸을 가누지 못했다.

「어머, 정신차리세요, 정신차리세요.」

허미경은 이상재를 붙들까말까 하는 몸짓을 지으며 당황스러워했다.

「미경 씨, 슬퍼하지 말아요. 인생이란……」

곧 쓰러지려는 이상재를 허미경이 붙들었다. 그러자 이상재가 허미경을 와락 끌어안으며 키스를 퍼부었다. 처음에 몸부림하던 허미경도 이상재를 끌어안았다.

22
맞물린 톱니바퀴

11월 말의 북풍은 어김없이 겨울을 실어오고 있었다. 청계천가의 남루한 누더기집들은 이른 추위를 맞고 있었다. 판자로 엉성하게 얽고 땜질해 루핑으로 지붕을 덮은 집들은 더위도 추위도 먼저 탔다. 가난한 사람들은 더위도 추위도 더 오래, 더 심하게 겪을 수밖에 없었다. 하루 벌어 하루 먹어야 하는 누더기촌 사람들에게 추위가 달가울 리 없지만 좀 나아진 것이 있다면 여름 내내 진동했던 온갖 악취가 다소나마 가신 것이었다. 그리고 극성스럽게 기승을 부리던 파리떼와 모기떼가 자취를 감춘 것은 추위가 가져다 준 큰 선물이라면 선물이었다.

천두만은 밥벌이 연장들을 얹은 반토막짜리 지게를 들고 부엌에서 나왔다. 다리가 한 뼘도 안 되게 짧은 지게에는 세 가지 연장이 석탄가루가 검게 묻은 새끼줄로 묶여 있었다. 쇠로 된 연탄틀, 큼직한 나무망치, 자루 짧은 헌 삽 또한 석탄가루로 닦여 검은 윤기를 내고 있었다.

그 밥벌이 연장들 중에서 돈이 들어간 것은 연탄틀뿐이었다. 나머지는 천두만이 손수 만들거나 어디서 주워온 것들이었다. 지게와 나무망치는 여기저기서 각목이며 통나무 토막을 구해다가 만들었고, 헌 삽은 아파트 공사장에 날품팔이를 나갔다가 버린 것을 주워와 가지고 다니기 편하게 자루를 반으로 잘랐다. 지게도 산동네 비탈골목을 오르내리는 데 걸리적거리지 않고 간편하게 하려고 다리를 아주 짧게 했다.

「옲이 사는 사람덜 더 애터지게 헐라고 또 겨울이 오는갑네 이. 배 채우기도 에로운디 옷이야 연탄이야 고런 것이 다 쌩돈 깨지는 것 아니여. 거렁뱅이 신세 여름이 상팔자드라고 가난뱅이헌티도 겨울은 웬수여.」 부엌 앞에 앉아 천두만의 아내는 구시렁거리고는, 「날도 쌔코롬허니 추운디 해 떨어지기 전에 일찍허니 들오씨요. 씨래기나따나(망정) 김장허는 날이고 헝께.」 그녀는 수북하게 쌓인 배춧잎들을 손 빠르게 간추리며 남편을 쳐다보았다.

「닌장맞을, 김장이나마나 요 드런 놈에 신세! 워찌 요리도 각다분허고 팍팍헝고.」

천두만은 울분을 토하듯 탄식하듯 하며 지게를 지고 집을 나섰다. 그가 속이 상한 것은 아내 앞에 쌓인 배춧잎 때문이었다. 그건 아내가 김장시장에서 뜯어서 버린 겉잎들을 주워온 것이었다. 식구들을 서울로 이사시킨 것이 벌써 몇 년인데 여태껏 그런 거지 신세를 면하지 못한 것이 남편으로서 면목없고 달리 할말도 없었다.

「천 씨, 일 나가시유?」

고개를 푹 숙이고 걷던 천두만은 뒤를 돌아보았다.

「강 씨 혼자 한겨울 만냈소? 겨울옷 입고 일헐 자리 생겼당게라?」

천두만은 가까이 다가오는 강 씨를 아무 표정 없이 보며 그저 아침인사삼아 말했다.

「찬바람 이는데 어디 날품이라도 일자리가 있남유. 오늘 국립식당 갈라고 나서는 참이여유.」

늙은 강 씨는 '국립식당'이라고 하면서도 태연하게 웃음지었다.

「허 참, 이번에 가면 별이 몇 개나 되는게라?」

천두만은 어이없는 웃음을 흘렸다.

「다섯 개지유. 열 개까지는 채우지 말아야 할 건디, 모르겠시유.」

「오늘은 머시럴 훔칠란지 정했소?」

「그야 시장통에 나가면 많지유. 내년 3월까지만 살게 잘 골라야지유.」

「요분에 들어가면 전도사님 만낼지도 몰르는디, 만내면 혼날 것인디요?」

「괜찮혀유. 나야 다 버린 인생인게유.」

「내 참, 우리 농사꾼들이 어쩌다가 요런 기맥힌 신세들이 되얐는지 몰르겠소. 시상은 잘살게 되얐다고 허는디도 우리 같은 것들 앞날은 캄캄허기만 허니. 좌우지간 골병 안 들게 잘허씨요.」

「야아, 천 씨도 돈벌이 많이 허고, 날 풀리면 내년 춘삼월에 만내유.」

강 씨는 손인사를 하며 큰길을 건너갔다. 천두만도 걸음을 멈추고 자꾸 뒤돌아보는 강 씨에게 긴 손인사를 보냈다. 그가 말하는 '국립식당'이란 형무소였다. 그는 일부러 죄를 지으러 가고 있었다.

강 씨는 일삼아 죄를 저질러 겨울 서너 달을 형무소에서 보내고 나오는 것으로 누더기촌에서 유명해진 인물이었다. 더는 소작농으로 살 도리가 없어 돈벌이 좋다는 서울로 올라온 그는 온갖 날품팔이를 해서 고향으로 돈을 보냈다. 그러나 겨울이 닥치자 건설공사를 비롯해서 시멘트벽돌 찍는 일들까지 중단되어 날품을 팔 데가 없어지고 말았다. 고향에 돈을 보내기는커녕 혼자 입에도 거미줄을 칠 판이었다. 사흘 굶으면 남의 집 담장 안 넘을 사람 없더라고 그는 며칠을 굶다 못해 어느 상점 앞의 자전거를 훔쳤다. 그러나 곧 붙들려 경찰서로 끌려갔다. 절도죄로 재판을 받고 3개월 감옥살이를 했다. 감옥에서 풀려나고 보니 겨울이 가고 봄이 와서 날품 팔기가 쉬워져 있었다. 그때 그는 깨달았다. 아하,

이렇게 겨울을 나는 방법이 있었구나! 감옥살이를 하면 하루 세 끼 밥을 꼬박꼬박 얻어먹을 수 있었던 것이다. 그 다음해부터 그는 겨울이 시작되면 일부러 절도범이 되고는 했다.

강 씨의 모습이 사람들 속으로 사라지자 천두만은 발길을 돌리며 그가 감옥에서 김 전도사를 만나지 않기를 바랐다. 늘 죄짓는 짓 하지 말고 부지런히 일하며 바르게 살라고 가르친 김 전도사를 만나면 어찌 될 것인지 생각만 해도 아슬아슬했다. 김진홍 전도사는 다른 목사, 전도사들과 유신 반대 집회를 가졌다가 벌써 1년째 감옥살이를 하고 있었다. 그동안 면회를 두 번밖에 가지 못한 것이 못내 죄스러웠다. 마음 같아서는 날마다 가고 싶었지만 너나없이 하루살이 목숨들이라 밤이면 모여앉아 마음만 띄워 보내고는 했다. 그분이 없는 청계천 동네는 어지럽고 험하게 변해갔고, 많은 사람들이 마음 의지할 데를 잃어 허전해 했다.

천두만은 금호동 산동네로 접어들며 허리끈을 조이고 어험, 어험 헛기침을 해 목을 가다듬었다. 영업을 시작하기 위한 준비였다. 깨진 연탄을 다시 찍어주는 이 돈벌이는 연탄 찍는 기술 못지않게 목소리가 좋아야 했다. 우선 소리를 외쳐 손님들에게 알려야 하는데 목소리가 작고 가늘어서는 그만큼 일거리 잡기가 어려웠다. 손님을 많이 불러 모으자면 목소리가 크고 울림이 좋아야 하는데 그건 타고난 목청만으로 되는 일이 아니었다. 가슴을 펴고 숨을 한껏 들이켠 다음 아랫배의 힘을 밀어올려 힘차게 소리를 토해내야 했다.

그러나 무게가 만만찮은 연장들을 얹은 지게를 지고 목소리를 크고 울림 좋게 낸다는 것은 그리 쉬운 일이 아니었다. 한두 번도 아니고 연달아 소리를 지르는 것이고, 평지도 아니고 비탈골목을 오르내리며 목청을 뽑아야 했다. 일거리를 얼른 잡지 못하고 스무 번 넘게 외치다 보면 목은 칼칼하게 매워지고 뱃속에서는 헛바람이 도는 것처럼 기운이 파하기 일쑤였다.

두부장수들이 종을 딸랑거리는 것처럼 꽹과리를 치거나 깡통이라도 두들겼으면 좋으련만 어떻게 된 것이 연탄 찍어먹는 것들은 하나같이 미련스럽게 소리를 질러대 헛기운을 빼고 있었다. 그러나 곰곰이 생각해 보니 두부장수들이 울리는 종소리라는 게 하루이틀에 예사로 이루어진 것이 아니었다. 아침저녁으로 골목골목에서 울리는 종소리를 두부장수들이다 하고 세상사람들이 알아듣게 된 것은 오랜 세월이 걸린 것이었다. 그런데 연탄 찍기가 생겨난 것은 겨우 몇 년에 지나지 않았다.

「여어언탄 찍소오오, 여어언탄 찍어!」

천두만은 산동네 좁은 골목으로 들어서며 첫 번째 외침을 터뜨렸다. 컬컬하고 굵은 목소리는 어기차고 쿠렁하게 울려퍼졌다.

「여어언탄 찍소오오, 여어언탄 찍어!」

천두만은 반대방향을 향해 다시 외치며 발을 느릿느릿 떼어놓았다. 손님이 소리를 듣고 나오는 것과 시간을 맞추기 위해서였다.

「여언탄 찍어요, 연탄!」

어디선가 울려오는 낯선 소리에 천두만은 문득 긴장했다. 아침부터 옴 붙느라고 동무장사와 부딪치게 된 것이다. 그러나 더러 있는 일이라서 천두만은 아랫배에 잔뜩 힘을 주었다.

「여어언탄 찍소오오, 여어언탄 찍어!」

천두만은 어느 때보다도 어기차게 자기식 가락을 뽑아댔다. 우선 소리로 상대방의 기를 꺾어야 했다. 그리고, 한바탕 벌어질지 모를 시비에 대비해 마음을 다잡았다.

「어쭈, 이거 영감탱이 아냐? 당신 누구 허락받고 이 동네서 설쳐?」

맞은편 골목에서 불쑥 모습을 드러낸 한 남자가 천두만을 향해 내던진 말이었다.

「머시 워찌고 워쩌? 영감탱이? 그려, 영감탱이헌테 말 고따우로 해쳐묵는 니놈언 누구 허락받고 넘 바닥서 설래발치고 지랄 염병이냐.」

천두만은 상대방보다 더 드센 기세로 내질렀다. 그런데 뜻밖에 처음 듣는 '영감탱이'라는 말에 그는 자신이 어느덧 쉰이라는 것을 깨달았다.

「니놈? 이 영감탱이가 죽고 싶어 환장을 했나? 어디다 대고 욕을 씹어 뱉고 이래. 잘못했다고 그냥 물러서면 봐주려고 했더니 이거 안 되겠네, 씨팔!」

눈 사납게 뜬 그 남자는 침을 내뱉었다.

「안 되면 니놈이 워쩔 것이여? 니놈 눈구녕에는 나가 영감탱이로만 뵈는갑는디, 나가 맵고 짜운 서울물 15년 간 묵어감스로 요런 쌈에는 져 본 일이 없는 사람이여, 이놈아! 왕년에 씨름판에서 황소를 따묵은 몸인디, 니까진 놈 하나 모가지 삐뚤어뽑기는 식은죽 묵기여. 개소리 치덜 말고 한판 붙어서 결판내. 이놈아, 짐 벗고 덤벼!」

천두만은 씨름판에서 황소를 따먹었다고 엄포를 놓으며 지게를 벗어부쳤다. 그는 상대방이 나이는 마흔서넛쯤으로 보였지만 몸이 실해 보이지 않아 기운으로 밀어붙일 자신이 있기도 했다.

「아침부터 재수 드럽네, 이게. 그냥 봐줄려고 했더니 안 되겠어. 좃같은 영감탱이!」

그 남자도 지게를 벗었다.

그때 천두만은 먼저 공격을 가했다. 날쌔게 덤벼들어 상대방의 목을 오른손으로 움켜잡음과 동시에 뒤로 떠밀었다. 평생 힘든 일을 이겨내느라고 투박스럽게 커진 그의 손은 우악스러운 힘으로 상대방의 목을 조이고 있었다. 그 남자는 숨을 캑캑거리며 천두만이 떠미는 대로 블록벽에 부딪쳤다. 천두만은 잠시의 짬도 주지 않고 상대방의 얼굴에 박치기를 해댔다.

「아이쿠 아저씨, 살려주시오.」

그 남자는 숨막히는 소리를 내며 주저앉았다. 천두만은 세 번째 공격을 가하려고 들어올리고 있던 오른쪽 무릎을 도로 내릴 수밖에 없었다.

그 무릎으로 사타구니를 걷어찰 참이었다. 제아무리 강한 자도 무릎으로 부자지를 걷어차이고 나면 사지를 뻗고 널브러지지 않을 수 없었다. 누구하고 싸우거나 단숨에 이길 수 있는 그 세 가지 공격법은 인천 부두에서 익힌 거였다.

「아자씨? 인자 사람이 지대로 뵈여? 첨보톰, 아자씨 우리 항꾼에 벌어묵고 삽시다 험서 예절을 갖췄음사 서로 없이 사는 처지에 누가 머랄 것이여? 근디 젊은 놈이 느자구 옰고 시건방구지게 머시가 워찌고 워찌? 더 뼉다구 뿐질러지기 전에 내 눈앞에서 싹 꺼져뿌러!」

「예, 예, 잘못했습니다요.」

그 남자는 지게를 지지도 못하고 끌어안듯이 해가지고 허둥지둥 달아나기 시작했다.

「허 참, 아칙보톰 어먼 디다 하로 쓸 기운 다 써부렀네. 오늘 일진이 워찌 이리 얄궂다냐.」

천두만은 손바닥을 털며 침을 세 번 내뱉었다. 액땜을 하자는 뜻이었다. 그는 지게 옆에 주저앉으며 꽁초를 꺼내 불을 붙였다.

깊이 삼킨 담배연기를 내뿜으며 그는 자신이 어느새 쉰이라는 사실을 다시 떠올렸다. 서른다섯에 한강을 건너왔는데 15년을 보태고 보니 에누리 없는 쉰이었다. 그땐 쉰의 나이가 되리라고는 생각도 못했었고, 더구나 쉰에 이런 꼴로 살게 되리라고는 상상도 하지 못했다. 서울에서 5년만 비벼대면 한밑천 잡아 고향으로 돌아갈 자신이 있었다. 그러나 그건 어림없는 헛꿈이었다. 서울은 돈 많은 사람들이 더 많은 돈을 쉽게 벌 수 있는 곳이지 배운 것 없고 가난한 사람들에게는 끝도 한정도 없는 뻘밭이었다.

천두만은 입술이 타들 지경으로 꽁초를 끝끝까지 피운 다음 무겁고 진한 한숨을 토해내며 지게 멜빵을 잡았다. 지게가 시골 농사꾼의 지게가 아니라 각구목과 판자쪽으로 얽어짠 것처럼 그 멜빵도 짚으로 땋아

엮은 것이 아니고 낡은 군용 탄띠를 붙인 것이었다.

「여어언탄 찍소오오, 여어언탄 찍어!」

천두만은 기분을 바꾸어 기운을 추스르려고 했지만 소리는 아까처럼 힘지게 나오지 않았다. 생각보다 약하게 무너졌던 그 남자의 모습이 지워지지 않으며 기분이 영 께끄름했다. 그도 처자식 먹여살리겠다고 이 짓을 나선 불쌍한 밑바닥 인생이었다.

「여어언탄 찍소오오, 여어언탄 찍어!」

천두만은 그 남자가 나타났던 반대쪽 골목으로 발길을 옮기며 억지로 소리를 질러댔다.

세 번째 골목을 돌며 스무 번이 넘게 외쳐댔지만 손님은 붙지 않았다. 역시 재수 옴 붙은 날이다 싶어 천두만은 맥이 빠지고 있었다. 잡친 기분 같아서는 일을 때려치우고 싶었다. 그러나 상업고등학교에 다니는 큰아들의 수업료가 급했다. 이미 기한을 넘겨 큰아들은 아침마다 눈치를 살피다가 시무룩해져 가방을 들고는 했다. 석 달 간격으로 수업료를 내야 하는 그 시기는 어찌 그리 숨 가쁘게 밀어닥치는지. 그러나 큰아들이 20등 안쪽에 들어 크나큰 다행이었다. 한 반에서 20등까지는 학교에서 취직을 시켜준다고 했다. 큰아들이 어엿한 회사에 취직을 하면……, 그건 자신에게 남은 유일한 꿈이었다.

큰아들을 생각하자 다시 기운이 솟은 천두만은 다른 골목으로 접어들며 목청을 뽑았다. 서너 번 외쳐대는데 여자의 목소리가 들려왔다.

「연탄 아저씨, 여기 찍어요, 여기.」

천두만은 부엌 구석에 쌓인 깨진 연탄의 덩어리들을 마당으로 옮기며 다섯 개쯤 되리라고 눈짐작을 했다. 일거리가 마음에 차지 않았지만 마수걸이라 그나마 고맙게 생각했다.

천두만은 연탄덩어리들을 나무망치로 잘게 바수었다. 주인여자가 떠내온 바가지물로 연탄가루를 조심조심 축였다. 그리고 삽으로 연탄가루를 연탄틀에 수북하게 퍼넣었다. 그걸 나무망치로 다근다근 다진 다음 연탄틀 뚜껑을 덮었다. 천두만은 두 손바닥에 침을 튀기며 일어나 나무 망치를 높이 치켜올려 힘차게 연탄틀 뚜껑을 내리쳤다. 두 번, 세 번 내 리치고 나서 뚜껑과 연탄틀 몸통을 벗기자 연탄이 드러났다. 천두만은 연탄을 두 손으로 감싸 조심스럽게 위로 올렸다. 그러자 연탄구멍을 만 들어낸 쇠막대기들만 남고 하나의 연탄이 그럴듯하게 모습을 갖추었다.

「연탄을 잘들 찍어낼 것이지 이게 뭐야. 도둑놈들이 흙만 많이 섞어가 지고 불땀도 없고, 잘 깨지게 해 이중삼중으로 돈 들게 만들고. 있는 놈 들이 없는 사람들 간 빼먹는 세상이라니까.」

연탄 다섯 개를 찍어낸 값을 내놓기 아깝다는 듯 주인여자가 돈을 세 며 독한 입놀림을 했다.

「그려라, 돈욕심이야 있는 사람들이 더헌 법잉께라. 논 아흔아홉 마지 기 지닌 놈이 한 마지기 지닌 사람보고 폴라고 안 헌답디여. 백 마지기 채울 욕심으로.」

천두만은 한마디 반죽을 맞추며 돈을 받아가지고 돌아섰다.

연탄 찍는 일거리는 그나마 가난한 산동네에서나 찾을 수 있는 겨울 한철 돈벌이였다. 평지에 집 지니고 사는 여유 있는 사람들은 연탄이 깨 지면 그냥 쓰레기통에 내다 버렸다.

천두만은 다시 새 골목을 찾아 돌며 목소리를 돋우다가 앞에서 오는 사람을 보고 멈칫 놀랐다. 이런 산동네에는 어울리지 않게 매끈하게 양 복을 빼입은 사람, 그는 틀림없이 서동철이었다.

「부, 부장님! 안녕허신게라? 천두만이어라.」

「어……? 아저씨, 이거 오랜만이오. 이 동네 살아요?」

머뭇하던 서동철은 천두만을 알아보고 환하게 웃으며 반가워했다.

「아니구만이라. 요런 동네라도 살면 더 바랠 것이 읎제라. 배 터지는 돈벌이 나왔구만요. 연탄 찍으라고…….」

천두만은 지게를 약간 돌려 보였다.

「아아, 그거. 근데, 머리카락 모으는 일은 어찌 됐어요? 그것보다 이게 더 나아요?」

「워디가요. 요 일은 입에 풀칠허기가 에롭구만요. 머리채 모아딜일 때가 참말로 호시절이었는디, 머리크락 싹 다 동나부러 죽도 사도 못허고 요런 일꺼정 나섰구만이라. 근디, 부장님은 여그 워쩐 일이시당가요?」

「예, 재작년에 시골 식구들을 이 동네로 이사시켰어요. 여기서 이러지 말고 저 아래 앉을 데 있는 데로 내려갑시다.」

서동철이 앞장서며 천두만을 이끌었다.

「재작년이라고라? 근디 워째서 부장님을 인자사 만내는지 몰르겠소. 나가 여그 자주 발길 혔는디.」

「아, 내가 여기 살지 않아서 그래요. 1주일에 한두 번 오니까.」

「옳여, 그렇게 그렇제. 참말로 반갑구만요 이.」

「그런데, 그때 그 손가락 잘렸던 사람은 어떻게 살아요? 벌써 3~4년이 지났네.」

「야아, 부장님 덕분에 구멍가게 채레갖고 그작저작 묵고 사는 걱정은 없구만이라. 장개도 가고요.」

「그래요? 그거 다행이오.」

천두만은 극장의 똥을 푸던 시절을 생각하며 마음이 쓸쓸해졌다. 그때만 해도 기운이 좋아 드럼통 하나 반을 연결시킨 똥통 리어카를 거뜬거뜬 끌 수 있었다. 그러나 세월이 무정해 이젠 그럴 기운이 없었다.

평지로 내려온 서동철은 여기저기 두리번거리더니 빨간 천이 드리워진 왕대포집으로 천두만을 데리고 들어갔다.

「그 일로 한 달에 얼마나 벌어요? 1만 원?」

투박하게 두껍고 큰 왕대포잔에 막걸리를 따르며 서동철이 물었다.

「택도 읂소. 그리 벌면 팔자 피게라?」

「그럼 한 달에 2만 원씩 받고 취직할 맘이 있소?」

「야아······?」

술잔을 들던 천두만은 눈이 휘둥그레졌다.

「다른 게 아니라 내 동생이 쌀가게를 하는데 배달원이 필요해요. 요새 세상이 좋아져서 아파트촌에서는 활명수 하나, 배추 한 단도 다 배달을 해주는 유행이 벌어지고 있어요. 그러니 쌀을 한 말이든 두 말이든 배달을 해주지 않고는 장사를 해먹을 수가 없어요. 그런데 그동안 젊은 놈들을 써보니까 농땡이 까서 배달 잘 안 되지, 여차하면 돈 훔쳐 땡땡이 놓지, 보통 속썩이는 게 아니란 말이오. 아저씨가 부지런하고 믿을 수 있으니까 거기 가서 일하도록 하시오.」

「아이고메 부장님, 또 지가 살길을 열어주시는구만이라. 고맙구만요, 고맙구만요.」

천두만은 눈물까지 글썽거리며 드럼통 탁자에 이마가 부딪칠 지경으로 머리를 숙이고 또 숙였다.

「고맙긴요. 어서 술 드세요. 내가 오히려 아저씨한테 부탁할 게 있는데, 우리 동생 장사 잘되게 열심히 좀 일을 해주시오. 그놈이 배운 것도 없고 기술도 없이, 있다는 것은 쌀집에서 일한 것밖에 없어요. 그래서 내가 사람들이 층층이 많이 몰려 사는 아파트촌에다가 쌀가게를 차려줬어요. 그놈 참 불쌍하게 큰 놈이니까 아저씨가 잘 도와주란 말이오.」

「야아, 야아, 부장님 대허디끼 그리 허겄구만이라.」

「예, 그렇게 해주면 고맙지요. 내가 연락해 놓을 테니까 내일부터 바로 나가도록 하시오.」

한 되 막걸리를 혼자 다 마시고 서동철과 헤어진 천두만은 술기운이 거나해져 절로 흘러나오는 육자배기를 흥얼거리며 허벅다리장단을 맞추었다.

그는 기분이 너무 황홀해 정말이지 이게 꿈인지 생시인지 분간할 수가 없었다. 점심까지 얻어먹고 한 달에 2만 원짜리 취직이라니 도무지 믿어지지가 않았다. 당장 집에 들어가 '딸라변'을 내서 큰아들한테 수업료를 착 줄 참이었다.

오늘 재수가 옴 붙은 게 아니라 한강을 건너온 다음 15년 동안에 제일 운세가 좋은 삼팔광땡이었다. 이렇게 될 줄 알았으면 아까 그 남자와 괜히 싸운 것이었다. 다시는 그 동네에 발걸음을 못 칠 그 남자에게 그지없이 미안했다.

「여보, 나 월급 2만 원짜리 취직혔어, 2만 원짜리. 싸게 옷 잠 챙겨, 옷!」

천두만은 방문을 열어제치며 외쳤다.

다음날 아침 일찍 천두만은 잘 다리미질된 옷을 입고 집을 나섰다. 한강아파트촌의 상가는 찾기 쉬웠고, 상가 안의 만복상회는 더 찾기 쉬웠다.

「저어……, 서 부장님이 보내서 왔는디요. 천두만이라고 허능마요.」

쨍구 머리가 서동철하고 꼭 닮은 주인 앞에 천두만은 깊이 허리를 굽혔다.

「예, 어서 오세요. 형님한테 전화 받았어요. 자아, 이쪽으로 편히 앉으시고, 그런데……, 아저씨는 서울말 할 줄 모르세요?」

「머시냐, 역부러 안 배왔는디요.」

그 첫마디의 뜻이 무엇인지 몰라 천두만은 눈을 껌벅껌벅했다.

「왜요?」

「긍께 머시냐, 서울말이란 거시 영 간살시럽고 듬직허덜 못혀 맘에 안 드는디다가, 때 되면 고향 찾아갈 챔이었응께라.」

「그래요. 나도 서울말이 별로 맘에 안 들어요. 그렇지만 장사를 하려고 서울말을 억지로 배웠어요. 사람들은 이상하게 전라도말을 싫어하니까 장사를 해먹으려면 어쩔 수가 없어요. 아저씨도 싫은 생각은 속으로만 하고 서울말을 쓰도록 하세요. 내 이름 알아둬요. 서수철이오.」

서수철의 말에는 아직 전라도 어투가 꽤 남아 있었다.

「야아, 알겠구만이라.」

천두만은 대답을 해놓고 찔끔했다. 마음으로는 '예에, 알겠습니다'가 환한데 입으로는 딴소리가 나갔다.

「이게 여기 아파트들 동호수니까 배달을 하려면 다 알아야 해요. 이걸 가지고 나가서 아파트 위치를 쭉 한번 확인해 보고 오세요. 그림하고 직접 대조를 해보면 아주 쉬워요.」

서수철은 부동산에서 쓰는 아파트 위치도를 천두만에게 건넸다.

천두만은 위치도를 가지고 밖으로 나와 아파트촌을 휘둘러보았다. 높은 아파트들이 촘촘히 줄 서 있는 광경에 그는 정신이 하나도 없었다. 그동안은 먼발치에서 그저 건성으로 보았을 뿐이지 이렇게 가까이에서 유심히 보기는 처음이었다.

똑같은 모양의 5층짜리 건물들이 수십 채씩 서 있는 것이 영 눈설었고, 어지러운 느낌이 들기도 했다. 그런데 그 층층이 사람들이 살림을 하고 산다는 것도 새삼스럽게 이상야릇한 기분이 들었다.

천두만은 그 많은 아파트들의 동호수를 다 알아야 한다는 것이 슬그머니 겁났지만 왼쪽에서부터 확인해 나가기로 했다. 아파트의 동 표시는 옆구리마다 큼직한 글씨로 되어 있었다. 그게 큰길 쪽에서 뒤로 순서대로 되어 있어서 생각했던 것보다 쉬웠다.

그런데 확인을 해나가다 보니 똑같은 동수가 또 나왔다. 이게 웬일인가 싶어 아파트 옆구리를 다시 살피고 위치도를 들여다보고 하다가 그 이유를 알아냈다. 아파트 명칭이 달라져 있었다. 그러고 보니 오른쪽으로 갈수록 새 명칭들이 나타났다. 명칭은 다르고 동호수는 같고……, 그것이 정신차려야 할 대목임을 천두만은 깨달았다. 자칫 잘못했다가는 엉뚱한 집에 쌀을 배달하게 될 판이었다. 제일 먼저 해야 할 일은 서로 명칭이 다른 아파트들의 위치를 정확하게 익히는 것이었다.

천두만은 전체를 대충 살펴보고 발길을 돌렸다. 그러면서 자기네 동네를 생각했다. 청계천 누더기촌이 지옥이라면 이곳은 천당이다 싶었다. 흙바닥이 그대로 드러난 자기네 동네의 골목골목은 지저분하기 이를 데 없는데 이곳의 넓은 길들은 전부 아스팔트가 깔린데다가 더없이 깨끗했다. 그리고 자기네 동네에서는 나무들이며 잔디밭 같은 것은 구경할 수도 없는데 이곳은 아파트 사이사이마다 넓은 잔디밭들이 있었고 나무들도 잘 가꾸어져 있었다. 그러나 무엇보다도 기죽게 하는 것이 번듯번듯하게 꾸며진 온갖 상점들이었다. 자기네 동네에는 단 하나도 없는 그 많은 상점들이 다 윤기가 도는 것은 그만큼 돈벌이가 잘된다는 뜻이었다. 그건 이곳 사람들이 얼마나 잘사는지를 보여주는 것이었다. 같은 서울 하늘 아래서 이리도 차이가 나는가……. 천두만은 어느 때 없이 가슴에 찬바람이 휘도는 것을 느꼈다.

「다 확인했어요?」

자루에 쌀을 담고 있던 서수철이 가게로 들어서는 천두만을 보고 물었다.

「아아, 설렁설렁 보기는 봤는디, 실수 안 허게 아파트 이름들 다 욀라면 메칠 걸리겠구만이라.」

말을 해놓고 보니 또 고향말이 자기도 모르게 흘러나가 천두만은 찔끔했다.

「괜찮아요. 말은 차차 고치세요.」 서수철은 빙긋 웃고는, 「우선 아파트가 여러 종류라는 걸 알았으면 됐어요. 배달을 갈 때는 제일 먼저 어떤 아파트인가를 확인하고, 그 다음에 몇 동인지 확인하고, 마지막으로 몇 호인지 확인해야 해요. 모란아파트, 107동, 403호 하는 식으로 말이죠.」 그는 알겠느냐는 눈길로 천두만을 쳐다보았다.

「예에, 근디……, 첨에넌 종이에다 써주면 좋겠구만요. 가다가 깜빡 혀불면 고것 참 낭팬께라. 원체로 대그빡이 돌대그빡이라는께…….」

천두만이 옹색스러운 웃음을 피우며 뒷머리를 긁었다.

「예, 그런 걱정 마세요. 원래 그렇게 하고 있으니까. 그런데 한 가지 주의할 게 있어요. 이리 와서 보세요. 아파트 각 호수를 찾아가는 문젠데, 예를 들어 305호라고 하면, 아파트 문 하나에는 계단을 가운데 두고 층마다 양쪽으로 한 집씩이 있어요. 그러니까 305호의 '3'자는 3층이라는 뜻이고, 뒤에 '5'자는 그 동의 다섯 번째 줄이라는 뜻이다 그겁니다. 아파트 문마다 뒤의 숫자만 적혀 있으니까 그걸 꼭 확인해야 돼요. 딴생각하거나 자칫 잘못해서 몇 걸음 더 걸어가 옆문으로 들어가면 엉뚱한 집에 가게 되고 말아요. 그렇게 되면 쌀자루 메고 4층이나 5층까지 낑낑대고 올라간 게 헛수고가 되고 말아요. 전에도 그런 실수 많이들 했어요. 점원들만 그런 실수하는 게 아니니까 정신차려야 해요. 집주인들도 술 취해서 구멍을 잘못 찾아 들어가 남의 집 초인종을 눌러대는 일이 흔해요. 얼마 전에도 한 남자가 인사불성으로 취해서 남의 집으로 밀고 들어갔다가 파출소 순경까지 출동하는 일이 벌어졌으니까요. 이사 온 지 얼마 안 된 그 남자는 호수만 잘못 찾았던 게 아니라 동부터 틀렸으니 어찌 됐겠어요. 자기네 집하고는 너무 거리가 멀었지요. 아저씨도 헛고생하지 않으려면 구멍을 잘 찾아 들어가야 하니까 알아서 하세요.」

천두만은, 서수철이 자꾸 '구멍'이라고 하는 말이 이상하게 들리면서도 맞긴 맞다고 생각했다. 아까 얼핏얼핏 살펴본 그 문이라는 것들은 드높은 시멘트벽에 뚫린 무슨 구멍 같은 느낌이 없지 않았다.

「그리고 말입니다. 초인종을 누르고는 누구냐고 물으면, '쌀 배달 왔습니다' 하고 공손하게 대답해야 해요. 그리고 쌀은 꼭 쌀통에 부어주어야 하구요. 주인여자들은 말할 것도 없고 식모들까지도 무거운 쌀자루 드는 일은 안 하려고 하니까요. 그렇게 친절하지 않으면 저쪽 상가의 쌀집으로 손님 다 뺏기고 말아요. 무슨 말인지 알겠지요?」

「예, 명념허겄구만요.」

「자아, 그럼 이것 배달하고 오세요.」

천두만은 서수철이 내미는 쪽지를 받아들고 쌀자루를 들쳐멨다. 첫 번째 나서는 일이라 가슴마저 두근거리는 것을 느끼며 천두만은 상가를 나섰다.

아파트 이름부터 두 번씩 확인을 해가며 3층까지 걸어 올라가니 숨이 가빴다. 천두만은 계단 난간 위에 쌀자루를 부리고 숨을 골라야 했다. 처음에 쌀자루를 어깨에 멜 때의 가뿐함은 흔적이 없었다.

3층이 이런데 5층까지 올라갔다가 집을 잘못 찾은 것이면 얼마나 헛기운이 빠질 것인가!

천두만은 정신이 번쩍 들었다.

쪽지와 문에 붙은 호수를 다시 확인한 천두만은 초인종을 조심스럽게 눌렀다.

「누구세요?」

「예에, 쌀 배달 왔습니다.」

천두만은 속으로 몇 번이고 연습한 서울말을 했다. 난생처음 써보는 그 말이 제대로 됐는지 어쩐지 알 수 없는 채로 그는 괜히 계면쩍고 어색해 어깨 위의 쌀자루를 한번 추슬렀다.

「쌀통 저쪽 부엌에 있어요.」

여자가 문을 열며 말했다.

「부엌이 어디…….」

천두만은 현관으로 들어서며 어물거렸다.

「부엌이 어딘지 몰라요? 이 아파트 첨인가 보군요.」

앞장선 여자를 따라가 천두만은 쌀통에 쌀을 쏟아부었다. 그리고 여자가 돈을 세는 동안 집 안을 잠깐 둘러보고는 밖으로 나왔다.

계단을 내려가는 천두만은 완전히 기 질리고 얼떨떨해져 있었다. 그집 안이 꾸며진 것은 아파트 주변을 보고 느꼈던 기분과는 사뭇 달랐다.

그 집 안과 자기 집 안은 정말이지 천당과 지옥의 차이였다. 잘 꾸며진 그 집에 비하면 자신의 집은 영락없는 돼지우리였다.

그 집만 유별나게 잘 꾸며진 것일까? 아니면 대개가 다 그런 정도로 사는 것일까? 무엇을 하는 사람들인데 그렇게 잘살까?

자신이 그동안 보아온 집들은 고작해야 산동네 집 안이었다. 가난하지 않은 사람의 집 안을 들여다본 것은 이번이 처음이었다.

「아니, 벌써 왔어요?」 담배를 빨고 있던 서수철은 천두만을 보고 깜짝 놀라더니, 「역시 형 말이 맞네. 젊은 놈들 같았으면 농땡이 까느라고 아직도 멀었을 텐데…….」 그는 고개를 끄덕이며 중얼거렸다.

「저어……, 여그 아파트 사람들은 다 돈 잘 버는 사장일께라?」

천두만은 돈을 내밀며 물었다.

「글쎄요, 월급쟁이들이 많은데, 왜요?」

「그 집이 겁나게 잘살아서라.」

「하하, 아저씨, 28평짜리 보고 그리 겁나면 48평짜리나 60평짜리 보면 기절하고, 80평짜리 보면 아주 숨넘어가고 말겠네요. 괜히 겁먹지 말고 맘 단단하게 먹어요. 앞으로 그보다 훨씬 더 넓고 으리으리하게 꾸민 집들 다 구경하게 될 테니까요.」

서수철은 겁먹은 천두만이 재미있다는 듯 시물시물 웃었다.

「글면 거그 사는 사람들은 머 해묵고 살께라?」

「28평짜리 말인가요? 28평이면 보나마나 거의가 다 월급쟁이들이지요, 뭐.」

「월급쟁이가 그리 잘살아라?」

「재벌들의 대기업이나 큰 회사 사원들이면 다 그 정도는 살지요. 차차 알게 될 테니까 그만 궁금해 하고, 여기 배달 가요.」

천두만은 다시 쌀자루를 메고 잰걸음질을 치며 큰아들을 생각하고 있었다.

칠성이가 상고를 나와 취직을 하게 되면 그런 아파트에 살게 된다는 것인가……? 취직해서 착실하게 돈을 모아야 되겠지만……, 나도 아들 덕에 언젠가는 그런 아파트에 살아볼 수 있을 것인가……? 안 되라는 법도 없지. 그렇게 되면 아내가 얼마나 좋아할까……?

생각만으로도 천두만은 가슴이 벌렁거렸다. 큰아들은 보물단지였다. 열심히 일해서 앞으로는 수업료도 제때제때 주고, 사달라는 책도 다 사주고, 보약도 먹이리라 했다. 그런 생각을 하자 새로운 힘이 솟구쳐 천두만은 더 잽싸게 발을 옮겨놓기 시작했다.

「아저씨, 밥 할 줄 알아요?」

천두만이 다섯 번째 배달을 하고 돌아오자 서수철이 물었다.

「밥이라? 그야 선순디요.」

손수 밥을 끓여 먹었던 경험이 한두 해가 아니라 천두만은 이렇게 대답하며 의아스럽게 서수철을 쳐다보았다.

「예, 잘됐어요. 여기다 우리 점심 좀 하세요. 사먹는 밥은 비싸기만 하고 살로 가지도 않아요. 아저씨 기운 잘 써야 하니까 밥은 먹고 싶은 대로 얼마든지 먹어도 좋아요. 쌀집에서 배불리 밥을 못 먹는다면 그건 말이 안 되잖아요.」 서수철은 큰 냄비에다 쌀을 푹푹 퍼담고는, 「저쪽 끝에 수도가 있으니까 빨리 씻어가지고 와요」 하며 냄비와 물통을 내밀었다.

천두만은 냄비를 키질하듯 해서 쌀을 눈어림하고 걸으며 마음이 흐뭇했다. 냄비의 쌀은 세 사람이 먹어도 족할 만큼 많았다. 그리고, 형을 닮아 마음 씀씀이가 후한 서수철에게 고마움을 느꼈다. 그는 콧등이 찡해져 콧숨을 들이켰다.

수돗가에서 쌀을 씻는 사람은 여럿이었다. 알뜰하게 밥을 해먹는 상인들이 적잖은 것 같았다.

천두만이 쌀을 씻어오자 서수철은 가게 구석에서 석유곤로를 약간 옮겨놓았다. 천두만은 그제서야 그곳에 작은 찬장도 하나 놓여 있는 것을 발견했다.

석유곤로에 불을 붙인 천두만은 느긋한 마음으로 담배 한 대를 피웠다. 그리고 여유롭게 상점들을 구경하며 화장실도 다녀왔다. 그래도 시간이 남아 가게 앞을 말끔하게 비질했다.

화아아, 이 쌀밥!

냄비뚜껑을 연 순간 천두만은 하마터면 이렇게 소리칠 뻔했다. 냄비를 곧 넘쳐날 것처럼 부풀어오른 하얀 쌀밥. 김 물씬 풍기는 그 탐스럽고 먹음직스러운 하얀 쌀밥은 그냥 쌀과는 전혀 다른 느낌이었다.

천두만은 하얀 쌀밥을 보면서 눈물이 나려고 했다. 어렸을 때부터 쌀밥을 보면 늘 눈물이 나려고 했었다. 맘껏 먹어보는 것이 소원이었지만 명절 때나 겨우 얻어먹을 수 있었던 쌀밥. 서울에 올라와서 오늘 아침까지도 보리가 더 많은 밥을 먹었던 것이다.

「이거 아저씨가 다 잡수세요.」

밥을 한 그릇 퍼낸 서수철이 말했다.

「에이, 글면 되간디라. 근디, 무신 찬이 요리 걸다요? 집이서 싸왔는 게라?」

찬장에서 내놓은 반찬이 대여섯 가지나 되어 천두만은 놀랐다.

「아니오. 저쪽 반찬가게에서 대놓고 먹어요. 그 집 솜씨가 좋거든요.」

천두만은 누룽지까지 끓여서 밥 한 톨 남기지 않고 다 먹어치웠다. 정말 너무 배가 불러 숨을 쉴 수 없을 지경이었고, 일어날 수도 없을 것만 같았다. 그 기분은 끝도 한도 없이 좋았다. 쌀밥을 이렇게 배가 터지도록 먹다니……, 꼭 꿈을 꾸는 것만 같았다.

오후의 배달은 두 배나 많았다. 천두만은 크기가 다른 아파트들을 드나들면서 점점 더 풀죽고 살맛을 잃어가고 있었다.

「참 요상시럽네요 이. 워째 돈 많은 사람들이 쌀을 한 가마니씩 착착 안 딜여놓고 짜잔허게 한 말, 많애야 두 말 요런다요?」

「호호호……, 쌀을 가마니로 욕심내는 거야 가난한 사람들이 하는 촌스러운 짓이지요. 쌀 오래 두면 좀 슬고 아파트에서는 너무 말라버려 밥맛이 제대로 안 나거든요. 전화만 하면 새로 찧은 쌀을 착착 배달해 주는데 뭐 할려고 가마니쌀 쌓아둬요.」

서수철이 또 히죽히죽 웃었다.

천두만은 세상 많이 달라진 것을 느끼며 가난한 티를 있는 대로 내고 있는 자신이 한심해 쓰게 웃었다.

「일하기가 어떠세요?」

가게문을 닫으며 서수철이 물었다.

「좋구만이라, 아조 좋구만이라.」

천두만은 서동철 앞에서 했던 것처럼 거듭 머리를 조아렸다.

열흘쯤 지나면서 천두만은 이상한 것을 발견했다. 서수철이 말질을 하는데 쌀이 말에 다 차지 않고 약간씩 모자랐다. 처음엔 잘못 보았나 싶었지만, 안 보는 척하고 살펴보아도 그건 틀림이 없었다. 어림잡아 반되 정도씩은 덜 채우고 있었다.

아니, 저러다 들통나면 어쩔려고…….

천두만은 가슴이 두근두근 뛰었다. 그런 눈속임을 마음놓고 하는 건 손님들이 지켜 서서 보지 않기 때문이었다. 거의가 쌀을 전화로 갖다달라고 했고, 직접 가게로 나오는 사람들도 얼마를 배달해 달라고 하고는 다른 가게로 가버렸다. 두 눈 부릅뜨고 지켜도 속여먹는 세상에서 그건 마음놓고 속여먹으라고 허락한 것이나 마찬가지였다.

천두만은 한참 생각하다가 그 속임수가 들통나지 않을 거라는 것을 알았다. 쌀을 배달하면 그대로 쌀통에 쏟아붓고 말지 어느 한 집 쌀을 되어보는 집이 없었다. 아무 생각 없이 쌀통에서 쌀을 퍼내 밥을 해먹으면서 쌀이 반 되쯤 모자라는 것을 알아낼 재주는 없는 일이었다.

천두만은 쌀장사는 말질에서 남고, 포목장사는 자질에서 남는다는 말을 떠올렸다. 장사치고 눈속임, 귀속임 하지 않으면 장사가 아니라는 말도 생각났다.

쌀장사가 말질하는 요령이나 포목장사가 자질하는 손끝놀음은 시골에서 많이 당해보아 잘 알았다. 농부들치고 쌀장사들의 못된 말질 요령 때문에 언성 높인 시비를 하지 않은 사람이 없었다.

쌀장사들이 되질, 말질을 하면서 부리는 요령은 한두 가지가 아니었다. 그 귀신 같은 손놀림은 쌀을 되나 말에 담으면서부터 시작되었다. 쌀을 사들일 때는 쌀을 마구 퍼담아 쌀알들을 눕히고, 팔 때는 쌀을 사르르 부어 쌀알들을 세웠다. 그리고, 사는 쌀은 말을 세우면서 재빨리 앞뒤로 쿵쿵 굴려 쌀알들을 다졌고, 파는 쌀은 그런 엉덩방아를 찧는 일 없이 말을 사리살짝 세웠다. 그런 다음 밀대로 쌀을 깎을 때, 사들이는 쌀은 밀대질을 얌전하게 하면서 밀대를 말 가운데서 약간 들었다 놓고, 파는 것은 밀대를 거세게 밀어댔다. 마지막으로, 말이나 되의 끝에 남기는 우수리도 살 때는 쌀반달의 폭이 한 치가 넘게 남기고, 팔 때는 반치가 못 되게 줄여붙였다. 그런 요령으로 쌀장사는 사들일 때 한 홉, 팔 때 한 홉, 한 말에서 두 홉씩의 이득을 본다고 했다. 그런데 그 이득이 쌀값에서 보는 이문과 맞먹어 쌀장사는 알부자가 되지 않을 수 없다는 거였다.

포목장사들이 자질을 하는 솜씨도 귀신 같기는 마찬가지였다. 자질을 하는 두 손이 보이지 않을 지경으로 빨리 움직여대는데, 그때마다 한 자에 반 치씩은 속여넘긴다고 했다. 자질을 그렇게 빨리 못하게, 한 자, 한 자 또박또박 하게 하면 포목장사들은 벌컥 화를 내며 '사람을 뭘로 보고 이러느냐. 더러워서 장사 못해먹겠다'며 판을 엎어버렸다. 모든 포목장사들이 그 모양이니 대사 앞둔 사람들은 꼼짝없이 당할 수밖에 없었다.

한 말에 두 홉도 아니고 반 되씩이나 챙기면 그 이득이 한 달이면 얼마고 1년이면 얼마가 될까……

천두만은 가슴이 벌떡거려 견딜 수가 없었다. 세상에 이런 신바람 나는 판이 있다는 것이 기막혔고, 서수철이 머지않아 알부자가 될 것이 슬그머니 배아프기도 했다. 그리고, 자신에게 점심을 푸짐하게 먹여주는 것도, 심지어 월급까지도 서수철의 돈을 내놓는 것이 아니라는 계산이 나왔다.

천두만은 그런 속임수를 쓰는 서수철을 나쁘다고 생각하지 않았다. 그저 그가 부러울 뿐이었다. 서울생활 15년을 하면서 보니 이놈의 세상은 온통 속임수 판이었고, 걸리지 않고 잘 해먹는 놈이 장땡인 세상이었다.

정치하는 놈들은 권력이 있어서 해먹고, 돈 많은 놈들은 돈힘으로 더 큰돈을 해먹고, 말단 경찰들은 행상들의 등까지 쳐먹고, 크고 작은 장사들은 세무공무원들과 짜고 해먹고, 해먹지 않는 놈이 없는 세상에서 못 해먹는 놈만 병신이었고, 병신만 못해먹었다. 죄를 짓고도 돈만 있으면 풀려나는 세상이니 판검사, 변호사 다 면허증 딴 도둑놈들이라는 말이 괜히 퍼져 있는 것이 아니었다. 오죽하면 무식한 자신이 유전무죄요 무전유죄라는 유식한 문자까지 알게 되었을 것인가.

그러나 서수철에게 그 이득을 나눠 먹자고 할 수는 없었다. 그랬다가는 그날로 모가지를 당할 게 뻔했다.

천두만은 며칠을 고심했지만 그 아까운 먹이를 얻어먹을 묘책은 떠오르지 않았다. 한번은 그 생각에 정신이 팔려 정말 '구멍'을 잘못 찾아 들어가 4층까지 올라갔다가 도로 내려오는 생고생을 하기도 했다. 초인종을 누르기 전에 틀린 것을 안 것이 그나마 다행이었다.

좋은 생각은 떠오르지 않고, 서수철이 말질을 할 때마다 해먹는 것이 더 환히 보여 천두만은 배가 살살 아프다 못해 꼬일 지경이었다. 그러던 어느 날 화장실을 다녀오다가 그의 눈길은 채소가게 아주머니가 차고 있는 돈주머니에 쏠렸다.

옳아, 바로 저거다!

천두만은 집에 돌아오자마자 아내에게 바지 속에 주머니를 달게 했다.

「꾸척시럽게 무신 일이다요?」

「아, 싸게 시키는 대로 혀. 나도 인자 해묵는 자리에 앉은 판잉께. 항, 해묵어야제.」

—

23
민중이란 수수께끼

남도 바닷가에도 1월 하순의 추위는 칼바람을 타며 바다마저 얼릴 듯한 기세였다. 연보랏빛 살짝 내비치는 하얀 갈대꽃들은 매서운 바람 속에서 무리 지어 떨고 있었다. 이 세상의 꽃이란 꽃은 다 봉오리가 벙글고, 활짝 피었다가 시들어 떨어지게 마련이었다. 그러나 갈대꽃만은 활짝 핀 채로 시들지도 않고 떨어지지도 않고 그대로 말라 스산한 겨울 산천 속에서 소담스러운 꽃무리를 이루고 있었다.

기나긴 포구의 갯벌을 따라 펼쳐진 갈대숲은 색깔만 변한 채 여전히 무성했고, 찬바람을 타며 꽃물결을 이루는 갈대꽃들은 슬픈 아름다움이었다. 그런데 그 갈대숲을 쓸쓸한 풍경에서 정다운 풍경으로 문득 바꾸는 것이 있었다. 혹독한 추위를 피해 머나먼 하늘길을 헤쳐온 기러기떼였다. 갈대숲에 보금자리를 튼 기러기들이 지혜롭게 느껴지는 대형을 정연하게 이루며 포구 위를 날아가고 할 때면 그 끼룩거리는 청아한 울음소리까지 어우러져 더없이 아름다운 겨울 풍경이 되고는 했다.

1월 하순 추위는 바닷물과 맞닿는 갯벌가에 얼음꽃이 맺힐 만큼 매워 포구에도 들녘에도 사람의 그림자는 보이지 않았다. 그런데 읍내에서는 그런 추위쯤 아랑곳하지 않고 때아닌 투표바람에 사람들의 열기가 뜨겁게 달아오르고 있었다.

「으쩌디냐? 소문이 헛방구는 아니제?」

「우리럴 워쩌크롬 치드냐? 이장보담 우그(위)여, 밑이여?」

의자에 앉는 송동주를 향해 두 사내가 다투듯 물었다.

「와따 그 새끼덜, 숨넘어가고 앉었네. 그리 똥줄 타게 다급허면 즈그 놈덜이 가서 알아보든가.」

송동주는 느릿하게 의자에 몸을 부리며 두 사내를 쏘아보았다.

「아이고 성님, 아무나 관청 출입 허지간디라. 다 인물 잘나고 언변 좋고 혀야지라. 나 겉은 쫌팽이, 성님 덕 잠 봅씨다.」

실눈인 사내가 굽실거리는 시늉을 하며 말했고,

「새끼 염병허네. 아, 뜸덜이지 말고 싸게싸게 뱉어부러.」

빈대코 사내가 꽁초를 재떨이에 비벼대며 앞으로 다가앉았다.

「나가 연애질에 미쳐 돌아가지 말고 공부 착실허니 혔어야는디, 그리 못헌 것이 돌로 발등을 찍고 잡으다. 공무원 못 된 것이 철천지 한이여.」

송동주는 한숨을 푹 쉬며 담배에 천천히 불을 붙였다.

「니, 헛물키고 왔다 그것이여, 시방?」

「잉, 다 알쪼다. 궂은일에는 새마을지도자고 묵자 것 있는 일에는 우리럴 개좆으로 취급헌다 그것이제? 고것이 공무원놈덜 쿠센디 우리가 빙신맹키로 당헌 것이여.」

실눈과 빈대코가 실망한 기색으로 문답을 엮어냈다.

「미친놈덜, 앉어서 삼천리 보고, 콩 치고 차 치고 잘들 허네.」

송동주가 코웃음치며 담배연기를 푸 내뿜었다.

「글먼 머시여? 니 시방 우뭉떠냐?」

「요새끼가 사람 놀리는구나! 싸게 말혀. 소문이 맞지야?」

「새끼덜, 사흘 굶은 놈덜맨치로 돈 냄새에 워찌 그리덜 환장얼 허냐. 이 성님이 착 알아봉께로 한 군에 취로사업비로 1억씩 배정되았어.」

송동주는 고개를 뒤로 잦바듬하게 해가지고 말을 꺼냈다.

「머시여? 1억?」

「가만있어라 보자. 1억이면 얼매여? 긍께 고것이 얼매란 것이여……?」

실눈과 빈대코는 눈이 휘둥그레지고 어리둥절해져 서로 쳐다보다가 송동주를 쳐다보다가 했다.

「요런 촌놈들, 그러다가 경기 나겄다. 그 돈 느그 다 묵으라고 주는 것 아닝께 그리 놀랠 것 읎고, 우리가 정신채래야 헐 것은 그 담 대목이여. 그 돈이 부락당 40만 원에서 60만 원씩 갈라진다는디, 고것을 정신 똑똑허니 채리고 종궈야 혀.」

「40만 원서 60만 원? 고것도 굉장허시.」

「그 돈이 누구 손에 들어간다는 것이여? 면서기여, 이장이여?」

「고것은 안직 잘 몰르겄는디, 그리 큰돈이 이장 손에서 놀아날 리야 읎제. 취로사업을 시킴스로 일당으로 줄 참이랑께 면서기들이 간수험서 돈을 풀 눈치여. 근디, 취로사업에 나슬 사람들 뽑고, 보고허고, 돈 타와 갈라주고 허는 일을 이장이 헐 것인디, 고것을 이장들이 즈그 맘대로 못허게 막아야 혀. 느그 고것 못 막으면 느그덜 묵을 것 날라가뿐께 알아서들 혀.」

커피를 한모금 마신 송동주는 맛이 쓰다는 표정을 지으며 입맛을 다셨다.

「무신 수로 이장을 막제? 혼자만 재미보덜 마씨요, 헐 수도 읎고.」

「글씨 말이여. 즈그 밥통 건디린다고 곤조통 부릴 것인디.」

실눈과 빈대코는 고민스런 얼굴로 담배를 뻐끔거렸다.

「요런 빙신아, 이장들만 곤조통 있고 우리 새마을지도자들은 맹물이

여? 곤조통 부림서 밥통에 재 뿌리기로 허자면 우리 당허기 에룹덜 안혀? 나도 새마을지도자다. 새마을지도자가 핫바지 저구린지 아냐. 나가 몽니부리고 나스면 판이 워찌 될지 알지야? 누이 좋고 매부 좋게 허는 것이 좋은 것 아니겄냐. 요런 식으로 왈기고 겁믹이고 달기고 험서 느그가 느그덜 밥 챙겨. 요런 때 지 밥 못 챙기는 것이야 빙신 중에 상빙신이고 팔푼이 중에 팔푼이잉께로.」

송동주는 실눈과 빈대코를 번갈아 보며 여유만만하게 말했다.

「잉, 그리 욱대기고 간지름 태우고 허면 되겄다. 임자 옳고, 묵어도 엇치지 않을 돈 못 묵는 것이야 참말로 빙신 중에 상빙신이제.」

빈대코가 폭넓게 고개를 끄덕끄덕했고,

「그려, 투표 때 나도는 돈이야 눈이 있냐, 코가 있냐. 먼첨 묵는 놈이 임자제. 근디 말다, 전라도 쪽이 이러면 경상도 쪽에는 더 엄칭이 갔겄지야?」

실눈이 가느다란 눈을 깜빡거렸다.

「주벽 든 놈이 한술 더 뜨더라고. 그야 어쩔 수가 없는 노릇잉께 공연시 넘 밥상 넘게다봄서 춤 흘리덜 말고 우리 밥상이나 잘 챙길 도리 혀.」

송동주가 퉁을 놓았다.

「근디, 취로사업 일당은 얼매썩 준다디냐?」

「500원이 될란지 1천 원이 될란지 안직 몰른다는 것이여. 한참 이러자저러자 말이 오가고 있는 갑드라.」

「와따메, 500원만 허드라도 그 돈이 얼매여? 투표날꺼정 스무 날 잡고, 날마동 취로사업에 나스면 이오는 십에 1만 원 아니다냐?」

「참말로 그러시. 1만 원이면 순사 반달 치 월급 아니라고? 요것이 워쩐 일이다냐? 그전에 대통령 선거 때 밀가리에 껌정고무신 나오든 것허고는 영판 달브시?」

「하면, 달라야제. 요분에야 대통령 선거가 아닌께로. 유신헌법이 좋냐, 나쁘냐 개리는 것잉께 그만치 중허딜 안 혀? 박 통이 죽을 때꺼정 대통령 자리를 차고앉을 것이냐, 아니냐를 정허는 것인디.」

송동주는 혼자 다 아는 척하며 거드름을 피웠다.

「흐흐흐……, 결국 대학생들이 우리 돈 벌어묵게 맹글어줬구만 그랴.」

빈대코가 어깨를 들썩거리며 웃었다.

「그려, 그려. 대학생 고것들 눈꼴시게만 봤등마 갸덜 덕 볼 때도 다 있다 이. 워쨌끄나 존 일이랑께로.」

실눈도 따라 웃으며 흥이 나고 있었다.

다방의 이 자리, 저 자리에서는 사람들이 숙덕거리고 있었다. 그들도 모두 송동주네와 같은 내용의 이야기를 하고 있었다. 시골 다방은 또 한 번 선거철 경기에 달뜨고 있었다.

박정희는 72년 10월에 국회를 해산하고 전국에 비상계엄을 선포하여 '10월 유신'을 단행했다. 그리고 11월에 국민투표를 통해 유신체제를 출범시켰다. 그러나 꼭 1년이 지난 73년 10월에 대학생들의 유신 반대 데모는 폭발했고, 뒤따라 사회 지식인들의 저항이 이어졌다. 정부의 강경 탄압에도 불구하고 74년 내내 저항은 갈수록 심해지기만 했다. 그 궁지에서 탈출하기 위해 박정희는 유신헌법에 대한 찬반 국민투표에 나선 것이다.

저녁상을 물린 송동주는 일찍 저문 어둠길을 밟으며 이장 집으로 갔다. 오늘 면사무소 단위로 이장들이 모였고, 늦어도 모레부터는 취로사업이 시작된다는 것은 실눈과 빈대코에게도 알려주지 않은 것이다. 자신이 그 녀석들의 왕초였으면 왕초였지 졸개가 아닌데 일일이 보고하듯 할 필요가 없었고, 아무 수고도 하지 않은 그 녀석들이 멍하니 있다가 당하는 꼴을 구경하는 것도 고소한 일이 아닐 수 없었다.

「이장 어런 기신게라아?」

반쯤 열린 사립문으로 들어서며 송동주는 헛기침을 앞세워 판소리 가락을 뽑듯 목청을 길게 늘렸다.

그때 개가 마당으로 뛰어나오며 컹컹 짖어댔다. 어둠 속에서 개의 모습은 흐릿한데 컹컹 소리를 낼 때마다 푸른빛이 동그랗게 일어났다가 사라지고는 했다. 개가 내쏘는 안광이었다.

「요런 똥개새끼야, 날 잠 어둡다고 이 송동주를 몰라봐! 긍께로 똥개 소리 못 면허는 것이여.」

송동주는 주인이 알아들으라고 일부러 큰소리를 냈다.

「거그 누구 왔당게라?」

흐린 불빛이 어린 지게문이 열리며 집주인의 목소리가 들려왔다.

「야아, 지가 왔구만이라, 이장 어런. 송동주여라.」

「동주? 자네가 워쩐 일이여? 이 밤중에.」

송동주는 이장의 말이 대뜸 귀에 거슬렸다. 사람이 찾아오면 빈말로라도 '어서 오라'고 하는 게 예의인데 이장의 말에는 어딘가 꺼리는 기색이 드러나고 있었다.

「밤중이야 당아 멀었고 인자 초저녁이구만이라. 목 넘어간 밥이 안직 밥통에도 당도허덜 안 혔는디요.」

송동주는 '너의 의뭉한 속 다 알아' 하는 식으로 말을 것지르며 마당을 가로질렀다. 개는 주인의 목소리가 들리자 어느새 마루 밑으로 기어들어가 버렸다.

「이, 삼동에넌 금세금세 어두워진께로 허는 소리시. 어여 들소.」

이장의 아이들이 두세두세 옆방으로 옮겨 갔다.

「와따, 등잔 심지 잠 키우씨요, 사람 얼굴도 몰라보겄소.」

송동주는 방으로 들어서며 통명스럽게 말했다. 등잔 불꽃이 어찌나 작은지 그의 말이 과장이 아닐 정도로 방 안은 어둠침침했다.

「멀라고. 공부허는 것도 아니겄고 지름값만 아깝제. 그나저나 요놈에 등잔 신세 은제나 면허게 될랑가 몰라. 질로 아그덜 공부허는 디 깝깝혀서 똑 죽겄당께로. 강 의원님도 말대포만 팡팡 쏴질렀지 영 믿을 만헌 사람이 아니드랑께로. 한 표씩 찍어주면 전기 끌어오겄다고 헌 지가 벌써 은제여?」

「그려라? 강 의원님이 그 말 들으면 참 이뻐라고 상 주겄소 이.」

송동주는 이장을 궁지로 몰고 기를 꺾을 꼬투리를 잡았다 싶어 이렇게 대질렀다.

「어허 이 사람아, 그 무신 식은땀 나는 소리여. 그냥 말허자면 그렇다 그것이제. 자네도 더러 그런 말허고 안 긍가?」

이장은 깜짝 놀라며 당황했다. 그는 그 말을 안 들은 것으로 하라는 듯 서둘러 송동주에게 담배를 권했다.

「금메요……, 지넌 그런 말 꿈에도 안 허는디라. 강 의원님 성질 알제라? 경찰서장이고 면장이고 쬐깐만이라도 삐까닥허니 뵌다 싶으면 제까닥 모가지 쳐 딴 디로 날려보내는 거.」

송동주는 한 번 더 결정타를 먹이고 있었다.

「어허 이 사람아, 복장 터지는 소리 말어. 나가 강 의원님 숭잡자고 헌 소리가 아니라 그냥 벌로 나온 소리란께로. 나가 그 어런 지성으로 생각허고, 선거 때마동 발바닥에 불나게 선거운동 허는 것이야 자네가 질로 잘 알덜 안 혀? 긍가, 안 긍가?」

완전히 겁먹은 이장은 몸이 달아 송동주의 대답을 들으려고 고개를 길게 뺐다. 송동주는 아무 반응 없이 담배만 빡빡 빨다가 불쑥 입을 열었다.

「오늘 면에서 이장들 소집이 있었담서요? 나 아까 군청에 댕게왔소.」

송동주는 상대방의 약점을 잡은 김에 딴소리 못하게 하려고 정면으로 치고 들었다.

「이, 국민투표 실시에 대하야 이런저런 지시 들었네.」 이장은 수월하게 말을 털어놓고는, 「이 말 자네만 알고 있으소 이」 하며 목소리를 낮추었다.

「체에, 고것이 무신 큰 비밀이겄소? 즈그덜 대로 한가락 헌다는 사람들은 다 아는 일인디. 취로사업은 모레부텀이오, 우리 동네는?」

송동주는 이장의 말을 뭉개버리며 다시 한번 정면공격을 가했다.

「허, 자네는 은제고 몰르는 것이 읎어. 모레부텀 시작이시.」

다 알고 덤비는 송동주의 기세에 밀리며 이장은 사실대로 실토하고 말았다.

「새마을지도자가 핫바지 저구리가 아닝께라, 새마을지도자야 누가 머시라고 혀도 각하께서 질로 중허게 여기시는 사람들 아니겄소.」 송동주는 거창하게 각하까지 끌어들이며 앉음새를 고치고는, 「젊은 사람들이야 다 새마을지도자들 손에 달렸는디, 워찌 생각허시는게라?」 그는 마침내 속마음을 드러냈다.

「그라제. 자네 말이 열 분 맞네. 글 안 해도 자네헌티 연락혀서 그 일얼 의논지게 헐라고 맘묵고 있든 참이구마. 항, 자네가 항꾼에 나서야 일이 쉴케 풀리제 나 혼자서 되가니? 자네가 눈치 싸게 잘 온 것이구마.」

기왕 혼자 먹기 글러버린 밥, 이장은 능란하게 업어치기를 하고 있었다.

「그리 생각허심사 나가 이장님 체면 쌈빡허니 세워드리제라. 우리 동네는 취로사업비가 얼매로 정해졌읍디여? 60만 원입디여?」

송동주는 제사보다 젯밥에 쏠려 있는 속셈을 숨김없이 내보였다.

「고것이야 당아 몰르겄네. 가호수에 따라 정헌당께 급허면 자네가 면사무소에 가서 알아보소.」

목마른 놈이 샘 파는 것 아니여? 하는 식으로 이장의 말은 묘하게 꼬이고 있었다.

「일당은 얼매썩이오? 1천 원이제라?」

「자네 시방 애슨가, 저녁밥 굶었는가?」

더욱 비비틀리고 있는 이장의 말을 송동주는 금방 알아들었다. 임신한 여자나 밥 굶은 사람이 그저 먹을 것 밝히듯이 뭐가 그리 알고 싶은 게 많으냐, 나도 모르겠으니 네가 알아서 해라 하는 퉁이었다.

「야아, 낼이면 다 알게 되겠제라. 받들어주는 아랫것들이 있어야 사또도 낯나는 법잉께 워디 우리 한판 멋떨어지게 혀봅시다. 나가 챠악 이장님 낯나게 혀디릴팅께.」

송동주는 마지막으로 말뚝을 쳤다.

「그려, 자네가 이방 노릇허게 허겠는디, 아까 헌 강 의원님 말 말이시, 고것은 없었든 말이여 잉!」

이장은 송동주를 똑바로 쏘아보며 다짐을 놓았다.

「하먼이라, 하먼이라. 이방이야 사또 어런 잠자리도 못 보는 봉사고, 방구소리도 못 듣는 귀먹쟁이 아닌게라. 헤헤헤헤……」

송동주는 승리감에 취해 자신을 한껏 낮추면서도 만족스러운 웃음을 흘리고 있었다.

말은 바람만큼 빨랐다. 이튿날 벌써 동네마다 취로사업에 대한 이야기로 골목골목이 시끄러울 지경이었다. 여자들까지 가세한 사람들의 입놀림은 일당이 얼마일 것이냐 하는 것이었다. 5천 원이라더라, 1만 원이라더라, 그들로서는 결말을 낼 수 없는 이 문제를 놓고 지치지도 않고 우김질을 해댔다. 그들은 누가 이기려는 것이 아니라 서로 신바람 나서 그 우김질을 즐기고 있었다. 그럴 수밖에 없는 것이 돈 될 만한 일거리를 찾기 어려운 농한기에 느닷없이 그런 거금을 일당으로 받게 생겼으니 마음이 들뜨지 않을 수 없는 일이었다. 송동주는, 이장이 면사무소에 가고 없는 동안 동네를 돌아다니며 자기가 이장과 똑같이 힘을 쓰게 돼 있다고 바람잡기에 바빴다.

그의 허풍은 국민학교 6학년짜리가 1학년짜리에게 하는 힘자랑처럼 동네사람들에게 금방금방 먹혀들어 갔다. 그의 감투도 감투였고, 돈을 밝히는 사람들은 눈치 빠르고, 또 허약했다.

송동주는 저녁을 먹다 말고 심부름 온 아이를 따라 이장 집으로 갔다.

「자네 짐작대로 일당이 1천 원썩이고, 우리 동네에 정해진 돈이 50만 원이시.」

이장의 말에 송동주는 깜짝 놀랐다. 그러나 그런 내색을 하지 않고 태연한 척 고개를 끄덕였다.

그렇지만 현찰로 착착 주는 일당 1천 원이란 농한기의 농사꾼들에게는 횡재나 마찬가지의 거금이어서 그의 놀라움은 쉽게 가라앉지 않았다. 그리고, 그 임자 없는 돈, 눈먼 돈을 어떻게 하면 많이 차지할 수 있을까 하는 생각으로 그의 가슴은 새롭게 뛰기 시작했다.

「근디, 사람을 워쳤게 골르제라? 그 돈이면 여자고 남자고 다 눈에 불쓰고 나설 챔인디.」

송동주가 뚜벅 입을 열었다.

「그려서 면사무소서 모다 공평허니 한 집에 한 사람썩 남자로 정혔네. 남자가 읎는 집만 여자로 허고.」

「근디, 고것이 공평헌 것 같애도 공평헌 것이 아닌디요. 집집마동 표가 달브당께라. 네 표 있는 집도 1천 원, 세 표 있는 집도 1천 원, 두 표 있는 집도 1천 원이면 그거 불공평허다고 금세 말 날 것인디요?」

「이, 그 말도 안 나온 것이 아닌디, 그리 따져서 일당에 차등을 두게 되면 일이 영 복잡허니 되고 골머리 아파진께 그냥 그대로 허라데. 자네 허고 나허고 헐 일은 다 찬성표 나오게 허는 것이시.」

「그것이야 두말 안 혀도 다 알아묵는 것이고……, 일당 1천 원으로 딱 못이 백히면……, 고것이 긍께……, 공연시 애만 써대고…….」

송동주는 무슨 말을 꺼내놓지 못하고 끙끙거리며 짭짭 입맛만 다셔댔다.

「아, 걱정 말어. 워디 공짜로 일해 주가니. 우리도 똑겉이 일당받제.」

이장이 눈치 빠른 척 말했다.

「참 땁땁허시요 이. 일당이야 당연히 받는 것이고, 요런 일은 눈 멀게 생기는 것이 있어야 허는 재미가 있는 것 아니겠소? 돈은 면사무소서 틀어쥐고, 일당은 1천 원씩으로 광고해 불고, 요래 갖고는 재미가 국회 의원 선거만도 못허요. 소문난 잔치 묵자 것 없드라고.」

「이, 그 말 듣고 봉께 그러시. 요것도 목돈 맨지는 대목치고는 존 대목 인디. 무신 존 수가 읎을랑가?」

이장은 아주 노골적으로 본심을 드러내며 송동주를 지그시 바라보았다.

「아조 판이 드럽게 되야소. 돈이 우리 수중에 들오고, 유권자를 비밀 리에 상대하도록 판이 째여야 맘대로 야료를 부리고 외봉치고 허는디, 요런 판은 생전 첨이요. 경쟁허는 상대가 읎이 혼잔께 돈 허실 안 나게 허고 찬성표는 많이 나오게 헐라고 요런 신식 방도를 생각해 낸 모냥인 갑소. 유권자들은 좋아나고 중간서 일허는 사람들은 헛짐 빠지고, 살다 가 참 요상시런 판도 다 보겄소. 어쨌그나 판은 시작됐응께 나가 더 잠 생각혀 보겄소. 일을 혀가다 보면 빈 구녕이 생길 수도 있고라. 나 그만 가야쓰겄소.」

「어이, 존 궁리 잠 혀보소. 나 지난 가실에 딸 애우니라고 허리 휘었는 디, 다는 볼충 못허드라도 다면 얼매라도 채와야 헝께 말이시.」

이장은 방을 나서며 송동주의 등을 두들겼다.

다음날부터 취로사업은 동네마다 시작되었다. 아무런 계획 없이 갑자 기 시작된 일은 주로 수로 확장이거나 농로 정비였다. 일당 1천 원이 발 휘한 힘이었다.

그러나 일은 제대로 되지 않았다. 감독하는 사람들이 시원찮은데다 가, 사람들은 그 일이 투표용 선심 쓰기라는 것을 환히 알고 있어서 마 지못해 곡괭이질, 삽질을 하고 있었다.

여기저기에 모닥불을 피워놓고 빈둥거리다가 이장이나 새마을지도자 가 나타나면 일하는 시늉을 했고, 어쩌다가 자전거를 탄 면서기의 모습이 비치면 부랴부랴 몸들을 재게 놀렸다. 그러다가 점심을 먹으러 갔고, 오후도 그럭저럭 때우자 면사무소에 갔던 이장이 돈보따리를 가지고 왔다. 그들은 1천 원씩을 받으며 입이 찢어졌다.

저녁이 되자 동네 어귀의 술집은 미어터졌고, 구멍가게의 술병은 동이 났다. 하루 종일 추위에 떨며 일했으니 한잔 술로 몸을 풀어야 한다고 다들 떠들어대고 있었다.

「어허 참, 시상은 오래 살고 볼 일이랑께. 시상살이가 각다분헌지만 알았등마 요리 오진 일도 생기네 그랴.」

「잉, 그리 설렁설렁 일허는 시늉만 허고 일당 그리 많이 받기는 내 생전 첨이시. 요것이 무신 일이랴?」

「허허허……, 자네만 첨이여? 싹 다 첨이제. 그 맛 꼬시기가 깨소금 저리 가라고, 달디달기가 꿀맛 저리 가라여.」

「돈맛 꼬시고 단 것도 좋제만 나는 생전 첨으로 요리 사람 대접받아 보는 것이 더 좋당께로. 안 긍가?」

「그야 두말허면 잔소리제 이. 글고 보면 각하가 질이여. 우리 한 표를 그리 중허게 생각혀 주니.」

「글씨이, 꼭 그럴랑가? 자기 권세 지키자고 허는 일이제 우리 생각혀서 허는 일이 아니덜 안 혀?」

「항. 권세가 좋기는 기맥히게 존 모냥이여. 그 많은 돈 써감서 자리 보존헐라고 애쓰는 것 보면 말이여.」

「거 새 날아가는 소리허덜 말어. 이장 권세도 동네 안에서는 찌렁찌렁헌 판인디 대통령 권세야 천하가 다 자기 것 아니여?」

「그나저나 요런 촌구석지에 사는 우리헌테꺼정 그리 펑펑 인심써 대는 판인디, 온 나라에 퍼질른 돈이 얼맬 끄나?」

「어허, 우리 겉은 돌대그빡으로는 갤차줘도 몰릉께 그저 굿판 귀경이나 험서 주는 떡이나 얻어묵어.」

「하먼, 하먼. 떡만 많이 줌사 우리야 좋제. 요 떡얼 은제꺼정 줄랑고?」

「은제는 은제여. 투표허는 날꺼지제.」

「참말로 그럴랑가? 글먼 그 일당 다 모트면 얼매란 것이여?」

「온냐, 구구법도 몰르니 계산이 나오겄냐. 첩 얻을 만치 될 것잉게 어여 첩 얻을 궁리보톰 혀.」

그들은 불콰해지는 술기운에 실려 퀀커니 작커니 해가며 흥겨움에 출렁거리고 있었다.

다음날도 취로사업이 벌어졌다. 그런데 사람들은 어제보다 더 빈둥거리고 게으름을 피웠다. 어떻게 해서든 하루 해만 넘기면 돈을 받아쥐게 된다는 것을 알아버린 사람의 심보였다. 일당으로 하면 게으름피우는 것 속 터져 못 보고, 도급제로 하면 죽을까 봐 겁난다는 말은 어느 노동판에서나 들을 수 있는 말이었다. 감독이 있고 십장이 있어도 일당제란 사람을 굼뜨게 만들게 마련이었다. 그런데 감독도 없고 책임량도 없는 일당제란 맘놓고 놀고 먹으라는 것이나 마찬가지였다.

해질녘이 되자 사람들은 또 줄지어 일당을 받았고, 밤에는 다시 술타령이 시작되었다. 술집에서는 술을 더 많이 준비했고, 사람들은 전날보다 더 흥건하게 취했다.

며칠이 지나면서 사람들은 술타령으로 끝나지 않았다. 사랑방 여기저기서 화투판을 벌이기 시작했다.

「얼라, 얼라, 워째 패가 하나 모지래. 이 판 파토여, 파토.」

「누구 맘때로 파토여, 파토가. 지가 지게 생겼웅게 파토여?」

「아 씨벌, 패가 하나 모지래지 않냐 이거여. 요것 봄스로도 고런 억지소리가 나와?」

「야 이 호로새끼야, 엇따 대고 씨벌이냐, 씨벌이. 화투장 맞들고 봉게 니놈 눈깔에넌 우아래도 안 뵈여!」

「그 잘난 한 살 갖고 우세 떨지 말고 워디 패 내봐, 패!」

「요런 호로새끼, 말 씹어 돌리는 것 잠 보소. 이새끼야, 오뉴월별 하로
가 달른 법이디, 1년 차이면 느그 할애비 뻘이여.」

「여그, 여그, 요것이 워째 여그 들었어. 요러고도 패 안 속이고, 파토
가 아니여? 뻔뻔허기가 개 낯짝이시.」

「요런 좆겉은 새끼야, 고것이 나도 몰르게 묻어왔제 누가 패럴 속여.
이 씨벌놈을 팍 그냥!」

「그려, 쳐봐. 내 손은 공일잉게 얼렁 쳐봐. 멱살 잡고 못 치는 놈은 고
자만도 못헌 놈잉께.」

「어허, 왜들 이려. 참어, 참어.」

화투판에서는 싸움만 일어나는 것이 아니었다. 갈수록 열이 오르는
화투판의 생리에 따라 그들은 앞으로 받을 일당을 걸고 밤을 새웠다.

화투놀이에 휘말려 밤을 지새운 사람들은 아침이면 벌겋게 충혈된 눈
으로 삽이나 곡괭이를 질질 끌며 취로사업장으로 나갔다. 그들은 모닥
불가에 웅크리고 앉아 꾸벅꾸벅 졸다가 면서기의 자전거가 나타났다 하
면 허둥지둥 연장을 찾아들고는 했다. 어떤 사람들은 소주병을 차고 와
아침부터 취해 흐느적거리기도 했다.

이장이나 새마을지도자는 이제 사람들의 안중에 없었다. 아무리 그들
의 눈밖에 난다 해도 그들의 힘으로 취로사업에서 뺄 수 없다는 것을 사
람들은 알아차린 것이다. 사람들이 그나마 무서워하는 건 면서기였다.
그들은 면서기도 자기들을 취로사업에서 마음대로 뺄 수 없다는 것을
잘 알고 있었다. 그러나 이번에 면서기에게 밉보이거나 찍히게 되면 다
음에 다른 일로 해코지당할 수 있어서 몸을 사리고 그 앞에서는 다투어
부지런을 떨었다.

「예에, 수고들 허싱마요. 쉬엄쉬엄들 허시씨요. 다들 아시제라?」

면서기는 사람들을 둘러보며 의미 깊은 웃음을 보냈고,

「야아, 알고말고라.」

사람들은 목소리를 맞추어 화답했다.

「그나저나 요것이 워찌 된 일이랴? 유권자가 씨다는 것 인자 알겄네.」

「금메 말이시. 선거 때마동 국민이 나라의 쥔이라고 떠들어대 쌓는디, 그 말이 무신 말인지 인자 알아묵겄당께.」

「잉, 그간에 잘살게 되얐다는 말도 귀아프게 들음시롱도 저놈에 소리가 무신 소리다냐 감감허기만 혔는디, 그 덕이 인자 우리헌테꺼정 온 모냥이여. 그 말도 인자 알아묵었어.」

「그려, 그려. 우리럴 평상 요렇게만 살게 혀줌사 박 대통령 각하가 천 년 만 년 해묵어도 좋덜 안컸어?」

「하면, 하면. 대대로 해묵어도 좋제.」

사람들은 모닥불가에서 이런 입놀림을 하기도 했다.

한 남자가 아침 추위를 무릅쓰고 이 집, 저 집으로 다니며 한숨을 쉬고 있었다.

「어이 윤 샌 있능가?」

그 남자는 또 한 집으로 들어서며 주인을 불렀다.

「음마, 정미소 어런이 워쩐 일이신게라? 이 추운 아칙보톰.」

부엌에서 달려나온 아낙이 머리수건을 벗어들며 허리를 굽혔다.

「윤 샌 잠 만내로 왔는디, 자요?」

「아니 저어……, 긍께 머시냐…….」

아낙이 난처하고 부끄러운 얼굴로 머뭇거렸다.

「무신 일 있으시오?」

「야아, 참말로 속 터져 못살겄구만이라. 그 문딩이가 금메 그 빌어묵을 놈에 취로사업인가 머신가로 돈 쉽게 번 담보톰 밤마동 노름방에서 산당께라. 그러지 말라고 말기면 사람을 개 패디끼 해대니 더 말도 못허고, 요것이 무신 난리판굿인지 몰르겄구만이라. 근디, 무신 일이신게라?」

「아니, 되얐소. 노름방에 미쳤음사…….」

그 남자는 또 한숨을 쉬며 돌아섰다. 그는 다음 집을 향해 부산스럽게 걸어갔다.

「남 샌, 남 샌 있능가?」

「아이고, 정미소 어런이 워쩐 걸음이신게라? 붕알 다 얼어붙게 추운디.」

주인남자가 헛간에서 나오며 어깨를 부르르 떨었다.

「어이, 자네 취로사업 나가지 말고 가마니 잠 짜소. 일당을 취로사업보담 많케 1천 5백 원 쳐줄 것잉께.」

「금메……, 1천 5백 원이라……, 1천 5백 원이라……, 그냥 취로사업 나갈랑마요.」

「어이, 그러지 말고 사정 잠 봐주소. 시방 가마니가 읋어서 쌀이 못 나가고 있단 말시. 취로사업이야 잠시 잠깐 지내가는 쏘내기고 가마니 짜는 것이야 농사꾼이 죽을 때꺼정 삼동에 혀야 허는 일거리고 돈벌이 아니겠어? 글고, 일당을 취로사업보담 500원이나 더 올렸단 마시, 500원.」

그 남자는 집주인 앞에 손가락 다섯 개를 펴보였다.

「근디 머시냐……, 잘 몰르시는 갑는디, 취로사업은 그냥 놀고 묵기로 편탄께라. 어찌 딴사람 구해보시제라.」

집주인은 고개를 외틀고 말았다.

그 남자는 더 말을 못하고 또 한숨을 쉬고 돌아섰다.

그는 다음 집에 가서 일당을 2천 원으로 올려 불렀다. 그러나 상대방은 냉정하게 고개를 저어버렸다. 돈이 두 배가 많았지만 힘든 일은 외면당하고 있었다. 빈둥거리며 편케 돈을 챙기는 취로사업에 비해 가마니 짜기는 하루 종일 짚먼지 뒤집어쓰며 잠시도 일손을 놓을 수 없게 힘든 일이기는 했다. 그러나 일당 2천 원이면 작년에 비해 네 배나 올린 것이었다.

그 남자는 다음 집에 가서 일당을 2천 5백 원으로 올렸다. 이익은 먹지 못하더라도 신용을 지키기 위해 쌀을 내려는 마지막 방법이었다. 그러나 2천 5백 원도 통하지 않았다.

「아이고메, 요것이 무신 괴변이다냐. 박정희가 날 죽이네. 술·담배에 화투도 금허고, 삼동에 부지런허니 부업시켜 잘살게 맹근다고 새마을운동인가 머신가 떠들썩허니 벌이등마 인자 자기가 나서서 헌마을 다 맹글어뿌네. 아이고, 박정희가 내 웬수 될지 몰랐네.」

그 남자는 자기 가슴을 퍽퍽 치며 추위 속에다 이런 탄식을 토해냈다.

한편, 천두만네 누더기촌에도 취로사업바람은 추위를 녹이고 있었다. 날품도 구하기 어려운 겨울이라 집집마다 남자들이 얼씨구나 나섰고, 천두만은 아내가 삽을 들고 나서는 것을 못 본 척했다. 별로 힘들일 것 없이 하루 1천 원씩 벌면 자기가 죽어라고 아파트를 오르내리며 버는 것보다 두 배가 넘었다.

그러나 누더기촌 사람들을 흥분시킨 건 취로사업이 아니었다. 시에서 무허가집들을 모두 양성화시켜 준다고 해서 그들은 얼싸덜싸 춤을 출 지경이었다. 그 지긋지긋하고 위태위태한 철거를 면하게 되었으니 그보다 더 좋은 일은 없었다.

그뿐만이 아니었다. 영세민을 위한다고 라면이 상자째 집집마다 배급되었다. 평소에 라면을 먹고 싶어도 군침만 흘려야 했던 누더기촌 아이들은 라면상자를 보고 만만세를 부르고 라면봉지를 들고 깡충깡충 뛰었다.

신바람 나는 건 누더기촌 사람들만이 아니었다. 택시운전수 문태복도 마구 교통위반을 해가며 손님을 찾아 신나게 택시를 몰아대고 있었다. 평소에는 눈을 부릅뜨다 못해 음침한 곳에 숨어 위반을 하게 만들어 딱지 끊어대고, 어떤 때는 위반을 하지 않았는데도 억지로 죄를 뒤집어씌우기도 했던 교통순경들이 국민투표 실시가 발표된 다음부터는 '우리 장님이다' 하는 식으로 교통위반을 못 본 척하며 단속을 하지 않았다.

그리고 때아닌 명절을 맞은 건 양로원이었다. 양로원 노인들에게는 라면만이 아니라 양말이며 내복까지 주어졌다. 그리고 극장·목욕탕·이발소를 반값에 이용할 수 있는 표도 나누어주었다. 그 느닷없는 호사에 노인들은 그저 싱글벙글이었다. 그러나 그와 대조적으로 고아원에는 라면 한 봉지도 돌아가지 않았다. 양로원에 생기가 도는 것과는 반대로 고아원에는 겨울 추위만 가득했다.

천두만의 아내 버들댁은 날마다 삽을 들고 한강변으로 나갔다. 여름 홍수에 강둑을 실하게 해야 한다고 가마니에 흙을 퍼담는 것이 취로사업이었다. 그러나 추위를 풀듯이 쉬엄쉬엄 하는 그 일은 일이라고 할 것도 없이 거저먹기였다. 그런데 그 일을 나다니면서 버들댁은 마음이 편한 것만이 아니었다. 큰아들 칠성이가 영 못마땅해 했던 것이다.

「그런 도움 받았다고 찬성표 찍으면 안 돼요. 유신은 아주 나쁘니까요.」

「음마, 글면 된다냐. 다 얻어묵고는…….」

「보는 사람 없으니까 괜찮아요.」

「얼랴, 하늘이 내래다보는디?」

「하늘은 무슨 하늘이에요. 그런 생각을 하니까 나라가 자꾸 망한다구요.」

「반대 찍었다가 들키면 어쩔라고야?」

「아 글쎄 절대 들키지 않아요.」

버들댁은 계속 마음이 엇갈리고 있었다.

20여 일 동안의 취로사업이 끝나고 마침내 국민투표의 날이 왔다. 송동주와 이장은 아침 일찍부터 동네를 싸돌기 시작했다.

「갑시다. 얼렁 갑시다. 싸게싸게 투표허로 갑시다.」

그들은 무슨 신명나는 놀이라도 가는 것처럼 이렇게 가락 붙여 읊조리며 집집마다 사람들을 불러냈다. 동네사람들은 당산나무 아래로 모인 다음 줄을 서듯이 해서 국민학교로 갔다.

「다 알제라 이?」

교문 앞에 이르러 송동주가 동네사람들을 훑어보며 힘주어 말했다.

「어허, 그놈으 소리 자꼬 해야 맛이여?」

「우리가 소핵교 학상들도 아니고 귀 다 닳아지겄네 웨.」

사람들이 퉁을 놓았다.

송동주는 동네사람들이 투표장으로 다 들어간 것을 확인하고는 담배에 불을 붙였다.

「위째 혼자 이러고 섰어?」

동네사람들을 몰고 나타난 실눈이 송동주를 보고 물었다.

「이 성님 뽄을 잠 봐라. 굼벵이 삶아 묵었냐? 요리 늦장부리게.」

송동주가 실눈을 향해 담배연기를 내뿜었다.

「허, 폴새 다 끝냈다 그것이여? 근디 멀라고 요러고 서 있어. 이 성님 환영허니라고?」

실눈이 손가락 두 개를 내밀며 담배 달라는 손짓을 했다.

「도적놈, 아칙보톰 이 무신 거렁뱅이 짓거리여. 꿍돈은 챙길 대로 다 챙긴 놈이.」

「그려, 그 돈 애껴 논 살라고 그런다, 왜? 근디, 무신 볼 일 남었어?」

실눈은 송동주가 내민 담뱃갑에서 담배를 뽑으며 그가 혼자 남아 있는 것을 궁금해 했다.

「일은 무신 일. 동네사람들 다 딜여보내 놓고 한숨 돌리고 있는 챔이제.」

「그려, 요 일도 술 묵기보담은 쉰 일이 아니여. 너무 속 딜여다뵈여 낯 뜨겁기도 허고. 그나저나 이리 끝내게 돼서 속 시원혀.」

「몰르제, 위찌 될라는지. 뚜껑 열기 전에는 장담 못혀.」

「와따, 그 무신 소리여? 요리 야물딱지게 판을 짰는디.」

「속 편헌 소리허덜 말어. 온 나라가 요런 촌구석이간디? 도시에서는 표 하나또 안 나올 것이란 말 듣지도 못혔어?」

「그런 말 듣기야 들었는디, 판이 워칙게 되는지 그야 내가 알 바 아니께.」

실눈이 담배를 던지고 투표장으로 들어갔다.

송동주는 학교 옆에서 배돌다가 식당에서 점심을 사먹고 다시 투표장으로 갔다. 오전 중에 사람들이 몰렸던 투표장은 한산해져 있었다. 송동주는 투표를 했다. 그리고 담배를 반쯤 피우고 나서 다시 투표장으로 들어갔다. 그는 또 투표를 하고 나와 담배에 불을 붙였다. 담배가 반쯤 타자 그는 또 투표장으로 들어갔다.

그는 3분 간격으로 투표장에 뻔질나게 드나들며 대리투표를 하고 있었다. 기권자는 거의 있을 리 없고, 돈벌이를 하려고 도시로 떠나버린 젊은이들의 투표용지가 그의 손에 들려지고 있었다. 그는 실눈이나 빈대코는 말할 것도 없고 이장에게도 그 일을 비밀로 하고 있었다. 똑같은 일을 스물다섯 번 되풀이한 다음 그는 학교를 벗어났다.

유신헌법 찬반 국민투표 결과는 투표율 79.8퍼센트에 찬성률 73.1퍼센트로 나타났다. 그런데 모든 신문들은 부정투표 사례를 구체적으로 보도하기 시작했다. 개표 과정에서 무더기표가 도처에서 드러나는 한편 어쩔 수 없이 대리투표를 하게 되었다는 사람들의 증언이 잇따르면서 '양심선언'이라는 말이 등장했다.

그러나 박정희는 그런 사태는 아랑곳하지 않고 승리의 자신감에 차서 민청학련 사건과 긴급조치 위반자들을 거의 다 석방시켰다. 지학순 주교, 박형규 목사, 김동길 교수, 김지하 시인 등 200여 명이었다. 그런데 그들은 석방에 감사하는 것이 아니라 '필요하면 언제든지 다시 들어가겠다'며 유신 반대의 뜻을 굽히지 않았다.

24
이런 사연 저런 사연

「서독에서 6년씩이나 근무했으면 집안을 도왔다 하더라도 돈을 꽤 모았겠네? 근데 뭐 하려고 또 취직하려고 그래? 적당한 남자 골라 시집가서 이젠 좀 편히 살지. 지금 졸업생들도 소화가 안 되는 형편이라 나이든 사람들 자리 구하기는 참 어렵거든.」

직업상담을 맡고 있는 연구주임의 말에 주선녀는 더욱 심정이 착잡해지며 눈길이 아래로 깔렸다. 거의 모든 사람들이 그렇듯이 연구주임도 서독에서 돌아온 간호원들이 돈보따리라고 생각하고 있었다. 그런 사람에게 자신의 곤궁한 처지를 털어놓기가 창피스러워 무턱대고 취직시켜달라고 사정할 수밖에 없었다. 적당한 남자 골라 시집이나 가라는 연구주임의 말은 어머니의 말과 너무나 똑같았다.

「형제간들한테 더 짐 되지 말고 어서 시집갈 궁리나 해라. 여자는 그저 적당한 남자 골라서 시집가 팔자 고치는 게 젤이다. 오빠들은 월급이라고 받아봐야 즈이 새끼들 데리고 살기도 숨 가쁘고, 옥희는 출가외인 아니냐.」

'형제간들한테 짐이 되지 말라'는 말을 처음 들었을 때의 충격! 갑자기 눈앞이 캄캄해지고 정신이 아뜩해졌었다. 그리고, 가까스로 정신을 차리고 나자 가슴이 걷잡을 수 없이 뛰면서 헛구역질이 마구 솟았다. 통곡을 하고 싶은 절망감에 빠지면서.

내가 누구 때문에 6년 동안이나 그런 고생을 했던가……. 두 오빠와 동생은 누구 덕에 다 대학을 나왔는가……. 다섯 식구는 그동안 누구 힘으로 먹고 살았는가. 1년 365일 하루도 쉬는 날 없이 일을 하게 만든 짐이었던 형제들이 나를 짐으로 생각하다니……, 나한테는 아무것도 갚은 것 없이 짐이라고 생각하다니……. 형제간들이 나를 귀찮아하는 눈치는 얼핏얼핏 챘었지만 어머니까지 그들의 편을 들다니……. 나는 무엇인가, 내 희생은 무엇인가…….

다시 떠오른 그 생각으로 벌떡거리기 시작한 가슴을 누르며 주선녀는 간호학교를 나왔다. 그녀는 더 심해지는 외로움과 절망감에 휘둘리고 있었다. 우선 취직을 해서 식구들한테 입은 상처와 고통에서 자신을 구해내고, 경제적 어려움도 해결하려고 했었다. 그러나 취직이 어렵게 되어 그녀는 마음의 갈피를 잡지 못하고 있었다.

내가 무엇을 위해 살았지……? 나에게 남은 건 뭐지……?

주선녀는 그동안 수없이 되풀이한 이 회의에 다시 빠져들었다. 허망하고 허망하고 또 허망했다. 식구들에 대한 배신감이 가슴 쓰라리게 사무쳤다.

지난날 유학생에게 배신을 당했던 아픔은 아무것도 아니었다. 세월이 지나서 그런 것이 아니었다. 그는 배신을 할 수도 있는 타인이었다. 그런데 자신의 고생을 가장 잘 아는 식구들이, 자신의 온몸을 다 바쳐 희생한 공을 알아주리라 믿었던 식구들이 어찌 그럴 수 있단 말인가…….

난 이제 어떻게 해야지……?

주선녀는 문득 죽음을 생각했다. 그건 절망감 때문이 아니라 배신감에 대한 복수심의 발동이었다. 그러나 그녀는 그 막다른 생각을 몰아내려고 애썼다. 어떻게 해서든 취직을 하면 한가닥 삶의 길을 찾을 수 있었다. 그때부터는 식구라는 짐을 벗어버리고 홀가분하게 자기자신의 삶을 가꾸어갈 수 있었다. 그동안 지긋지긋하게 고생하며 살아온 것이 억울해서도 삶을 포기할 수가 없었다.

주선녀는 종합병원에 있는 동창을 찾아가기로 했다. 빈자리가 생기는 것은 현직에 있는 사람이 더 빨리 알 수 있는 일이었다. 또 병원끼리 연락이 오가면서 사람을 소개하기도 했다.

「너 독일에 몇 년 살고 오더니 한국이란 나라가 돌아가는 것에 영 소식 깡통이로구나? 맨손으로 연구주임 석 달 열흘을 찾아다녀 봐라. 너 구두만 다 닳아지고 말 테니까. 보통이 6개월 치, 잘 봐줘서 3개월 치 월급을 미리 바쳐야 된다구. 이 나라에서 맨입으로 되는 일이 뭐가 있니? 골골이 다 썩어서 돌아가는 판인데. 내 말이 거짓말인지 6개월 치만 갖다 바쳐봐. 며칠 새로 당장 취직이 되나, 안 되나.」

주선녀는 암담함이 조금 더했을 뿐 동창의 말에 놀라지는 않았다. 독일에 갈 때 이미 뒷돈을 쓰는 것은 당연한 일처럼 겪었던 것이다. 다만 7년이란 세월이 지났는데도 그 악습이 없어지기는커녕 학교에까지 퍼져 있다는 것이 서글펐다.

「얘, 좋아하지 말어, 교육자 양심. 돈이라면 목사나 스님들까지 눈에 불을 켜는 세상에서 선생들이 양심 지키길 바래? 다 돈맛이 들려서 갈수록 심해지고 있다. 얘. 우리 병원들은 뭐 깨끗하니? 제약회사들하고 짜고 의사선생님들께오서 챙기시는 구린 돈이 얼마니? 다 환자들 못할 일 시키는 건데, 괜히 공무원들만 욕할 것 없어. 말해 봤자 입만 아프니까 이런 세상에서 살려면 함께 썩는 수밖에 다른 도리가 있겠니?」

주선녀는 이런 동창의 말을 되씹으며 병원을 나섰다. 어찌해야 좋을

지 앞길이 막막하기만 했다. 취직을 하자면 돈이 있어야 하는데 자신은 빈털터리였다. 그렇다고 형제들이 그 돈을 마련해 줄 리도 없었다. 방 한 칸 세 얻을 돈을 좀 해달라고 하자 차일피일 미루기만 하더니 돌아온 대답이 '형제간들한테 짐이 되지 말라'는 어머니의 말이었다. 셋방 하나를 얻으려 했던 것은 아버지 어머니와 함께 한 방을 써야 하는 불편을 더는 견디기 어려웠기 때문이다.

큰오빠는 12평짜리 아파트에서 두 아이를 데리고 살고 있었고, 작은 오빠는 집을 곧 장만하기 위해 적금을 들면서 세 식구가 전세살이를 하고 있었다. 작은오빠네는 말할 것도 없고 큰오빠네의 아파트도 네 식구가 살기에 비좁은 느낌이라서 아버지 어머니를 모시지 못하는 것을 그런대로 이해할 수 있었다. 그리고 세 끼 밥을 끓여 먹을 수 있을 만큼 어머니는 아직 정정하기도 했다.

그러나 두 오빠와 동생 옥희가 자신의 거처에 대해 전혀 신경을 쓰지 않는 것은 이해할 수가 없었다. 어머니 아버지의 단칸 셋방에 잠자리를 펴게 되었을 때 분명 '임시'일 거라고 생각했었다. 임시로 그렇게 지내는 동안 형제간들이 아버지 어머니와 의논해서 곧 따로 거처를 마련해 주리라 믿었다.

그러나 한 달이 가도 아무 눈치가 보이지 않았고, 두 달이 가도 그런 낌새는 전혀 보이지 않았다. 날이 갈수록 식구들은 그렇게 사는 걸 당연시하며 자신의 존재를 잊어가는 것 같았다. 그러나 자신은 어머니 아버지와 한 방에서 사는 불편이 나날이 커져가고 있었다. 처녀의 몸으로 가리고 숨겨야 할 세세한 불편들이 쌓여가면서 괴로움이 되고 고통이 되고 있었다.

두 달을 그렇게 살고 도저히 더는 견딜 수가 없어서, 오빠들에게 말해 셋방을 하나 얻어 나가게 해달라고 어머니에게 말했다. 그 정도는 오빠들이 당연히, 아니 여동생까지 힘을 합쳐 그렇게 해야 한다고 생각했다.

그런데 한 달이나 미적미적 끌더니 어머니 입에서 나온 소리는 기가 막히게도 '형제간들한테 짐이 되지 말라'는 것이었다. 6년 동안이나 자신을 꼼짝달싹하지 못하게 짓누른 짐이었던 다섯 식구가 단 3개월 만에 자신을 짐으로 취급하고 말았다.

참으로 믿어지지 않는 배신이고, 믿을 수 없는 배은망덕이었다. 편지마다 고맙다는 말을 몇 번씩 되풀이하고, 평생 그 은혜를 잊지 않고 갚겠다고 수없이 다짐했던 세 형제는 단 3개월 만에 자신을 귀찮은 짐으로 취급해 외면했다.

그러나 돌이켜보면 3개월도 아니었다. 자신이 뜨겁게 사람 대접을 받았던 것은 귀국하던 날 하루였다. 아니, 그것도 정확하게 따지자면 김포공항에 내렸을 때뿐이었다. 김포공항에서 모두 큰오빠 집으로 가고, 큰오빠 아들이 선물을 달라고 했을 때 벌써 자신은 쓸모없는 짐으로 변한 순간이었다.

선물은 어린아이만 바라고 있었던 것이 아니었다. 어른들까지 모두 실망하는 기색을 감추느라고 애썼다. 그때의 당혹감이란…… 일요일에 딴 병원이나 양로원에 가서 아르바이트한 돈까지 다달이 다 보내고, 귀국할 때는 가까스로 비행기표를 끊을 돈밖에 없었다. 그렇게 하는 것이 최선이라고 생각했었다.

평생 은혜를 잊지 않고 갚겠다던 형제들의 편지 약속은 돌아가면서 저녁상을 한 번씩 차린 것으로 끝났다. 아니, 한 가지가 더 있었다. 큰오빠가 1만 원, 작은오빠가 5천 원, 동생이 5천 원, 2만 원을 모아 자리잡을 때까지 쓰라며 주었다. '자리잡을 때까지'란 다시 취직해 돈을 벌 때까지라는 말이었을 것이다. 셋방 하나 얻어달라는 것을 거부해 버렸으니까 그 2만 원은 그들이 처음이고 마지막으로 갚은 보은인 셈이었다.

내가 6년 동안 벌어 보낸 돈이 얼마일까……?

주선녀는 또 떠오르는 그 생각에 괴로워하며 눈물을 삼켰다. 그 생각은 독일에서 겪었던 고생들을 한꺼번에 떠올리며 언제나 눈물이 쏟아지게 했다. 그 돈계산을 하자면 짧은 시간 내에 못할 것이 없었다. 그러나 돈의 액수가 많으면 많을수록 식구들에 대한 원망이 커지고 자신의 신세가 더욱 비참해질 것 같아 계속 피해왔다.

「한국 여자들 사는 건 도무지 이해할 수가 없어. 일요일에도 쉬지 않고 그렇게 돈을 벌어 도대체 뭘 하려는 거냐? 너희들은 사람이 아니라 돈 버는 기계 같다.」

「여행할 줄을 모르다니, 너희들은 도대체 사는 목적이 뭐냐? 동물들도 여행을 시키면 환호하는데.」

독일 간호원들이 심심찮게 놀리듯 경멸하듯 한 말들이었다. 누군들 쉬고 싶지 않고, 여행을 하고 싶지 않았을까. 일요일이면 늘어지게 늦잠을 자고 싶었고, 여름 휴가철에는 프랑스의 파리고, 이탈리아 로마고, 유럽의 나라마다 여행을 하고 싶었다. 그러나 독일로 오기 전에 처했던 집안 형편과 부모형제들을 생각하면 그런 배부른 꿈은 버리지 않을 수 없었다.

업종을 바꾼 아버지의 사업 실패로 큰오빠는 3년째 대학을 휴학한 채 아무 일거리나 찾아다녀야 했고, 작은오빠도 대학 1학년에서 휴학을 하고 빈둥거리고 있었다. 아버지가 재기할 가망이 없는 형편에 오빠들의 장래가 어떻게 될 것인지는 보나마나였다.

'내가 집안을 살려야 한다'는 생각을 할 수밖에 없었고, 집안 식구들도 서독에 가는 것을 은근히 바랐다.

이제 나에게 남은 것은 무엇인가……?

그나마 서독에서 고생할 때가 행복했다는 생각에 눈물을 삼키며 주선녀는 하늘을 바라보았다. 자신의 허망한 마음처럼 하늘은 공허하게 넓었다. 아직 다 가시지 않은 추위를 싣고 구름이 떠가고 있었다. 어디론가 정처없이 흘러가고 있는 그 구름이 앞으로 어떻게 해야 좋을지 모르고 있는 자신 같기만 했다.

어머니는 그 말을 입에 올린 다음부터 선을 보라고 채근하기 시작했다. 어서 시집을 보내버리는 것이 식구들의 귀찮은 짐덩어리를 없애는 묘책이라고 생각하는 것 같았다. 그런 낌새가 기분 좋을 리 없었지만, 그보다는 몸이 줄곧 좋지 않아 어머니의 말을 묵살하고는 했다.

지난 6년 동안 쌓이고 쌓였던 과로가 풀리느라고 그러는지 어쩐지 처음 두어 달 정도는 몸살을 앓듯 시름시름하며 갱신을 할 수가 없었다. 밤이면 힘겹게 환자들을 돌보았던 험한 꿈에 시달리기도 했다. 옷에 똥을 싸서 짓뭉갠 남자 치매노인의 발가벗은 몸을 처음 씻어야 했을 때의 당혹감……, 그때 나이 스물둘이었고, 성인 남자의 성기를, 그것도 백인의 그것을 정면으로 본 것이 최초의 일이었고, 거기에 묻은 똥을 손으로 씻어내야 하다니……. 그러나 식구들을 생각하며 그 곤혹스러운 일을 눈물을 머금고 다 해냈었다.

그런데 어머니한테 그 말을 듣고 나자 마음을 너무 심하게 다친 탓인지 몸은 더 가눌 수 없도록 기운이 빠지고 걸핏하면 눈물이 나왔다. 오빠들도 많지 않은 월급으로 아이들 키우며 살아가야 하고, 부모 생활비까지 대야 하니 어쩔 수 없는 일 아니냐고 스스로를 이해시키려고 애도 써보았다. 그러나 마음 한쪽에서 즉각적인 반발이 일어났다.

셋방 하나가 아니라 아홉 평짜리 아파트 하나를 사내라고 해도 큰오빠는 자기 아파트를 팔아 전세살이를 하고, 작은오빠는 적금을 헐어서라도 자신의 요구를 당장 들어주어야 마땅했다. 그러나 그것도 아닌데…….

생각할수록 형제들에 대한 배신감은 커지고, 그쪽 편을 드는 어머니마저 점점 더 정이 떨어지고, 그럴수록 살고 싶지 않은 생각만 깊어져 갔다. 단 한 사람, 아버지만이 자신을 위로하고 붙들어주고 있었다. 아버지는 무슨 말을 하는 것이 아니었다. 자신을 바라보고 있다가 눈길이 마주치면 말없이 눈길을 돌렸고, 돌아누워 있으면 잠든 줄 아시는지 이

불을 끌어올려 어깨를 덮어주며 등을 다독다독 해주었고, 툇마루에 혼자 앉아서 '못된 것들' 하며 한숨을 토하고는 했다. 서독으로 떠날 때 공항까지 나온 아버지는 '그래, 가거라' 그 한마디를 하고는 누구보다 먼저 등을 돌렸고, 돌아왔을 때도 '오냐, 왔냐' 했을 뿐이었다. 그런데 서독에서 집 생각이 날 때면 어머니나 동생의 눈물보다는 아버지의 그 한마디가 더 그립고 힘이 되어주고는 했었다.

어느 날 술이 취해 돌아온 아버지가 말했다.

「선녀야, 기운 채리거라. 예로부터 은혜 입은 사람은 그 은혜를 쉬 잊고 은혜를 입힌 사람은 잊지 않아 인간사에 온갖 탈이 생긴다고 했니라. 은혜를 입힌 사람의 공은 저승까지 가는 법이니까 니도 다 잊고 새로 시작해라. 니는 아직 젊고, 남들이 못 지닌 기술이 있지 않냐.」

술 취한 아버지의 눈에 눈물이 어리고 있었다. 그 눈물이 형제들을 대신한 사과고, 아버지 노릇 제대로 못한 회한 같아 아무 대답도 못하고 고개만 끄덕였었다.

아버지와의 약속을 지키려고 했다. 그러나 간호원생활을 다시 하려고 생각하자 온몸이 움츠러들고 소름이 끼쳤다. 그 고달픈 생활이 지긋지긋했고 신물이 나 있었던 것이다. 독일을 떠나오기 직전에 김광자에게, 이제 기반 다 잡은 형제들의 덕을 보며 편하게 살 거라고 한 말은 괜히 한 소리가 아니었다. 독일을 떠나는 것으로 더는 간호원 노릇을 하고 싶지 않았었다.

「선녀 씨는 어떻게 살 계획이에요?」

비행기 의자가 불편해 다리의 통증이 더 심해진 김광자가 한숨도 자지 못한 채 아픔을 잊으려는 듯 꺼낸 말이었다.

「이젠 간호원생활은 그만두겠어요. 이제 형제들 다 기반 잡았으니까 그 덕을 보면서……, 노처녀가 돼긴 했지만 결혼해서 편히 좀 살아야지요. 광자 씨는요?」

「그래요, 간호원생활이 지긋지긋할 만도 해요. 선녀 씨 설계가 부러워요. 그게 평범하면서도 행복한 여자의 길이기도 하구요. 난 아무 계획이 없어요. 우선 몸을 치료해야 된다는 생각밖에는. 비행기를 타고 나서 내 내 생각해 보니까 내 인생에 남은 게 아무것도 없이 허망하기만 해요. 난 선녀 씨처럼 20대도 아니고 벌써 서른두 살이나 먹어버렸으니 청춘도 다 가고, 혼기도 놓쳐버리고, 수중에 돈도 없고, 남은 건 빈손뿐이에요. 앞으로 치료비가 적잖이 들 텐데 그 돈은 어찌 될 것인지……, 참 인생이 허망해요.」

허망하다는 말을 거듭하며 김광자는 한없이 쓸쓸하게 웃었다.

「그동안 벌어 보낸 돈이 얼만데 치료비 걱정을 하세요. 형제간들이 어련히 알아서 잘할라구요.」

「모르겠어요. 그렇게 되면 더없이 고마운 일이지만 귀찮아하지나 않을지…….」

김광자는 나이가 더 많아서 그랬던 것일까. 그녀가 염려했던 것이 바로 자신한테 적중하고 말았던 것이다. 그러고 보니 그녀가 청춘도 다 가고, 혼기도 놓치고, 수중에 돈도 없고, 남은 건 빈손뿐이라던 그 눈물겨운 탄식이 다름 아닌 자신의 신세 그대로였다.

김광자는 어떻게 지내는가 싶어 비행기 안에서 서로 적어주었던 주소를 가지고 찾아가 보았다. 김광자는 침으로 치료를 받으며 아직 불편하지만 혼자 걸을 수 있을 정도로 좋아져 있었다.

「치료비 걱정은 없었어요?」

자신도 모르게 이 말이 불쑥 나갔다.

「예, 그런대로 해결되고 있어요. 그렇지만 내 수중에 돈 없이 아프니까 형제들 눈치가 보이고 부담이 되고 그러네요. 근데, 선녀 씨는 무슨 일 있어요? 얼굴이 영 안됐는데…….」

김광자를 찾아간 것은 병문안 때문만이 아니었다. 내심에는 자신의 기막히고 억울한 신세를 하소연하고 싶은 욕구가 더 강했는지도 모른다. 김광자가 묻기 바쁘게 창피스러운 줄도 모르고 자신이 당한 일들을 줄줄이 풀어놓기 시작했다. 감정을 자제하려고 했지만 눈물까지 쏟고 말았다.

「선녀 씨, 너무 서러워하지 말아요. 나도 선녀 씨하고 별로 다를 게 없어서 선녀 씨의 심정을 잘 알아요. 얼마나 허망하고 슬프고 외롭겠어요. 나도 돌아와서야 알았는데, 그동안 내가 정성 들여 뒷바라지했던 남동생이 자살했고, 그 충격으로 어머니가 반신불수가 되셨어요. 그러고 보면 나도 남은 게 아무것도 없어요. 오빠가 치료비를 대준 건, 이렇게 생각하는 건 좀 미안한 일이긴 하지만, 나를 위한 순수한 마음이라기보단 집안을 잘못 이끌어온 자기 책임을 모면하고 나를 달래려는 의도가 더 커요. 나에 비하면 선녀 씨는 아직 한 가지가 남은 게 있어요. 스물일곱이면 약간 늦은 감이 없지 않지만 그래도 결혼하는 데 흠이 될 나이는 아니잖아요. 더는 간호원생활이 싫다니까 결혼하는 쪽으로 마음을 써요. 사랑하는 사람을 갖게 되고, 결혼생활이라는 새 인생을 시작하게 되면 그런 속상하는 일들은 자연히 잊게 될 거예요.」

김광자를 찾아갔던 것은 이모저모로 꽤나 위안이 되었다. 사람의 마음이란 참 묘한 것이었다. 남에게 집안 식구들 흉을 보는 게 부끄럽고 창피스러운 일인데도 속마음을 다 털어놓고 나자 다소 감정이 풀리는 기분이었다. 그리고 김광자의 따뜻한 위로가 새로운 힘이 되기도 했다.

그래서 어머니가 권하는 대로 선을 보러 나섰다. 어지간한 남자를 골라 결혼해 모든 것을 잊어버리고 새로운 삶을 시작하고 싶었다. 그러나 만나본 남자들마다 속물스럽고 구지레해 실망만 거듭했을 뿐이다. 두어 남자는 서독에 6년이나 있다 왔으면 돈이 많을 것 아니냐는 투로 말하며 환심을 사려 했고, 서너 남자는 거창하게 여자의 사회참여를 들먹이고 빙자해 가며 간호원으로 계속 돈벌이하기를 바라기도 했다.

「이것아, 너 나이를 생각해야지. 그러다가 어쩔려고 눈만 잔뜩 높이 뜨고 그래. 노처녀로 늙어 죽을 작정이냐?」

어머니는 속도 모르고 성화였다. 말이 길어지는 것이 싫어서 남자들에 대한 이야기를 일절 하지 않았다.

여자에게 기대려는 남자에 대한 혐오감은 서독에 있으면서 이정옥 사건에서 갖게 되었다. 애들을 떼어놓고 아내가 서독까지 와 벌어 보내는 돈으로 실업자인 그 남편은 어이없게도 바람을 피웠던 것이다. 그 소식을 듣고 이정옥은 부랴부랴 귀국을 했었는데 지금은 어떻게 사는지 알 수가 없었다. 이정옥이 그때 느꼈을 배신감과 절망감이 얼마나 컸을 것인지, 뒤늦게 그 심정을 이해할 것 같았다. 형제들에게 당하는 것도 견디기 어려운데 남편에게 당하는 것은 훨씬 더 괴롭지 않을까 싶었다. 그 고생해서 번 돈을 노름이나 술로 탕진한 것도 아니고 바람을 피웠으니……

「어떻게 그리 뻔뻔스러운 인간이 다 있어. 실업자 노릇 하는 주제에.」

「그러게 말야. 가장 노릇은 제대로 못하는 게 연애질에는 이골났나 봐.」

「이상해. 여자가 버는 집 남자들이 게으르고 농땡이들이 많아.」

「그야 당연하지. 여자들이 버니까 그걸 믿고 게으름피우고 책임감이 없어지는 거지 뭐야.」

「아니야, 그 반대일 수도 있어. 남자가 무능해서 굶어죽게 생겼으니까 어쩔 수 없이 여자가 나설 수밖에 없잖아.」

「이정옥 선배는 귀국해서 어쩔 참이지? 참 딱하고 불쌍해.」

「어쩌긴? 그따위 인간하고는 당장 이혼이지. 그런 배신자하고 어떻게 살겠어.」

「지금 연애하는 사이가 아니라구. 애들은 어떡하구?」

「그러네. 애들한테는 아버진데, 애들을 반고아 만들 수는 없잖아.」

「어쨌거나 여자 덕 보려고 드는 남자들은 틀려먹었어. 잘들 골라야 해.」

이정옥이 떠난 다음 간호원들이 휴게실에 모여앉아 이렇게 입들을 모았었다.

중매라는 결혼방식이 별로 내키지 않았는데 남자들까지 그렇게 나오자 시집갈 마음이 싹 가시고 말았다. 억지로 사람을 짜맞춰 결혼을 하려고 하기보다는 순서를 바꾸는 게 좋을 것 같았다. 먼저 취직을 하고 결혼문제는 차차 기회를 보아가며 연애를 통해 풀어가는 것이 어떨까 싶었다.

다시 간호원생활을 한다는 것이 괴로웠지만 아무것도 하는 일 없고, 뜻대로 되는 일도 없이 나날을 썩이고 있는 괴로움도 컸다. 두 가지 괴로움 중에 하나를 선택할 수밖에 없었다. 형제들한테 입은 상처를 잊기 위해서도, 궁할 대로 궁해진 경제문제를 해결하기 위해서도, 자신만의 자유로운 공간인 방 한 칸을 갖기 위해서도 간호원생활의 괴로움을 다시 이겨내야 하는 것이 유일한 길이었다.

월급 6개월 치…….

주선녀는 자신도 모르게 한숨을 쉬었다. 그 돈을 구할 방법이 없었다. 두 오빠가 돈을 해줄 리 없었다. 자신을 경계하는 것은 오빠들보다 올케들이 더 심했다. 도둑놈 제 발 저리더라고 두 올케는 자신과 얼굴을 대하기만 하면 죽는 소리를 쏟아내기 바빴다. 행여 돈을 달라고 할까 봐서 미리 막고 나서는 그 꼴들이 역겹기 그지없었다.

아버지 앞에 오빠들을 불러 앉혀놓고 그 돈을 마련하라고 정면으로 들이대볼까…….

주선녀의 마음속에서는 슬그머니 이런 오기가 발동하고 있었다. 그러나 그녀는 가늘게 한숨을 쉬며 고개를 저었다. 그건 잘못하면 아버지를 괴롭히는 일이 될 뿐이었다. 벌써 10년이 넘게 경제 능력을 상실하고 있는 아버지는 이제 두 오빠에게 기대고 있는 처지라 가장의 위엄마저 상실하고 있었다.

주선녀는 심란한 마음을 간추릴 수가 없어 김광자를 찾아갔다.

「선녀 씨 말 듣기 참 잘했어요. 자아, 봐요. 표 안 나지요?」 김광자는 오랜만에 환한 웃음을 지으며 방에서 걸어 보이고는, 「침술이 용하기는 참 용해요. 근데 이 이상은 더 어쩔 수가 없대요. 허리가 뻣뻣한 느낌이고, 좀 무거운 물건은 들 수가 없는데, 평생 조심해야 된다는 거예요. 빙판이나 눈길 같은 데서 넘어져서도 안 되고, 푹신한 소파 같은 데 몸 부리고 앉아서도 안 되고, 만원버스에서 사람들에게 밀려 허리가 틀려도 안 되고, 갑자기 심하게 뛰어도 안 되고, 무거운 물건을 허리 굽혀 들어도 안 되고, 안 되는 것 천지라 결국 공주처럼 살라는 건데……, 내 처지에 우습게 됐지요. 한마디로 말하면 평생 얼뜨기, 병신이 된 셈이지요. 훈장치고는 참 대단한 훈장 받은 거예요.」 그녀는 자조적인 웃음을 흘렸다.

「그래도 이만하기 천만다행이네요. 휠체어를 밀고 비행기를 타고 내리면서 얼마나 걱정했는지 몰라요. 그저 의사 말대로 조심하고 조심하세요. 조심하다 보면 완치될 수도 있잖아요. 우리 사람 몸이란 묘한 데가 있으니까요.」

주선녀는 이렇게 말하면서도 김광자가 딱하기만 했다. 그런 몸으로 시집인들 갈 수 있으랴 싶었던 것이다.

「그래요, 나도 이만큼 치료된 게 천행이라고 생각해요. 물리치료도 아무 효과가 없고, 수술도 자신할 수 없다고 했을 때 이만저만 절망한 게 아니었으니까요. 여러모로 선녀 씨 은혜가 너무 컸어요.」

「어머, 쑥스럽게 그런 말씀 마세요. 저어, 앞으로 무슨 일을 할지 생각하고 계세요?」

주선녀는 얼굴이 붉어지며 얼른 말머리를 돌렸다.

「글쎄, 몸이 차츰 좋아지면서 가끔 생각해 보기는 했는데……, 막연해요. 선녀 씨는 결혼 상대 구했어요?」

「아아니요. 결혼이고 취직이고 되는 일이 없어요.」

「병원생활 더 하기 싫다더니 취직을 하려고 했어요?」

주선녀는 맞선을 몇 번 보고 나서 남자들한테 정떨어진 얘기를 꽤나 자세하게 했다. 그건 자신의 마음을 풀기도 하고, 외로운 김광자에게 무슨 이야기든 들려주기 위해서였다.

그리고 취직에 관한 이야기도 잇따라서 했다. 이야기를 따라 김광자의 얼굴이 찌푸려지고 그늘지고 우울하게 변해갔다.

「……그런 뒷돈을 주고도 취직을 해야 되는 건지 어쩐지 알 수가 없어요.」

주선녀는 연달아 한숨을 쉬며 이야기를 끝냈다.

「참 답답하고 힘든 세상이에요. 그놈의 돈이 뭔지.」

김광자도 긴 한숨을 내쉬었다.

「독일에선 그렇게도 그리워했었는데 와서 보니 독일에 있을 때가 더 행복했다는 생각이 들어요. 문득문득 그리워지기도 하구요.」

「그래요. 나도 그런 기분이 들 때가 없지 않아요.」

「말이 나왔으니까 우리끼리 하는 말인데 말이죠, 침대생활 하다가 온돌방에서 자니까 불편하지 않으세요? 저는 등이 배기고 온몸의 뼈가 결리면서, 자고 나도 피곤이 풀리지 않는 게 불편해서 죽을 지경이에요.」

「후후후……, 나두 마찬가지예요. 그래도 난 디스크 걸린 다음부터 일부러 침대에 딱딱한 판자를 깔고 자야 했으니까 온돌방이 디스크 치료용이 된 셈이지만, 선녀 씨 고민을 알 만해요.」

「그뿐이 아니잖아요. 더 고통스러운 건 화장실이에요. 수세식 쓰다가……, 아이구, 사람 죽을 일이지 뭐예요.」

「그래요. 디스크에는 재래식 변소가 특히 나쁜데, 나 화장실 갈 때마다 수세식 많이 그리워했어요.」

「어머나, 정말 그랬겠네요. 성한 사람도 조금만 오래 쪼그리고 앉아 있으면 다리가 저리는데. 그간 얼마나 고생이 많으셨어요. 혹시 수세식 쓰면서 치료받았더라면 깨끗하게 완치되는 것 아니었을까요?」

주선녀가 눈을 반짝 빛냈다.

「글쎄……, 그 생각은 못했었는데……, 그랬더라면 효과가 더 좋았을 것 같긴 하네요.」

김광자가 무언가 깨닫는 얼굴로 느리게 고개를 끄덕였다.

「그리고 냉장고 있잖아요. 그것 없으니까 사람 사는 게 아니에요. 여름을 나면서 시원한 물 한번 맘껏 마셔보지 못하니까 독일이 얼마나 그리운지. 거기서는 우유 마시는 게 싫었는데, 아침에 일어나자마자 냉장고에서 꺼내 마시는 시원한 우유 한 잔, 그게 그렇게 먹고 싶을 수가 없었어요. 남들이 이런 말 들으면 꼴불견 떤다고 욕하겠지만, 그건 사실이잖아요? 거기선 김치고 된장찌개가 그렇게 그립더니……, 사람 맘이란 왜 이런지 모르겠어요.」

「그야 당연하지요. 최고 문명국에서 1~2년도 아니고 6년씩이나 편리하게 살았는데. 우리만 그런 게 아니라 누구나 다 그럴 거예요. 우리가 처음 세탁기며 설거지기를 보고 얼마나 놀랐어요. 그런 편리한 기계들에 길들여지기는 쉽고, 그런 게 없는 세상에 오면 전보다 몇 배 살기 어려워지고 그렇지요.」

「그러니까 우린 독일사람도 아니고 한국사람도 아니고 중간에 붕 떠있는 이상한 사람들이 될 것 같아요.」

「나도 가끔 그런 비슷한 생각을 하며 혼자 웃어요. 우리나라가 독일처럼 되려면 아직 멀었고, 그런 기억 빨리 잊어버리고 우리 형편에 따라 살아야지요.」

「우리나라가 독일처럼 될 날이 오긴 올까요? 뒷돈 쓰는 못된 버릇 같은 건 자꾸 더 심해지고 있는데. 독일은 그런 게 전혀 없잖아요.」

「그게 언제가 되든 되긴 되겠지요. 자동차도 만든다고 하고, 텔레비전도 만든다고 하고, 냉장고를 쓰는 집들은 벌써 꽤 많아지고 있잖아요. 근데, 뒷돈 쓰는 것 말인데, 광부들 말 못 들었어요? 독일 감독들한테 뒷돈을 쓰면 당장 편한 자리로 배치시켜 준다고.」

김광자가 쿡쿡 웃었다.

「아아, 한국 광부들이 감독들 버릇 다 버려놨다는 말 말이죠? 하여튼 한국사람들 오나가나 그 버릇 못 고쳐요.」

「집 안에서 새는 바가지 밖에 나간다고 안 새나요.」

둘이는 마주보고 쿡쿡거리며 웃었다. 그들로서는 참으로 오랜만에 나누는 웃음이었다. 주선녀는 조금 가벼워진 기분으로 시계를 보았다. 돌아갈 시간이었다.

주선녀는 돈 이야기를 꺼낼까말까 망설이며 며칠을 보냈다. 그런데 고모가 갑자기 자주 드나들며 무슨 일을 꾸미고 있는 눈치였다. 이상해서 가만히 엿들어보니 아버지 환갑잔치 때문이었다. 어느덧 아버지는 환갑이 되어 있었다.

「그만둬. 내가 자식들한테 해준 게 뭐가 있다고. 즈이들 살기도 고단한데.」

「아니, 오빠가 자식들한테 안 해준 게 뭐가 있어요. 낳아주고, 키워주고, 가르쳐주고, 부모로 할 건 다 했지요. 말년에 사업 망해 뜻대로 안 되긴 했지만, 딸 실하게 돼서 선녀가 나서서 아버지 몫을 다 해냈으니 오빠가 세 자식한테 해줄 건 다 해준 셈이라구요. 근데 왜 오빤 그 자식들 앞에서 당당하게 기를 펴지 못하고 그래요?」

「그게 어디 선녀가 한 거지 내가 한 거냐. 내 면목없으니 그만 해둬.」

「아니, 부모 환갑이 평생에 두 번이에요, 세 번이에요. 단 한 번밖에 없는 환갑인데 그냥 지나간다는 게 말이나 돼요? 환갑상 못 받아먹으면 액이 끼여 오래 살지도 못하고, 저승에 가서도 놀림감이 되고 사람 대접 못 받는다는 말 듣지도 못했어요?」

「그런 것 다 말쟁이들 말이야.」

「아니예요. 길한 말은 잘 안 맞아도 흉한 말은 착착 들어맞는 거 모르세요? 올케 언니는 어떻게 생각하세요? 어디 말 좀 해보세요.」

「나야 잔칫상 차리면 좋지요. 애들이 어떻게 생각할지 몰라서 그렇지.」

「애들이 어떻게 생각하긴 뭘 어떻게 생각해요. 그만 못한 자식들도 다 잔칫상 차리는 판인데. 오빠야 당자니까 그렇다 치더라도 올케 언니까지 그렇게 자식들 눈치보며 미적지근하게 나와선 안 된다구요. 내가 앞장서 나설 테니까 올케 언니도 뒤따라 나서세요. 뭐, 살림 무너지게 턱없이 차리자는 게 아니에요. 분수에 맞게 실속 있고 알뜰하게 차리자는 거지요. 그냥 넘어가면 이쪽저쪽 사돈들 보기에도 체면이 안 서고, 손자 손녀들 교육상에도 그렇고, 콩가루 집안이 아닌 담에야 그럴 수 없는 일 아니우? 올케 언니, 안 그래요?」

「예에, 맞아요. 알았으니 앞장서요. 중이 제 머리 못 깎는다고 고모가 나서는 게 제격이긴 해요. 난 뒤에서 받칠 테니깐요.」

주선녀는 고모한테 고마움을 느꼈다. 아버지는 딱하게도 사업에 실패한 다음부터 그림자처럼 살아왔다. 그러니까 더욱 환갑잔치를 해야 했다. 사업에 실패하기 전까지는 아버지는 능력 있고 당당한 가장이었다. 배운 것 많지 않으면서도 작은 규모의 사업을 잘 꾸려 자식들 뒷바라지를 어엿하게 했었다. 아버지는 다시 사업을 일으키려고 애썼지만 뜻대로 되지 않았고, 그럴수록 초라하고 허약하게 변해가는 아버지를 바라보는 것은 큰 슬픔이었다. 서독으로 갈 작정을 했던 것도 아버지를 더 비참하게 만들어서는 안 된다는 마음 때문이었다.

주선녀는 아버지 환갑에 오빠들이 시원찮게 나오면 고모를 제치고 자신이 나서기로 마음먹었다. 자신의 일에 오빠들이 등을 돌리는 것은 참을 수 있지만 아버지의 일에도 그런다면 그건 참을 수 없었다. 고모의 말마따나 환갑이 일생에 두 번 있는 것도 아니고, 허풍을 떨지 않고 알뜰하게 차리면 돈도 그리 많이 들 리 없었다. 오빠들이 그 정도의 돈을 쓴다는 것은 과한 것이 아니었고, 환갑상을 조촐하게 차려 아버지를 위로해 드리고 싶었고, 아버지가 우리 집안의 당당한 어른인 것을 확인시켜 드리고 싶었다.

며칠이 지나 아버지의 환갑잔치를 하기로 결정이 되었다. 자신이 나서지 않고도 일이 매듭된 것이 주선녀는 무엇보다도 기뻤다. 고모의 힘에 오빠들이 밀릴 수밖에 없었겠지만, 앞장서 일을 추스른 고모도 고맙고, 고모의 뜻을 별말 없이 따라준 오빠들도 고마웠다.

「잔치는 집에서 해야겠지만 집집마다 어디 손님들 들어앉을 자리가 있니? 그래서 며느리들 고생시킬 것 없이 겸사겸사 좋게 환갑잔치 전문으로 잘 차리는 식당으로 정했다. 집에서 차리는 것에 비해 돈도 별로 더 들지 않고. 난 좋다고 했는데 넌 어떻게 생각하니?」

「네, 좋아요. 고모가 너무 애쓰셨어요. 고모, 고마워요.」

주선녀는 고모의 말에 흔쾌하게 응답했다. 일을 도맡아 처리해 준 고모가 어느 때 없이 고마웠다.

「고맙기는. 아유, 우리 선녀는 언제 봐도 이리 참하고 실해. 근데 왜 아직 짝이 없어 그래. 이 세상 총각놈들 다 눈이 삐었지.」

고모가 주선녀의 등을 토닥거렸다.

아버지 환갑날이 되었다. 새로 맞춘 양복을 차려입고 집을 나서는 아버지를 바라보며 주선녀는 눈물겨웠다. 흰머리가 희끗거리는 곱게 늙은 노인— 아버지의 그 모습은 뜻 모를 서러움으로 목이 메게 했다.

잔치에는 가까운 친척들에다가 세 사돈댁, 두 오빠의 친구들 몇씩까지 합해 쉰 명이 넘었다. 생각보다 많은 하객들을 보며 주선녀는 더없이 마음이 흐뭇했다. 그리고, 자신도 친구 몇을, 김광자만이라도 부를 것을 잘못했다고 후회했다.

큰오빠 친구의 사회에 따라 잔치가 시작되었다. 만수무강을 비는 술잔을 올리고 자식들이 짝지어 차례로 큰절을 드렸다. 주선녀는 자신만 짝이 없이 혼자라는 사실에 갑자기 당혹했고, 면구스러웠고, 자식들이 제때제때 결혼을 하지 않는 것은 불효라는, 평소에는 별로 실감이 없었던 말이 무슨 뜻인지를 비로소 실감했다.

결혼식에서처럼 서로의 관계에 따라 몇 차례 사진촬영을 했다. 그리고 연회가 시작되기 전에 하객들에게 가족을 소개하는 순서가 되었다.

큰오빠가 앞으로 나서서 자기 소개를 한 다음에 자기 아내까지 소개하고 하객들을 향해 인사했다. 그리고 작은오빠 내외를 자상하게 소개했다.

주선녀는 자기 차례가 돌아온 것을 느끼며 가슴 두근거리고 얼굴 화끈거리는 것을 의식하고 있었다. 꼭 국민학교 졸업식에서 6년 개근상 발표를 들을 때의 기분 같았다.

아니, 그런데 이게 어찌 된 일인가! 큰오빠는 자신을 건너뛰어 여동생 부부를 소개하고 있었다. 주선녀는 뜨거운 물을 왈칵 뒤집어쓴 기분이었다.

나를 창피스러워하는구나!

주선녀의 머리를 친 생각이었다.

「어머, 쟤가, 쟤가 왜 저래.」

고모가 다급하게 말했다. 주선녀는 고모의 치마를 잡아끌었다. 그것은 큰오빠의 실수가 아니라고 생각하면서.

「애, 너 정신이 있니 없니. 왜 선녀를 빼놓고 지나가. 이 집안 일으킨 기둥이 누군데.」

고모가 큰오빠에게로 다가가 억누른 소리로 말했다.

「아, 예에……, 빼놓긴요. 아직 미혼이니까 마지막에 소개하려고 그랬지요.」

큰오빠는 얼렁뚱땅 둘러붙이고 있었다.

어머, 세상에…….

주선녀는 모든 사람들이 자기를 쳐다보는 것 같아 고개를 푹 떨구었다.

「저의 두 번째 동생이고, 큰딸인 선녀입니다.」

소개는 그뿐이었다. 다른 사람들은 어떤 회사, 어느 부서, 무슨 직책을 맡고 있다는 식으로 소개했으면서도 자신에 대해서는 그렇게 끝내버렸다.

내 힘으로 식구들이 먹고 살았고, 자기들이 대학을 나왔다는 것을 창피스러워하고 있었다. 그래서 그걸 덮으려는 것이다. 어떻게 저럴 수가…….

주선녀는 자리를 박차고 밖으로 나가고 싶었다. 그러면 잔치가 어떻게 되는가……. 자신이 아버지의 잔치를 망칠 수는 없었다. 큰오빠의 의도를 아버지가 모를 리 없었다. 자신이 잔치를 망쳐 가엾은 아버지를 더 불행하게 만들 수는 없었다. 아버지의 환갑잔치를 그 누구보다도 바랐던 것은 자신이었다. 주선녀는 속입술을 깨물며 뛰쳐나가고 싶은 충동을 억눌렀다.

「저놈이 저거, 이제 보니 아주 흉하네. 우리 선녀 공을 싹 뭉개버리잖아. 머리 검은 짐승 기르지 말라는 말이 남남을 두고 하는 말인 줄만 알았더니 그게 아니네, 글쎄.」

고모가 낮은 소리로 중얼거리는 말이었다.

주선녀는 새로 사무쳐오는 허망감과 억울함으로 속울음을 울고 있었다.

주선녀는 며칠을 앓아눕듯이 했다. 세상을 더 살고 싶지 않은 생각에 몸을 가눌 수가 없었다. 아버지도 어머니도 그 눈치를 아는 것인지 조심스러울 뿐 아무 말이 없었다.

자신은 형제들에게 경제적으로 짐이 되는 것만이 아니었다. 그들의 자존심을 위해 감추고 싶은 존재가 되어 있었다. 집안에서 떠받들어지기는커녕 이제 설자리가 없었다.

난 이제 어떻게 해야 하는가…….

이 문제를 붙안고 주선녀는 생각하고 또 생각했다. 그러나 낙담만 깊어질 뿐 아무 길도 보이지 않아 몸은 더 가라앉고 있었다.

내가 왜 아르바이트한 돈까지 다 보냈던가. 그 돈만이라도 모았더라면…….

이런 부질없는 후회만 가슴을 쳤다. 그 돈까지 보내지 않았더라도 식구들은 좀 여유가 적었을 뿐 오늘은 있을 것이고, 자신은 무일푼으로 이런 곤경에 처하지는 않았을 것이다.

주선녀는 혼자 생각다 못해 김광자를 찾아가기로 했다. 그녀는 집을 나서다가 문득 다시 독일로 갈까 하는 생각을 했다. 어차피 6개월 치 월급으로 뒷돈을 써 취직을 해야 한다면 그 돈으로 독일 가는 뒷돈을 쓰는 게 낫지 않을까 싶었다.

「선녀 씨 상처가 너무 컸겠네요. 내가 그런 일을 당했으면 선녀 씨처럼 참아낼 수 있었을지 잘 모르겠군요. 사람 마음이라는 게 어떤 것인지, 참 믿을 수 없고 무서워요.」

주선녀의 이야기를 다 듣고 난 김광자가 이렇게 말하며 한숨을 쉬었다.

「어떻게 해야 좋을지 며칠을 생각해도 아무 생각도 떠오르지 않다가 아까 집을 나서는데 갑자기 떠오른 생각이 있었어요. 다시 독일로 가는 게 어떨까 하고. 어차피 여기서 뒷돈 쓰고 취직할 바에는 그 돈 쓰고 독일 가서 3년만 벌면 내 인생을 새로 시작할 수 있잖아요. 어떻게 생각하세요?」

「다시 독일로……?」 김광자는 한동안 생각에 잠겨 있다가, 「결심만 단단하면 그것도 괜찮은 방법이네요. 그래요, 그렇게 해보세요.」 그녀는 끝말에 힘을 주며 주선녀를 응시했다.

「용기를 줘서 고마워요. 근데, 기왕이면 그 병원에 다시 가고 싶은데, 그게 가능할까요?」

「그야 어려울 것 없지요. 우리나라 간호원들은 어느 병원에서나 대환영이고, 그 병원에서도 자기네 병원 경력자면 얼마나 더 좋아하겠어요. 원장 앞으로 빨리 편지를 보내요. 그럼 여기서 수속하는 동안에 답장이 올 거예요. 독일사람들, 그런 일에 철저하잖아요.」

「내 독일어 실력이 광자 씨 같지 않은데, 편지를 대신 좀…….」

「그래요. 지금 당장 써요.」

주선녀는 김광자와 헤어져 중앙우체국에서 바로 편지를 부치고 해외개발공사까지 찾아갔다.

「엄마, 나 다시 독일 가야겠어요. 여기서 뒷돈 쓰고 취직해 쥐꼬리만큼씩 월급 받느니 독일에 가서 많이 버는 게 낫잖아요. 오빠들 보고 그 비용 좀 대라고 하세요.」

주선녀는 낮에 알아온 뒷돈 액수를 어머니에게 말했다.

「또 독일에? 하긴 그렇긴 하지. 같은 세월에 몇 배를 버는 건데.」

놀란 기색이 금세 환한 웃음으로 변하는 어머니의 반응을 보면서 주선녀는 쓰게 웃었다.

주선녀의 예상보다 훨씬 빨리 어머니는 나흘 만에 돈을 내밀었다. 그녀는 그 돈을 물끄러미 바라보며 또 쓰디쓰게 웃었다.

주선녀는 돈을 가지고 가서 바로 수속을 시작했다. 서독 병원의 초청장이 있으면 우선적으로 갈 수 있다고 담당자는 친절한 설명까지 해주었다.

20일쯤 지나 서독 병원에서 환영한다는 편지와 함께 초청장을 보내왔다. 주선녀는 그 신속함에 놀라고 고마워하며 초청장을 갖다 냈다.

공항에는 아버지 어머니는 물론이고 형제 내외들까지 전부 배웅을 나왔다. 주선녀는 눈물을 머금으며 출국장으로 들어갔다. 그녀는 74년부터 광부와 간호원들에게 영주가 허용된 것을 되짚고 있었다.

25
집을 떠나갑니다

칵테일 파티장에는 여자들의 이야기꽃이 만발해 있었다. 같은 직업의 여자들만 모여서 그런지 웃음소리도 거침없이 터져오르고는 했다. 저마다 한껏 잘 차려입은 옷차장으로 보면 그 여자들은 그저 돈 많은 집 부인네들 같기만 했다. 그들은 하얀 가운을 벗으면서 환자들 앞에서 보이던 근엄함이나 위엄도 벗고 자유스러워져 있었다.

안경자는 사람들이 눈치채지 못하게 가만가만 발끝걸음을 뒤로 옮겨놓고 있었다. 모임의 중요한 대목은 끝났으니까 살살 자리를 뜰 심산이었다. 영화에서 보는 이런 서양식 파티에 더러더러 참석하면서도 영 익숙해지지 않았다. 그리고 밤외출을 하면 혼자 있는 아들에게 자꾸 마음이 쓰였다. 낮에 떼어놓는 것도 안쓰럽고 가여운데 밤에까지 혼자 있게 하는 건 꼭 죄를 짓는 것만 같았다. 물론 보살피는 식모가 없는 건 아니지만 아이에게 식모는 타인일 뿐 엄마는 아니었다. 아이가 필요로 하는 건 엄마였다.

「아니 안 박사님, 왜 뒷걸음질을 치세요? 벌써 가시려는 건 아니시겠죠? 분위기가 한창 무르익고 있는데.」

한 여자가 안경자에게 다가서며 끌어잡듯 하는 어조로 말을 걸었다. 허릿매 도드라지게 화사한 원피스를 차려입은 그 여자는 노화자였다.

「아니 뭐……, 좀 피곤해서…….」

안경자는 억지로 웃음지으며 어물거렸다. 그런 그녀의 신경은 순간적으로 곤두섰다. 노화자를 대하면 어쩔 수 없이 김선오가 떠오르기 때문이었다.

「피곤하시면 술을 한잔하시지 왜 주스를 들고 계세요. 이 진토닉, 소나무 향기도 좋고 독하지 않으니까 한잔하세요. 그럼 피곤 푸는 데 도움이 되지요.」

노화자는 붙임성 좋게 말하며 술잔을 들어 보였다.

「저는 술 못해요.」

안경자는 고개를 저으며 김선오의 생각을 떼쳐내려고 했다. 그가 여의사와 결혼한 것이 결코 우연이 아닐 거라는 생각이 또 떠올랐다. 검사라는 지위를 가지고 의도적으로 여 의사를 고르려고 들면 어려운 일일 리 없었다. 그런 일을 척척 해결하는 '마담뚜'들은. 얼마든지 있었다. 그가 자신하고 결혼하려 했던 것도 사랑이 아니라 조건 때문이었다. 그건 박영자를 사귀면서 또 자신에게 눈길을 보내고 있었던 것으로 어느 만큼 드러났다. 그런데 그는 양쪽 다 잃게 되자 마치 앙갚음이라도 하듯이 의사를 아내로 삼은 것이다.

「네에, 피곤하실 만도 하지요. 소문나게 환자가 많으시니. 산부인과는 내과나 소아과 환자하고는 달리 거의가 수술환자잖아요. 그 여성지에 글쓰신 지 몇 년 되셨지요?」

「글쎄요, 몇 년은 아니고……, 2년이 돼가는군요.」

안경자는 노화자의 말에 박힌 가시를 느끼며 2년도 안 되었음을 확실하게 했다.

「그 잡지에 잘 아는 사람이 있으신가 부죠?」

「아니요. 학위를 받게 되자 그쪽에서 요청이 왔었어요. 여성지니까 독자들에게 친밀감을 주기 위해 여 의사가 쓰는 게 좋다면서요.」

시샘의 가시가 더 돋친 그 말을 무지르려고 안경자는 더욱 분명한 어조로 대꾸했다. 그동안 남녀를 가리지 않고 아는 의사들은 똑같은 투로 묻고는 했다. 사촌이 땅을 사면 배아프고, 남 잘되는 꼴을 못 본다는 말은 어찌 그리도 명언인지 몰랐다. 동업자끼리의 질시와 헐뜯음은 살벌할 지경이었다.

「아, 그러시군요. 그 분야에서 박사학위를 딴 여 의사가 많지 않으니까요.」 노화자는 안경자의 말을 전혀 믿지 않는 것 같은 기색으로 대꾸하고는, 「저도 가끔 읽어보는데, 어찌 그리 글쓰는 솜씨까지 겸비하셨죠? 솔직히 말씀드리면 그 대목은 부러운데, 무슨 비결이 있으세요?」 그녀는 표정을 바꾸며 아주 사교적으로 웃었다.

「여성지까지 다 읽으시나요?」

「여성지는 과를 불문하고 우리 병원의 상비품이잖아요. 남자들이야 자기가 아플 때만 병원에 오지만 여자들은 그게 아니잖아요. 그 비위 잘 맞춰야지요.」

「예, 그렇기도 하군요.」

「저어……, 안 박사님은 지금 거래하시는 제약회사들하고 무슨 특별한 관계가 있으신가요? 인간적으로나…….」

안경자는 노화자가 무슨 말을 하려는 것인지 금방 알아들었다.

「무슨 특별한 관계는 없지요. 개업할 때 여러 가지로 도움을 주신 은사님들께서 당신들이 약을 써보신 경험을 토대로 소개해 주신 거지요. 관계라면 은사님들과의 관계가 깊은 거지요.」

안경자는 노화자의 요구를 처단할 의도로 그냥 '선생님들'이라고 하지 않고 그 뜻을 더 강조해서 '은사님들'이라고 했다.

「아, 그 정도시군요. 선생님들 소개라면 지금까지 약을 써준 것만으로도 예의는 충분히 갖춘 셈이 되겠군요. 안 원장님도 학위까지 다 따셨겠다, 개업한 지가 언젠데 무한정 선생님들 그늘에서 살 수 없는 것 아니겠어요? 안 그런가요?」

물러설 줄 알았는데 오히려 더 강하게 밀어붙이고 나오는 노화자의 말에 안경자는 아연했다. 그 말이 너무 노골적이고 상스러워 혐오감까지 느껴졌다.

「글쎄요, 은사님들이 무슨 강압을 하는 게 아니니까 그늘이라고 하면 곤란하지요. 저는 은사님들께 입은 은혜가 부모님의 은혜와 같다고 생각하고 있어요.」

안경자는 노화자를 떠밀어내는 기분으로 말했다.

「호호호……, 공부만 소문난 우등생인 줄 알았더니 사고방식도 우등생이시군요. 그러시지 말고 생각을 좀 바꿔보세요. 생각을 바꾸면 세상이 달라진다는 말이 있잖아요. 그 말이 틀림없다는 걸 보여드릴 테니……, 어떠세요, 우리 아버지 제약회사 약들을 좀 써보시는 게.」

노화자는 안경자 옆으로 더 다가서며 속삭이듯이 말했다.

「글쎄요, 우리 병원 하나가 쓰는 게 얼마 되지도 않고……, 기존 거래 회사들 제품에 특별히 하자가 있는 것도 아니고…….」

안경자는 사교적으로 웃고 있었지만 그 말 내용에 걸맞게 분명히 고개를 저었다.

「아니죠. 양이 문제가 아니라 고객의 질이 문제거든요. 안 원장님 병원에서 우리 제약회사 제품들을 쓴다는 것은 우리 제약회사 자존심을 세워주는 역할을 해주거든요. 우리 여 의사 모임이 이 호텔에서 열리고 칵테일 파티를 하고 하는 게 이 호텔 자존심을 세워주는 것이나 마찬가지지요. 그리고, 약들이 어디 꼭 하자가 있어야 바꾸나요. 동종의 약품들이야 효과가 다 비슷비슷하고, 일단 제조가 허가된 의약품에서 하자가 생긴다는 게 오히려 이상한 일 아닌가요? 다 이렇게 인연 따라 바꾸기도 하고 새 회사를 만나기도 하고 그러지요. 우리가 회원 상호간의 친목을 도모하자고 만나면서 우리 아버지 회사 제품을 전혀 안 쓰는 사람이 있다면 아버지한테 제 체면이 뭐가 되겠어요. 그동안 제가 오래 기다려온 것 아시죠? 처음부터 다 바꿔달라는 게 아니에요. 중요한 항생제 한두 가지부터 시작해 보세요. 절대 후회하지 않고 잘 바꿨다고 생각하게 해드릴 거예요. 영업부장이 일차 찾아뵙도록 조처할게요.」

「아니, 그건 좀……」

「아니, 무슨 얘기들이 그렇게 흥미진진해요? 진료과가 같아서요?」

그때 다른 의사가 이렇게 다가오는 바람에 안경자는 말할 기회를 놓치고 말았다.

「네에, 안 박사님이 매달 여성지에 쓰는 글 있잖아요? 글솜씨가 너무 좋은 게 부러워서 그 비결을 좀 배우려고요.」

노화자는 환한 웃음을 피워내며 둘러붙였다.

「그래요. 나도 그거 가끔 읽어보는데 아주 쉽게 읽히고 재미있어요. 표현이 무척 문학적일 때가 많은데, 그런 재주까지 타고난 안 박사가 부럽긴 하지요. 우린 편지 한 장을 쓰려고 해도 서너 줄 쓰면 막히고 마는데. 근데 그게 배워서 되는 게 아니잖아요?」

「그렇다니까요. 우린 소질도 없는데다 딱딱한 의학서적만 달달 외우다시피 하며 청춘을 다 보냈으니 문학 냄새가 풍기게 글을 쓰긴 다 틀린 거지요.」

노화자는 천연덕스럽게 이런 대꾸를 하며 걸음을 옮기기 시작했다.

안경자는 강숙자를 생각하며 혼자 웃었다. 자신의 글에 그 문학적 냄새를 가미하는 건 강숙자였다. 처음에 글을 쓰라는 제의를 받고 엄두를 못 내고 망설이고 있는데 무작정 뒤를 떠밀어낸 건 강숙자였다.

「일반 여성들한테 의학 상식을 쉽게 전해주고, 돈 안 들이고 병원 선전하고, 환자들 많이 와 돈 벌면서 유명한 의사로 출세도 하고, 일석삼조란 바로 이런 걸 두고 하는 말인데 왜 안 하니? 남들 같으면 빽 쓰고 돈 써서 할 판인데. 연애소설 많이 읽은 실력으로 내가 도와줄 테니까 쓸 작정해. 이런 기회에 그동안 병원비 공짜로 한 것 갚아야지 언제 갚니. 너, 나 글쓰는 실력 우습게 알지 마. 세상사람들이 들으면 기절초풍하고, 날 미친 것 취급할까 봐 내놓고 말은 못하는데 말이지. 쉑스피어고 톨스토이고 다 읽어보면 별것 아닌 것 같고, 나도 그 정도는 쓸 것 같은 생각이 든다니까. 그래서 나도 연애소설을 한두 편 짧게 써보지 않았겠니. 근데 책이 되도록 길게 쓰는 게 자신 없고 귀찮아서 소설가 되는 건 포기한 거 너 모르지? 내가 그 실력 유감없이 발휘해 줄 테니까 꼭 써.」

그래서 시간 넉넉하게 미리 글을 써 남편 따라 대전으로 이사를 간 강숙자에게 부쳤고, 강숙자는 그 글을 부드럽고 매끄럽게 고쳐서 서울로 보내주는 일이 시작되었다. 미안하고 고맙게도 강숙자는 그 일에 너무 열성이었다. 보낸 글을 읽어보고 나서 이해가 잘 안 되는 부분은 전화를 걸어 설명을 들었고, 전체적으로 고칠 부분을 살피고 나서는 또 전화를 걸어 이러저러하게 고치면 어떻겠느냐고 물었고, 다 고쳐가지고는 또다시 전화를 해서 쭉 읽고는 불만이 없는지를 확인했다.

「애, 애, 조금도 미안해 하고 고마워할 거 없어. 난 지금 내 생애에서 최고로 행복한 시절을 살고 있으니까. 너, 나의 이런 심정 이해하니? 고교 시절의 후라빠 강숙자가 우등생 안경자가 필요로 하는 인물이 되어 있다. 이 얼마나 황홀한 일이니 글쎄. 내가 너보다 잘하는 일이 있다니, 세상에 이보다 더 살맛 나는 일이 어디 있겠니. 난 죽을 때까지 너한테 열등감만 느끼고 살 줄 알았는데. 내 열등감을 풀어준 너한테 내가 오히려 고마워해야 할 일이야.」

강숙자가 아무 구김살 없이 토로한 말이었다.

강숙자의 글솜씨는 참 신통하고 놀라웠다. 그리고 글이라는 것이 묘하고도 신기했다. 단어 몇 개를 바꾸거나 끼워넣고, 새 문장 하나를 삽입시키면 건조하고 딱딱하기만 하던 글이 금세 윤기가 돌고 부드러워지고는 했다. '멘스는 계절에 따라……' 하는 대목이 '멘스는 이런 낙엽 흩날리는 계절이면……' 하는 식으로 바뀌었다.

그전부터 강숙자를 보면서 영어, 수학 같은 성적만으로 사람의 능력을 평가해 버리는 것이 얼마나 잘못된 것인가를 생각하고는 했었는데 그 일을 시작한 다음부터 그런 생각은 신념으로 굳어졌다. 강숙자는 균형잡힌 교양인인 데 비해 자신은 교양이 불구 상태를 벗어나지 못한 전문인일 뿐이었다. 그 일로 강숙자는 자신한테 느껴왔던 열등감에서 벗어났다는데 자신은 강숙자에게 뜻하지 않은 열등감을 느끼게 되었다.

안경자는 아무도 눈치채지 못하게 파티장에서 벗어났다. 혼자가 된 아들을 생각하자 또 강숙자가 생각났다. 강숙자는 아이 둘을 낳아 가정도 잘 꾸려가고 있었다. 그런데 자신은 어이없게도 아들을 형제가 없는 외톨이로 만들고 말았다. 물론 그게 자신의 뜻은 아니었지만 가정이 불행하게 된 것은 틀림없었고, 아들에게 그보다 더 큰 죄를 저지를 수는 없는 일이었다.

아버지도 없이 혼자 자라야 될 아들을 생각하면 가슴이 미어졌다. 그게 무슨 죄가 있다고……, 안경자는 또 가슴벽이 눈물로 젖으며 호텔 로비를 빨리 걸었다.

「아니, 이게 누구십니까? 안 박사님!」

「어머!」

다가서고 있는 남자는 김선오였다.

「안녕하십니까? 참 오랜만에 뵙겠습니다. 소식은 종종 듣고 있었지요. 역시 크게 성공하셨더군요. 그런데 어찌 혼자 내려오십니까?」

큰 키에 적당히 살이 오른 김선오는 매끈하게 멋을 부린 것에 걸맞게 언행도 세련되어 있었다.

「네, 전 좀 급한 일이 있어서……」

안경자는 김선오에 비해서 무척 당황스러운 몸짓을 지었다.

「아 예, 저는 내무부 장관을 모시러 왔습니다. 허허허……」

김선오는, 세간에서 흔히 아내를 '내무부 장관'으로 부르는 것을 그대로 끌어다 쓰며 여유롭게 웃었다.

「네, 저는 이만 실례하겠습니다.」

안경자는 서둘러 돌아섰다.

「예, 안녕히 가십시오. 종종 뵙게 되기를 바랍니다.」

김선오는 능글맞은 웃음과 함께 느릿한 어조로 말하며 쫓기듯 멀어지는 안경자의 뒷모습을 지켜보고 있었다.

내가 왜 이러지……? 이상해라, 내가 무슨 잘못을 한 것도 아니고…….

택시를 탄 안경자는 숨을 몰아쉬며 두근거리는 가슴을 눌렀다.

잘못을 저지른 것은 김선오 쪽이었다. 그를 전혀 예상하지 못한 곳에서 갑자기 만나 놀라고 당황했을 뿐이다. 그는 자신을 보고 피했어야 하는데 오히려 알은체를 하며 다가섰다. 그 심보는 무엇인가. 네가 날 찼어도 난 이렇게 건재하다는 표시였을까. 어쩌면 그랬을지도 모른다. 그렇지 않고서야 묻지도 않았는데 내무부 장관 운운했을 리가 없었다. 그 뻔뻔스러움과 유들유들함이 역겹고 비위 상했다. 박영자를 어디서 만나면 또 똑같은 제스처를 쓸 것 아닌가? 징그럽고 끔찍스러웠다. 그런 사내와 인연이 멀어진 것이 천만다행이었다 싶었다.

안경자는 서서히 감정이 가라앉는 것을 느끼며 의식 속에 끈끈하게 달라붙어 있는 노화자를 생각했다. 노화자는 자기 목적을 달성하기 위해 염치없도록 끈질기고 집요했다. 마치 제약회사 외무사원처럼 덤비는 노화자의 우격다짐이나, 자기 잘못을 뒤집어 오히려 당당하게 나오는 김선오의 뻔뻔스러움이 부부로서 잘 어울리는 것 같기도 했다.

오늘따라 그 친목 모임이 영 싫어지는 것을 느끼며 안경자는 택시에서 내렸다. 노화자가 그런 태도를 버리지 않는 한 그건 친목이 아니라 불화가 될 소지가 컸다.

「상하는요?」

안경자는 언제나처럼 아파트 철문이 열리자마자 이 말을 던졌다.

「기다리다 자는구만요.」

입 찢어지게 하품을 하는 식모를 뒤로하고 안경자는 안방으로 종종걸음을 쳤다. 그녀는 늘 아들 생각을 하면 눈물나고, 아들 앞에서는 다급해지고, 아들을 품으면 서러워지는 스스로를 어쩌지 못하고 있었다.

안경자는 이불 위에 무릎 꿇어 앉으며 아들을 조심스럽게 그러나 온몸으로 보듬었다. 국민학교 1학년이건만 아직 덜 가신 젖비린내가 물큰 풍기는 것을 그녀는 욕심껏 들이켰다. 어쩌면 그건 그녀가 맡는 환각적 냄새인지도 몰랐다.

「엄마……, 엄마 왔쪄?」

아들이 잠과 어리광이 섞인 소리를 냈다.

「으응, 엄마 왔어. 우리 상하 오래 기다렸지?」

안경자는 아들을 더 꼭 끌어안았다.

「응, 나 졸려서…….」

「그래, 엄마가 늦어 미안하다. 우리 상하 이빨은 닦았어?」

「으응…….」

「아유 착해라, 우리 상하. 푹 잘 자거라, 응?」

「으응, 엄마 안녕.」

아들은 눈을 감은 채로 엄마의 목을 끌어안으며 입술을 삐죽 내밀었다. 오래 습관되어 온 잠자리 인사였다.

안경자는 아들의 작은 입술에 뽀뽀를 했다. 그 보드라운 감촉은 변함

없이 꽃잎 같았다. 그녀는 이불을 다독거리며 깊은 잠으로 빠져드는 아들을 물끄러미 바라보았다. 그녀의 유일한 슬픈 행복이었다.

며칠이 지나 강숙자가 병원에 불쑥 나타났다.

「어머 얘, 어쩐 일이니? 미리 전화도 안 하고. 병원은 쉽게 찾았어?」

놀란 안경자는 연달아 물었다.

「아이고, 말도 마라. 어쩌자고 시내에 잘 있다가 여의도도 아니고 한강을 빨딱 건너 이런 영등포 촌구석까지 이사를 해서 사람을 이 고생을 시키니. 영등포라도 대로변이라면 또 몰라. 큰길가 다 놔두고 왜 또 골목길을 찾아드냐, 골목길을. 이래 가지고도 장사 잘된다는 게 묘하다, 얘.」

강숙자는 고생한 분풀이라도 하듯 한바탕 거침없이 쏟아놓았다.

「그러니까 고생하지 않으려면 미리 전화를 했어야지. 그까짓 것 병원 하나쯤 내가 못 찾아 하고 자신만만하게 나섰겠지. 너 같은 헛똑똑이는 고생해도 싸다. 지금 어디서 오는 길이니?」

안경자가 놀리며 웃었다.

「그 잘난 친정이지 어디야. 근데, 너 정말 이래 가지고 병원이 잘된다는 건 맞긴 맞는 말이니?」

아버지의 첩살림이 마땅찮아 친정 앞에는 꼭 '그 잘난'을 붙이는 강숙자는 미심쩍은 눈길로 안경자를 쳐다보았다.

「얘, 눈치 빠른 애가 척 보면 모르겠어? 연애소설을 그렇게 많이 읽고, 쓰기까지 했으면서.」

안경자가 의사가 아닌 여고 시절의 얼굴로 샐샐 웃었다.

「아니, 가만있어 봐. 듣고 보니 그 말 아주 묘하네? 산부인과하고, 영등포하고, 골목길! 산부인과하고 골목길은 뭔가 잡히는 게 있는데……, 영등포는 왜 또 끼여들었지? 영등포에 소문난 환락가가 있는 것도 아니고……, 있어봐야 살벌한 공장들뿐인데……, 이상해라……, 이거 금방 풀리지 않는 수수께끼네.」

강숙자는 골똘하게 생각하느라고 미간이 찡그려진 채 고개를 갸웃갸 웃하고 있었다.

「산부인과하고 골목길 관계는 알아냈어? 그건 연애소설에 더러 나오지.」

「그야 뻔하잖아. 속도 위반한 처녀들이 아무도 모르게 살짝 낙태시키 려고 음침한 데 있는 산부인과 찾아드는 거.」

「저거 꼭 경험자처럼 말하는 것 좀 봐. 영등포에 대해서도 네가 아까 말한 것에 답이 들었어.」

안경자가 손수 탄 커피를 저어 강숙자에게 잔을 내밀며 장난스레 웃 었다.

「뭐라구? 공장들 말이니? 그럼 공순이들 찾아 욜로 왔다 그거냐?」

「아이구, 저 귀신. 근데, 너 여공들이 제일 싫어하는 말이 뭔지 아니? 바로 공순이야. 공순이, 공돌이 하는 말을 이 영등포에서 함부로 잘못했 다가는 봉변당해. 공장에서 일하는 남녀 근로자들은 그 말을 자기네들 을 업신여기고 멸시하는 것으로 생각하거든. 그게 또 사실이기도 하고.」

「그래, 그 말이 하도 유행이라 나도 모르게 그냥 나와버린 건데, 사람 차별하는 말인 건 분명하잖아. 이젠 조심해야지 큰일나겠다, 얘.」 강숙 자는 혀를 내밀며 문 쪽을 재빨리 살피고는, 「근데 얘, 여공들 속도 위반 이 그렇게 많니?」 그녀는 고개를 빼며 속삭였다.

「공장이 많아 그 여자들 수도 워낙 많거든. 그리고, 남자공원들 상대 하는 술집이고 사창가도 많아.」

「어머 얘, 너 어떻게 그런 걸 그렇게 콕 찍어내서 알았니? 그건 공부 하는 것도 아닌데. 그리고 말야, 너 언제부터 그렇게 돈독이 들었어? 손 님 찾아 병원을 옮길 정도로.」

강숙자가 이상하다는 듯 안경자를 쳐다보았다.

「돈독……, 그런지도 모르지. 불쌍하고 가엾게 된 우리 상하를 위해 서 에미로서 내가 할 수 있는 게 뭐 있어야지. 돈이나 많이 벌어주는 것밖에는.」

얼굴이 어두워진 안경자는 하르르 한숨을 내쉬었다.

「아니, 그게 무슨 소리니? 혹시 상하 아빠하고……」

강숙자는 쏟아지려는 말을 여기서 멈추었다. 안경자의 오래된 상처를 잘못 건드려 덧나게 해서는 안 되었다.

「그래, 나 그 사람 완전히 단념했어. 완전히 미국사람 됐으니까.」

「세상에! 어쩜 좋으니. 애, 어떻게 된 건지 속시원하게 털어놔 봐. 네 성질에 아무한테도 말못하고 혼자 끙끙 앓기만 했을 텐데. 그런 일 속으로 앓아봤자 고름만 되니까 어서 털어놔.」

강숙자는 자리를 고쳐앉으며 다그쳤다.

「뭐……, 얘긴 간단해. 내 동생 종원이가 작년에 미국으로 박사학위 하러 갔거든. 나는 한마디도 하지 않았는데 개가 그 사람 찾아갔었나 봐. 편지가 왔는데 '누나, 다 잊어버려. 돌아갈 사람이 아니야' 이 한마디였어. 대충 짐작은 하고 있었지만 동생이 최종적으로 결말을 내려준 거지 뭐.」

「세상에! 무슨 그따위……」

강숙자는 욕이 쏟아지려는 것을 간신히 참았다.

「그래서 가만히 생각해 보니 나보다 더 불쌍한 것이 우리 상하야. 나야 내가 남자 하나 잘못 고른 죄라도 있지만, 우리 상하는 아무 죄도 없이 애비 없는 반고아가 되어 외롭고 쓸쓸하게 살게 되었으니……. 내가 에미로서 상하한테 진 죄를 다소라도 면하는 길은 돈을 많이 벌어주는 것밖에 없다는 생각이 들었어.」

안경자는 휴지로 눈물을 찍어냈다.

「그래, 그거 잘 생각했다. 미국년 얻었는지 한국년 얻었는지 모르겠다만, 신지훈 그 인간 미국 빠다 실컷 처먹으면서 잘살아 보라고 해. 그래 봤자 흰둥이들 세상에서 노란둥이는 별 볼일 없을 테니까. 너도 깨끗하

게 잊어버리고 힘내서 살아. 그래야 상하 앞길도 잘 열릴 테니까. 네가
근심에 빠져 있고 한숨이나 쉬어대고 하면 상하도 기 없고 맥 못 쓰는
사내가 된다는 것 잘 알지?」

「그래, 고마워. 나도 명랑하려고 애쓰고 있어.」

「근데 애, 네 맘먹은 대로 돈을 벌 만큼 환자는 많은 거니?」

「응, 아주 잘돼. 다 네가 도와주고 있는 덕이야.」

「내가? 그 글쓰는 게 효과가 있기는 있는 거니?」

「그럼, 있고말고. 사람들한테 믿음을 주는 데 그보다 더 좋은 게 없지.
동업자들이 질투를 할 정도니까. 의사들이 글 잘 쓴다고 할 때마다 마음
이 조마조마하고 아슬아슬한 게 꼭 죽겠어.」

「그럴 것 하나도 없어. 내가 영원히 비밀을 지킬 거니까. 좌우간 나 앞
으로 정신 바짝 차리고 그 일 더 열심히 해야 되겠다. 우리 상하를 위해
서 말야.」

「…….」

안경자는 가슴이 뭉클하고 목이 메어 아무 말도 못하고 강숙자의 손
만 잡았다.

「원장 선생님, 저 또 임신한 것 같은데 어쩌죠?」

강숙자가 갑자기 환자인 것처럼 말하며 얼굴까지 찌푸렸다.

「애, 농담이라도 그런 말하지 말어.」

「아니야. 그게 두 달째 안 비쳐. 재수 없게 걸렸나 봐.」

강숙자가 정색을 하며 말했다.

「정말? 어떻게 피임을 했길래 그래?」

안경자도 의자를 책상 앞으로 끌어당기며 의사의 얼굴이 되었다.

「주기를 맞춘다고 맞췄는데 빗나갔어. 더는 안 낳을 테니까 확인해 보
고 틀림없으면 수술해 줘.」

「수술? 그거 안 좋은데. 기를 능력 있으니까 그냥 낳는 게 좋지 않겠니?」

「아이구 맙소사, 셋씩이나? 난 지금 둘로도 지겨워. 너 몰라? 아들딸 구별 말고 둘만 낳아 잘 기르자!」

「이것아, 그럼 피임을 철저하게 해야지. 원래 주기법은 안전성이 약하다고 했었잖아. 어떻게 영구적인 방법을 택해야지.」

「영구적?」

「응, 남자가 정관수술을 하는 게 가장 간편하고 최선이야.」

「그거 남자들이 딱 질색이잖아. 정력 감퇴된다고 말야.」

「그거 다 헛소문이야. 여러 나라 통계가 전혀 이상이 없다고 나와 있어. 다 우리나라 남자들의 이기주의지.」

「정말? 그렇다면 당장 홍석주를 수술시켜야지. 더 이상 나 혼자 고통당할 수는 없지.」

강숙자는 화들짝 반색을 하며 바로 남편의 이름을 불렀다.

「그치만 강압적으로 해선 안 돼. 남자들의 성감이란 여자들하고 좀 달라서 신경에 예민하게 좌우되니까. 필요하면 내가 통계자료들을 줄 테니까 본인이 확신을 가지고 결정하도록 옆에서 도와야 해. 더 좋은 방법은 비뇨기과 전문의의 상담을 받는 거고. 자의로 수술을 하고도 정력이 감퇴된다고 우울증에 빠지고, 의처증이 생기고, 아내를 구타하고, 가정 파탄까지 생기는 경우가 더러 있어. 그건 대부분 정신력이나 의지력이 약한 경우에 생기는 증상인데, 그래도 신중해야 해.」

「정신력이나 의지력이라면 홍석주가 A급이니까 염려할 것 없어.」

「그래, 홍 판사는 강한 데가 있지. 홍 판사는 잘해 나가지?」

「모르겠다. 경상도도 아닌데다 서울대도 아니니까 이리 치이고 저리 치이고, 어찌 될런지 모르겠어.」

「그 대신 아버님이 계시잖아.」

「우리 아버지 힘도 이젠 예전 같지가 않아. 몸만 늙어가는 게 아니라 나이 따라 권세도 약해지나 봐. 당에서도 자꾸 뒤로 밀리는 눈치거든.

그래서 아버지는 아들을 정치인으로 키우려고 닦달을 해대는데 뜻같이 잘되질 않아. 남동생이 돈 쓰기만 좋아하고 건들건들하거든. 내가 남자로 태어났어야 하는 건데, 히히…….」

강숙자는 어깨를 흔들며 장난스럽게 웃었다.

「그럼, 너 수술은 꼭 하겠다는 거야?」

안경자가 볼펜을 집어들며 물었다.

「그렇다니까. 임신이면 오늘 당장 하려고 마음의 준비를 다 하고 왔어.」

「고집하고는. 가자, 진찰실로.」

강숙자는 마취에서 깨어났다가 진통제를 맞고 잠이 들어 두어 시간이 지나 눈을 떴다. 친구 병원이라 마음이 한없이 편했던 것이다.

「곤히 자길래 안 깨웠다. 자는 게 회복에도 좋거든. 넌 지금 애 낳았을 때보다 몸이 훨씬 안 좋은 상태라는 걸 잊지 말아야 해. 염증 생기지 않게 약 꼭 시간 맞춰 먹어야 하고, 매끼 영양식을 하고, 샤워는 좋지만 목욕탕 안에는 들어앉지 말어. 그럴 리 없겠지만, 만약 하혈을 하면 즉시 연락하고, 앞으로 열흘은 조심해야 돼.」

안경자는 한마디, 한마디 엄하게 말했고,

「네, 네, 박사님.」

강숙자는 고개를 주억거리며 장난스런 웃음을 짓고 있었다.

「집에는 언제 내려갈 거니?」

「열흘은 조심하라며? 그때까진 서울에 있어야지. 시골 의사 못 믿어.」

「이런, 몸은 또 되게 위하네. 그동안 남편은 어떡하구?」

「홍석주야 내일모레 당장 불러올려, 봐라, 내가 수술했다. 날 또 이런 꼴 만들고 싶으냐. 날 사랑한다면 말로만 하지 말고 당장 행동으로 보여라, 해서 그 수술을 시켜야지 뭐. 아까 말한 통계자료 주고, 홍석주를 꼼짝못하게 설득시킬 수 있는 비뇨기과도 소개해 줘.」

「얘, 아까 한 말 다 잊어버렸니? 그렇게 다그치지 말고 남자가 충분히 생각할 수 있게 시간 여유를 줘야지. 어떻게 옛날 성질이 하나도 안 변했니 그래.」

안경자가 눈을 흘기며 혀를 찼다.

「타고난 성질 변하면 사람 죽는대드라. 쇠뿔은 단김에 빼야지 뭘 꾸물거리고 그래. 내가 수술하고 누워 있는 이 기회를 놓쳐봐. 얌체 같은 남자들이 말 듣겠어?」

「글쎄, 그렇기도 한데…… 하여튼 후유증 안 생기도록 잘해야 해.」

「알았어. 내가 요리를 잘해서 해결할 테니까 너는 구경만 해.」

병원을 나온 강숙자는 큰길에 이르러 병원을 되돌아보았다. 의학박사 안자경 산부인과— 세로로 쓴 돌출간판이 선명하게 눈에 들어왔다. 그 간판이 이상하게도 쓸쓸해 보였다. 촌스러움을 면하자고 장난삼아 이름자를 앞뒤로 바꾸었던 그 시절이 좋았다는 생각이 들었다. 누구나 부러워했던 우등생 안경자가 아들 하나 데리고 생과부가 되어버리다니…… 강숙자는 갑자기 자신의 행복이 소중해졌다.

닷새쯤 지나자 몸이 수술 전처럼 가뿐해진 것을 느끼며 강숙자는 집을 나섰다. 수술했다는 전화를 받고 남편이 밤고속버스를 타고 득달같이 올라온 것도 기분 좋은 일이었지만, 아무런 주저 없이 그 일을 해결해 버린 남편의 결단은 더욱 고맙지 않을 수 없었다.

「정관수술? 그거 나도 생각해 봤지. 향토예비군 훈련장에서 무료로 시술해 주기 시작했으니까. 그런데 그게 사랑의 척도가 된다? 그렇다면 당장 해야지.」

남편의 그 흔쾌함이 몸을 더 빨리 회복시켰음은 말할 것도 없었다.

강숙자는 콧노래를 부르며 유일표의 재건대로 들어섰다.

「아니, 언제 올라오셨어요? 온몸에 촌티 묻혀가지고.」

유일표가 반갑게 웃으며 첫마디부터 농담을 던졌다.

「아이구, 넝마 속에 묻혀 있으면서도 서울이라고 폼잡는 것 보게. 가,

점심 먹으러.」

강숙자는 곱게 눈흘김을 하며 시계를 보았다. 그녀는 일부러 밥때에 맞춰 온 것이다.

「서울도 어디 그냥 서울인가요. 서울의 중심 중에서도 중심인 남산 아래, 명동이 바로 코앞인 요지지요.」

유일표는 때 꼬질꼬질한 목장갑을 벗으며 벙글거렸다.

「그래, 나 괄시 많이 해. 명동 그리워 안달난 촌년 다 됐으니까.」

강숙자도 밝게 웃으며 대꾸했다. 그러나 그녀는 유일표를 바라보며 또 가슴 아린 비애를 느끼고 있었다. 유일표가 명랑한 척 농담을 하며 웃고 있는 모습이 더욱 가슴을 아프게 했다.

「고기 많이 먹어, 고기.」

강숙자는 불고기를 연상 유일표 앞으로 옮겨놓았다.

「서울로 언제 올라오세요? 올라오실 때가 된 것 같은데.」

유일표는 식욕 좋게 밥을 먹으며 물었다.

「모르겠어 글쎄. 모두가 서울만 노리고 있으니 그게 어디 쉬워야 말이지. 그리고 갈수록 경상도판이 돼가면서 국회의원 빽 같은 건 맥도 못 쓴대.」

강숙자가 쓰게 웃으며 코웃음을 쳤다.

「국회의원 빽이 안 통하면 그럼……?」

「그야 뻔하지 뭐.」 강숙자는 저 위를 가리키는 눈짓을 하고는. 「즈네들끼리 짜고 잘들 해보라고 그래. 그럴수록 나라는 망조 드는 거니까」 하며 또 코웃음을 쳤다.

「학생들 데모는 다시 시작되고 있는데 뭘 생각하고 있는지 모르겠어요. 위기를 느끼니까 그럴수록 각 분야마다 자기네 사람들을 배치해 단단히 성벽을 쌓아올리자는 건지 어쩐지. 세상사람들의 불평불만이 날로 커져가고 있는데도 그런 짓 계속하는 걸 보면 그 배짱이 참 감탄스러워요.」

「학생들 데모는 어찌 될까?」

「글쎄요. 4월 들어 새 판으로 시작하고 있으니까 점점 심해지지 않겠어요? 4월이 괜히 4월이 아니니까요.」

「아이고, 모르겠어. 골치 아파. 그 착한 부인 죽고 나서 권력을 내놓을 줄 알았더니 더 심해지니 원. 권력이 그리도 좋은가. 나가, 커피 마시게.」

유일표는 커피를 한모금 마시고 나서 담배에 불을 붙이고는 미루어온 말을 꺼냈다.

「저 곧 결혼하게 됐어요.」

「어머!」

강숙자는 깜짝 놀라며 자리를 고쳐앉았다. 그녀는 가슴 한쪽이 쿵 울리는 충격을 느끼고 있었다. 그리고 잇따라 무엇이 무너지는 것 같고, 텅 비는 것 같은 당혹감을 느꼈다.

「참 이상하네. 그동안 계속 결혼하라고 해놓고는 정작 결혼한다고 하니까 내 마음이 왜 이렇게 허전하고 서운하지? 내 마음 나도 모를 일이네.」

강숙자는 두 손으로 양쪽 볼을 감싸며 묘한 웃음을 지었다.

「그러세요? 저도 옛날에 그랬어요. 이규백 형하고 결혼할지도 모른다는 말을 들었을 때 괜히 화가 나고, 이규백 형하고 결투를 하고 싶은 심정이었어요.」

유일표는 담배연기를 내뿜으며 웃었다.

「어머머, 그랬었구나. 그럼 우린 서로 사랑했었나 부지? 맺을 수 없는 사랑.」

강숙자는 쿡쿡거리며 웃었다. 그녀는 장난스럽게 말하고 있었지만 그건 한쪽 마음에 담긴 진심이기도 했다. 가끔 농담삼아, 나이만 어리지 않았더라면 갖고 싶은 남자였다는 말은 농담이 아니었다.

「축하해, 진심으로 축하해.」

강숙자는 손을 내밀었다. 유일표는 강숙자를 지그시 바라보며 악수
했다.

「날짜는?」

「보름쯤 남았어요.」

「어떤 여자야?」

「대학생 때 우리 야학에 와서 봉사했던 여자예요.」

「오오, 그냥 평범한 여대 출신은 아니네. 그럼 일표네 가정 사정 같은
건 다 알고?」

「예, 다 이해했어요.」

「잘됐네, 참 잘됐네. 근데 일표는 결혼하고도 계속 재건대에 있을 건
가? 그건 좀 곤란하잖아? 가장 노릇을 해야 하는데.」

「그 사람이 다니던 출판사에 계속 다니며 맞벌이를 하기로 했으니까
그냥 재건대에 있어도 가장 노릇하는 데는 별 지장이 없어요.」

「그렇지만 재건대 수입이라는 게 그게 얼마나 돼? 남자란 돈벌이가
시원찮으면 남자 노릇 제대로 하기가 어려워. 괜히 기죽고 여자한테 무
시당하고 말야. 그러지 말고, 그전에 형 사업 때문에 내가 알선했던 그
일 다시 알아봐 줄까?」

「아니, 괜찮아요. 재건대에선 야학만 맡고 있는 게 아니라 또 하는 일
이 있어서요.」

「또? 무슨 일인데?」

「돈 생기는 일은 아니고……, 각 기업체의 공장 노동자들을 돕는 일
이에요. 조직적으로 노동조합을 결성해 나가는 일이지요.」

「노동조합? 그거 기업체도 정`` 도 `'어하는 일이잖아.」

「물론 싫어하지요. 그렇지만 노동자들이 언제까지 착취만 당하며 살
수는 없는 일이니까요. GNP 80불에서 시작한 경제개발이 15년이 된 지
금 600불이 넘었어요. 이렇게 경제가 발전한 건 누구 때문인가요? 박 통

때문인가요? 기업주들 때문인가요? 그게 아니지요. 그건 그동안 모든 노동자들이 열악한 작업환경과 형편없이 적은 임금에 시달리면서도 뼛골 빠지게 일했기 때문이에요. 그런데 기업주들은 작업환경을 개선하고 정당한 보수를 줄 생각은 전혀 하지 않고 자기들 배만 더 불릴려고 혈안이 되어 있고, 정부는 또 아직 분배의 시기가 아니라 자본을 더 키워야 한다면서 기업들 편만 들고 있어요. 더 이상 이래서는 안 돼요. 노동자들이 제대로 대접받아야 하고, 그러려면 공장마다 노동조합을 만들어 본격적으로 싸워야 해요.」

유일표는 더없이 진지하고 심각해져 있었다.

「그렇지만 박 통이 경제개발을 일으켰잖아. 그리고 기업주들이 돈을 대서 공장을 세우지 않았으면 노동자들이 어떻게 먹고 살았겠어. 일표가 너무 잘못 생각하는 것 아니야?」

강숙자가 싫은 기색을 드러냈다.

「예, 박 통이 경제개발의 깃발을 들어올리고 전국민적 단결을 이루어낸 공은 인정해야지요. 그리고 기업주들이 공장을 세운 것도 인정해야지요. 그러나 그것만 가지고는 경제가 발전할 수 없다는 사실을 분명히 알아야 합니다. 나라의 주인이 국민이듯 경제도 노동자들과 국민들이 열심히 일해서 발전시킨 겁니다. 특히 기업주들이 세운 공장이란 그 돈이 대부분 외국에서 빌려온 돈입니다. 그 돈은 결국 국민들이 일해서 갚는 것이지 그들이 갚는 것이 아닙니다. 그런데도 정부와 기업들은 서로 결탁해서 기업주들은 갈수록 배가 부르고, 정부는 갈수록 독재를 강화시키면서 노동자와 국민을 무시하고 있습니다. 이래서야 되겠습니까?」

「나는 잘 모르겠네. 그렇잖아도 미운 털 박혀 있으면서 왜 나라가 싫어하는 일하려고 그래? 그러다가 덤터기 쓰면 어쩌려고?」

강숙자는 울상을 지으며 고개를 저었다.

「어차피 틀린 인생 사람답게나 살아야지요.」

유일표는 담담하게 웃으며 새 담배에 불을 붙였다.

「부인 될 사람도 일표가 그런 일하는 것 알아?」

「예, 적극 찬성인걸요.」

「참, 여자치고 대단한 사람이네. 일표하고 잘 어울리는 짝인 것 같은데, 험한 세상 조심해서 살아야 한다구. 일표가 이렇게 사는 것도 마음 아파 죽겠는데 더 불행해지는 건 너무 괴로운 일이니까. 그럼 청첩장 꼭 보내줘.」

강숙자는 걱정스러운 얼굴로 유일표를 바라보며 자리에서 일어났다.

유일표의 마음속에서는 오후 내내 강숙자가 떠나지 않았다. 정 많고 솔직하고 마음씨 고운 여자······. 그 여자와 정을 나누며 가깝게 지내온 것이 어느덧 16년 세월이었다. 「그럼 우린 서로 사랑했었나 부지? 맺을 수 없는 사랑.」 강숙자가 장난처럼 농담처럼 한 이 말이 마음속에 야릇한 파문을 일으키며 맴돌고 있었다. 서로 표현만 하지 않았을 뿐이지 그런 감정은 마음 밑바닥에 깔려 있었는지도 모른다. 그런 감정의 이끌림으로 16년 세월을 절친하게 지내왔던 것인지도 모르고. 자신은 급하고 어려운 일이 있을 때마다 강숙자에게 부탁했고, 그녀는 언제나 웃으며 해결사 노릇을 해주었다.

누나도 아니었고 연인도 아니었던 여자······, 고등학생 시절에 만날 때마다 자신의 배고픔을 빵으로 풀어주었던 것처럼 지금까지 자신의 가정적 불행을 타인으로서 가장 잘 이해하고 아파해 준 여자······, 강숙자의 정이 새삼 가슴 절절해지고 있었다.

「어이 유일표, 잘 있었어?」

뒤에서 들리는 컬컬한 소리에 유일표는 퍼뜩 강숙자의 생각에서 깨어나며 목소리의 주인이 누구인지 알아챘다. 자신에게 그런 말투를 쓰는 사람은 정 형사 한 사람뿐이었다. 유일표는 간추리던 넝마를 놓고 천천히 몸을 돌리며 오늘이 또 15일인 것을 알았다.

「어서 오세요.」

유일표는 모자창을 들어올리는 시늉만 하며 무표정하게 인사했다.

「그동안 별일 없었어?」

바짝 말랐으면서도 몸에서 탄력이 느껴지는 남자가 빠른 눈길로 유일표를 훑었다.

「예, 아무 일 없습니다.」

유일표는 찌그러진 나무상자에 주저앉으며 담배를 빼물었다.

「이봐, 담배 좀 권해봐.」

「정 형사님은 이런 나쁜 담배 안 피우시잖아요.」

유일표는 정 형사가 괜한 트집을 잡는다는 것을 잘 알고 있었다. 매달 15일과 30일에 도장을 받아가면서 겁을 주자는 것인지, 멋쩍어서 그러는지 그는 꼭 한 번씩 그런 식의 언사를 썼다.

「예, 죄송합니다. 제가 빨리 돈 많이 벌어 좋은 담배로 바꾸면 권하지요. 여기 좀 앉으세요.」

유일표는 얼른 말을 둘러대며 억지웃음을 지어냈다.

「괜히 아니꼽고 티껍게 생각하지 말라구. 이게 다 애국이고, 자넬 보호하는 거니까. 정말 아무 이상 없는 거야?」

형사가 싸늘하게 말하며 담배를 꺼냈다. 그의 손에 들린 담배는 필터가 달린 고급이었다.

「예, 아무 이상 없습니다.」

「좋아. 서로를 위해서 아무 이상이 없어야지. 요새도 간첩은 계속 내려오고 있으니까 방심하지 말어. 언제 자네한테 그 마수가 뻗쳐올지 모르니까. 알겠어?」

「예, 알고 있습니다.」

「여기 야학에 나오는 대학생들은 어때? 데모하는 놈들은 없나?」

「예, 다 공부만 하는 얌전한 학생들 아닙니까.」

「괜히 날 속일 생각하지 말어. 정보는 한두 군데서 들어오는 게 아니니까.」

「속이다니요, 섭섭하게…….」

유일표는 형사의 말이 꼭 공갈이나 위협만은 아니라고 생각했다. 수시로 아이들에게 알아볼 수 있는 일이었다. 그래서 야학에서 정치나 노동자 이야기 같은 것은 일절 하지 않기로 되어 있었다.

「섭섭하게 생각할 것 없어. 말이 그렇다 그거지. 난 개인적으로 자네를 좋게 생각하고 있어. 누구나 출세하려고 혈안이 되어 있는 세상에서 이런 데 박혀 불쌍한 아이들을 위해 오래도록 일한다는 건 쉬운 일이 아니니까. 자아, 여기 도장 찍어.」

형사가 종이를 내밀었다.

유일표는 혁대께에 달린 바지의 새끼주머니에서 목도장을 꺼냈다. 언제나처럼 형사가 휴대용 인주의 뚜껑을 열었다. 유일표는 아무런 표정 없이 종이에 도장을 눌렀다. 그 목도장은 한 달에 두 번씩 '동향 이상 무'를 확인해 주는 데 쓰일 뿐이었다.

재건대를 나가는 형사의 뒷모습을 보다가 유일표는 새 담배에 불을 붙였다. 군대에서 제대하고 난 다음부터 시작된 그 도장 찍기는 담당형사가 몇 번씩 바뀌면서 줄기차게 계속되고 있었다. 매달 똑같이 되풀이되고 있는 그 일은 이상하게도 익숙해지지도 않았고 둔감해지지도 않았다. 도장을 찍을 때마다 마음이 심하게 상했고, 도장을 찍고 나면 전신의 맥이 풀리면서 더 살고 싶지가 않았다.

유일표는 담배연기를 한숨으로 내뿜으면서 형을 생각했다. 감정을 수습하는 데 형은 특효약이었다. 형이 어렸을 때부터 당해온 것에 비하면 자신이 당하고 있는 것은 참으로 아무것도 아니었다. 또한 형도 지금 자신과 똑같은 일을 당하고 있었다. 다만 서로 말을 하지 않을 뿐이었다. 자신이 도장 찍기를 되풀이하면서 형이 정말 얼마나 대단한지를 더욱 절실하게 느끼지 않을 수 없었다. 끝없이 좌절을 당하면서도 끈질기게 지금까지 버티어오고 있는 형은……, 흔히 말하는 불사조는 바로 형이었다. 형이 발휘하는 그 끈질긴 힘은 형이 강해서라기보다 '장남'이기 때문일 거였다. 유일표는 어금니를 물며 몸을 벌떡 일으켰다. 형이 집안을 위해서 없는 힘까지 내고 있다면 자신은 그런 형을 뒷받치기 위해서라도 꿋꿋해야 했다.

유일표는 남은 일을 서둘러 마치고 서경혜와 약속한 다방으로 나갔다. 결혼 날짜를 잡은 다음부터 서경혜는 퇴근길에 매일 만나기를 바랐다. 결혼 준비로 의논해야 할 것이 많고, 그동안 재건대에서 부실하게 먹고 살았으니까 영양보충을 해야 한다는 거였다. 그러나 그런 것은 다 그저 내세우는 이유였고, 진짜 이유는 날마다 만나고 싶은 그것이었다.

「저 노래 어떠세요?」

어느 날 서경혜가 갑자기 물었다.

그 말을 듣고 보니 다방 안에는 '한 번 보고, 두 번 보고, 자꾸만 보고 싶네……' 하는 노래가 가득 담겨 있었다. 그 귀에 익은 노래는 자신에게 전혀 다른 두 가지 의미로 새겨져 있었다.

하나는 군생활을 할 때 사병들 사이에서 '한 번 하고, 두 번 하고, 자꾸만 하고 싶네'로 가사가 바뀌어 군대에 갇혀 있는 젊은이들의 성적 욕구를 표현한 것이었고, 다른 하나는 가사가 '한 번 하고, 두 번 하고, 자꾸만 하고 싶네'로 같으면서도 10월 유신과 함께 박정희의 권력욕을 야유하는 것으로 그 의미가 달라진 거였다. 그런 의미 변동을 겪으며 그 노래의 작곡자 신중현을 알게 되었고, '귀신같이 기타를 잘 친다'는 그가 정말 신들린 것처럼 기타를 치는 모습을 텔레비전 화면으로 지켜보고는 했었다.

그러나 서경혜는 그 두 가지 의미와는 전혀 다른 노래 본래의 의미를 묻고 있었다. 그 노래말이 자기의 마음이라는 것을 암시하며.

「으음, 좋아.」

「정말요? 저 노래 좀 유치하다고 생각했거든요. 근데 맘이 변했어요.」

서경혜는 어깨를 움츠리며 부끄럽게 웃었다.

사랑을 하면 유치해진다는 말이 있었다. 그 말이 맞는 것인지 자신도 그 솔직한 노래가 아주 좋았다. 그 노래처럼 서경혜가 보고 또 보아도 자꾸만 보고 싶었다.

유일표는 다방에 들어섰다. 서경혜는 아직 와 있지 않았다. 저녁을 먹고 이런저런 이야기를 하다 보면 매번 야학 시작하기 전에 대가기가 바빴다.

약속시간보다 10분쯤 늦게 온 서경혜는 자리에 앉으며 숨을 몰아쉬었다.

「죄송해요. 제가 너무 늦었지요?」

「괜찮아. 천천히 다녀. 그러다가 넘어지면 어쩌려고.」

「넘어지긴요.」 서경혜는 부끄럽고 고운 눈흘김을 하고는,「퇴근 직전에 회사 심부름을 시키잖아요. 이번에 소설집을 내는 작가가 이 근방 다방에 나오니까 교정지를 좀 전해주라고요. 근데 그분이 늦게 나오셨어요.」 그녀는 바삐 해명을 했다.

「그 출판사에서도 소설집을 내나? 주로 역사나 철학 관계의 책을 내는 줄 알았는데.」

「네, 얼마 전부터 소설집도 손대기 시작했어요. 요새 출판사들이 소설집 내는 경쟁이 붙었거든요.」

「경쟁? 소설집이 잘 팔려서 그러는 건가?」

「네, 보통 책이 3천 부 팔린다면 그 열 배 3만 부 팔리는 게 소설책이거든요. 작가에 따라서 다르긴 하지만 어떤 작가는 글쎄 10만 부까지 팔렸다니까요. 10만 부가 상상이 되세요? 글쎄, 서울운동장에 발 디딜 틈이 없이 사람들이 꽉꽉 들어찼을 때가 3만 명이에요. 그 3만 명이 책을 한 권씩 들고 흔들어댄다고 생각해도 엄청난 숫잔데 그보다 세 배가 넘는 게 10만 분데, 그렇게 책이 많이 팔린다는 게 믿어지지 않아요.」

「글쎄, 그거 이상한 일이네. 우리나라 사람들이 책을 잘 안 읽는 것으로 아는데.」

「그랬는데 글쎄 몇 년 사이에 달라진 거래요. 출판사에서 하는 말이, 살기가 좀 좋아져서 그렇다는 거예요. 그거 아주 좋은 현상 아니겠어요?」

「그럼, 좋고말고. 책 많이 읽는 것처럼 좋은 게 없지. 사는 데 여유가 생겨서 그렇다……, 그것 참 다행스러운 일인데.」

「시간 없는데 빨리 나가서 저녁 먹어요. 내일 양복 가봉하는 날인 거 아시죠?」

서경혜는 큰 손가방을 어깨에 걸치며 일어났다.

「벌써 그렇게 됐나. 경혜 씨 예물 사는 건 2~3일만 기다려. 형이 곧 돈을 준다고 했으니까.」

유일표는 담배를 챙겨넣으며 말했다.

「어머, 그런 것 신경 쓰지 마시라니까요. 시계는 여기 있고, 반지는 18금으로 똑같이 하나씩 해 끼면 된다고 했잖아요.」

서경혜는 따지듯이 똑바로 섰다.

「알았어, 알았어. 나가면서 얘기해.」

유일표는 달래듯 고개를 끄덕였다.

서경혜는 앞서 나가 커피값을 치렀다.

「정말이에요. 아무것도 하지 말고 반지만 18금으로 하나 하면 돼요. 뭣 땜에 괜히 무리하고 그래요.」

다방을 나와 유일표의 팔짱을 끼며 서경혜가 말했다.

「알았어. 나도 형한테 그렇게 말했는데 형 생각은 달라. 호화롭진 않지만 기본적으로 신부의 예물을 마련해도 형 입장에서는 전혀 무리하는 게 아니고, 신부의 예물은 신부 당사자의 문제만이 아니라 사돈댁에 대한 예의고, 이쪽이 지켜야 할 자존심이니까 나보고는 절대 개입하지 말라는 거야. 그리고, 형편이 안 되면 어쩔 수 없는 일이지만 형의 능력으로 내 결혼 비용을 댈 수 있게 됐으니 그건 형이 누리는 최고의 행복이라는 거야. 나도 형한테 폐를 끼치는 게 미안하지만, 한편으로 생각하면 형의 그런 심정이 이해가 되기도 해. 우리가 이 정도나마 살게 되리라고는 형이나 나나 전혀 기대하지 않았거든. 그러니까 괜히 형 자존심 다치게 하지 말고 경혜 씨는 모르는 척하고 가만히 있어.」

「그렇지만 형님 먼저 결혼하는 것도 죄송스러운데…….」

「그것도 부담 느끼지 말어. 형도 결혼할 마음을 먹고 있으니까.」

「형님도 그렇지만 선희 언니 결혼도 또 급하잖아요.」

「아이고, 우리 경혜 씨 걱정 많아 큰일났네. 우선 귀하의 일만 생각하세요.」

유일표는 팔짱을 풀어 서경혜의 손을 잡았다. 서경혜가 손을 빼려고 하며 부끄러움을 탔다.

「누가 봐요.」

「괜찮아. 날도 어두워지고, 여긴 명동이잖아.」

이틀이 지나 유일표는 집에 가서 형을 만났다.

「자아, 이걸로 빨리 준비해라. 늦지 않았나 모르겠다. 함에 넣을 채단은 경혜 씨가 알아오게 해서 함께 가서 끊고. 어머니가 안 계시니 우리가 뭐 알아야 말이지.」

유일민은 동생 앞에 봉투를 내놓으며 말했다.

「형 사업도 힘드는데 이거 참…….」

유일표는 미안하고 열적은 얼굴로 뒷덜미를 쓸었다.

「조금도 마음쓰지 말어. 괜히 하는 소리가 아니라 사업은 이제 다 기반 잡혔다. 이문이 박해도 일본 것을 더하게 되면서 형편이 아주 좋아졌어. 물량이 많으면서 지불 기한이 짧으니까.」

「차암, 우리가 일본 덕 보고 살게 될 줄은 몰랐네.」

「그래, 세상이 많이 변했다. 우리나라 인건비가 워낙 싸니까 별의별 것들이 다 바다를 건너오고 난리다. 공해산업들까지 밀려드니 일본산업의 쓰레기통이라는 말이 나올 만도 해.」

「그런데 그 공해산업은 좀 문제 아닌가? 노동자들 건강에 직접 피해를 입히게 되는 건데.」

「글쎄, 배고픈 형편에 더운밥 찬밥 가릴 새가 없는 거지. 진폐증에 걸릴 줄 뻔히 알면서도 광부들이 탄광으로 들어가는 것과 마찬가지 아니겠냐.」

「참, 사람 사는 게 뭔지……」 유일표는 혀를 차며 돈 봉투를 집어들고는, 「그럼 이 돈 잘 쓸게. 형, 고마워」 하며 고개를 꾸벅했다.

「고맙긴 무슨. 더 많이 못 줘서 미안하다. 빨리 서둘러라.」

유일민은 동생을 바라보며 오랜만에 여유로운 웃음을 짓고 있었다. 그는 자신이 형 노릇을 하게 된 것이 더없이 기뻤고, 어머니께 부끄럽지 않게 낯을 들 수 있어서 그지없이 다행스럽기만 했다.

함을 가져가는 날 함진아비는 이상재가 되었다. 첫아들을 낳았기 때문이다.

「야, 이거 다 늙어서 지각장가가는 놈이 뭐가 잘났다고 사람 차별하고 이러냐, 이거. 딸 낳은 것도 김새는데 이거 영 기분 잡쳐 못살겠네.」

최주한이 화난 척 내질렀고,

「늦장가가면서 아들은 낳고 싶은 모양이다. 아들 낳는 놈들은 다 도둑놈 심보니까 더 말할 것 없어. 우리처럼 딸을 낳는 게 인간성 좋은 거지. 딸을 낳아 시집 보내는 것, 그보다 더 큰 사회봉사가 어딨어.」

허진이 최주한의 등을 두들겼다.

「이 못난 놈들아, 그게 얼마나 부실하면 딸을 낳냐, 딸을. 너희들 함도 이 형님이 졌으면 아들을 낳는 건데.」

이상재는 과장되게 어깨를 흔들며 키들키들 웃었다.

「좋아, 일표 네놈도 아들 많이 낳아라. 난 오늘 돈이나 많이 뜯어내 횟술이나 왕창 마셔야겠다. 가자!」

최주한이 앞장서 나섰다.

신혼여행지는 제주도가 단연 인기였다. 그러나 유일표는 비용을 줄이려고 설악산과 경포대 쪽으로 잡았다. 날짜도 1주일이 아니라 3박 4일로 줄였다. 서경혜도 아무런 이의 없이 그 뜻을 따랐다.

둘이는 설악산 비선대의 옥빛으로 투명한 물을 손바가지로 떠 마시며 서로의 마음이 그 맑은 물처럼 하나가 되기를 무언으로 약속했고, 장엄하고 우람한 울산바위를 바라보며 서로에게 그런 믿음과 사랑을 주기를 기도했고, 경포대 앞바다에서 까마득하게 먼 수평선을 바라보며 자신들 앞에 펼쳐진 인생의 바다를 함께 노 저어갈 것을 다짐하며 다시금 서로의 손을 마주잡았다. 너무 짧게 지나간 3박 4일을 보내고 그들은 행복에 흠뻑 젖어 집으로 돌아왔다.

「큰일났다.」

그런데 유일민은 침통한 얼굴로 동생에게 종이쪽지를 내밀었다.

"큰오빠, 작은오빠 보세요.

오빠들한테 미안하고 죄송합니다. 저를 용서하세요. 저는 집을 떠나갑니다. 어머니가 돌아가시고 바로 떠나고 싶었는데……, 작은오빠가 결혼을 했으니 이제 마음놓고 떠납니다. 언젠가 만날 수 있게 될 그날까지 안녕히…….

선희 올림."

26
다혈질, 동키호테들

「여보, 아버지한테서 또 전화가 왔었어요. 벌써 세 번인데 오늘은 좀 가 뵙도록 하세요.」

박영자는 옷을 갈아입고 있는 남편에게 조심스럽게 말했다.

「글쎄, 당신이 잘 말씀드리라니까 그러네. 딴 동료들과의 입장도 그렇고, 내 체질로도 그렇고, 아버님 말씀을 따르기가 어려워.」

남방셔츠의 단추를 잠그고 있는 원병균의 대꾸에서는 짜증이 묻어났다.

「당신 참 이상하네요. 왜 짜증은 내고 그래요? 내가 말씀드렸는데도 소용없으니까 그렇잖아요. 아버지는 당신 말을 직접 듣고 싶어하시는데 왜 당신은 자꾸 피할려고만 해요?」

얼굴이 변하며 박영자의 말에도 날이 섰다.

「피하긴 누가 피해. 취직 자리 필요 없으니까 그러는 거지. 말을 분명히 해.」

원병균이 화를 내며 언성을 높였다.

「당신, 아버지를 싫어한다고 그럴 수 있어요? 다 당신 위해서 그러는 건데, 싫건 좋건 장인은 장인이라구요. 어른에 대한 최소한의 예의는 지켜야 되잖아요.」

화가 난 박영자의 목소리도 커졌다.

「나 생각해 주지 않아도 괜찮아. 딸 안 굶겨죽일 테니까.」

원병균이 방문을 벌컥 열고 나가며 내쏘았다.

「어머, 무슨 큰소리가 큰소리예요? 당신 월급 안 가져온 게 벌써 일곱 달인데, 그 돈 믿고 살았으면 우리 식구들은 진작에 다 굶어죽었어요.」

박영자는 남편을 뒤따라 나오며 더 카랑한 목청을 맞쏘아댔다.

「당신도 그따위 생활태도 당장 뜯어고쳐. 남들은 그 월급으로 적금 들며 살아. 앞으론 김치, 깍두기만 먹을 각오해.」

「어머, 어머, 그……」

박영자는 혀끝까지 밀려나온 '그 잘난 민주 투사' 하는 말을 가까스로 되삼켰다. 아무리 서로 감정이 상한 부부싸움이라고 하지만 그런 말까지 가리지 않고 쏟아낼 수는 없었다. 그건 비록 홧김에 하는 소리라 하더라도 남편의 자존심을 짓밟는 몰지각한 짓이었고, 신문사에서 쫓겨나긴 했지만 유신정권에 맞서 언론자유를 지키려고 한 남편의 행위는 옳은 것이기도 했다.

원병균은 다른 날과 달리 다녀오겠다는 말도 하지 않고 집을 나갔다. 박영자는 그런 남편의 뒷모습을 보며 마음이 답답해졌다.

남편은 결혼 초기부터 장인을 별로 좋아하지 않았다. 아버지의 난잡한 여자 관계 때문이었다. 그런데 장주호 사장의 사건을 알고 난 다음부터 장인의 얼굴을 대하는 것조차 싫어하게 되었다. 그즈음 장주호 사장처럼 일이 신문사로 번지지는 않았지만, 아버지도 새 여자 문제로 또 집안을 뒤숭숭하게 만들고 있었던 것이다. 그런데 아버지는 사위의 그런 감정도 모르고 당신 회사에 자리를 마련해 주려고 몸이 달고 있었다.

박영자는 안방으로 들어가며 한숨을 쉬었다. 남편은 장인 회사에 안 갈 것이 분명했다. 준서 오빠가 아버지 뜻에 따라 유정회 국회의원이 되자 남 보듯 해버렸고, 그런 심지가 그대로 나타난 것이 신문사를 쫓겨나면서까지 벌인 언론자유 투쟁이었다. 자신도 남편이 아버지 회사에 들어가는 그 이상한 꼴을 원하지 않았다. 그러나 앞으로 어떻게 살아가야 할 것인지 날이 갈수록 불안은 커져가고 있었다.

남편이나 동료들은 다같이 복직을 믿고 있었다. 자신들이 쫓겨난 것은 정치 탄압 때문이니까 시간이 좀 지나면서 상황이 달라지면 원상복귀하리라고 생각했다. 그러나 한 달이 가고, 두 달이 가고……, 일곱 달이 가고 있는데도 복직될 낌새는 보이지 않았다. 남편이 걸핏하면 화를 내는 것도 그 불안감의 표현인지도 몰랐다. 복직이란 쫓겨난 사람들의 일방적인 희망일 뿐 전혀 가망 없는 일일 수도 있었다. 정치적 압력을 피하고 싶은 사주의 입장에서 볼 때 언론자유를 내세우는 그들은 다시 보고 싶지 않은 골치 아픈 존재들일 수 있었다.

박영자는 자신의 이런 생각이 방정맞다 싶어 고개를 내둘렀다. 그러나 그 생각은 점점 굳어져가고 있었다.

만약 그렇게 된다면…….

그녀의 얼굴이 그늘지며 괴롭게 신음했다. 그건 생활 때문만이 아니었다. 신문기자란 월급 이전에 직업의 특수성에 따른 그 어떤 의미가 더 컸다. 월급이래야 큰 회사 사원들의 절반이 될까말까 하는 박봉이었다. 그러나 남편에게 신문기자란 더없이 잘 어울리는 직업이었다. 남편은 조간 때문에 밤샘을 하고, 사건을 쫓아 정신없이 뛰어다니면서도 언제나 만족을 느끼고 있었다. 자신도 남편이 이 세상을 밝혀나가는 작은 등불의 하나라는 긍지감을 가지고 살아왔었다. 그런데 그 직업을 잃게 된다는 것은 너무 황당하고 괴로운 일이었다. 매달 친정에 가서 돈을 받아오면서도 떳떳할 수 있었던 것은 친정이 부자라서가 아니었다.

「기자 노릇 당당하게 하려면 집안이 돈에 쪼들려서는 안 되는 게야. 기자가 촌지라는 그 푼돈에 눈독들이다 보면 사람 꼴도 안 되고, 기자 노릇도 망친다. 돈 때문에 여자가 자꾸 바가지 긁어서는 부부 사이도 금가게 되고.」

아버지는 이런 말과 함께 매달 생활보조비를 대주기 시작했다. 물론 아버지가 돈을 대주는 데에는 딸을 고생시키고 싶지 않은 마음도 있었을 것이다. 그런데 아버지는 돈을 대주면서도 그동안 사위에게는 그런 내색을 전혀 하지 않았다.

박영자는 몸 무거운 근심에 눌리며 방바닥에 주저앉았다. 앞으로 기자직을 아주 떠나게 되면 친정에서 그 돈을 받을 수 없을 것만 같았다. 그전에는 기자생활을 바르게 하기 위한 것이라는 당당한 명분이 있었지만, 기자직을 잃게 되면 그것이야말로 구걸이었다. 남편과 자신의 자존심을 지키기 위해서 그런 초라한 짓을 할 수 없을 것만 같았다. 그렇다고 시집에서 무슨 도움을 받을 형편도 못 되었다. 아버지는 그런저런 것을 다 생각해서 당신네 회사에서 일을 하라고 하는 눈치였다.

「당신도 그따위 생활태도 당장 뜯어고쳐. 남들은 그 월급으로 적금 들며 살아. 앞으론 김치, 깍두기만 먹을 각오해.」

남편의 말이 아직도 의식 속에서 메아리 치고 있었다. 박영자는 얼굴을 감싸며 한숨지었다. 남편의 말은 다 맞았다. 자신은 그동안 친정 돈에 기대 기자 마누라답지 않게 살아왔었다. 시집 오기 전과 별로 다를 것 없이 먹고 살았고, 철따라 옷치장도 할 수 있었다. 보통 월급쟁이 집안에서는 과일을 한 쪽씩이나마 매일 먹는다는 것은 엄두를 낼 수 없는 일이었고, 직장 다니는 남자들이 '단벌신사'이기 예사인데 그 아내들이 몸치장을 바란다는 것은 오히려 이상한 일이었다.

그런 어려움 속에서도 사람들은 적금을 들며 살았다. 그런데 자신은 적금 같은 것은 생각해 보지도 않았었다. 그저 돈을 찾아 쓰는 저금통장이 하나 있을 뿐이었다. 결혼하면서 아버지한테 30평짜리 아파트 하나를 얻었고, 매달 부족한 생활비를 받는데 굳이 애써가며 적금을 들 이유가 없었다.

그런데 앞으로 김치, 깍두기만 먹을 각오를 하라는 것이다. 김치, 깍두기만 먹을 각오라니……, 참 기가 막힐 일이었다. 여태껏 김치, 깍두기만 먹고 살아본 적이 없었다. 김치, 깍두기만 먹고 사는 것은 먼발치의 구경거리일 뿐이었다. 중·고등학교 시절 점심시간이면 도시락 반찬으로 정말 김치나 깍두기만 싸오는 애들이 숱했다. 도시락 뚜껑들을 열면 지독하게 코를 찌르는 김치 냄새도 역했지만 김치 국물이 흘러 불그죽죽하게 물든 밥은 이상하게도 비위를 거슬리고는 했다. 그때나 지금이나 사람이 어떻게 김치, 깍두기만 먹고 살 수 있는 것인지 풀리지 않는 의문이었다.

그런데 바로 자신이 김치, 깍두기만 먹고 살 각오를 해야 한다는 것이다. 남편은 무슨 생각을 하고 있는지 알 수가 없었다. 어떻게 살아갈 작정을 하는지도 알 수가 없었다. 남편은 그 사건이 일어난 뒤로 웃음도 잃고 말도 잃어버린 사람이 되었다.

「에이, 쯧쯧쯧……. 나이가 들었으면 세상 사는 요령이 있어야지 그게 뭐냐 그래. 언론자유도 좋고, 기자들 마음대로 써갈기는 것도 좋은데 어쩌자고 당치도 않은 싸움을 벌이냐 그거야. 각하가 어떤 분이신데 감히 거기에 대들어, 대들긴. 각하가 끄떡이나 하실 것 같애. 누구나 덤비면 백전백패지. 기자라면서 왜 그 뻔한 걸 몰라 그래. 그러고 더 답답한 것은 지금 세상사람들한테 중한 게 언론자유냐, 어서 빨리 잘사는 것이냐? 그야 두말할 것 없이 어서 빨리 더 잘사는 것 아니겠어? 우리가 더 잘살려면 각하가 꽉 틀어쥐고 있어야지, 뭘 어쩌자는 거야? 우리가 이만큼 살게 된 것도 다 각하 덕이 아니고 뭐야. 한참 잘 달리고 있는 열차의 기관사를 갑자기 바꿔봐. 그 열차가 어찌 되겠어. 배고픈데 밥을 먼저 먹어야지, 언론자유가 밥 먹여주냐? 언론자유 좀 없다고 불편한 국민 몇이나 되느냐 그거야. 이런 뻔한 이치 앞에서 세상을 요령껏 살 줄 알아야지, 대학생도 아니고 처자식 거느린 놈이 직장에서 쫓겨날 정도로 데모를 하다니, 에이 쯧쯧쯧…….」

아버지의 이런 말에 다 동의할 수는 없었다. 그러나 박 대통령이 싸움의 상대로는 너무 거대한 산이라는 것만은 분명했다.

그런데 남편과 그의 동료들은 무슨 생각으로 그 승산 없는 싸움에 나선 것일까? 그건 생각할수록 답답한 일이었고, 답답한 만큼 신기하기도 했다. 자신은 4·19데모에 나섰던 때의 마음이 거의 다 사라지고 없는데 남편은 신기하게도 그때의 마음을 그대로 간직하고 있었던 모양이었다.

박영자는 짐작할 수 없는 앞날의 암담함을 느끼며 또 한숨을 쉬었다. 두 아이에게 김치, 깍두기만 먹일 수 없다는 생각에는 변함이 없었다.

원병균은 광화문 세종문화회관 앞에서 버스를 내렸다. 자신도 모르게 눈길이 길 건너 신문사 쪽으로 뻗어갔다. 오래도록 몸에 익은 습관이었다. 신문사는 변함없이 그 모습 그대로였다. 그러나 그건 겉모습일 뿐이었다. 그 속은 엄청나게 변해 있었다.

언론의 자유를 지키려는 기자들을 쓰레기 치우듯 폭력으로 내몰아버린 그곳은 이제 속 빈 강정이었다. 언론의 자유를 지키려고 한 것은 기자 개인을 위해서가 아니었다. 그건 최소한의 직분이었다. 그리고 신문사를 위한 것이었다. 그 다음이 사회를 위해서였다. 그런데 신문사는 그 기자들을 남김없이 몰아내 신문사이기를 포기해 버렸다. 저건 이제 신문사가 아니라 신문사 간판을 붙이고 있는 겉껍데기 '건물'에 지나지 않았다.

그런데 저쪽에서는 다시 속을 채울 뜻이 없이 보이지 않는 거부의 손을 단호하게 내뻗고 있었다. 유신헌법의 비방·반대·개정 주장을 금지

하는 긴급조치 9호가 발동되자 저쪽의 태도는 더욱 싸늘해졌다.

긴급조치 9호는 이쪽 기자들의 활동도 즉각적으로 위축시켰다. 당장 유인물을 배포할 수가 없게 되었다. 그동안 유신헌법을 반대하는 자신들의 주장을 담은 유인물을 배포해 왔었다. 그러나 이제 그런 것은 긴급조치 9호 위반이었다. 그것을 위반하면 줄줄이 끌려가 '시범쪼'로 당할 판이었다.

원병균은 아내의 말을 떼치지 못한 채 신문을 사들었다. 장인은 자기 나름대로 선을 대서 복직이 어렵다는 것을 알아보았을지도 몰랐다. 사업하듯이 세상사에 치밀한 그 양반이 그런 것도 알아보지 않고 그냥 당신네 회사에 자리를 마련했을 리가 없었다.

아내의 말은 옳았다. 싫건 좋건 장인이고, 어른에 대한 최소한의 예의는 지켜야 했다. 그러나 장인을 만나고 싶지 않았다. 생각이 전혀 다른 입장에서 이야기가 길어지는 것이 싫었고, 우격다짐이 심한 그분이 취직을 밀어붙이면 이겨낼 자신이 없었다.

「원 형, 그까짓 신문은 뭐 하러 사.」

뒤에서 들리는 소리에 원병균은 고개를 돌렸다.

「난 또 누구라고. 그리 말하는 사람이 들고 있는 신문은 쓰레기통에서 주운 건가? 다 고질병 못 버리지.」

원병균은, 다른 신문사에서 자신과 똑같은 이유로 쫓겨난 최 기자를 보며 피식 웃었다.

「그래, 신문사를 쫓겨나서 그 병이 고쳐지는 게 아니라 더 심해지니 어쩐 일이지? 알다가도 모를 일이야.」

키 크고 삐쩍 마른 최 기자가 말아쥔 신문을 보며 씁쓰레하게 웃었다.

「마음은 그대로 있어서지 뭐. 어떻게 만드는지 걱정도 되고.」

「걱정? 미련이나 관심이 아니라 걱정……? 그래, 걱정이 더 나은 것 같군.」 최 기자는 걸음을 떼어놓으며 고개를 끄덕이고는, 「원 형, 원 형은 어쩐지 모르겠지만 말야, 내가 신문사를 내쫓기고 나서 가장 당황하고 허망했던 때가 언젠 줄 알아? 그 다음날 신문을 펼쳤을 때였어. 내용이야 어쨌든 간에 빈칸 없이 신문이 쫙 만들어져 있는데, 그 순간 나라는 존재가 완전히 묵살되어 버리고, 흔적도 없이 사라져버린 기분이었는데, 참 참혹하더라구. 그때 난 복직은 가망 없는 것이라고 확인했던 거야.」 그는 원병균을 쳐다보며, 너는 어땠느냐고 묻고 있었다.

「그래, 최 형이 실감 나게 말하는군. 난 그런 심정이 최 형보다 네 배쯤 심했다고 해둘까.」

원병균은 담뱃갑을 꺼내 최 기자 앞으로 내밀었다.

「네 배쯤이라……, 그럴 수도 있었겠군. 그러면서도 지금도 걱정을 해?」

최 기자가 담배를 뽑으며 코웃음을 흘렸다.

「그러니까 한심스러운 고질병인 거지.」

원병균이 헛웃음을 흘리며 담배에 불을 붙였다. 그가 말한 네 배란 쫓겨난 기자들의 수였다.

「원 형, 사무실에 나가서 별일 없으면 저 다방에서 커피나 한잔하지. 우리 패거리가 나와 있을 텐데.」

「그러지. 무슨 약속들 했어?」

「약속은 무슨. 갈 데 없으니까 모여앉는 거지. 나이가 젊으니 탑골공원으로 갈 수가 있나, 그쪽처럼 여관방이나마 사무실로 쓸 수가 있나. 애꿎은 게 다방 차지지 뭐.」

「나 참, 다방이 없었으면 어쩔 뻔했어.」

「누가 아니래. 다방 고마운 거 이제 알겠다니까. 벌써 7개월이 다 가고 있는데 큰일이야. 쌀 떨어진 친구들도 있거든.」

최 기자가 다방문을 밀치며 혀를 찼다.

원병균은 아내의 화난 목소리가 갑자기 크게 울리는 것을 느꼈다. 「……우리 식구들은 진작에 다 굶어죽었어요.」 월급 없이 보낸 일곱

달, 거의 다 생활고에 봉착해 있었다. 언론자유라는 이상과……, 점점 심해지고 있는 생활의 어려움과……, 원병균은 소리 없이 한숨을 쉬었다. 자신은 그나마 처가 덕에 아직까지도 돈 걱정을 하지 않고 있으니 유일한 특례인지도 몰랐다. 그러나 언제까지고 그런 식으로 살 수는 없는 노릇이었다.

「아이구, 이런 고등실업자들. 뭐 나올 게 있다고 신문들은 그리 열심히 파고 있어?」

최 기자가 네댓 명이 앉아 있는 구석자리로 가며 퉁을 놓았다.

「구인란 보고 있다 어쩔래? 어, 원 기자가 오셨네.」

한 사람이 일어나며 원병균에게 손을 내밀었다. 원병균은 돌아가며 그들과 악수를 나누었다.

「아직 커피들 안 마신 모양이지? 내가 재벌님 사위 모셔왔으니까 맘 놓고 마셔.」

최 기자가 농담조로 말하며 좌중을 둘러보았다.

「이봐 최 형, 제발 그놈의 소리 좀 하지 말어. 커피 사려다가도 안 사게 되니까.」

원병균의 얼굴이 일그러졌다.

「이런, 기분 나쁘게 생각하지 말어. 그냥 농담이잖아. 여기서 원 형이 장인을 마땅찮게 생각하는 걸 모르는 사람이 없으니까 한 소리라구.」

최 기자가 멋쩍게 웃으며 말했다.

「그렇지요. 그냥 커피 얻어먹기 미안하니까 한마디한 거지요.」

다른 사람이 웃으며 거들었다.

「하긴 나도 병은 병이요. 그 말만 들으면 기분이 나빠지니. 자아, 커피들 합시다.」

원병균이 언짢았던 기분을 털어내듯 말하며 아가씨를 향해 손을 흔들었다.

「빌어먹을, 마침내 서울대 총장까지 갈아치웠어. 총장들이 데모하라고 부추기는 것도 아닌데 왜 총장들 목을 날리고 이래? 총장들 갈아치운다고 학생들이 데모 안 할 것 같애? 새대가리들.」

한 사람이 신문을 구겨댔다.

「흥, 그게 오늘의 빅 뉴슨가? 연대, 고대에 이어 서울대 총장까지 손을 보셨으니까 다른 대학 총장들은 군기가 바짝 들었겠군. 그나저나 총장들을 날파리 잡듯 해버리는 것보다 더 큰 문제는 학자라는 것들이 그 자리를 냉큼냉큼 차지하고 앉는 꼴이야. 지식인이란 것들이 아무 배알도 없이 허겁지겁 그 꼴들을 하니까 독재자가 더욱 기고만장해지는 거야. 지금까지 이 정권이 제대한 군바리 천국이라고 하지만 막상 따지고 보면 여기에 빌붙은 지식인들 숫자가 더 많다는 걸 알아야 해. 결국 지식인이란 것들이 권력에 기생해 가면서 이 나라 다 망쳐먹고 있는 거야.」

최 기자의 얼굴은 말을 해갈수록 날카롭게 변하고 있었다.

「그래, 그거 공자님 말씀이야. 유신헌법 만들어 바친 것도 거룩하신 법학자님들 아니신가.」

「자아, 그런 철없는 소리 그만들 하고 커피나 마시자구. 그런 분네들이나 지금 신문사에 자리 지키고 있는 분들께선 우리 보고 뭐라는지 알아? 다혈질이라고 해. 커피 마시면서 반성들 하라구.」

원병균이 좌중을 둘러보며 쓴웃음을 지었다.

「그뿐이면 좋게? 불평분자들이라고 해.」

한 사람이 커피에 설탕을 타며 말을 받았다.

「체, 또 있어요. 사회부적응자!」

다른 사람이 말했다.

「제일 그럴듯한 게 빠졌는데요. 동키호테요.」

여태껏 말없이 앉아 있던 이상재가 불쑥 말했다.

「그래, 약삭빠르게 빌붙고 눈치껏 몸 사리고 귀 간지럽게 아첨해야 줄

세하는 세상에서 우리 같은 것들은 다 다혈질이고 불평분자고 사회부적응자고 동키호테들인지도 모르지. 약아빠진 출세주의자나 보신주의자들 눈에는 틀림없이 그렇게 보일 거야. 인간사란 끊임없이 악화가 양화를 구축해 왔으니까.」

최 기자가 헛웃음을 치며 커피잔을 들었다.

「조 기자가 전세를 줄여 옷가게를 낸다던데, 원 선배님, 아세요?」

「그래? 그거 처음 듣는 말인데.」 원병균은 커피를 마시다 말고 놀라 잔에서 입을 떼고는, 「경험도 전혀 없으면서 어쩔려고 장사를 시작하지? 어떻게 취직을 해봐야지.」 그의 얼굴이 어둡게 일그러졌다.

「그야 취직을 하려고 백방으로 알아봤지요. 근데 기막힌 일이 벌어졌어요. 학벌 좋고, 성적 좋고, 다 좋은데 경력에서 꼭 걸리고 말았어요. 신문사에서 투쟁한 걸 위험시한 겁니다. 그래서 경력을 안 썼더니 이번엔 무능자 취급을 해버렸어요. 이러지도 저러지도 못하게 생겼으니 어쩌겠어요. 처가고 어디고 손 벌릴 데는 없고, 돈은 바닥나고, 먹고 살기는 해야겠고, 장사로 나선 거지요. 세상이 그렇게 살벌하고 무서운지 첨 알았어요. 저도 무슨 수를 써야 될 형편에 처했는데 조 기자가 당하는 걸 보니까 엄두가 안 나요.」

원병균은 아무 대꾸도 할 수가 없었다. 자기네 신문사 후배의 일을 모르고 있었다는 미안함만이 깊어지고 있었다. 투쟁위원회의 일에 신경을 쓰다 보니 개개인의 사정에는 소홀해진 거였다. 그러나, 자신이 그 일을 미리 알았다고 해도 힘이 될 만한 뾰족한 수가 없다는 것에 그는 비참해지고 있었다.

「이거 참 문제는 문제야. 박정희 말마따나 민생고는 시급해지고, 복직은 글렀으니 무슨 일을 해서든 밥벌이들을 해야 될 판인데 앞뒤 다 막혀 막막하니 말이야. 나도 여기저기 취직을 부탁해 놨는데 나이도 그렇고, 할 일도 그렇고, 영 가망이 없어. 참 드러워서.」

최 기자가 재떨이에서 담배꽁초를 집으며 긴 한숨을 내쉬었다.

원병균은 아가씨를 불러 담배 한 갑을 가져오게 했다.

「저어 원 선배님, 제 말씀 기분 나쁘게 듣진 마십시오. 하도 답답해서 드리는 말씀인데, 장인 영감님 회사에 후배 한둘쯤 밀어넣을 수 없을까요? 대기업 홍보실에서 발행하는 사보 편집에는 우리들이 제격이잖아요. 물론 빈자리가 있는 건 아니겠지만.」

한 사람이 원병균의 눈치를 살피며 조심스럽게 말했다.

「응, 나도 그 생각은 진작부터 하고 있었어. 그런데 그 양반 대하기가 싫어서 이러고 있는 거지. 한 사람이라도 자리잡는 게 급하니까 어떻게 해보긴 해봐야 되겠어.」

원병균은 그 생각을 얼핏 했던 참이라 '진작부터'란 말을 덧붙여 선배로서의 체면을 살리고자 했다.

「예, 그렇게 해주시면 그보다 더 고마울 게 없지요. 누가 들어가든 빨리빨리 안정이 돼야 싸워 나갈 기운이 생길 테니까요. 어차피 싸움은 장기전이 됐잖아요.」

그는 자기가 취직이 된 것도 아닌데 고개를 숙여 고마움을 표했다.

「원 형이 장인네 회사 하나를 맡아 우리가 전부 취직을 하면 그 회사 망하겠지?」

최 기자가 씩 웃으며 농담을 던졌다.

「미안하지만 나도 안 뽑아줘. 다혈질에 불평분자고 사회부적응자에 동키호테들을 떼거리로 모아다가 어디다 써먹게.」

이런 원병균의 대꾸에 그들은 웃음을 터뜨렸다.

「이 형은 무슨 계획이 섰어?」

최 기자가 이상재에게 물었다.

「글쎄요……, 아직 어째야 좋을지 모르겠습니다.」

이상재는 어색스럽게 웃으며 담배를 빼들었다.

「거 출판사 차려볼까 한다는 생각은 어찌 됐어?」

「글쎄요, 그게 판단이 잘 서지 않습니다. 출판사 사장들을 몇 사람 만나봤는데, 어떤 사람들은 해보라고 하기도 하고, 어떤 사람들은 돈 까먹기 딱 좋으니까 아예 손대지 말라고도 하고……, 종잡을 수가 없거든요. 판단이 설 때까지 출판 전반에 대해서 좀더 차근차근 알아봐야 되겠어요.」

「자본만 좀 있으면 출판 그거 괜찮잖아? 우리 경험을 활용할 수 있고, 우리가 빨리 적응할 수 있는 인접 분야니까 말야. 그리고, 근자에 사람들이 책을 많이 읽기 시작해서 어지간한 책만 내면 기반 잡기도 어렵지 않은 모양이던데?」

「그 어지간한 책이라는 게 쉽지가 않고, 영업이라는 것도 아주 복잡한 모양이더군요. 책이 팔려도 영업이 잘못되면 망하게 된다니까요.」

「영업……? 그거 우리하고는 거리가 멀지? 제기랄, 세상에 수월한 일이라고는 하나도 없어. 기자생활이 제일 어려운 줄 알았더니 떠나고 보니 제일 쉬운 일이었어. 이 세상의 모든 직업이 존귀하고 숭엄하다는 말을 이제 알겠어.」

최 기자가 쓴 입맛을 다시며 물컵을 들었다.

「늦게라도 철들어 다행이군. 자아, 난 그만 가볼 테니 또들 봅시다.」

원병균이 몸을 일으켰고,

「제길, 오라는 사람 없는데 뭐가 그리 바뻐? 내친김에 짜장면까지 사고 갈 것이지.」

최 기자가 콧방귀를 뀌었다.

「아이고 최 선배님, 양심 좀 있으세요. 우리 거지떼 만나 원 선배님 점심 굶게 생겼잖아요.」

한 사람이 말을 받았다.

「내 말이 그 말이야. 내 주머니 다 털어놓고도 저리 뻔뻔하니 강도가 따로 없지. 실직 7개월에 저 꼴 됐으니 사람 버리기 잠시 잠깐이라니까.」

원병균이 웃음을 남기고 돌아섰다.

「저 원 선배는 장인 회사에 들어갈 생각은 없는 모양이지요? 전혀 그런 눈치가 안 보이는데.」

「취직 안 해도 그 덕으로 걱정 없이 살 수 있을 텐데 몸달 것 없잖아.」

「이 사람아, 말 그렇게 하는 게 아니야. 저 선배 겪어보고도 몰라? 자존심 상하는 일은 절대 안 하는 사람이야.」

최 기자가 후배를 꾸짖는 눈길로 말했다.

「죄송합니다. 나쁜 뜻으로 한 말이 아니고 괜히 부럽기도 하고 그래서 그냥 해본 소립니다.」

「저는 좀 나가봐야 되겠습니다.」

이상재가 큰 봉투를 들고 일어났다.

「이봐 이 형, 그걸 막연하게 알아보는 것보다 어떤 출판사든 임시로라도 취직해서 직접 몸으로 부딪쳐보는 게 어떨까? 몇 개월이라도 그렇게 하면 큰 경험이 되지 않겠어? 어떡하든 출판사를 차릴 여력만 있다면 그걸 옷가게에 비하겠어? 출판도 어떤 의미에서는 언론이기도 하니까 말야.」

최 기자가 진지하게 말했다.

「예, 여러 가지로 생각하고 있습니다. 실패해서는 안 되니까요. 또 뵙겠습니다.」

다방을 나서던 이상재는 눈부신 햇살과 함께 상쾌한 계절감을 느끼며 자신도 모르게 심호흡을 했다. 그런데 내뿜는 숨은 한숨으로 변하며 자신이 더없이 초라하게 느껴졌다. 그런 감정이 마음에 도사린 것은 이미 오래되었다. 할 일이 없어져 버린 것, 조직에서 이탈해 버린 것, 그것은 뜻밖에도 당황스럽고 허전했으며, 사람을 기죽게 만들었다. 그런 복잡한 감정은 언제부턴가 스스로를 초라하게 느끼게 했다.

그런 감정이 생길 때마다 자신은 독재에 맞서고, 언론자유를 위해 싸우고 있다는 명분을 스스로에게 일깨우고는 했다. 그러나 마음 한쪽에 자리잡고 있는 초라함은 씻겨지지 않았다. 현실적으로 아무 능력도 발휘할 수 없게 된 입지도 그렇지만, 생활의 어려움까지 닥치면서 그런 감정은 더 심해지고 마음을 괴롭혔다.

「이기 우짠 일이고? 넘들은 고향이 경상도에 학벌이 니만 몬해도 승승장구 출세허는 판에 니는 실업자가 됐시니 이 무신 곡절이고? 깨미가 황소 발등 물기고, 계란으로 바우 치긴 거를 그리 모르겠드나? 니가 홀몸이기나 하나? 처자석 데블고 인자 우얄 기고?」

울음이 섞인 듯한 아버지의 말은 절절했었다.

출세하는 아들 바라보는 것이 제일 큰 희망이고 자랑인 아버지께는 참 면목없고 죄송했다. 아버지는 이만저만 충격을 받은 것이 아니었을 텐데도 다음달부터 생활비를 보내주기 시작했다.

「복직이 가망 없으면 취직을 하든 무슨 일을 시작하든 해보세요. 이 나이에 아버님한테 생활비 받아 쓴다는 게 말이 안 되잖아요. 돈을 헐어 쓰기가 너무 조마조마하고 힘들어요.」

아내가 눈치 보아가며 하는 말에는 아버지의 뜻도 들어 있었다.

그 사건 이후로 인간이 얼마나 허약한 존재인가를 새롭게 체험하고 있었다. 매일 세 끼를 먹어야 한다는 것, 그 기본이 깨졌을 때 인간은 허약하기 이를 데 없는 동물이 되었다. 사흘 굶어 남의 집 담 안 넘어갈 사람 없다는 옛말은 먹는 것의 절실함을 극명하게 보여주고 있었다. 박봉이었던 기자 월급은 저금하는 즐거움을 맛볼 수 없게 했고, 그들이 내몰리기 바쁘게 굶어야 하는 위협을 가해왔다. 하루하루 쪼들림이 심해져온 7개월은 긴 시간이었고, 먹이를 구하는 것이 다급해진 상황에서 그들의 투지는 창백해지고 있었다.

이상재는 장기화된 싸움을 위해서도 안정된 돈벌이를 해야 한다고 진작부터 마음먹고 있었다. 출판사에 마음이 끌리고 있는 것은 막연한 생각으로 그러는 것이 아니었다. 유일표의 아내 서경혜가 출판업이 안정되고 전망도 좋다고 적극 권했던 것이다. 필요한 것들을 힘닿는 데까지 도와주겠다고도 했다.

이상재는 큰길로 나서며 원병균이란 사람에 대한 선입관을 완전히 지웠다. 그가 후배들의 취직을 약속한 것이 그렇게 고마울 수가 없었다. 장인을 싫어하면서도 그 일을 맡고 나선 것이다.

원병균이 박부길 사장의 사위인 것을 처음 알았을 때 일어난 반감은 박부길에게 품고 있는 증오와 별로 다를 게 없었다. 부잣집 딸을 골라 정략결혼을 한 더럽고 치사한 자식. 이렇게 인상이 박히고 말아 어디서 마주쳐도 외면을 해버리곤 했었다. 그런데 그가 자유언론 투쟁에 나섰고, 그것도 핵심 역할을 하고 있었다. 그 뜻밖의 사태에 어리둥절해 그쪽 가까운 기자들에게 알아보니 그는 꽤나 신뢰를 받고 있는 존재였다. 4·19 때부터 싸워온 경력이나 기자로서의 능력보다는 처가와 사이가 나쁘다는 것이 먼저 귀에 들어왔고, 그것 또한 뜻밖이라 어리둥절하지 않을 수 없었다. 그런데 다같이 신문사에서 내쫓기고 나서 가까이 지내보니 생각보다 훨씬 더 깊이 있고 믿을 만한 사람이었다.

시청 앞에 이른 이상재는 그만 얼굴을 찌푸렸다. 광장 한가운데 높게 솟은 사면 구호탑에 적힌 문구가 눈으로 뛰어들었던 것이다.

"상기하자 월남패망
이룩하자 멸공통일."

월남의 패망은 이미 넉 달 전인데도 이 땅의 반공의식을 고취하며 아직도 펄펄 살아 있었다. 월남이 패망하자 기다렸다는 듯 이 땅이 들끓어오른 것은 참으로 가관이었다. 신문이란 신문들은 며칠이고 그 기사로 온통 지면을 뒤덮으며 수선을 떨어댔고, 대통령은 북쪽에서 곧 쳐내려오는 것처럼 위기를 조성하며 특별담화문을 발표했고, 잇따라 전국적으로 총력안보궐기대회가 벌어졌고, 국회에서는 오랜만에 여야가 만장일치를 이루어 안보결의문을 채택하는 소란을 일으켰다.

월남의 패망, 그것은 미국의 패배였다. 미국의 패배……. 이상재는 입이 비틀리도록 쓰게 웃었다. 황색 먼지를 뿌옇게 일으키며 질주하는 차에서 괜히 들판을 향해 총을 난사해 대고, 온갖 마실 것, 먹을 것 싸게 파는 간이식당까지 차려놓고 남지나해의 바닷물에 느긋하게 해수욕을 즐기고, 안전이 확보된 도심의 거리를 활보하며 아무 여자한테나 푸른 돈을 흔들어대던 미군들은 마치 월남의 주인 같았다. 그러나 미국은 결국 패배해 그 슬픈 역사의 땅에서 밀려났다. 미국의 패배는 단순히 공산 월맹의 승리라고 할 수가 없었다. 그건 공산주의 이전에 월남 민족의 승리였다. 기나긴 식민지 역사에서 벗어나고자 했던 월남 민족의 열망과 희생이 이루어낸 승리였다. 다만 공산주의는 그런 민족의 의지를 효율적으로 무력화한 국가적 체제였을 뿐이다. 세계 최강을 자랑하는 미국의 무력도 일치단결된 한 민족의 결의는 꺾지 못하고 오히려 패배의 굴욕을 맛본 것이다. 세계 어느 전쟁에서나 져본 적이 없다는 미군의 불패의 역사는 막을 내린 셈이다.

길을 건넌 이상재의 얼굴이 또 찡그려졌다. 구호탑의 다른 면의 구호가 그를 맞이했다.

"일하면서 싸우고

싸우면서 일하자."

이상재는 박 정권의 끈덕진 구호정치에 진저리를 치며 허미경의 양품점으로 발길을 서둘렀다.

「잘 잤어?」

손님이 없는 것을 확인하고 양품점으로 들어서며 이상재가 한 인사는 이랬다. 실업자가 되고 나서 날마다 들르는 탓이었다.

「네에, 어서 오세요.」

이상재를 맞이하는 허미경의 얼굴에 정겨운 웃음이 환하게 피어났다. 이상재의 말이 정다운 낮춤말로 변한 것처럼 허미경의 얼굴에도 애정의 윤기가 화사하게 번져 있었다.

「저게 무슨 꽃인가? 벚꽃도 아니고.」

이상재는 꽃을 보는 척하며 허미경의 손을 슬쩍 잡았다.

「매화꽃이에요.」

허미경이 살짝 맞잡고는 손을 뺐다.

「매화꽃이 저리 고운가. 봄날씨가 기막힌데 둘이서 어디로 사라져버렸으면 좋겠다.」

질항아리에 가득 꽂힌 꽃을 바라보며 이상재는 탄식조로 중얼거렸다.

「이것 넣어두세요.」

허미경이 작은 봉투를 유리진열장 위에 올려놓았다.

「자꾸 이러지 마.」

이상재가 역정내듯 말했다.

「담에 다 갚으시라니까요. 이자까지 계산하고 있으니 그런 줄이나 아세요.」

허미경이 봉투를 반으로 접어 이상재의 주머니에 넣었다.

그때 여자 손님이 문을 밀고 들어섰다. 이상재는 어물어물 밖으로 나섰다.

허미경에게 용돈을 받은 것이 벌써 네댓 차례였다. 그녀는 미리 돈을 준비했다가는 요령 좋게 내밀고는 했다. 쑥스럽고 면목없고 미안하고 고맙고 눈물겹고……, 그 심정을 뭐라고 다할 수가 없었다. 자신이 그녀에게 용돈을 받아 쓰게 되리라고는 꿈에도 생각하지 못한 일이었다.

「참 장하세요, 이 무서운 세상에. 일제시대의 독립투쟁과 뭐가 다를게 있어요.」

실직된 연유를 알고 나서 허미경이 한 말이었다. 그녀의 말에 멋쩍어지면서도 할아버지를 마음에 담고 살고 있는 그녀를 느낄 수 있었다. 그리고, 그 누구도 하지 않은 그런 의미 부여가 내심으로는 고맙고 무슨 보상을 받은 기분이기도 했다.

이상재는 남산을 올려다보며 골목길을 빨리 걸었다.

「야, 실업자 되니까 자주 보겠구나.」

일손을 쉬고 있던 유일표가 먼저 말을 던졌다.

「새끼, 속시원하다는 말투네.」

이상재가 통명스럽게 대질렀다.

「당연하지. 난 좋은 직장에 다니며 뻐기는 놈들한테 다 원한을 품고 있으니까.」

「아서라. 천당 갈려면 맘 곱게 써라.」

이상재가 상자 위에 몸을 부렸다. 유일표가 그에게 담뱃갑을 내밀었다.

「야 일표야, 그 출판사 문제 있잖냐. 아무래도 경험을 좀 쌓아야 되겠으니까 어디든 몇 개월 임시로 취직을 해야 되겠다. 이 형님 일 빨리 풀리게 하려면 제수 씨한테 좀 부탁해 봐.」

「요런 버르장머리 없는 놈 봤나. 형수님이라고 받들어도 도와줄까말깐데 제수 씨라니. 말하나마나다.」

「월급 같은 건 따지지 않고, 신간을 소개하는 신문사의 섭외는 책임질 수 있다는 조건을 내세우라고 해. 그건 출판사들이 제일 구미 당겨하는 거니까.」

「출판사를 차리기로 작정했다 그거지? 그렇다면 잘 생각했어. 직접 경험을 쌓는 게 중요하지. 마누라 말 들어보면 책 만들고 파는 게 보통 복잡한 일이 아니던데.」

유일표는 장난기 가신 얼굴로 고개를 끄덕였다.

「가자, 짜장면이나 한 그릇씩 하게.」

이상재가 한숨을 쉬며 일어났다.

「실업자가 점심을 사겠다 그거냐?」

「취직 부탁했으니까 빽을 쓰려는 거다. 왜? 맨입으론 안 통하는 세상인데.」

「아이고, 참 위대한 진리 터득했다. 실업자한테 짜장면 얻어먹어 봤자 소화 안 되니까 맞벌이하는 내가 설렁탕을 사지.」

식당에 자리잡고 앉으며 이상재가 물었다.

「여동생은 어찌 됐어? 아직도 아무 소식이 없어?」

「음……, 감감무소식이야. 어디로 찾아나설 수도 없고…….」 유일표의 얼굴이 금세 어두워지며 푹 한숨을 쉬더니, 「그 봉투에 든 건 출판사 할 자료들이냐?」 그는 괴로움을 피하려는 듯 말머리를 돌렸다.

「아니, 요새 읽고 있는 책.」

「책? 그 경황 중에도 책 읽을 정신 있냐? 참 용하다.」

「응, 좀 색다른 책이라 일부러 정신차려 가며 읽어보고 있는 중이야.」

「무슨 책인데?」

「『전환시대의 논리』라고, 다 읽고 빌려줄 테니까 너도 좀 읽어봐.」

이상재가 봉투에서 책을 꺼내 보였다.

「요새도 읽어볼 만한 색다른 책이 있냐?」

27
범죄 위의 범죄

「다 잘 아시지 않습니까? 그런 요구가 왔을 때 무슨 수로 거절하겠습니까. 저도 참 많이 괴로웠습니다.」

손진권 사장은 책상 앞에서 1미터쯤 떨어진 의자에 곧은 자세로 앉아 정말 괴로운 듯한 표정을 지으며 말했다. 깍듯하게 예의를 갖추고 있는 그의 경직된 언행은 호화롭게 꾸며진 널찍한 호텔방에는 어울리지 않았다.

「꼭 그럴까요? 한두 번도 아니고 수십 차례에 걸쳐서 그런 행위를 하셨는데……」

조서에서 검정 볼펜을 떼며 이규백은 냉정한 얼굴로 상대방을 주시했다.

「그게 무슨 말씀이십니까? 혹시……, 저를 의심하십니까? 제가 솔선해서 그런 짓 한 게 아니냐 하는 뜻으로……」

손진권은 빠른 혀놀림으로 위아랫입술을 축였다.

「그렇소.」

「아, 아닙니다. 그건 절대 아닙니다. 저쪽에 알아보시면 금방 들통날 건데 왜 그런 거짓말을 하겠습니까. 저한테 죄가 있다면 사업상 외국을 많이 드나든 것뿐입니다.」

「그동안 수십 차례에 걸쳐 그 큰 보석들을 들여왔는데, 세관에서는 한 번도 적발된 적이 없었나요?」

말이 끝나는 동시에 이규백은 이 추궁이 잘못된 것을 느꼈다. 잇따라 떠오르는 추궁들 중에서 저쪽을 다칠 만한 것들을 피하느라고 머리가 너무 복잡해져 있었다.

「예에, 죄송합니다. 제 소지품은 별로 조사를 받지 않아서……」

'사전에 세관원들을 다 매수해 둔 모양이지요?', '그런 식으로 당신이 따로 들여온 보석은 얼마요?' 이런 추궁이 연달아 떠올랐지만 이규백은 또 접어넘겼다.

「저쪽에서는 그 부인이 사장님한테 직접 부탁을 해왔나요?」

이규백은, 최혜경이라는 이름이 곧 나오려고 했지만 멈칫하며 '그 부인'이라고 바꾸었다. 그는 짜증이 이는 것을 느끼고 있었다.

「아닙니다. 제 집사람을 통해서 부탁했고, 전달도 집사람이 했습니다.」

「그럼 일면식이 없나요?」

「그렇지는 않습니다. 전에 모임이 있을 때 더러 인사는 했습니다.」

이규백은 그 대답이 비위에 거슬렸다. 언뜻 들으면 아주 솔직한 것 같았지만, 그 반대로는 최혜경의 남편과 무척 찬하다는 것을 과시하는 것이기도 했다.

「이번 사건은 신문에 일부 보도된 것만 가지고도 사회적인 물의가 대단히 큰 것을 아시죠? 정치 상황도 좋지 않은데 이런 사건까지 터졌으니……, 사건 당사자로서 어떻게 생각합니까?」

「면목없고 죄송할 따름입니다. 본의 아니게 저지른 일이지만 깊이 반성하고 있습니다. 입이 열 개라도 드릴 말씀이 없습니다.」

손진권은 포마드 자르르 바른 머리를 두 번, 세 번 조아렸다.

포마드 바른 머리처럼 윤기 흐르는 그의 얼굴을 쏘아보며 이규백은 또 비위가 상하고 있었다. 그는 전혀 반성하고 있지 않았다. 이 사건의 결말이 어떻게 날지 빤히 내다보고 앉아서 가식으로 반성하는 시늉만 하고 있었다. 그는 산전수전 다 겪은 노회한 여우로 수사 검사의 기분이나 나쁘게 하지 않으려고 능란하게 제스처를 쓰고 있는 것에 지나지 않았다. 그건 자신에 대한 일종의 모독이었다. 그러나 이규백은 그런 불쾌감을 드러낼 수도 없었다.

「됐습니다. 이거 읽어보고 도장 찍으세요.」

이규백은 조서를 손진권 사장 앞으로 밀어놓고 일어섰다. 그는 담배에 불을 붙이며 화장실로 들어갔다.

화장실의 커다란 거울 속에서 자신을 맞이한 것은 찌푸린 자신의 얼굴이었다. 이규백은 거울에 담긴 자신의 모습이 문득 낯설어졌다.

넌 누구지……?

불현듯 떠오른 생각이었다. 검사 이규백? 검사……, 틀림없이 검사야? 그럼, 검사가 뭘 하는 사람이지? 에라, 그만둬, 그만둬. 새삼스럽게 그런 걸 따져서 뭘 해. 어차피 검사는 전지전능한 신이 아니야. 무한권력을 가진 통치자나 지배자도 아니고. 넌 직업의 한계가 뚜렷한 일개 검사일 뿐이야.

그런 자위를 한다고 거울 속의 얼굴이 친숙해지지 않았다. 이규백은 담배연기를 내뿜으며 눈길을 떨구었다. 그리고 수도꼭지를 틀었다. 물이 흘러내렸다. 수도꼭지를 더 돌렸다. 물이 콸콸 쏟아져 나왔다. 그 거센 물줄기에 두 손을 디밀었다. 손에 닿는 물의 냉기가 일순간에 머리로 전해졌다. 헝클어지고 혼탁했던 머릿속이 산뜻한 물의 냉기로 맑아지는 느낌이었다.

세상사가 물이 흐르듯 순조롭기를 바라는 것은 순진한 건가, 어리석은 건가?

이규백은 신경질적으로 두 손을 문질러대며 자신에게 화가 나고 있었다. 추궁해야 할 것들이 아직도 가슴에 남아 화를 질러대고 있었다.

'주로 다이아몬드를 사들여왔는데 그 돈은 당신이 낸 거야, 저쪽에서 받은 거야?', '당신이 그런 짓을 해주고 그 대신 받은 특혜는 뭐야?', '그 보석들이 국내에서 구매가의 다섯 배가 넘게 밀거래됐는데, 경제인으로서 그게 경제를 망치는 행위라는 걸 생각 못했어?', '당신은 이런 행위를 이번만 한 게 아니라 그전부터 해온 게 틀림없는데, 언제부터 이런 짓을 해왔어?', '세상이 놀랄 만큼 당신 사업이 급성장하고, 당신이 금융계를 귀신같이 잘 요리하는 귀재라고 소문이 난 건 다 그런 짓을 해서 만든 빽을 동원한 게 아니냔 말야'.

그러나, 당연히 해야 될 그런 추궁은 아무 쓸모가 없었다.

「이거 참 난처한 사건이오. 능력껏 신속하게 수사를 종결시키시오. 대학들이 전부 휴교 상태이기 망정이지 그렇지 않았으면 이 사건이 휘발유가 될 뻔했어요. 수사 발표는 빠를수록 좋으니 적당한 선에서 끊고……, 난 세 사람만 믿겠소. 좀 괴롭겠지만 수고들 해주시오.」

또 부장 검사의 말이 떠올라 이규백은 낯까지 씻기 시작했다. 자신뿐만 아니라 다른 두 검사도 부장의 그런 지시에 아무런 이의도 달지 못했다. 이의를 달기에는 너무 뻔한 일이었고, 서로가 그런 세상사에는 닳아질 만큼 닳아져 있었다.

고개를 든 이규백은 또 자신의 모습과 마주쳤다. 얼굴에 물이 묻은 자신의 모습은 아까보다 더 낯설었다. 얼굴에 묻은 물이 그동안 검사로 살아오면서 묻힌 세상의 오물처럼 느껴졌다.

「그 친구 혼자 잘난 척해 봤자 무슨 소용 있어. 자기 인생만 비참하게 끝났지. 그 친구 그거 간단하게 말하자면 사회부적응자라구.」

이런 말과 함께 김지혁의 모습이 불현듯 떠올랐다. 이규백은 그의 모습을 지우려는 듯 얼른 수건으로 얼굴을 닦기 시작했다.

김지혁은 대학 동창이었다. 판사생활을 하던 그는 몇 년 전 일어난 사법부파동 때 사표를 내고 말았다. 그는 아무 말 없이 법복을 벗었지만 젊은 법조인들은 큰 충격을 받았다. 그의 침묵은 사법부까지 지배하고 드는 정치권력에 대한 저항으로 받아들여졌기 때문이다. 그러나 곧 사람들의 입은 그를 어리석은 자로 몰기 시작했다. 그렇게 해서 변호사 개업을 해봤자 살아남기 어렵다는 거였다. 그러나 그는 변호사 개업을 하지 않았다. 그가 미국으로 이민을 떠나버린 것은 두 번째 충격이었다. 한동안 사람들의 입에 오르내리던 그는 시간이 흘러가면서 차츰 잊혀져 갔다. 그런데 몇 년이 지나 그는 느닷없이 세 번째 충격을 가해왔다. 그는 미국에서 식품점을 하고 있다가 흑인 강도의 총에 맞아 죽은 것이다. 사람들이 놀란 것은 총 맞아 죽은 것에 못지않게 그가 식품점을 경영했다는 사실이었다. 그는 미국의 변호사는 말할 것도 없고 국제변호사 자격도 딸 수 있는 능력이 충분한 사람이었다. 누가 그런 것인지 모르게 그가 '사회부적응자' 아니냐는 말이 오갔고, 사람들은 마치 정답이라도 찾았다는 듯 입모아 그 말을 퍼뜨리기 시작했다. 그리고 언제부터인지 모르게 사람들은 그 말조차 하지 않게 되었다.

그러나 이규백은 김지혁을 잊지 못하고 있었다. 김지혁은 평소에는 거의 생각나지 않았다. 그러다가도 이런 고약한 사건을 처리해야 될 때면 으레껏 고개를 치켜들었다. 김지혁은 잊으려고 해도 잊혀지지 않고 의식의 저 밑바닥에 뿌리깊이 박혀 있었다.

총에 맞아 죽는 순간 김지혁은 무슨 생각을 했을까……. 이규백은 또 이 생각에 붙들린 채 화장실에서 나왔다.

「여기……, 도장 찍었습니다.」

손진권 사장이 엉거주춤 몸을 일으켰다.

「됐어요, 돌아가세요.」

이규백은 조서를 건성으로 넘기며 말했다.

「예에, 고맙습니다. 곧 다시 뵙도록 하겠습니다. 안녕히 계십시요.」

손진권은 겸손한 듯하면서도 거만스러워 보이고 가식인 듯하면서도 세련되어 보이는 사업가들 특유의 인사 몸짓을 남기고 돌아섰다.

이규백은 방을 나가는 손진권의 뒷모습을 노려보듯 하고 있었다. 이규백은 그에게 분노와 적개심을 느끼고 있었다. 의식 속에서 김지혁은 '너도 검사야? 그러고도 끝까지 검사 자리 차고 있겠다 그거야?' 하며 조롱하고 있었다.

'대진'이라는 그의 회사 이름처럼 손진권은 단시일 내에 비약적인 발전을 이룩해 왔다. 그의 눈부신 성공에 '신화'니 '기적'이니 하는 미사여구가 붙은 지 오래였고, 그가 정치적 비호를 받고 있다는 것은 모르는 사람이 없을 정도로 널리 퍼진 소문이었다.

이규백은 의자에 주저앉으며 새 담배에 불을 붙였다. 손진권을 향해 일어나는 분노와 적개심은 그리 단순하지가 않았다. 자기 잇속을 위해 저지른 이번 범죄는 치사하다 못해 역겨울 지경이었다. 그는 보석 밀수만 한 것이 아니었다. 외환관리법 위반에 뇌물 수수까지 저지르고 있었다. 그런데도 그에게 쇠고랑을 채울 수가 없는 형편이었다. 그는 검사를 한없이 무력하고 무능하게 만들어버렸다. 검사로서 아무 능력도 발휘하지 못하면서 단지 사건 전모를 파악하기 위해서 그를 취조한 것이 견딜 수 없는 모독감을 느끼게 했다. 그리고 형식적이나마 취조를 하면서도 입에 붙어버린 취조 용어인 '당신'이란 말은 물론이고 반말 한마디 시원하게 내뱉지 못한 것도 부아가 치밀었다. 자신의 그런 말 조심은 부지불식간에 재벌 손진권을 의식한 동시에 그 뒤의 배경까지 의식했기 때문이었다. 그러고 보면 손진권에 대한 분노와 적개심은 자기자신에 대한 분노와 적개심이기도 했다.

찌르릉, 찌르릉, 전화벨이 울렸다.

이규백은 혀를 차며 전화기를 들었다.

「이 검사, 나 백이오. 그쪽은 어떻게 됐어요? 난 다 끝났는데.」

「나도 다 끝났어요.」

「잘됐군요. 황 검사도 다 끝났으니 일단 내 방으로 모이도록 합시다.」

「예, 곧 가지요.」

이규백은 조서를 챙기며 어서 빨리 이 사건에서 벗어나고 싶은 생각밖에 없었다. 어차피 김지혁처럼 단호하게 살 용기가 없는데 자기자신에 대한 혐오감으로 오래 괴롭고 싶지 않았다.

이규백은 취조한 순서대로 양장점 주인여자의 조서를 손진권 사장의 조서 위에 올려 봉투에 넣었다. 양장점 주인여자는 와들와들 떨면서 자기의 결백을 내세웠다. 자기는 양장점 손님을 끌려다 보니 자연히 장소를 제공한 것처럼 말려들게 되었다는 거였다. 그러나 그건 다급한 발뺌이었다. 그 여자는 적극적인 판매책이었다. 손님들 중에서 돈 많은 상류층 여자들을 골라내 유인한 것이 그 여자가 맡은 일이었다. 그러나 그건 부차적인 것이었고, 그 여자의 취조가 중요했던 것은 주범 최혜경을 재차 확인한 사실이었다. 경찰 수사에서는 주범이 최혜경인지 한정임인지 모호하게 되어 있었던 것이다. 손진권 사장도 최혜경에게 부탁을 받았음을 순순히 털어놓았다.

「자아, 시켜놓은 커피부터 한잔씩 하면서 정리해 봅시다.」

백 검사가 설탕그릇 뚜껑을 열며 두 사람을 쳐다보았다.

「이거 참 골치 아파서. 보석을 산 사모님들 말이 다 걸작이오. 그걸 사고 싶지 않았지만 워낙 거한 사람 물건이라 안 사면 미운 털 박힐까 봐 비싼 줄 알면서도 샀다고도 하고, 그걸 사면 물건을 믿을 수 있는데다 그 높은 사모님하고 인연을 맺을 수 있을 것 같아 샀다고도 하고……. 세상 요지경 속이오.」

황 검사가 커피를 저으며 말했다.

「그거 그래도 두 번째가 솔직하고 순진한 편이오. 첫 번째는 그거 야비하기가 원⋯⋯.」

커피를 한모금 마신 백 검사가 쯧쯧 혀를 찼다.

「그런 면도 없진 않은데, 거절할 수 없어 마지못해 샀다고 하는 건 정도의 차이만 있지 다 똑같아요.」

「그야 당연한 범죄인 심리 아니겠소? 죄를 모면하려고 무슨 소리든 다 하는 거지. 이 검사, 거기는 어때요?」

백 검사가 이규백에게 눈길을 돌렸다.

「양장점 주인과 손 사장이 똑같이 최혜경을 주범으로 지목했고요, 양장점 주인이 판매책을 맡았어요.」

이규백은 조서를 꺼내 백 검사 앞으로 밀어놓았다.

「손 사장, 그 사람 태도는 어때요?」

「글쎄요, 겉으로는 겸손한 척, 잘못한 척하는데, 그런 요구가 왔을 때 무슨 수로 거절할 수 있겠느냐며 별로 걱정하는 기색이 아니었어요.」

「됐소, 물은 내가 바보지.」 백 검사는 담배에 불을 붙이고는, 「한정임이라는 여자 말이오, 똑똑한 건지 아둔한 건지 모르겠소. 끝까지 자기가 주범이라고 버틴단 말이오」 하며 씁쓰레하게 웃었다.

「그거⋯⋯, 자기가 다 뒤집어쓰고 최혜경을 보호하자는 의도일 텐데, 최혜경 쪽에서 엄청난 압력을 가한 것 아니겠어요?」

황 검사가 말했고,

「글쎄요, 압력이라기보다는 상호 결탁 아니겠어요? 어차피 당할 바에 둘이 다 당하는 것보다는 한정임 혼자서 당하고, 그 여파로 남편이 별 셋을 달지 못하고 예편당하게 되면 그 다음부터는 최혜경 쪽에서 봐주기로 하는 식의 결탁 말이지요.」

이규백이 받은 말이었다.

「그건 이럴 수도 있고, 저럴 수도 있소. 중요한 건 한정임이 그렇게 완강한 게 오히려 다행이라는 점이오. 우리가 골치 아프지 않고 그 선에서 사건을 마무리할 수 있게 해주는 거니까. 하여튼 뜻밖에도 일을 편하게 처리하게 된 것 같소.」

백 검사가 홀가분하다는 듯 커피잔을 비웠다.

「그렇지만 최혜경을 은폐하기는 쉬워졌다 해도 손 사장과의 연관을 어쩌지요? 손 사장도 노출시켜서는 안 되는 존재인데.」

황 검사가 담배연기를 내뿜으며 고개를 갸웃거렸다.

「가장 중요한 게 해결됐으니까 그건 별로 걱정할 거 없소. 우리 머리로 생각해 보면 그쯤이야 별로 어렵지 않게 해결될 거요. 갑시다, 며칠 수고했으니까 머리도 식힐 겸 한잔해야지.」

백 검사가 조서들을 챙기기 시작했다.

이규백은 황 검사에게 김선오의 누이동생 김명숙에 대해 물어볼까말까 망설였다. 김선오는 그동안 몇 번이나 전화를 해왔었다. 김선오는 창피하다는 말을 되풀이해 가며 여동생을 잘 좀 봐달라고 부탁했다. 그의 창피하다는 말이 여동생이 양장점의 점원이라서 그런지, 아니면 그런 사건에 심부름꾼으로 연루되어서 그런지 아리송했다. 어쨌거나 그 두 가지 사실은 젠체하기 좋아하는 김선오의 체면을 깎는 것이었지 자랑거리일 수는 없었다.

「자아, 갑시다.」

백 검사가 가방을 들고 일어섰다.

「후문으로 나가야 되겠죠? 기자들이 냄새 맡았을지도 모르니까요.」

황 검사가 담배를 끄며 말했다.

「글쎄, 신문사 통제는 중정 쪽에서 책임지기로 했는데…….」

「그래도 기자들 눈치 빠르고 잽싼 건 조심해야지요. 이 사건이 폭로되어 버린 것도 경찰이 기자들에게 보기 좋게 당한 때문 아닙니까. 경찰이 수사 과정에서 허술하게 하지 않았다면 우리가 이런 고생할 것도 없는 일이지요.」

「그도 그렇소. 안전 제일이니까 그럼 후문을 이용합시다.」

그들은 엘리베이터를 타지 않고 계단을 걸어서 내려가기 시작했다.

「저어, 김명숙이라고 그 양장점 점원은 어때요? 그 비중이나 역할이……」

이규백은 황 검사에게 다가서며 속삭이듯이 낮게 물었다.

「예에, 루비 김 말하는군요?」

「루비 김?」

「그 아가씨 아주 맹랑해요. 유명 디자이너가 되는 게 꿈이라 미리부터 이름도 그렇게 지었다더군요. 그 아가씨는 연락책이랄까 운반책이랄까 그런데, 돈을 빨리 벌 욕심으로 그런 심부름을 하게 됐다고 그러더군요. 왜, 아는 아가씬가요?」

「그 아가씨가 김선오 검사의 여동생이오.」

「뭐라구요? 김선오 검사의 여동생?」

계단의 높은 공간이 울릴 정도로 황 검사의 목소리가 크게 터져나왔다.

「갑자기 그게 무슨 소리요?」

앞서 내려가던 백 검사가 놀라 뒤돌아섰다.

「아닙니다. 너무 뜻밖의 말을 들어서요. 내가 취조한 그 양장점 점원이 김선오 검사의 여동생이라는 것 아닙니까.」

「아니, 뭐라고? 그게 사실이오, 이 검사?」

「예, 나도 일면식이 없는데 김 검사한테서 몇 번 전화가 왔었습니다. 잘 좀 부탁한다고요.」

「이거 참 세상 요지경 속이라니까. 하필 검사 여동생이 연애를 잘못해 간통 사건에 걸린 것도 아니고 보석 밀수·밀매에 걸리다니. 그나저나 김 검사 집안이 어찌 그렇소? 평소에 말하는 걸 보면 아주 잘사는 집안

같던데, 여동생이 양장점 점원이라니? 김 검사가 허풍을 친 거요, 이 검사가 뭘 잘못 알고 있는 거요?」

앞서 걸어 내려가고 있는 백 검사의 목소리가 계속 계단 공간을 울리고 있었다.

「참 백 검사님도. 이 검사가 그 사람하고 고등학교 선후배 사이인데 잘못 알 게 뭐 있나요. 잘 봐달라고 전화도 몇 번씩 했다잖습니까.」

황 검사가 말을 받았다.

「그 사람 참 못 믿을 사람이네. 처가 덕 보며 잘사는 걸 위장하려고 허풍을 쳐댄 모양이군. 그건 우리 사회에서 흔히 일어날 수 있는 일이니까 어떻게 이해한다 치더라도, 그 여동생을 가르치지 않고 양장점 점원으로 처박아뒀다가 이런 사건에까지 말려들게 한 건 또 뭐지? 이 검사, 그 사람 인간성에 좀 문제 있는 거 아니오?」

「글쎄요, 그런 가정 사정까지는 잘 모르겠습니다. 어쨌거나 그 여동생이 딱한데 잘 좀 봐줄 수 있게 궁리 좀 해주세요.」

이규백이 말했다.

「뭐, 잘 봐주고 말고 할 게 있나요. 심부름꾼인 말단범이니까 사건 조율 과정에서 빼버리면 몰라도 그렇지 않으면 형량이야 그게 그거겠지요.」

「뺄 수는 없소.」

백 검사는 황 검사의 말을 내치듯이 단호하게 말했다.

이규백은 백 검사의 완강한 태도를 보며 마음이 켕기고 있었다. 검사의 동생이 데모 주동자로 잡혀 들어가 있는 것을 알면 뭐라고 할지 모를 일이었다. 막내동생 규동이의 일을 아직 해결하지 못해 마음이 찜찜하기 그지없었다. 손을 써놓긴 했는데 아직 수사가 완료되지 않았으니 기다리라는 통고만 받은 상태였다. 수사기관이 중정이니 더 어떻게 해볼 도리도 없었다. 검사인 형의 입장을 생각해서 데모를 하지 말라고 노골적으로 말할 수는 없었다. 학비와 용돈을 주느라고 가끔 얼굴을 대할 때마다 에둘러 알아듣게 말하곤 했는데도 막내동생은 데모 주동자가 되어있었다. 목사의 동생이 강간범이 되고, 경찰의 동생이 강도가 된 것처럼 난처하고 거북한 일이었다.

이규백은 아내가 거칠게 깨우는 바람에 가까스로 눈을 떴다. 지난밤에 과음한 술기운이 끈적끈적하게 온몸을 뒤덮고 있었다.

「술하고 무슨 원수졌어요. 일어나지도 못하게 마셔대게. 검사라면 보통사람하고 뭐가 좀 다른 게 있어야지. 술을 점점 더 많이 마셔대니 본받을 게 뭐 있어. 빨랑 아버지 전화 받아요.」

아내는 또 한바탕 심통 사납게 바가지를 긁어대고는 용건을 끝에다 매달았다. 이규백은 그 바가지에 귀를 막은 지 오래라 기분 상할 것 아무것도 없이 엉금엉금 기어가 송수화기를 들었다.

「안녕하세요? 접니다.」

「응, 과음했나 보군. 과음했을 때는 말이야, 내 경험으로는 인삼 달인 물이 젤이야. 그걸 좀 달여 달래서 마시게.」

이규백은 건성으로 예, 예, 하며 '체, 당신 딸이 그렇게 현모양처인 줄 아세요? 현모인지는 몰라도 진작에 양처는 아니었어요. 속 편한 소리 그만 하시라구요.' 속으로 투덜거리고 있었다.

「그런데 말이야, 거 손진권 사장 건은 어찌 돼가나?」

「예, 너무 신경 쓰지 마세요. 곧 결말이 나게 될 겁니다.」

이규백은 짜증스러워 얼굴을 잔뜩 찌푸렸다.

「어떻게 결말이 나게 되는 겐가? 다치지 않고 무사하게 되는 거야?」

「지금 뭐라고 말씀드리기는 어렵습니다. 저 혼자서 하는 일이 아니니까요. 하여튼 너무 신경 쓰지 마세요.」

만일을 생각해서 말을 빙빙 돌리며 이규백은 짜증이 꼬약꼬약 괴어오르고 있었다. 못된 짓은 혼자 다 해놓고 장인까지 동원하고 있는 손진권이 더없이 괘씸하고 얄밉기도 했다.

「응, 자네 입장 어려운지 잘 아는데 그래도 일이 잘 풀리도록 최선을 다해 도와야 하네. 손 사장이 아무 탈없이 잘돼야 내 사업도 잘 풀리게 돼 있으니까. 자네 알지?」

「예, 잘 알고 있습니다.」

「사업 크게 하다 보면 그까짓 잘못 아무것도 아닌 게야. 세상만사 서로 얽히고설켜 살아가는 건데 손 사장 대하면 너무 까다롭게 하지 말고 나를 대하듯 잘해 주라구. 그렇게 인연 맺어두면 자네한테도 해로울 것 하나도 없으니까. 알겠지?」

「예, 예, 명심하겠습니다. 장인 어른, 제 출근시간 다 됐습니다.」

「그래, 그래, 그만 끊겠네.」

이규백은 이제 울화가 치밀고 있었다. 그렇잖아도 속이 느글거리고 머리는 욱신거리는데 장인이 가하는 압력은 너무 역겁기만 했다.

이규백은 국물만 몇 숟가락 뜨고 허둥지둥 출근을 했다. 출근하자마자 부장에게 수사 종합보고를 하게 되어 있었다.

합승택시 뒷자리에 비좁게 끼어앉아 이규백은 두 가지 생각을 한꺼번에 하고 있었다. 막내동생 문제와 자가용 문제였다.

그놈을 무슨 조건으로 빼낼 수 있을까……. 둘이 타야 적당한 소형차에 셋이 끼어앉으니 이거야 원……. 그들이 나는 믿지만 규동이놈을 믿지 않으니 그들을 믿게 하는 조건이……. 편하게 출근을 하려면 장인이 주겠다는 자가용을 받아야 하는데 그게 남들 눈에……. 규동이놈이 다시 데모를 하지 않는다는 걸 나도 믿을 수가 없으니 이거야 참……. 마누라가 요새 더 성깔을 부리는 건 공짜로 주겠다는 자가용을 안 받기 때문인 게 틀림없는데……. 규동이 그놈이 왜 데모를 해야 하는지 내세우는 이유를 내가 논리적으로 격파할 수가 없으니 그것부터가 문제란 말야……. 남들 눈이 무서우면 직장 앞에 차를 대지 말고 멀찍이 내리면 될 거 아니냐고 마누라는 성화인데…….

그 두 가지 생각이 뒤죽박죽되어 이규백은 택시에서 내렸다. 머리만 복잡했지 한 가지 문제도 해결되지 않은 것에 그는 짜증이 일고 있었다. 요즘에 왜 걸핏하면 짜증이 나는지 그것도 기분 나빴다.

「수고들 했소. 한정임이 그런 태도를 취한다면 우리한테 크게 부조하는 거요. 그 선에서 사건을 매듭 짓도록 하면 되니까. 아무래도 오늘 오전에 수사 중간발표를 해야 될 것 같소. 기자들 극성을 더 견디기 어렵고, 슬쩍 미끼를 던져 사회적 의혹을 회석시킬 필요도 있어요.」

부장 검사의 말이었다.

「이런저런 질문들이 쏟아지면 좀 곤란하지 않겠습니까?」

백 검사가 불안한 기색을 보였다.

「그건 나한테 맡겨두시오.」

출입기자들을 상대로 한 수사 중간발표는 11시 30분에 이루어졌다.

「우리 검찰은 수사를 신속하게 진행해 거의 완료 상태에 있습니다. 앞으로 늦어도 5일 이내에 사건 전모를 백일하에 드러내게 될 것입니다. 이번 수사에서는 본 사건이 국민총화를 해치고 근면·자조·협동하는 사회적 분위기를 망치는 악성 범죄이기 때문에 그 어떤 성역도 있을 수 없고, 한 점 의혹도 없이 철저하게 파헤쳐 사회정화의 일대 계기가 되게 할 것입니다. 이 점 유념해 주시고, 며칠만 더 기다려주시기 바랍니다.」

부장 검사의 엄하고 자신에 찬 말이었다.

「질문 있습니다. 이번 사건이 상상할 수 없이 높은 권력 실세의 부인과 어떤 재벌회사 사장 사이에서 벌어진 것이라는 소문이 있습니다. 그런데도 수사가 성역 없이 진행되고, 그 진상이 한 점 의혹 없이 밝혀지겠습니까?」

「아무 근거 없는 소문을 가지고 질문하는 건 곤란합니다. 우리는 검찰의 기본입장인 엄정 중립을 지키며 수사에 임하고 있음을 재삼 확인해 두는 바입니다.」

「검찰이 되풀이하는 엄정 중립을 세상이 믿고 있다고 생각하십니까?」

다른 기자가 불쑥 물었다.

「그 무슨 유감스러운 발언입니까. 검찰의 명예를 훼손하는 그 발언에 책임을 질 수 있습니까?」

부장 검사는 불쾌감을 드러내며 위압적으로 말했다.

그 순간 이규백은 자신도 모르게 눈길을 떨구며 또 김지혁 판사의 얼굴이 쑥 다가드는 것을 느끼고 있었다. 기자들은 더 입을 열지 않고 침묵에 싸여 있었다.

「기자 여러분들께서 여러 가지로 궁금하시겠지만 며칠만 더 기다려주시기 바랍니다. 최대한 신속하게 수사 결과를 발표하겠습니다. 이상입니다.」

부장 검사를 따라 그 양쪽에 자리잡고 앉아 있던 세 검사도 몸들을 일으켰다.

「이거 뭐야. 알맹이는 아무것도 없잖아?」

「귀가 먹었어? 알맹이가 수두룩하잖아. 개봉 박두, 성역 전무, 의혹 전무, 엄정 중립, 이만하면 톱기사 감이잖아?」

「그럼, 그럼. 그 정도 메뉴면 톱기사로 화려하게 장식할 수 있지.」

뒤에서 들려오는 기자들의 야유에 등 뜨거운 것을 느끼며 이규백은 기자실을 벗어났다. 그 자신도 왜 부장 검사가 그런 식의 수사 중간발표를 했는지 종잡을 수가 없었다. 굳이 성과를 찾자면 수사 종료가 며칠 안 남았다는 것을 알린 것뿐이었다. 그 이외의 내용으로는 '사회적 의혹을 희석시킬 필요'를 느낀 부장 검사의 목적은 전혀 이루어질 것 같지가 않았다. 어쨌거나 다시 한번 놀란 것이 부장 검사의 배짱이었다. 부장 검사라서 그런 배짱이 생기는 것인지, 그런 배짱이 있어서 부장 검사가 된 것인지 분간하기가 어려웠다.

「어려운 사건을 맡아 잘 풀어내는 것도 기회라구. 알지? 잘들 해봐.」

사건을 맡기면서 부장 검사는 세 사람에게 은밀한 눈길을 보냈던 것이다.

아직까지도 속이 메슥거리고 헛구역질이 치밀어 이규백은 남모르게 배를 쓸었다. 어젯밤에 셋이는 오색잡놈들처럼 여자들을 난잡하게 다루며 폭음을 해댔었다. 약속이나 한 것처럼 사건에 대해서는 한마디도 하지 않고 음담패설만 늘어놓았다. 외과의사들이 대수술을 하고 나면 으레 폭음을 한다고 했다. 머리통을 뻐개고, 배를 찢고 째고, 썩은 내장을 잘라내고, 혹을 떼내고 하다 보면 얼마나 더럽고 끔찍하고 비위 상할 것인가. 그리고 그런 중병환자들을 다루면서 긴장은 또 얼마나 될 것인가. 그런 것을 잊고 풀기 위해서 폭음은 당연한 것인지도 모른다.

그런데 자신들은 왜 그렇게 폭음을 했던 것인가. 술잔에 여자들의 젖꼭지를 담갔다가 마시는 오색잡놈질을 하면서 박장대소 속에 감추고 있어야 할 그 무엇이 있었던 것인가. 부장 검사의 은밀한 눈길을 서로서로 말없이 받아들여 덮었듯 음담패설을 안주삼은 폭주로 서로를 은폐하고 위안했던 것이다.

부장은 위에 보고할 게 있다고 발길을 돌렸고, 백 검사는 선약이 있다며 손을 흔들었다. 이규백은 황 검사와 식당을 찾아나섰다.

「어디 시원한 국물 먹을 수 있는 데로 갑시다. 나 아주 죽을 지경이오.」

황 검사가 배를 쓸며 고개를 내둘렀다.

「마시고 나면 꼭 이 고생인데 왜 폭음을 하는 건지 원. 어리석기는 유무식이 없어요.」

이규백도 배를 쓸며 쓰게 웃었다.

「그게 인간이고 그게 또 세상 사는 재미 아니겠어요. 어리석은 짓 미리미리 안 해버리면 세상살이가 얼마나 무미건조하겠어요.」

「하긴 그래요. 술이나마 안 마시고 이놈의 세상 어찌 살겠어요.」

이규백은 한숨을 쉬었다. 기자실의 분위기로 마음이 찜찜한데 그 위에 막내동생의 문제까지 얹혀 있었다.

무를 넣고 생선 대가리로 국을 시원하게 끓이는 식당을 찾아갔다. 이규백은 숟가락으로 국물을 뜨면서 또 한숨을 쉬었다.

「아니, 왜 자꾸 한숨을 쉬고 그래요? 그 사건 때문인가요?」

황 검사가 신경에 걸리는 듯 물었다.

「그러면 다행이게요? 나 그렇게 순진하지도 순수하지도 못해서 탈이오. 그게 아니고 동생놈 때문에 그래요. 검사 동생놈이 데모 주동자로 잡혀 들어가 있단 말이오.」

「그래요? 그거 참 똑똑한 동생 됐군요.」

황 검사가 턱없이 환하게 웃었다.

「속 편하게 농담은 원……..」

「농담이라니. 형 그대로 닮은 것 아니냔 말이오. 이 검사도 그렇지. 고시 앞두고 4·19에 앞장선 과거를 좀 생각해 봐요. 그런 사람이 몇이나 되는지. 자기는 그래 놓고 이제 동생 걱정을 하고 앉았으니 그게 어울려요?」

「나야 주동자도 아니었고, 잡혀 들어가지도 않았단 말이오.」

「잡혀 들어갔으면 빨리 빼내면 될 일이지 한숨은 왜 쉬고 그래요.」

「요새 데모 단속하는 분위기 험악한데 빼내달라는 그럴듯한 명분이나 묘안이 없으니까 골치가 아픈 거지요. 그냥 무작정 봐달라고 하면 망신당하기 딱 좋단 말이오. 중정이 지금 열받쳐 있는 판인데, 검사가 동생 하나 다루지 못하고 이게 무슨 꼴이냐고 해대면 뭐라고 하겠어요.」

「그거 간단하잖아요. 다시는 데모 못하게 군대에 보내겠다고 하세요. 그리고 서약서에 보증인 도장 찍어줘요. 그럼 2~3일 내에 특별영장 발부해 줄 건데요, 뭘.」

「그래요?」

「무슨 과예요?」

「영문과요.」

「그럼 더 잘됐군요. 훈련 마치면 바로 카츄샤로 빼주세요. 영어공부나 좀 하게. 동생보고는 미국 유학 간 셈치고 3년 동안 꼼짝하지 말라고 타이르고요.」

「예에, 그거 참 기막힌 방법이군요.」

뜻밖에도 좋은 해결책을 찾은 이규백은 무릎을 쳤다.

「이만하면 점심 사야겠지요?」

「그럼요. 이따가 술도 사지요.」

「아이고, 술은 사양하겠습니다.」

황 검사는 손사래를 쳤다.

「그럼 며칠 뒤로 저금해 두지요.」

이규백은 곧 동생 일을 해결하려고 나섰다. 막내동생 규동이를 생각하면 어이없기도 하고 신기하기도 했다. 긴급조치 9호가 시퍼런 칼날을 휘둘러대고 있는 상황에서 그것을 반대하는 데모를 주동하고 나서다니, 용감한 것인지 어리석은 것인지 알 수가 없었다. 손을 쓰지 않고 내버려두면 긴급군재에 회부되어 중형을 받을 것이 뻔했다. 그런데 한편으로 생각하면, 어리고 철없던 막내동생이 어느덧 장성해 신변의 위험을 무릅써 가며 데모를 주동하고 나섰다는 것이 신기하고 대견하기도 했다. 자신에게 동생들은 단순히 같은 핏줄만이 아니었다. 아버지 대신 동생들을 키우다 보니 자식들 같은 느낌이 들 때가 더 많았다. 속물근성인 줄 알면서도 '검사'를 팔아 부잣집 사위가 되기를 망설이지 않았던 것도 동생들과 조카들이 짓누르는 무게를 혼자 감당할 수 없어서였다.

「이 사람아, 미리미리 단속을 좀 할 일이지. 하긴 뭐 공화당 국회의원이나 경찰 간부의 아들도 있는 형편이니까. 자식들도 뜻대로 안 되는 판에 동생이야 더 어렵겠지. 어쨌든 자네가 그런 식으로 확실하게 보증을 한다면 일이 안 될 것도 없지. 우리도 처벌이 목적이 아니라 데모를 일소하는 게 목적이니까. 내일은 좀 어렵겠고……, 모레쯤 다시 만나세.」

「살펴주셔서 고맙습니다.」

이규백은 선배 검사인 국장 앞에 깊이 고개를 숙였다.

「검사님, 김선오 검사님한테서 몇 번 전화가 왔었는데요.」

이규백이 홀가분한 마음으로 사무실로 들어서자마자 사무원 아가씨가 말했다.

「알았어.」

이규백은 순간적으로 기분이 언짢아져 통명스럽게 대꾸했다. 여동생 때문에 몸이 다는 김선오의 마음은 충분히 이해했다. 죄야 어찌 되었건 간에 형제간의 일이니 그렇게 나서는 건 당연하기도 했다. 그러나, 평소에는 선배라고 해서 조금이나마 마음쓰거나 정 붙게 하는 일이라곤 없다가 급한 일이 생기니까 정신없이 덤비는 그의 약고 얄팍한 처세가 마땅찮았다. 그는 한 마당에서 일하고 있는 고향의 선후배들과 자꾸 멀어져갔고, 그 대신 다른 사람들과 사귄 덕인지 어쩐지 지난번 인사이동에서도 요령 좋게 지방물 먹는 걸 피했던 것이다. 검사쯤의 자리를 차지한 자들이 그 누구든 욕망이 없을까마는 김선오는 그것을 너무 두드러지게 드러내고 있었다. 그의 비위 좋은 너스레며 아무하고나 잘 친해지는 사교적인 성격은 남다른 출세의 요건을 갖춘 것이기도 했다.

「김선오 검사님 전화 왔습니다.」

이규백은 송수화기를 들었다.

「선배님, 접니다. 오늘 저녁 한잔 어떠십니까?」

정이 넘치는 김선오의 목소리였다.

「어쩌지, 나 선약이 있는데.」

「아이, 그러시지 말고 시간 좀 내주세요. 그 건도 대충 다 끝났잖아요. 피곤을 푸셔야 되잖아요.」

상황을 다 알고 있으니 발뺌하지 말라는 말투였다.

「장인 영감 일로 선약이 있어서 그래. 퇴근길에 잠깐 만나는 게 어떨까.」

김선오도 장인 일에는 꼼짝을 못한다는 것을 생각하며 이렇게 둘러 댔다.

「그래요? 그러면 어쩔 수 없지요. 퇴근 몇 시에 하죠?」

이규백은 전화를 끊으며 김선오가 얼마나 애가 탈지 짐작할 만했다. 여동생이 그 사건에 연루된 것이 알려지게 되면 그건 김선오에게 더없 는 오명이었다. 일시적으로 망신만 당하는 게 아니라 두고두고 앞길의 장애가 될 수도 있었다. 그래서 그는 여동생이 기소되기 전에 그 흔적을 지우려고 애쓰고 있었다.

이규백은 약속시간에 정확하게 맞추어 다방으로 나갔다. 김선오는 먼 저 와 기다리고 있었다.

「선배님, 어떻게 되겠어요?」

담배를 빨며 앞으로 다가앉는 김선오의 얼굴에는 초조한 빛이 역력 했다.

「수사를 다 끝내고 조서를 부장님한테 넘겼는데, 수사 과정에서 내가 서너 차례 얘길 꺼냈지. 그런데 반응이 좋지가 않아. 아무래도 아래서는 결정할 수 없는 문제니까 빨리 위에 부탁해 보는 게 어떨까?」

「반응이 좋지 않다는 건 듣기 좋은 말일 뿐이고 그건 곧 반대한다는 건데, 도대체 그게 누굽니까? 백 검인가요, 황 검인가요? 그 사람들 이 번 기회에 저를 망하게 하려는 것 아닙니까?」

김선오는 골격 큰 양쪽 어깨를 치세우며 적의를 드러냈다.

「이 사람아, 중대한 일 앞에 놓고 그렇게 감정이 앞서면 어떡해. 급할 수록 침착하게 일을 풀어가야지.」

「감정이 아니라 선배님도 한번 생각해 보세요. 같은 직장의 동료 입장 에서 보거나, 우리의 수사 상식으로 보거나 이럴 수 있는 겁니까? 그 사건에서 제 여동생을 뺀다고 해서 그 사건이 성립이 안 됩니까? 제 여동생은 어쩔 수 없는 심부름이나 한 하찮은 종범에 지나지 않습니다. 정작 주범은 수사도……」

김선오는 점점 더 감정이 뜨거워지면서도 여기서 말을 멈추었다.

「김 형 심정 잘 알아. 아직 며칠 여유가 있으니까 최선을 다하도록 해봐. 위에서 결정하는 게 쉽고 자연스러우니까.」

이규백은 팔목의 시계를 들여다보았다.

「알았습니다. 망할 기집애 같으니라구.」

김선오는 자리를 박차고 일어났다.

이규백은 김선오의 얼굴에 드러난 적대감을 보면서 그가 내뱉은 '망할 기집애 같으니라구'를 '망할 자식들 같으니라구'로 듣고 있었다. 자신까지 싸잡아 그렇게 욕을 한다고 해도 어쩔 수 없는 일이었다. 어떤 면에서는 한 번은 치러야 하는 고역을 벗어난 홀가분함도 없지 않았다.

이틀 뒤에 이규백은 다시 그곳을 찾아갔다.

「이 검사 꿈이 수포로 돌아갔어.」

국장이 비웃음을 물며 말했다.

「그게 무슨 말씀이십니까?」

이규백은 가슴이 철렁 내려앉으며 당황했다.

「장한 동생 됐더라니까. 자네가 한 얘기 다 했는데도 서약서에 도장 찍기를 거부했어.」

「이런 건방진 자식! 국장님, 제가 좀 만나게 해주십시요.」

이규백의 얼굴은 어느새 창백해져 있었고, 그 목소리도 떨렸다.

「괜히 헛수고야. 동지들을 배신할 수 없다는 건데, 그거 아주 골수야.」

「저를 마주 대하면 달라질 겁니다. 잠깐만 만나게 해주십시요. 아버지가 일찍 돌아가셔서 저는 그냥 보통 형이 아닙니다.」

이규백은 곧 빌 것 같은 몸짓을 지었다.

「부모나 다름없다는 말인 것 알겠는데, 한번 꼭지가 돌아버린 애들은 구제불능이야. 그런 애들이 꽤나 많다는 거나 알고 만나보라구.」

국장의 입가에 쓴웃음이 내뱄다.

이규백은 사무용 소파가 놓인 작은 방에서 초조하게 담배를 빨았다. 5분이 지나도 막내동생은 나타나지 않았다. 그는 꽁초로 새 담배에 연달아 불을 붙였다. 둘째동생 규상이는 아무런 말썽 없이 공대를 졸업하고 대기업에 취직을 했는데 뜻밖에도 막내동생이 애를 태우고 있었다. 평소에 자주 대하지 않고 소홀히 했던 것이 후회스러웠다. 두 번째 담배가 꽁초로 변하고 있을 때 막내동생이 나타났다.

막내동생의 초췌하고 핏기 없는 얼굴을 보자 가슴이 찡해져 이규백은 자신도 모르게 소파에서 일어났다.

「앉아라. 몸은 어떠냐?」

「괜찮아요.」

이규동은 눈을 떨군 채 대답했다.

「규동아, 너 내 말 잘 들어라. 대학생으로서 데모를 할 수도 있다. 그러나 현실을 직시하는 눈도 가질 수 있어야 한다. 지금은 긴급조치가 발동되고 있는 상황이야. 군재에 회부되면 중형을 면할 수 없게 된다. 난 형으로서 네가 그리 되는 것을 바라보고만 있을 수는 없다. 그건 또 돌아가신 아버지가 원하시는 것도 아니고 더구나 나이 많으신 어머니를 생각해 봐라. 넌 그동안 데모로 네 의사는 충분히 나타냈으니까 이젠 형 말을 들어라. 다행히 형이 검사라서 보증을 하면 선처를 해주시겠다고 했으니까 넌 마음을 고쳐먹고 입대를 해라. 그럼 형이 바로 카츄샤로 빼줄 테니까. 거기서 군대생활 편하게 하면서 미국 유학 간 셈치고 영어공부나 착실히 해가지고 나와. 네 전공이 영문학이니까 잘되지 않았니. 알겠지?」

「……형님 말씀 고맙지만, 제 일에 더 신경 쓰지 마세요.」

이규동이 눈길을 떨군 채 또렷하게 말했다.

「뭐라고? 신경 쓰지 마?」

막내동생의 대꾸가 너무 뜻밖이고 황당해서 이규백은 입을 다물지 못했다.

「예. 검사인 형님 입장을 난처하게 해드린 것은 죄송해요. 그렇지만 동지들을 배신하는 파렴치한 기회주의자가 되고 싶지 않아요. 제가 한 일은 제가 끝까지 책임지겠어요. 이 마음은 그 누가 골백번 말한다고 해도 변하지 않아요.」

언제부터인가 이규동은 고개를 똑바로 들어 이 말을 하고 있었다.

「너, 너……, 내가 내 입장 때문에 이러는 줄 아냐?」

치솟는 화를 억누르며 이규백은 말을 더듬었다.

「꼭 그렇다는 뜻은 아니에요. 더 속상하지 마시고 그만 돌아가세요.」

이규동은 이제 눈길을 떨군 게 아니라 고개를 외틀어 외면을 했다.

이규백은 완전히 말문이 막히고 말았다. 앞에 앉은 것은 어리게만 보아왔던 막내동생이 아니라 전혀 모르는 타인이었다. 그는 난생처음 느끼는 그 이상한 감정 속에서 마음을 닫지 않을 수 없었다. 이곳은 집이 아니었다. 도청이 되고 있을지도 모르는데 더 무슨 말을 계속할 수가 없었다. 말이 번지다 보면 정치적인 얘기가 나오게 되고, 동생이 거침없이 말을 하게 되면 괜히 궁지에 몰릴 수도 있는 일이었다.

이규백은 패배감에 빠져 그곳을 뒤로 했다. 막내동생을 너무 쉽게 생각했던 것이 자신의 또다른 속물근성이었음을 뒤늦게 깨닫고 있었다.

그 누가 골백번 말한다 해도 자신의 마음은 변하지 않는다고 했던 막내동생은 그때 그 법정의 그 대학생인지도 몰랐다. 민청학련 사건의 선고 공판 때였다. 사형 선고를 받는 순간 한 대학생은 「영광입니다」 하고 외쳤다. 그 순간 법정은 얼어붙고 말았다. 그런데, 그 법정의 판사도 검사도 변호사도 학생도 같은 대학의 법대 선후배 사이였다. 그 법정에서 그야말로 영광스러운 승리자는 그 대학생이었고 나머지는 모두 비겁한 패배자였다. 그 이야기는 법조계에 금방 퍼져 모든 판검사들에게 사형 선고를 내리고 있었다.

나흘이 지나 그 보석 밀수 사건의 수사 결과가 신문에 보도되었다. 사건의 주범은 육군 소장의 아내 한정임이었고, 그녀는 부산을 거점으로 하는 밀수조직 왕초 하 아무개와 밀착되어 밀수 보석을 공급받아 상류층 부인 30여 명에게 상습적으로 밀매를 해온 것으로 되어 있었다. 김명숙은 '연락책'으로 이름 붙여져 조직 도표의 끄트머리에 붙어 있었다.

28
남의 밥그릇

도시의 밤은 푸른 색조의 형광등 불빛을 따라 나날의 짧은 삶을 시작했다. 도시에 어둠이 내리기 시작하면 거리마다 형광등은 그 푸르스름한 몽환적 불빛을 앞세우며 제 임무에 나섰다. 어둠을 사르기에는 어딘가 그 힘이 부치는 것 같은 형광등 불빛은 어둠과 어우러져 은밀한 분위기를 자아냈다. 어둠이 내리면서부터 통행금지까지로 제한된 밤의 삶을 위해서는 그 유혹적인 형광등 불빛이 안성맞춤이기도 했다. 거리의 여자들이 밤화장을 하듯 형광등 불빛은 도시의 밤을 몽롱하게 화장시켰다. 그 은밀함과 유혹이 손짓하는 속에서 도시의 밤은 생동하기 시작했다.

종로를 치장하고 있는 불빛은 화려했다. 하루의 일을 끝낸 사람들이 그 불빛 속에서 물결을 이루고 있었다. 사람들이 잰걸음을 치고 있는 것은 갈 길이 바빠서라기보다는 추위 탓이었다. 해가 지면서 더 심해진 추위는 밤바람까지 타며 사람들을 괴롭히고 있었다.

배상집은 그 사람의 물결 속에서 지친 걸음을 옮겨놓고 있었다. 무겁게 처지는 가방을 든 그의 몰골은 서독에 있을 때보다 훨씬 더 후줄근하고, 핏기 없이 메마른 얼굴에는 우울한 그늘이 짙게 서려 있었다. 그는 걷는다기보다는 사람의 물결에 떠밀리고 있는 것처럼 보였다.

배상집은 종로서적 쪽으로 길을 건너면서 자신도 모르게 코를 큼큼거렸다. 찬바람과 함께 콧속을 진동하는 냄새, 그건 리어카 행상들이 굽는 군밤 냄새였다. 그뿐이 아니었다. 고리타분하면서도 찝찌름한 냄새, 그건 오징어 굽는 냄새였다. 그 두 가지 냄새는 어금니 사이사이에서 신침이 지르르 흐르게 하는 동시에 빈속을 뒤흔들어 더욱 시장기가 동하게 만들었다.

배상집은 입에 고인 침을 삼키며 얼굴이 일그러졌다. 군밤 냄새와 오징어 굽는 냄새는 도시의 겨울을 겨울답게 하는 낭만이었다. 그러나 점심을 굶은 자신에게 그런 문화적 효용가치는 없었다. 오로지 경제적 효용가치로 배고픔을 자극하며 자신의 신세를 비참하게 만들고 있었다.

길을 다 건넌 그는 걸음을 멈추며 지친 숨을 길게 내쉬었다. 해마다 경제성장이 평균 10퍼센트대로 이루어지고 있다는 정치 선전을 입증이라도 하듯이 거리의 불빛들은 색색으로 현란하게 빛나며 손님들을 부르고 있었고, 인도가 비좁도록 넘쳐나고 있는 사람들의 모습도 모두 활기차 보였다. 그런데 한국이 부러워해 마지않는 경제 기적의 나라 서독에서 박사학위를 따온 경제학 박사는 점심을 굶는 신세가 되어 길거리에서 맥이 빠져 있었다.

배상집은 그런 자신을 바라보며 속이 쓰고도 떫었다. 아무리 독일에서부터 스승들에게 편지를 했다 해도 귀국하자마자 대학에 자리잡으리라고 기대하지는 않았었다. 그렇다고 6개월을 허송세월하고, 또 1년을 꼬박 시간강사로 떠돌며 점심까지 굶는 신세가 되리라고는 상상도 하지 못했다. 세 군데 시간강사의 수입은 오가는 차비로 길에 뿌리면 그만이었다. 그건 수입을 위해서가 아니라 전임 자리를 얻으려면 거치지 않을 수 없는 과정이었고, 발판이었다. 그러나 그 팍팍한 기간이 언제 끝날지 모르는 것이 문제였다.

「기다려보게. 학교 신설이 있는 것도 아니고, 인원 증원이 되는 것도 아니니까 뭐라고 말할 수가 있어야지. 기다리다 보면 기회가 오겠지.」

스승들의 말은 이렇듯 막연하고 답답했다. 그러나 그건 대학의 엄연한 현실이기도 했다. 박사학위가 없는 교수들이 수두룩했지만 그들은 65세까지 보장받은 요지부동의 말뚝이었다.

집에서는 자신이 점심을 굶고 있는 것을 모르고 있었다. 자신이 공부를 하느라고 집에 돈을 보내지 못해 가난했던 집안은 여전히 가난에 찌들어 있었다. 미장공인 아버지는 네 동생들을 뒷바라지하느라고 남의 집들만 수없이 지었지 정작 당신은 산동네의 무허가집 신세를 면치 못했고, 이젠 노동력도 떨어져 버젓한 공사장에는 나가지 못하고 보수나 수리 같은 잡일을 하는 형편이었다. 자신이 박사학위를 따오자 아버지는 천하를 다 얻은 것처럼 좋아했는데 모자라는 돈을 타 쓸 수는 없었다.

「감은 홍시가 돼야 떨어지고, 밥은 뜸이 들어야 먹는 법이다. 교수님 되는 것이야 틀림없는 것이니까 조급해 할 것 하나도 없고, 어서 장가나 들어라. 자식을 셋도 더 둘 나이가 넘었다.」

결혼을 서두르는 아버지의 성화를 충분히 이해할 수 있었다. 그러나 대학에 자리잡기 전에는 결혼할 수가 없었다. 경제력이 전혀 없는 것도 문제였지만, 자신의 주가를 반감시키고 싶지 않았다. 교수가 되면 좋은 혼처를 얼마든지 고를 수 있을 거였다.

배상집은 무거운 발길을 터벅터벅 옮기기 시작했다. 대학은 꼭 실력만으로 자리잡을 수 있는 곳이 아니었다. 독일에서 실력 제일주의를 믿으며 공부에 혼신을 다했던 것은 대학의 실태를 몰랐던 순진함이었다. 실력은 필요조건일 뿐이었다. 거기에 학연·지연·혈연·배경·금력 같은 것들이 복잡하게 얽히고설켜 충분조건을 이루어내고 있었다. 마치 밀림 속에서 길을 찾아 나아가야 하는 것 같은 난감함 앞에서 자꾸 떠오르는 것은 서독에서 자신을 유혹했던 기관원 한이었다. 귀국하기 전까지 얼마 동안만 그의 요구를 들어주었더라면 일이 쉽게 풀리지 않았을까 하는 아쉬움이었다. 그게 다 부질없는 생각인 줄 알면서도 막막한 상황이 불러일으키는 어리석은 후회였다.

배상집은 버스정류장에 이르러 또 거리를 휘황하게 밝히고 있는 상점들의 불빛을 망연하게 바라보았다. 누구하고 훈훈한 술집에 마주앉아 술을 한잔하고 싶은 마음이 간절했다. 그 상대로 떠오르는 얼굴, 그건 유일민이었다. 그는 지금 어디에서 무엇을 하고 있을까……. 그에게 약속한 돈을 보내주지 못한 것이 죄의식으로 남아 있었다. 그를 만나 자신이 처했던 사정을 이야기하고, 사과하고 싶었다. 그의 집안 사정이 그렇게 특이했던 것이 충격이었고, 그렇다고 그게 외국을 나갈 수 없는 절대조건이 된다는 것은 더욱 충격이었다. 그리고, 서독에서 양쪽 기관원들이 대치하는 상황을 알게 되면서 유일민을 더 자주 생각하지 않을 수 없었다.

배상집은 집으로 가는 버스를 향해 뛰었다.

「뒤로 돌아서서 타요, 뒤로!」

여 차장이 목 쉰 소리로 외쳐대며 손님들을 마구 버스 안으로 떠밀어 올리고 있었다.

손님들은 남녀 없이 잽싼 몸놀림으로 등을 버스 안쪽으로 돌리고는 엉덩이로 사람들을 밀어붙이며 버스를 타고 있었다. 배상집도 허기진 배에 힘을 넣으며 재빨리 뒤돌아서 버스에 올랐다. 그리고 한 팔로 문틀을 잡고 버티며 엉덩이로 뒷사람들을 있는 힘껏 떠밀어댔다.

「야 차장, 그만 태워! 사람 터져 죽는다!」

「운전수, 뭘 해! 빨리 출발해. 여기 애 깔려 죽는다!」

안쪽에서 이런 고함이 터져나오고 있었다.

배상집은 새로 올라탄 사람들에게 밀리는 입장이 되어 가방 든 팔을 빼내려고 끙끙대고 있었다. 가방은 어느새 뒤로 밀리는 사람들 틈에 끼어 한쪽 팔이 찢어질 지경으로 멀어져 있었다. 그는 가까스로 가방을 빼내고는 기운이 쭉 빠지는 것을 느꼈다.

버스 안은 정말이지 발 디딜 틈이 없었고, 사람들은 서로 몸이 빈틈없이 맞붙어 한 덩어리 짐짝처럼 된 상태로 버스가 출발했다. 출퇴근시간의 시내버스가 '콩나물 시루'라고 하는 건 바로 이것이었다. 흔히 말하는 '치열한 생존경쟁'이라는 것이 무엇인지 또다시 실감하며 배상집은 눈을 감았다.

그때 버스가 한쪽으로 기우뚱하며 사람들이 그쪽으로 쏠리는 순간 버스는 반대쪽으로 기우뚱했고, 그러자 사람들은 버스의 출렁임을 따라 반대쪽으로 휘둘리며 '어머머!', '어, 어, 어!' 소리를 질러댔고, 버스가 술이라도 취한 듯 다시 기우뚱하자 사람들은 또 짐짝처럼 그쪽으로 휩쓸렸다.

「야 이새끼야, 운전 똑바로 해!」

「야 운전수, 죽고 싶냐!」

남자들이 소리쳤지만 운전수 쪽에서는 아무 대꾸 없이 이제 차는 제대로 달리고 있었다. 그건 만원버스에서 으레껏 하는 '조리질'이었다. 그 조리질의 효과는 신통해 앞뒤 양쪽의 문 주변에서 벌어진 사람들의 뒤엉킴을 가볍게 풀어놓았다. 그건 다음 정류장에서 사람을 또 태우기 위한 준비였다. 그 일이 뻔하게 되풀이되는데도 운전수에게 소리치거나 욕하는 사람들은 없어지지 않았다.

배상집은 그런 사람들의 심정을 이해할 것도 같았다. 아무리 소리치고 욕해봤자 그런 짓이 고쳐지지 않는다는 것을 그들이라고 모를 리 없었다. 그건 어쩌면 삶에 대한 불만이나 고달픔의 폭발인지도 몰랐다. 자신도 아무데나 대고 마구 소리를 지르고 싶은 때가 한두 번이 아니었다.

배상집은 속이 쓰릴 정도로 배고픔을 느끼며 산동네 비탈길을 치오르고 있었다. 그는 이 산동네라면 정나미 떨어지고 넌덜머리가 났다. 자신이 어렸을 때부터 가난이 덕지덕지 묻은 이 산동네는 지금까지도 변한 것이라고는 없이 궁기에 찌들어 있었다. 경제가 눈부시게 발전하고 있다는 요란한 소리는 이 산동네하고는 아무 상관도 없는 먼 메아리였다. 배운 것 없고 전문적 고급기술이 없는 사람들은 아무리 경제발전이 호화찬란해도 변두리로 밀려나 있는 국외자들일 뿐이었다. 단순노동의 임금이 조금씩 오른다 해도 경제성장에 따른 통화팽창은 인플레를 낳고, 인플레는 물가 상승을 부르고, 물가 상승은 단순노동자들을 가난에서 벗어나지 못하게 하는 올가미가 되고 있었다. 평생을 이 산동네에서 벗어나지 못하고 있는 아버지의 삶이 그것을 잘 보여주고 있었다.

자신은 중학생 때부터 이 산동네에 사는 것을 창피스러워했고, 여기서 벗어나는 것을 꿈으로 품게 되었다. 산동네의 가난한 삶은 자신의 열등감의 뿌리인 동시에 노력의 원천이기도 했다. 그런데 한동안 혼신의 힘을 다 바쳐 노력하고 몸부림쳤지만 아직까지도 여기를 벗어날 수 있는 가망은 보이지 않았다.

「아이고, 이제 오냐. 배고프지? 어서 들어가거라. 곧 밥상 딜여가마.」

배상집이 들어서자 그의 어머니가 허둥거리며 말했다.

그는 밥상을 받자마자 정신없이 밥을 먹기 시작했다. 서독에서 신물나고 질리도록 먹었던 곰국을 먹어보지 못한 것도 오래였다. 그곳에서 헐값 중에 헐값이었던 우족은 여기서는 살코기 뺨치는 비싼 값이었다.

「천천히 먹어라, 체할라. 헌데, 방학이라면서도 학교에는 나가야 되냐? 날도 추운데.」

그의 아버지가 뚜벅 물었다.

「예, 글을 좀 쓸 게 있어서요.」

「박사가 되고서도 또 할 공부가 있냐? 공부라는 것도 그거 사람 못할 짓이다.」

그의 아버지는 코로 담배연기를 내뿜으며 쯧쯧 혀를 찼다.

「그나저나 세상 참 야속허우. 이리 공부 열성으로 하는 장한 박사님을 안 모셔가다니.」

그의 어머니가 한숨을 쉬었다.

하루도 빼놓지 않는 어머니의 이런 말에 배상집은 아무 대꾸도 하지 않았다. 처음 얼마 동안은 위로삼아, 곧 될 거라느니, 좀더 기다리면 된다느니 했지만 이젠 그런 말하기도 지쳐 있었다.

배상집은 자기 방으로 건너와 가방에서 논문 자료들과 원고지를 꺼냈다. 기한이 앞으로 1주일 남은 그 논문은 자신의 것이 아니었다. 교수가 정부에서 맡은 경제 프로젝트를 자신이 대신 초안을 잡는 것이었다. 아무런 보수도 없는 그 일을 거절할 도리가 없었다. 영향력 있는 교수들의 연구를 석·박사 과정의 학생이나 능력 있는 제자들이 돕는 것은 오래된 관례고, 학문적 미덕으로까지 여겨지고 있었다. 더구나 자신은 학과장인 그 교수에게 앞날을 전적으로 의지하고 있는 처지였다.

저녁을 먹고 나자 식곤증이 몰려들면서 피곤 속으로 몸이 꼴딱 잠겨드는 것만 같았다. 그러나 그는 얼굴을 세차게 문질러대고 고개를 쩔쩔 흔들어대며 책상 앞으로 바짝 다가앉았다. 기한을 최소한 이틀 정도는 앞당겨 논문을 마쳐야 했다. 기왕이면 교수를 더 흡족하게 해주는 게 좋은 일이었다.

배상집은 계획대로 이틀을 앞당겨 논문을 끝내가지고 교수의 집으로 찾아갔다. 교수의 집으로 가기 전에 어머니한테 부탁한 돈으로 남대문 도깨비시장에서 양주 한 병을 사들었다. 교수의 집을 찾아갈 때 빈손으로 가지 않는 것도 불문율처럼 되어 있는 관례였다.

「아니, 벌써 다 마쳤어? 과시 자넨 실력 좋은 내 사람이야. 정부가 제

창하는 초과달성을 산업현장만이 아닌 논문 작성에서도 이룩하다니, 초
과달성! 그거 좋지, 좋아. 어허허허…….」

교수는 넘치게 흡족해 하며 어깨 들썩거리는 너털웃음을 터뜨렸다.

「이건 교수님께서 즐기시는 죠니워카…….」

배상집은 포장된 술병을 슬며시 옆으로 밀어놓았다.

「아니, 뭘 그런 것까지 사오나 그래. 이런 땐 그냥 와야 그나마 내 체
면이 서지. 어쨌든 양반 예법이 몸에 밴 사람이란 이렇게 다르다니까.
어허허허…….」

교수의 흔쾌함은 절정에 이르고, 배상집은 교수의 '내 사람'이라는 말
을 되짚으며 안도하고 있었다.

「그렇잖아도 자넬 기다리고 있었는데, 내가 좋은 선물을 하나 주지.
그게 뭐고 하니, '한국 경제의 방향전환과 그 전망'이란 제목으로 짤막한
원고를 하나 쓰게. 중공업 중심의 경제 전망이니까 물론 긍정적인 내용
이어야 되지. 내가 자넬 위해 ○○신문사에 길을 뚫은 거니까 아주 맵짜
하게 잘 써야 되네. 매수는 8매고, 원고는 나흘 후에 신문사 경제부장한
테 갖다 주게. 그때 명함판 사진 한 장하고, 자네 박사학위증도 가져가서
보여주게. 그리고 원고 끝에 우리 대학 강사라고 명시하게. 알겠나?」

「예……, 제가 그런 자격이 있을지…….」

이건 겸손만이 아니었다. 너무 뜻밖의 말이어서 배상집은 어리둥절하
고 어질어질한 것 같은 느낌에 흔들리고 있었다.

「내가 어디 아무나 추천하는 사람인가? 좋은 일의 시초가 될지도 모
르니 원고나 야무지게 잘 쓰게.」

「교수님, 고맙습니다.」

배상집은 큰절을 하듯이 이마가 방바닥에 닿도록 허리를 굽혔다.

「으음……, 자네, 사내는 모름지기 입이 무거워야 되는 것 알지?」

교수는 배상집을 똑바로 쳐다보며 말했고,

「예, 명심하겠습니다.」

배상집은 다시 머리를 깊이 숙였다.

그는 교수의 집을 나와 집에 돌아올 때까지 '좋은 일의 시초가 될지도 모른다'는 말을 골백번도 더 곱씹었다. 그 말을 곱씹을 때마다 '제발 새 학기에는 전임만 돼라, 전임만 돼라……' 하는 말을 절절한 기도처럼 덧붙였다. 이력서는 이미 다섯 대학에나 내놓고 있었다. 그러나 지금까지 가망이 있는 데는 한 곳도 없었다. 심지어 어느 대학에서는 외국에서 박사학위를 해왔다는 것을 은근히 비꼬고 경원하는 눈치를 보이기도 했다. 어쨌든 아무 대학에나 자리잡을 수 있기를 간절하게 빌며 그는 산동네를 헉헉대고 올랐다. 그의 머릿속에서는 신문에 쓸 원고 내용이 거의 다 정리되어 가고 있었다.

유일민은 출근해서 신문을 훑어나가다가 깜짝 놀랐다. 눈에 잘 띄게 신문의 왼쪽 상단으로 커다란 상자를 만들어 실려 있는 글, 글의 윗부분 가운데를 차지하고 있는 사진과 그 아래 박혀 있는 이름은 배상집이었다. 그리고 이름 뒤에는 '박사'라는 칭호까지 붙어 있었다.

그 사진과 이름을 보는 순간 유일민은 머리가 화끈 뜨거워지고 가슴이 벌떡거리는 것을 느꼈다. 그는 숨을 들이켜며 몇 번이고 얼굴을 훔쳤다. 그러나 충격은 가시지 않고 괴로운 마음을 파고들었다. 그동안 대기업 중역으로, 고급 공무원으로 출세한 동창들을 적잖이 만나거나 소식을 들었지만 그 놀라움은 지금처럼 크지 않았었다. 배상집이 언젠가는 목적을 이루고 돌아오리라고 다 예상하고 있었던 일이었다. 그런데도 막상 '박사'라는 것을 확인하자 그 충격은 뜻밖에도 컸다.

유일민은 배상집의 사진과 이름을 다시 멍하니 바라보았다. 화순 탄광에서 함께 석탄가루를 뒤집어쓰며 고생했던 일이 꼭 어제 일처럼 선하게 떠올랐다. 그는 떠나고 자신은 떠나지 못하게 되었을 때 오늘의 차이는 이미 결정된 것이었다. 경제학 박사인 교수와 볼품없는 플라스틱 제품공장의 사장……, 유일민은 신문을 덮었다. 배상집의 글을 읽어야 된다고 생각하면서도 감정은 수습되지 않았다.

「사장님, 아무래도 2호기가 안 되겠는데요. 자꾸 불량품이 나오는데 더 탈이 커지기 전에 수리를 해야 되겠어요.」

공장장이 사무실로 급히 들어서며 말했다.

「2호기면 그거 일본 물건 아니오. 일본사람들 까다로운데 빨리 수리해야지요. 부품은 내가 사올 테니 그동안에 기술자 불러놔요.」

유일민은 잘되었다 싶어 지체 없이 몸을 일으켰다. 바삐 일에 쫓기며 배상집을 잊고 싶었다.

「예, 수리를 해도 또 얼마나 갈지 모르지요. 기계가 워낙 늙어빠져서요. 일하는 만큼 효과 좋게 제품을 착착 빼내려면 새 기계로 바꿔치우는 게 젤인데요…….」

공장장은 뒤로 갈수록 말을 어물거리며 밖으로 나갔다.

유일민은 표정 없이 고개를 끄덕였다. 공장장의 말이 아니더라도 기계가 낡은 것은 자신이 더 잘 알고 있었다. 애초에 중고를 사들였으니 그동안 부려먹을 만큼 부려먹은 셈이었다. 그러나 새 기계로 선뜻 바꿀 수 있게 돈이 모아져 있지 않았다. 또, 기계를 바꾸려면 일본에 직접 가는 게 좋은데 여전히 신원조회가 앞을 가로막고 있었다. 기계를 국내에서도 구할 수 있지만 수입상의 중간 마진에다가 소매상의 이익까지 덧붙여져 있어서 값이 턱없이 비쌌다. 그래서 기계 구입을 위해 사장들이 일본에 직접 가는 건 당연한 일이 되어 있었다. 그 김에 일본 구경도 할 수 있다는 덤까지 생기는 일이었다.

유일민은 청계천 기계공구 상가로 나갔다. 폭은 좁고 길이가 긴 상점들이 촘촘히 다붙어 있는 기계공구 상가는 언제나 너저분하고 구경거리라고는 없이 살풍경했으며, 쇳소리까지 시끄럽게 울리고는 했다. 쇼윈

도가 화려하게 치장된 매끈매끈한 상점들이 줄지어 있는 바로 옆의 종로와는 좋은 대조를 이루고 있었다. 그러나 기계공구 상가도 해마다 그 모습이 달라져가고 있었다. 경제의 변화를 따라 온갖 기계공장들이 수없이 불어나면서 군수물자나 팔아먹고 미군부대에서 흘러나온 헌 냉장고며 에어컨을 고쳐 팔던 옛 모습에서 벗어나 전문적인 기계공구상들로 자리잡고 있었다. 그곳에서는 이 세상에 있는 기계의 부품들을 구하지 못하는 게 없다고 소문나 있었다.

유일민은 서너 곳을 거치며 값을 흥정해서 부품을 샀다. 동대문시장이나 남대문시장에서는 모든 물건값을 놓고 서로 실랑이를 벌이게 마련이지만 특히 이곳의 부품값은 들쭉날쭉이어서 눈치껏 굴지 않고서는 바가지쓰기 십상이었다. 이제 기계의 속내를 환히 아는 것처럼 유일민은 값 흥정에도 이골이 나 있었다.

기계 수리는 점심시간이 지나서야 끝이 났다. 수리공은 점심을 먹고 나서 계속하려고 했지만 유일민은 점심값을 따로 주기로 하고 일손을 놓지 못하게 했다. 한시라도 빨리 수리를 마쳐야 했고, 점심을 먹으면서 소주잔이라도 걸치게 되면 수리가 잘못될 수도 있었다.

언제나 그랬던 것처럼 유일민은 수리를 하는 동안 한시도 기계 내부에서 눈을 떼지 않고 지켜보았다. 그런 기회에 기계에 대해 공부를 하려는 것이었다. 기계가 돌아 제품이 제대로 나오는 것을 확인한 다음 유일민은 늦은 점심을 먹으려고 공장을 나섰다.

「유 사장, 어디 가시오?」

고개를 숙인 유일민은 그저 걸음을 옮기고 있었다.

「이봐요 유 사장, 또 무슨 생각을 그리 하느라고 부르는 소리도 못 들으시오?」

한 남자가 다가오며 목소리를 더 높였다.

「아, 예……, 김 사장…….」

그제서야 고개를 든 유일민은 더디게 웃음을 지어냈다. 그러나, 그 웃음이 희미하고 아무 온기가 없는 것처럼 눈동자도 무슨 헛것을 보고 있는 것 같았다.

「무슨 근심 생겼소? 또 그치가 찾아와서 괴상한 소리하던가요?」

「아니오. 뭐, 별일 없어요.」

유일민은 고개를 저었다. 그러면서 자신이 배상집의 생각에 빠져 있었다는 걸 깨달았다.

「아니긴 뭐가 아니라고 그래요. 얼굴에 딱 씌어 있는데. 그치가 또 뭐라고 공갈치던가요? 세상은 갈수록 시끌시끌해지지, 해는 바뀌지, 이래저래 그치도 공갈칠 때가 됐어요.」

「아니오. 그치 안 왔어요.」

유일민은 다시 고개를 저었다. '그치'란 그들을 담당하고 있는 형사였다. 성격이 괄괄한 편인 김 사장은 형사를 거침없이 그치라고 불렀다. 그 말을 자꾸 듣다 보니 유일민도 그렇게 부르게 되고 말았다.

「그럼 집안이나 회사에 무슨 일 있소?」

「뭐 별일 없어요. 기계가 좀 고장난 것뿐이지. 어디 가는 길이오?」

김 사장의 집요함에 속마음을 내비치지 않으려고 유일민은 말머리를 돌렸다.

「어디 가긴, 유 사장 만나러 가는 길이지요. 할 얘기도 있고 해서 오늘 밤에 한잔 꺾자고 말이오. 어때요?」

「예, 그러지요.」

「좋아요. 유 사장한테 딱 한 가지 매력이 있다면 생각보다 술을 잘한다는 점이오. 그럼 이따 만납시다.」

김 사장이 기분 좋게 웃으며 손을 흔들었다.

유일민은 곰탕집으로 걸어가며, 술이나마 없었다면 이 세상을 어찌 살았으랴, 하고 생각했다. 술은 세상사의 괴로움이나 고통에 대하여 아무런 해결책이 되지 못했다. 그러나 일시적인 망각제나 도피처 역할은 해주었다. 특히 악몽을 피할 수 있는 수면제 역할을 톡톡히 해냈다. 그리고 술을 마시면서 감정을 토해내는 것도 괴로움과 고통이 덜어지는 것 같은 착각의 효과를 나타내기도 했다. 또한 사람의 마음이라는 것이 묘해서 서로 이해할 수 있는 사람끼리 술잔을 나누며 속 깊은 하소연을 하고 나면, 실제로 해결된 것은 아무것도 없는데도 마음은 다소 편해지고 또 하루를 살 수 있는 위안을 얻기도 했다.

김 사장, 그는 그런 상대였다. 김기돈, 그는 어쩌면 자신보다 더 억울한 처지에 놓인 사람인지도 몰랐다. 그는 외삼촌 때문에 공대를 나오고서도 길이 막혀 이 근방에서 기계제작공장을 하고 있었다. 말이 기계제작이지 공원들 대여섯 데리고 철판을 자르고 용접하고 두들기는 힘겹고 고달픈 삶이었다. 그의 외삼촌은 대학생으로 좌익을 하다가 월북을 해서 그를 감시의 대상으로 만들어놓고 있었다. 애초에 그와 가까워진 것은 대학이 같았기 때문이다.

「난 어디로든 이민을 가버리고 싶은데 이민도 못 가게 꽉 붙들어두고 사람을 이렇게 골탕을 먹이니 이거 사람 미치고 환장할 일 아니오. 이 지랄들을 할랬으면 미리 대학이나 다니지 말게 하든지. 난 인생 다 포기했어요.」

술 취한 김기돈이 한 말이었다.

어디로든 이민을 가버리고 싶은 김기돈의 마음은 바로 자신의 마음이기도 했다. 사람이 사람으로 살 수 없는 땅, 그 땅을 떠나고 싶은 마음은 똑같은 처지에서 고통당하고 있는 모든 사람들의 마음이기도 할 거였다. 누이동생 선희가 미리 말 한마디 없이 집을 떠나버린 것도 그런 마음의 표현이었다.

「형, 너무 걱정 말어. 선희는 절대 나쁘게 되지는 않을 거야. 일을 당하고 곰곰이 생각해 보니 선희는 오래 전부터 집 떠날 마음을 먹고 있었

어. 결혼문제를 꺼내니까 남자 쪽에 무슨 피해를 줄지 모르니까 결혼 같
은 것 할 마음이 없다고 했고, 국민학생 때부터 아버지를 신고하는 꿈을
수도 없이 꿔왔고, 서로 간첩질을 시켜가며 사람들을 못살게 구는 남도
북도 다 싫으니까 이런 무서운 세상이 아닌 곳에서 살고 싶다고 했었어.
그러니까 선희는 아버지를 신고하지 않아도 되는 세상을 찾아간 것 같
은데, 아마……, 수녀가 아니면 여승이 되지 않았을까 싶어.」

　동생 일표의 말이었다.

　급한 마음에 일표의 말은 꼭 맞는 것만 같았다. 그러나 일표는 선희
를 찾아나서는 것을 반대했다. 그건 추측일 뿐이고, 만약 확실하다 하
더라도 사회를 등진 것은 선희의 고통스러운 선택이니까 그대로 두어
야 한다는 거였다. 사실 어느 수도원이나 절에서 찾아냈다고 해도 억지
로 끌어와서 해결될 일이 아무것도 없었고, 아버지가 내려오지 않는다
는 보장도 없었다. 선희의 일을 생각하면 곧바로 어머니가 떠오르고는
했다. 저세상에서 막내딸을 내려다보며 어머니는 끝없이 울고 있을 것
만 같았다.

　언제나 달게 먹었던 곰탕이 영 맛이 없었다. 배상집은 아무리 몰아내
려 해도 끈덕지게 달라붙어 있었다. 독일에서 박사학위를 따오고, 신문
에 그리 크게 글까지 실리는 정도이니 그의 인생은 마치 고속도로처럼
거칠 것 없이 뚫린 것이나 마찬가지였다. 배상집의 성취가 꼭 부러운 것
이 아니었다. 자신은 이미 삶을 체념해 버린 줄 알았다. 그런데 배상
집을 보고 스스로도 이해할 수 없을 만큼 큰 충격을 받고, 이토록 오래
그를 떼쳐내지 못하고 있었다. 그건 욕망의 분출이었다. 자신도 모르게
자신 속에 감추어져 있었던 욕망이 슬프고 괴로웠다. 이제 자신이 해야
될 일은 이번에 드러난 그 욕망의 뿌리를 송두리째 뽑아내는 일이었다.
더 서글퍼지지 않고 더 괴로움당하지 않으면서 식물처럼 살아가려면
그 방법밖에 없었다. 그 다짐을 하며 입맛 없는 곰탕을 꾸역꾸역 다 먹

었다.

「이 집 돈 버는 소리 요란하네. 기계들아, 고장나지 말고 돌고 돌아라. 느네들 돌아가는 소리가 제일 듣기 좋은 노래다.」

김기돈이 유일민의 사무실로 들어서며 흥겨운 노랫가락 읊듯 했다.

「백날 돌아봤자 뭘 해요. 기껏해야 1원짜리 줍는걸. 앉으세요.」

유일민은 정리하고 있던 장부를 덮으며 말을 받았다.

「하긴 그래요. 우리 하청업이란 게 대기업들 발 밑에 깔려서 큰돈 만지기는 애저녁에 글렀지요. 앉을 것 없이 그냥 나갑시다.」

김기돈이 술맛 간절하다는 듯 입맛을 다셨다.

「그러지요. 어쨌거나 결제라도 좀 좋아져야 할 텐데, 시국이 뒤숭숭해서 그런지 어쩐지 어음기간이 더 길어지고 있어요. 김 사장 쪽은 어때요?」

유일민은 검정물 들인 미군용 스키파카를 걸쳤다. 그 옷은 검정물이 바래 붉은색이 드러나고 소매끝은 닳아 실보무라지가 일어날 만큼 낡을 대로 낡아 있었다. 그건 그가 대학생 때 임채옥한테 받은 선물이었다.

「보나마나 뻔하지요. 독재를 하지 말든지 데모를 하지 말든지, 둘 중에 하나는 없어져야 하는데, 둘이 계속 박치기를 해대고 있으니 경기도 비틀리는 거 아니오. 난 정치에는 무식한 놈이지만 정치가 이 나라 다 망치고 있어요.」

「이런, 누구 듣겠소.」

유일민이 사무실을 나서며 눈짓했다.

「아이구 무서라, 입 조심 해야지. 사상불온자가 유언비어 유포죄로 걸려들면 그땐 꼼짝없이 황천행이지.」

김기돈은 어깨를 떠는 시늉을 했다.

그들은 버스를 타고 용산을 벗어나 종로 쪽으로 나왔다. 마음에 드는 술집을 찾아나선 것이 아니었다. 단둘이 마주앉았다가 담당형사의 눈에 띄게 되면 무슨 의심을 사게 될지 모를 일이었다.

「무슨 일 있어요?」

술잔을 부딪치며 유일민은 상대방이 이야기 꺼내기 좋도록 먼저 물었다.

「예, 일이 있긴 있는데 좀 괴상한 일이오.」김기돈은 소주잔을 단숨에 비우고는,「나 외국물 먹게 될 것 같소.」소주의 독한 쓴맛을 얼굴에 그대로 드러내며 그는 불쑥 말했다.

「외국……?」

유일민은 그를 의아스럽게 쳐다보았다.

「잠꼬대하는 것처럼 안 믿어지지요? 근데 그게 사실이오.」

김기돈은 빈대떡을 찢어 입에 넣으며 묘하게 웃었다.

「그럼, 이민 가는 거요?」

「아니오. 돈 벌러 가요. 그게 무슨 일인고 하면 말이오, 1~2년 전부터 중동인가 사우디아라비아에 돈벌이 간다는 말이 슬슬 돌지 않았어요? 그 돈벌이가 아주 좋아 우리나라 회사들이 본격적으로 나서기 시작했어요. 그 바람에 나를 도와주는 선배한테서 연락이 왔어요. 공사 현장의 공사부장으로 특채를 할 테니까 고생이 되더라도 한밑천 잡아가지고 오라고요. 여기 부장 월급보다 세 배 이상 준다나요? 사막지대라 날은 덥고 일이 힘드니까 나 같은 놈을 끌어들이는 건데, 아무리 돈이 탐나도 우리가 어디 외국물 먹을 자격이 있어요? 그래서 선배한테 쏘아댔지요. 누구 놀리는 거냐고. 그랬더니 선배 말이 무식한 소리 작작하라면서, 상업용인 경우에는 출국을 허용한다는 거요. 쉽게 말하면 외국에서 딸라 벌어들이는 게 급하니까 돈벌이하러 나가는 건 안 막는다 그거요. 참 돈이 좋긴 좋소.」

술잔을 비운 김기돈은 술맛 탓인지 어쩐지 얼굴을 잔뜩 찡그렸다.

「외국에서 빌려온 돈 갚자면 몸이 달기도 하겠지요. 그런데 그게 혹시 중동에 국한된 게 아닌가요? 작년까지만 해도 그런 하자가 있는 간호원들은 서독에 나가지 못했다는 말을 들었는데.」

술잔을 비우면서도 유일민의 의문스런 눈길은 김기돈에게 가 있었다.

「그것까진 잘 모르겠소. 어쨌거나 조금씩이라도 풀려야지 사람이 살 것 아니겠소. 그러다 보면 다 풀릴 날도 올 거고.」

「글쎄요. 그럼 언제 떠나게 되나요?」

유일민은 그런 완화조치에 별다른 느낌을 갖지 못했다. 그건 언제든지 취소해 버릴 수 있는 권력자의 편의이기 때문이었다.

「빠르면 다음달에 갈 것 같소. 공장 그거 해봐야 아무 가망도 없고, 한 살이라도 더 젊었을 때 고생해서 목돈 잡기로 했어요. 공장은 그 담에 더 크게 차리면 되니까. 근데 유 사장은 그쪽으로 나가볼 마음 없어요?」

「글쎄요. 김 사장이야 공대 출신이니까 특채가 되지만 나야 흔해빠진 상대 출신인데 공사장에서 무슨 쓸모가 있겠어요.」

유일민은 술잔을 비우며 허전하게 웃었다.

「왜요. 한 공사장에 수백 명씩 있게 된다니까 거기에 경리업무가 없을 리 없지요. 유 사장이 마음만 있으면 내가 알아볼 수 있어요. 무슨 말인고 하면, 내가 이 땅을 벗어나려고 하는 건 돈벌이만 위해서가 아니에요. 그쪽에 가 있는 동안에는 감시받지 않고 마음 편하게 살 수 있잖아요. 돈도 벌고 자유도 얻고, 그런 일거양득이 어디 또 있겠어요. 내가 알아볼까요?」

아 그거 좋겠구나 하는 생각이 드는 순간 일표의 얼굴이 퍼뜩 떠올랐다. 자신이 피하면 동생이 당하게 되어 있었다.

「그 말은 고맙지만 난 곤란하겠는데요. 만약 내가 없는 동안 무슨 일이 생기게 되면 동생이 시달리게 될 텐데……, 아깝지만 어쩔 수 없겠어요.」

「예에……, 그런 어려운 점이 있군요. 함께 근무하면 서로 외롭지 않고 좋을 텐데…….」

　김기돈이 아쉬운 얼굴로 술잔을 비웠다.

「저어……, 김 사장도 친구 중에 공학박사로 교수가 됐다거나 하는,
옛날하고는 영 달라진 사람들이 더러 있지요?」

　유일민은 술기운이 의식 속으로 안개 퍼지듯 번져드는 것을 느끼며
그때까지도 마음에 무겁게 얹혀 있는 그 이야기를 꺼냈다.

「예, 여러 분야에서 나를 비웃듯 놀리듯 출세한 친구들이 많고말고요.
왜, 유 사장 친구 중에 누가 그런 출세를 했어요?」

　김기돈이 눈치 빠르게 대응했다.

「예, 서독에서 박사학위를 따온 친구의 글이 오늘 아침 신문에 실렸
더군요. 몇 년 만에 알게 된 첫 소식인데, 사진과 글이 생각보다 크게
실려서 그런지 어쩐지, 그렇게 될 줄 알았으면서도 충격이 어찌나 크던
지……, 내가 입으로는 삶을 체념하고 포기했다고 하면서도 아직도 무
슨 미련을 가지고 있는 것인지, 철이 덜 든 것인지, 그 친구를 질시하는
것인지……, 그 복잡한 내 마음을 나도 잘 모르겠어요.」

「그래서 아까 그렇게 우울해 보였군요? 우리가 도통한 것도 아니고
그렇다고 백치가 된 것도 아닌데 그런 감정이 생기는 거야 당연한 거지
요. 우리 능력은 분명히 있는데 우리 뜻대로 살지 못하고 병신이 되어
그런 일들을 당하게 되면 분하고 억울하고 원통하고 패배감에 괴롭고
하는 거야 너무 당연한 것 아니겠어요? 나도 그런 일 당하면서 충격도
많이 받고 울분도 많이 느끼고 절망도 많이 했어요. 그러면서 어쩔 수
없으니까 인생을 포기하고 체념하려고 애쓰는 거지요. 그러나 앞으로도
그런 일 당하면 계속 감정이 상하겠지요. 나를 좀 봐요. 입으로는 인생
을 포기했다고 하면서도 왜 사막의 나라로 갈 작정을 했겠어요? 포기할
수 없기 때문이 아니겠어요? 나도 다른 방법으로 무언가 이루어보겠다
는 꿈인지 오기인지가 발동하는 것 아니냐구요. 이거 오늘 밤 술 마실

이유가 분명해져서 좋군요. 그런 꼴 당하고 술 안 마시면 언제 술 마시겠어요. 갑시다. 2차로 가서 새 기분으로 마십시다.」

김기돈이 앞장서 찾아간 술집에서는 화장품 냄새가 짙게 풍기는 아가씨들이 반색을 하며 맞이했다.

「어머, 멋진 오빠들 오셨네. 어서 오세요. 화끈하게 술맛 나게 해드릴게요.」

「멋진 오빠들? 그 말 한번 상 받게 잘하네. 좋아, 좋아. 멋지고 근사한 사나이들인데 시대를 잘못 만나 괴롭고 외로워졌으니까 어디 너희들이 술맛 좀 나게 해봐라.」

김기돈이 술기운 넘치는 몸짓으로 아가씨들을 얼싸안았다.

「너무 괴로워하지도 말고 외로워하지도 마세요. 어차피 인생은 나그네 길인걸요. 어서 올라가세요.」

한 아가씨가 또랑하게 말했고,

「그래, 그래. 네 말이 맞다. 이 오빠들도 화끈하게 해줄 테니까 어서 술을 마시자.」

김기돈이 흥이 돋아 아가씨들의 엉덩이를 두들겼다.

「짜아, 인생은 어차피 나그네 길이고, 빈손으로 왔다가 빈손으로 가는 거다. 그런 개똥철학도 모르는 새끼들이 지배하는 이 드런 놈의 세상을 위하여 다같이 건배!」

「우리 오빠 최고. 건배!」

김기돈을 따라 두 아가씨가 거침없이 잔을 들어올렸고, 유일민도 그 흥에 실려 잔 높이를 맞추었다.

잔이 돌고 밤이 깊어갈수록 술자리는 흥건하게 넘실대는 술기운으로 격의 없이 어우러지고 있었다. 아가씨들은 슬픈 유행가를 더욱 슬프게 불러대고, 김기돈과 유일민은 술과 노래에 흠뻑 취해 상을 두들기며 젓가락장단을 맞추었다.

「아 글쎄, 저 유 사장이 총각이라니까.」

「피이, 그런 유치한 거짓말.」

「어허, 이것들이 사람 말을 왜 이리 안 믿나 그래. 세상이 하도 거짓말만 해대니까 얘들이 이 모양이 된 거라구. 난 유부남이 맞고, 유 사장님은 진짜 총각이야, 총각. 이봐요, 유 사장! 빨리 그것 좀 내보여봐요.」

「어머머, 거기에 무슨 표시 있나?」

「주민등록등본 붙어 있는 것도 아니고. 호호호호…….」

「아하, 그런가? 이걸 뭘로 증명하지? 어쨌든 여태까지 장가 못 간 불쌍한 사나이니까 네가 잘 알아 모셔.」

「그럼 진짜 같기도 하네요. 근데 무슨 사연이 있으세요? 실연을 당하셨나?」

「그래, 사연으로 치면 많고 많은 사연이지. 유치하게 실연 같은 걸 당한 건 아니니까 잘 모시기나 해라. 하룻밤 풋사랑일망정 한 맺힌 사나이 가슴을 잘 쓰다듬어주라 그거야. 알겠어?」

눈이 풀릴 대로 풀리고 몸을 제대로 가누지 못하며 김 사장은 유일민 옆에 앉은 아가씨를 다그치고 있었다.

유일민은 목이 타드는 갈증으로 잠이 깼다. 어슴푸레한 어둠 속에 방이 낯설었다. 이상한 생각이 들어 상체를 일으키다가 그는 깜짝 놀랐다. 자신도 옆에 잠들어 있는 여자도 알몸이었다. 그는 반사적으로 이불을 끌어다 덮으며 몸을 눕혔다. 그러면서 그는 어젯밤을 돌이켰다. 그러나 어떻게 해서 여기까지 왔는지 까맣게 생각이 나지 않았다. 아가씨들하고 노래를 부르고 어쩌고 한 것까지는 기억이 나는데 그 다음부터는 먹통이었다. 술에 먹힐 정도로 술을 많이 마시면 가끔 겪게 되는 일이었다.

기억할 필요 없는 일은 생각나지 않는 게 차라리 잘됐다고 여기며 유일민은 물을 찾았다. 물주전자와 컵은 머리맡에 놓여 있었다. 그는 물주전자를 입에 대고 한참이나 물을 마셨다. 물을 마시다 보니 김기돈은 어디로 갔는지 궁금했다. 김기돈은 아내와 사이가 좋지 않았다. 그의 아내는 김기돈네 집안 사정을 이해하지 못했고, 그 여파로 김기돈이 날개 꺾인 새가 되어 괴로워하는 것도 이해하지 못했다. 그의 아내는 다른 공대 출신들이 출세하고 잘사는 것만을 부러워하는 여자였다. 유일민은 김기돈이 사막의 나라로 가기로 한 것이 아내 때문이 아닐까 하고 생각했다.

「아이 추워라. 어머, 잠 깨셨어요?」

유일민은 주전자를 입에서 떼며 여자 쪽으로 눈길을 돌렸다. 여자가 이불을 끌어올려 어깨를 덮으며 부끄러운 웃음을 지었다. 유일민은 그 여자가 자기 옆에 앉았던 아가씨인 것을 알아보았다.

「내가 어떻게 해서 여기까지 왔지? 여기가 아가씨 방인가?」

유일민은 술기운으로 무겁게 처지는 몸을 눕히며 물었다.

「어머, 기억이 없으세요? 사장님이 외로운 총각이니까 잘 모시라고 김 사장님이 이 여관까지 몰아댔잖아요.」

「이런, 김 사장님은 어찌 됐어.」

「이 여관까지 같이 들어왔는데 그 담은 모르겠어요. 정말 아무 기억도 안 나세요?」

「응. 잠이 깨서 아무리 생각해 봐도 어떻게 술집을 나왔는지도 모르겠어.」

「그럼 저하고 그걸 하면서 '채옥이, 채옥이' 한 것도 모른다구요?」

「내가?」

유일민은 상체를 절반쯤 번쩍 들었다가 힘없이 부려버렸다.

「애인이었어요?」

「알 것 없어.」

「……저어……, 있잖아요, 저는 시시껄렁한 술집 여자지만요, 저를 옷 벗겨놓고 딴 여자 이름 막 불러대니까 영 이상하고 기분 좋지 않더라구요. 아무리 하룻밤 풋사랑이라도 저하고 해야 하는데…….」

유일민은 그 아가씨의 말이 가슴을 찌르는 것을 느꼈다.

「아 미안해. 내가 술이 너무 취해서 주책을 떨었어.」

유일민은 돌아누우며 아가씨를 안았다.

「괜찮아요. 괜히 그 여자 분이 샘나서 그래 보는 거예요. 어차피 우린 걸레걸랑요.」

아가씨가 속삭였다.

「아니야. 무슨 그런 소리를…….」

유일민은 아가씨를 더 꼭 끌어안았다. 그런데 눈앞에 떠오르는 것은 임채옥의 모습이었다. 그녀는 지금 남편의 병 수발을 하느라고 애쓰고 있었다. 그녀의 남편은 사업상 마셔야 하는 술 때문에 간경화에 걸려 병원에 입원해 있었다. 시집하고는 무슨 사정이 복잡하고, 친정 식구들은 다 이민을 가버려 그녀는 몸달아했지만 자신이 마땅히 도와줄 일이 없었다. 치료비는 회사에서 나온다고 했다.

1월도 마음 춥게 보낸 배상집은 2월로 접어들어 거의 동시에 두 대학에서 전임으로 채용하겠다는 언질을 받았다. 그는 한꺼번에 밀어닥친 그 행운에 정신을 차릴 수 없을 지경이었다. 그건 그야말로 양쪽 손에 든 떡이고, 어느 것 하나도 놓치고 싶지 않은 황금덩어리였다. 두 대학이 사회적으로 현격한 차이가 난다면 고민할 게 없는데 그렇지 않은 것이 문제였다.

그는 새싹이 파릇파릇 돋듯 하는 새 기운이 온몸에서 솟는 것을 느꼈고, 아는 사람이면 누구에게나 그 이야기를 하고 싶은 마음으로 들떠 있었다. 소년 시절에 운동화를 처음 신고 온 동네를 쏘다니고 싶고, 특히 여자아이들 앞에 뽐내고 싶었던 심정과 하나도 다를 게 없었다.

그러나, 인사문제는 확정이 될 때까지는 일절 발설을 해서는 안 된다는 교수의 말이 아니라 해도 소년 시절처럼 으스대고 다닐 나이가 아니었다. 박사학위를 딸 때까지의 고생을 생각하면 몇 년이고 입다물어 비밀을 지킬 수 있었다.

그는 아버지 어머니에게도 털끝만큼의 기미도 보이지 않은 채 밤늦도록 두 대학을 저울질하며 한없이 부풀어오르는 자족감을 만끽하고 있었다. 한 대학이 아니라 두 대학에서나 자신을 필요로 한다는 것, 그건 자신의 실력을 객관적으로 입증하는 것이었다. 세상을 향해 맘껏 소리치고 싶은 가슴 뻐근함 속에서 독일에서 겪어낸 온갖 고생들이 현란한 추억으로 빛나고 있었다.

그리고 신문의 위력이 얼마나 대단한지를 최초로 실감하고 있었다. 두 대학에서 거의 동시에 그런 반응이 온 것은 신문에 쓴 그 글의 영향인 것을 부인할 수가 없었다.

「글 잘 썼더군. 좀 기다려보게나. 그게 힘이 될 테니까.」

교수가 이렇게 말했을 때만 해도 별다른 느낌이 없었다. 그런데 두 대학에서는 약속이나 한 것처럼 그 글에 대해서 큰 관심을 나타냈다.

배상집은 이틀을 생각한 끝에 한 대학을 선택했다. 그런 다음에도 입을 열 수 없기는 마찬가지였다. 일괄적으로 확정 발표를 할 때까지 인사 비밀을 지켜달라고 학교 측에서 요구했던 것이다. 그는 날마다 입을 열고 싶은 유혹 속에서 본격적으로 강의할 준비에만 몰두했다. 그건 사람들을 만나지 않기 위한 방편이기도 했다.

마침내 대학으로부터 확정 통고를 받았다. 세상을 향해 맘껏 자랑할 수 있는 기쁨과 자유를 얻은 거였다. 그러나 배상집은 이틀이 못 가 그 기쁨과 자유가 깨져나가는 충격에 부딪쳤다. 각 신문에서는 문교부가 최초로 실시한 교수 재임명을 통해 전국 98개 대학에서 460명을 탈락시켰음을 보도하고 있었다.

29
밟힌 꼬리 ·

「빈 병이나 신문지 같은 쓰레기 치울 것 없으신가요? 나가는 길에 치워디릴라고요.」

쌀통에 쌀을 쏟으며 천두만은 식모를 쳐다보며 웃었다. 그의 말에는 전라도 어감이 많이 묻어나고 있었지만 단어들은 거의 다 서울말로 바뀌어 있었다. 사장의 말만이 아니라 사람들은 이상하게도 경상도말은 아무렇지도 않게 생각하면서 전라도말은 촌스럽게 여기거나 듣기 싫어해 애써 고치지 않을 수 없었다. 특히 평수가 넓은 아파트일수록 경상도말을 거침없이 쓰는 사람들이 많았는데, 그들은 전라도말을 들으면 금방 싫은 기색을 드러냈다. 그쪽 사람들이 표나게 잘사는 거야 다 그렇고 그런 거니까 더 말할 것 없지만 자기네들은 경상도말을 마음놓고 써대면서 왜 전라도말은 그리 싫어하는지 알다가도 모를 일이었다. 어쨌거나 그 잘사는 사람들이 쌀집을 바꿔버릴까 무서워서도 말을 고쳐야 했다.

「그래요? 참 고마운 아저씨네유. 저기 빈 술병하고 콜라병들이 있으니까 좀 치워줘유.」

식모는 반색을 하며 부엌 뒤의 다목적실로 나갔다. 쓰레기 투입구에 병은 버리지 못하게 되어 있으니 빈 병들을 치우려면 천상 1층 바깥에 있는 공동쓰레기통까지 내려가야 했다. 귀찮은 자기 일거리를 덜어주는 것이니 식모는 좋아할 수밖에 없었다.

식모가 내온 것은 술병 세 개와 콜라병 여섯 개였다. 그런데 술병 두 개는 뜻밖에도 양주병이었다. 천두만은 병들을 조심조심 쌀자루에 넣어 가지고 그 집을 나섰다.

기분이 달떠오른 천두만은 계단을 걸어 내려가며 콧노래를 불렀다. 양주병이 두 개나 끼었으니 그거야말로 횡재였다. 양주병은 콜라병에 비해 세 배는 더 받을 수 있었다. 고물상에서는 값을 비싸게 쳐주면서도 언제나 양주병을 환영했다. 그에 비하면 국산 술병은 활명수나 박카스 병만큼 천덕꾸러기였다. 빈 병까지도 외제가 그렇게 대접받는 까닭을 알 수가 없었다.

천두만이 빈 병이나 신문지에 눈을 돌린 것은 우연한 일 때문이었다. 그날도 쌀 배달을 갔는데 주인여자가 식모를 나무라고 있었다.

「얘, 넌 왜 그렇게 게을러빠졌니. 빈 병이고 신문지고 이렇게 쌓아두면 어떡하니? 네 눈에는 지저분한 게 뵈지도 않아? 그때그때 내다 버리란 말야.」

주인여자의 목소리는 앙칼졌고,

「며칠씩 모아서 버려야지 어떻게 날마다 4층에서 내려갔다 올라왔다 해요.」

식모가 억눌린 소리로 꿍얼거렸다.

아니, 빈 병이나 신문지 같은 것을 그냥 내다 버리다니!

그 순간 천두만은 자신도 모르게 불쑥 말했다.

「그거 나한테 맡기세요. 나가 내려가는 김에 버리지요.」

말은 그렇게 했지만, 빈 병이나 신문지는 모으면 다 돈이었다. 그날부터 쌀 배달을 다니는 집집마다 빠뜨리지 않고 빈 병이나 신문지를 치워주겠다고 자청하게 되었다. 그것들을 가져다가 쌀가게 구석에 며칠씩 모아 고물상에 넘기고는 했다. 그건 밑천 들지 않는 옹골진 돈벌이였다. 수고라야 커다란 대마 자루에 그것들을 담아 집에 돌아가는 길에 아파트촌 뒤의 철길을 건너 고물상으로 옮기는 거였다. 그 수고에 비해 손에 쥐는 현찰은 그대로 땅에서 금덩이를 줍는 것이나 다름없었고, 그 달고 고소한 맛은 어디에도 비길 데가 없었다.

그런데 빈 병이나 신문지는 어느 아파트에서나 다 나오는 것이 아니었다. 대개 30평이 넘는 큰 아파트에서 나왔고, 평수가 넓을수록 그 양이 많을 뿐만 아니라 양주병도 구경하기가 쉬웠다. 그런데 20평 이하의 아파트에서는 그런 것을 거의 구경할 수가 없었다. 살림이 넉넉하지 못해 그들은 술도 안 마시고 신문도 보지 않는 것이 아니었다. 소형 아파트 주부들은 그런 것들을 다 모아 리어카 고물장수한테 팔아넘겼다. 그러다 보니 똑같은 한 말 쌀을 배달하는데도 소형 아파트의 것이 더 무겁고, 계단 오르내리기에 다리가 훨씬 팍팍해졌다.

「정말 이거 신고하고 말 거야. 왜 지정 가격 안 지키고 이래.」

정육점 앞을 지나다가 어떤 여자의 성난 외침에 천두만은 걸음을 멈칫했다.

「예, 신고를 하든 고발을 하든 맘대로 해보쇼. 아무나 이 한강아파트 촌에 사는 건 아니니까.」

정육점의 더벅머리 총각이 건들거리며 대꾸했다.

「뭐라구? 너 지금 사람 뭘로 보고 그따위 소리하는 거야.」

「아니, 내가 뭐 못할 소리 했수? 이 아줌마가 어디다 대고 너야, 너가. 별로 나이 먹지도 않구선. 여긴 변두리 가난뱅이 동네가 아니니까 지정 가격 안 지켜도 된다 그거요. 고기가 그만큼 좋으니까. 맘에 안 들면 안 사면 되고, 법 좋아하면 얼마든지 신고하라 그거요. 왜, 내 말이 뭐가 잘 못됐수?」

「기다려. 꼭 신고하고 말 테니까.」

여자가 아랫입술을 앙다물고 정육점을 뛰쳐나왔다.

「흥, 신고 좋아하시네. 딴 정육점 가봤자 별수 있을 줄 아서. 돈 없으면 이런 동네 살 생각을 말아야지.」

청년은 더벅머리를 손가락빗질하며 비아냥거리다가 천두만을 알아보고는 눈을 찡긋했다. 천두만도 청년에게 눈짓을 보내고는 다시 걸음을 떼어놓았다.

천두만은 그 시비 내용을 한두 번 본 것이 아니라서 빤히 알고 있었다. 새로 이사 온 그 여자는 이 아파트촌의 정육점에서 쇠고기의 부위에 따라 값을 올려받고 있는 일을 처음 당하는 것일 거였다. 그러나 이곳 사람들은 좋은 고기를 먹으면 그만이라는 듯 비싼 것을 탓하지 않았다. 화가 난 그 여자는 어디다 신고를 할지 모르지만 고기값이 내릴 가망은 없었다. 그 여자는 이 동네를 떠나든지 그렇지 않으면 여기 사람으로 길들여져 살게 될 거였다.

이 아파트촌은 쇠고기값만 비싼 것이 아니었다. 생선이며 과일, 채소까지 모두 상등품이라고 해서 다른 데보다 턱없이 비쌌다. 물론 물건들이 좋고, 채소는 더 손질할 것 없이 깨끔하게 다듬어져 있었다. 그러나 꼭 물건이 좋기만 해서 비싼 것이 아니었다. 열무 한 단까지 배달해 주고 있으니 상점마다 배달원이 딸려 있었고, 물건값에는 그 인건비까지 얹혀 있었다.

천두만은 슬슬 사장의 눈치를 살피며 가게로 들어갔다. 쌀자루에 빈 병이나 신문지를 넣어가지고 올 때면 괜히 신경이 쓰였다. 사장은 별다른 말은 하지 않았지만 별로 좋아하는 기색은 아니었다. 늘 가게가 너무

좁다는 타령을 하는데 그런 잡동사니를 모아들이는 게 달가울 리 없었
다. 그 눈치를 피하려면 부피 커지게 쌓아두지 말고 자주 처분하는 게
상책이었다.

「아저씨, 쌀 한 말 주세요.」

젊은 여자가 가게로 들어서며 말했다.

「예에, 어서 오세요. 전화를 하시면 제까닥 배달해 드릴 텐데 뭐 하러
힘들게 나오셨어요.」

사장 서수철은 친절한 척 말하며 손님을 힐끔 쳐다보았다.

「전화요? 아니 뭐……, 딴 볼일도 있고 해서…….」

여자 손님은 좀 당황스럽고 기분 나쁜 기색으로 어물거렸다.

「예, 몇 동 몇 호시지요? 가 계세요. 곧 배달해 올리겠습니다.」

「아니 저어…….」

「뭐 더 쓰시게요? 잡곡 필요하세요?」

「아니요, 그게 아니라……, 쌀을……, 됐어요.」

여자는 언짢고 난처한 얼굴로 무슨 말을 할 듯 말 듯하다가 어쩔 수
없다는 듯 아파트 이름과 동·호수를 대고는 돌아섰다.

「참 별꼴 다 보겠네. 쌀을 보는 앞에서 되지도 않고 배달을 해? 뭐 이
런 이상한 동네가 다 있어.」

여자는 가게를 나가면서 화가 난 투로 중얼거렸다.

천두만은 여자의 화난 말을 들으면서 좀 미안함을 느끼면서도 서수철
의 그 능란한 수완에 소리 없는 박수를 보내고 있었다. 그런 손님이 많
아서는 날마다 마음 편하게 바지 속주머니에 쌀을 챙겨넣을 수 없는 일
이었다. 그리고 쌀 되는 것을 지켜서서 보는 그런 집에 배달을 해보았자
구겨진 신문지 한 장 생길 리 없었다.

천두만은 그 여자가 아까 정육점에서 본 여자가 아닌 것을 다행으로
여겼다. 같은 여자가 연달아 그런 꼴을 당하면 분해서 어찌 살겠나 싶은

마음이 들었다. 그런데, 그런 여자를 하루에 두 명씩이나 보게 된 것을 이상하게 생각하던 천두만은 뒤늦게야 날이 풀리기 시작한 3월이라는 것을 깨달았다. 이사철인 봄·가을이면 상가에서 그런 일이 심심찮게 벌어지고는 했다.

「아저씨, 전화 잘 받으세요. 아휴, 오줌 싸겠다.」

서수철은 담배에 불을 붙이며 다급하게 가게를 나섰다.

「예에, 걱정 말고 댕겨오세요.」

천두만은 살갑게 대꾸했다. 그러나 그의 속마음은 겉과 다르게 찌르르 전기가 오르고 있었다. 서수철이 이 해질녘에 화장실로 달려가는 때가 바지 속주머니에 쌀을 챙겨넣기 딱 좋았다. 가게를 지켜야 하는 서수철은 오전에 한 번, 오후에 두 번 화장실 걸음을 했다. 그때마다 자신이 대신 가게를 지키게 되는데, 그 언제든 속주머니에 쌀을 채우기에는 시간이 넉넉했다. 그렇지만 미리 챙겨넣고 다니는 번거로움을 피해 서수철이 세 번째로 화장실을 갈 때 그 일을 해치웠다. 그때쯤이면 쌀가게는 파장이라 주문 전화도 거의 없고, 뒤이어 큰길가의 상점들이 전등을 밝히게 되면 쌀가게는 문을 닫았다.

천두만은 자신도 모르게 숨을 들이켜며 혁대를 풀었다. 그리고 바깥을 살폈다. 아무도 이쪽을 보는 사람이 없었다. 그런데도 가슴은 두근두근 뛰고 있었다. 날마다 똑같은 일을 하면서 벌써 1년이 넘었는데도 가슴 두근거림은 없어지지 않았다.

요것은 도적질이 아니여. 항, 항꾼에 나눠묵는 것이제.

천두만은 일을 시작할 때마다 하는 속말을 또 하며 쌀을 한 움큼 쥐었다. 그리고 눈으로는 계속 바깥을 살피며 주먹을 잽싸게 바지 속으로 넣었다. 그는 연달아 다섯 번을 그러고는 혁대를 조였다.

천두만은 긴 숨을 토해내고는 빠른 손놀림으로 수북하게 쌓인 쌀더미를 골랐다. 쌀더미에는 다섯 주먹을 집어낸 흔적은 그 어디에도 없이 말끔히 지워졌다. 그는 손을 털고 나서 담배에 불을 붙였다.

온 시상이 다 도적놈덜 소굴이고, 못해묵는 놈이 빙신인 시상인디 요것이야 무신 죄가 되간디. 서수철이가 그 산동네 신세 면허고 이 아파트촌으로 떡허니 이사를 헌 것도 다 무신 덕이여? 참 시상살이라는 것이 묘허고도 요상시런 것이여. 나도 몇 년만 요렇크름 잘허면 워디 아파트촌에다 쌀가게 하나 채리게 되덜 안컸어? 글고 서수철이 찜쪄묵게 되질로 요술빠술을 잘 부리면 연탄 아닌 기름 때는 그 기맥힌 아파트에서 살수 있게도 되고 말이여. 와따메, 그리만 됨사 머시럴 더 바래겄어. 가게에서는 날마동 쌀 팔아 돈 벌겄다, 연탄 안 갈아도 되는 아파트에서는마누래 호강시키겄다, 그보담 팔자 늘어진 출세가 옳겄제. 글고 봉께 요쌀장사가 보통으로 존 것이 아니여. 장사 중에 질로 존 장사가 요 쌀장사랑께로. 요것이 생선이니 상허기럴 혀, 과일이니 물르고 곯기럴 혀, 채소니 시들기럴 혀. 요것은 딱딱허니 마를수록 존다다가, 이 시상 그 많은 입들이 하로 삼시 세 끄니를 안 묵고는 못 사니께 시절이 워찌 변허든지 간에 끝없이 장사가 잘되덜 않냐 그거여. 복덕방이나 벽지장사는 이사철이 아닌 여름이나 겨울에는 포리 날림서 죽을상이고, 경기나 나빠졌다 허면 과일장사부터 시작혀서 정육점, 생선가게꺼정 줄줄이 울상이 되는디도 요 쌀장사야 워디 눈썹 하나 까딱이나 혀? 요것이 넘덜보기로는 시장시러운지 몰라도 알부자 되기는 딱 좋은 것이여. 화아, 나넌 은제나 요런 쌀가게럴 착 채리고 앉아서 사장 노릇을 혀보제?

「엇, 뜨, 뜨거……」

천두만은 화닥닥 놀라며 손을 털었다. 끝도 없는 공상에 빠져 담배를 빨아대다 보니 담뱃불이 손끝을 지지고 들었다.

천두만은 바닥에 떨어진 꽁초를 집어 밖으로 던지며 화장실 쪽으로 눈길을 보냈다. 오가는 사람들 사이로 살피고 또 살펴보아도 서수철의 모습은 보이지 않았다. 아무리 오래 참았던 오줌이라 해도 여태껏 돌아오지 않을 리가 없었다.

「닌장낮을, 또 그 괭이(고양이)상 보러 갔겄제. 벌이 꽃 찾아 앉는 것이야 자연에 이친게 헐말이 옳는디, 여자가 괭이상이면 복쪼가리가 옳는 법인디.」

천두만은 언짢은 얼굴로 투덜거리며 쯧쯧쯧 혀를 찼다. 여자를 보러 가려면 가게를 닫고 갈 것이지 괜히 기다리게 하는 서수철이 못마땅했던 것이다.

서수철은 얼마 전부터 미제물건 상점의 점원 아가씨에게 눈이 팔려 있었다. 그래서 세 번째 화장실에 다녀오는 시간이 길어지기 시작했고, 별로 값나가지 않는 미제 물건들을 하나씩 사오고는 했다. 그 덕에 네모진 깡통에 든 쇠고기며, 말려놓은 돼지 삼겹살을 얻어먹기도 했다. 그러나 그런 고기맛은 정육점의 생고기를 사다가 굽는 것에 비하면 영 엉터리였다. 그 고기맛을 본 다음부터 천두만은 왜 사람들이 미제라면 사족을 못쓰는 것인지 이해할 수가 없었다.

「와따, 사람 기둘리는 것맨치로 못헐 일이 옳는 법인디, 위째 오늘은 속말을 걸쳐보기나 했소?」

천두만은 벙글대며 오는 서수철을 보자 더 속이 꼬여 그만 고향말을 쏟아냈다.

「하, 그 기집애 그거 예쁜 얼굴값 하느라고 그런지 어쩐지 콧대가 세기는. 이 사장님한테 시집 오면 팔자 피는 줄 모르고.」

서수철이 코를 벌름거리며 멋쩍게 웃었다. 그의 손에는 무슨 물건인가를 산 작은 봉지가 들려 있었다.

고 얼굴이 이쁘기넌 머시가 이뻐라. 남자고 여자고 괭이상은 흉상이라고 혔는디, 그 얼굴이 괭이상인 것이 안 보이오?

천두만은 이 말을 하고 싶었지만 눌러 참았다. 그러나, 입술 파란 여자는 음기가 승해 집안 망치고, 눈에 붉은 기 도는 여자는 살기를 품고

있어서 남편 잡아먹는다는 말 같은 것을 그는 믿고 있는 터라 그 말을
참기가 꽤나 힘들었다.

「더 전화 온 디 없었는디요.」

천두만은 그만 문닫자는 뜻으로 말했다.

「그래요? 해 넘어갔으니까 그럼 문닫읍시다.」

서수철은 늘어지게 기지개를 켰다.

큰길가의 상점들은 전등을 환하게 밝혀놓고 있었다. 문을 닫은 것은
복덕방들뿐이었다. 천두만은 밝은 불빛을 밟으며 버스정류장으로 잰걸
음질을 쳤다.

쌀가게는 밤장사럴 안 혀도 되는 것이 또 영판 신통방통허단께로. 딴
장사덜맹키로 통금이 다 되도록 장사럴 혔으면 워쩔 뻔혔어. 그 잘난 점
원 노릇도 못혀묵을 판이었제. 낮장사로 일찍허니 일 끝내고 푹 쉴 수도
있으니 쌀가게만치 존 장사가 읎단 말이여. 그나저나 나가 한강가에 와
서 질로 존 돈벌이가 생긴 챔인디, 한강 물기운 타고 팔자가 활짝 필라는
것일랑가? 그려, 옛날에 점쟁이 말이 물을 가차이 허먼 덕을 본다고 안
헸등감? 잉 맞어. 나무도 크면 영험이 있데끼 한강도 질고 큰께 영험이
있덜 안컸어? 그 영험이 나럴 돕고 우리 집안을 살펴주실란지도 몰르제.
그려, 칠성이 그놈도 등록금 제때제때 주고, 책도 다 사주고 헝께 등수가
쑥 올르덜 안 혔어. 등수가 올를수록 크고 존 회사에 취직이 된단께 얼매
나 존 일이여. 칠성이 그 장헌 놈이 월급 많이 타는 회사에 떡 취직혀서
돈을 모으면 나가 쌀가게 채리고 나스는 것도 헛꿈이 아니다 그것이여.
하면, 헛꿈이 아니고말고. 사람 팔자 시간문제라고 안 혀?

이런 들뜬 생각에 천두만의 발길은 점점 빨라지고 있었다.

천두만은 집에 도착하자마자 무슨 버릇처럼 바지부터 벗었다. 곧바로
남편을 뒤따라 밥상을 들고 들어온 버들댁은 빨간 플라스틱 바가지를
받치고 바지를 거꾸로 들었다. 그러자 쌀이 바가지로 쏟아졌다. 그녀는

누구의 눈치를 보는 듯한 황급한 몸놀림으로 윗목에 놓인 쌀독에다 쌀을 부었다.

아내가 그러는 동안 천두만은 무심한 척 밥을 떠넣고 있었다. 1년 넘게 계속되어 온 그 일은 자식들은 아무도 모르고 내외 간에만 지키고 있는 비밀이었다. 그게 어찌 되었든 간에 자랑할 일이 못 되니까 아이들에게는 철저하게 감추어야 했다.

천두만은 기름기 자르르 도는 하얀 쌀밥을 숟가락 가득 뜨면서 가슴 뿌듯해지는 야릇한 쾌감을 느끼고 있었다. 쌀을 훔쳐넣을 때의 가슴 두근거림과는 정반대의 느긋한 성취감이 쌀밥의 부드럽고 고소한 맛과 함께 전신으로 퍼지고 있었다. 그건, 나도 이젠 당하고만 살지 않는다는 묘한 보복감이기도 했다.

날마다 그렇게 챙긴 쌀은 다섯 식구의 식량을 너끈히 해결해 주었다. 그 쌀값을 고스란히 버는 것도 버는 것이었지만, 보리밥에 넌덜머리가 난 아이들에게 쌀밥을 먹일 수 있게 된 것이 무엇보다 큰 기쁨이고 즐거움이었다.

「엄마, 쌀밥만 하지 말래니까. 학교에서 혼분식 조사하면 걸려서 벌 서.」

아이들의 이런 말을 들었을 때 천두만은 비로소 애비 노릇 제대로 하는 만족감을 느낄 수 있었다. 전에는 깡보리밥을 도시락에 싸는 것을 아이들은 부끄러워했던 것이다.

모자라는 쌀을 아껴야 한다고 나라에서 혼분식을 장려하고, 학교에서는 점심시간마다 학생들의 도시락을 검사하는 판이니 아침에는 어쩔 수 없이 잡곡밥을 해야 했다. 그러나 저녁에는 꼭 흰 쌀밥을 하게 했다. 천두만이 깡보리밥을 싫어하는 것은 '신물'나거나 '넌덜머리'나는 정도를 넘어 저주에 가까웠고, 쌀밥에는 포한이 들려 있었다. 어렸을 때부터 간직했던 소원이 쌀밥을 배 터지게 먹고 사는 것이었지만 손수 농사를 지으면서도, 서울생활을 하면서도 보리밥의 수렁에서 벗어날 수 없었던 것이다.

속 실하게 든 김치를 쌀밥에 척척 걸쳐 저녁을 배부르게 먹은 천두만은 끄윽 트림을 끌어올리며 밥상을 물렸다. 그리고, 등을 벽에 기대고 두 다리를 쭉 뻗으며 담배에 불을 붙였다. 그는 깊이 빨아들인 담배연기를 내뿜으며 사르르 눈을 감았다. 담배맛의 아련함 속에 하루 종일 아파트 계단을 오르내린 피곤이 몰려들고, 느긋한 배부름과 함께 아슴아슴 졸음기가 느껴지는 이때를 그는 가장 좋아했다.

「예 말이오, 편허니 누씨요. 다리 주물러줄팅께.」

버들댁이 몸뻬 엉덩이쯤에 두 손을 번갈아 닦으며 방으로 들어섰다.

「다리는 무신. 자네도 심드는디.」

말을 이렇게 하면서도 천두만은 허물어지듯 몸을 눕혔다. 아내가 다리를 주물러주면 천두만의 행복감은 절정에 달했다. 아내가 다리를 주물러주기 시작한 것은 쌀가게 일을 하고부터였다. 수없이 계단을 오르내리는 수고 때문일까? 꼭 그런 것만은 아니라 싶었다. 그 어느 때 없이 돈벌이가 좋은 것, 그것을 무시할 수가 없었다. 어쨌거나 남자는 돈을 잘 벌어야 사람 대접을 제대로 받는다! 천두만은 이 사실을 새삼스럽게 되씹고는 했다.

「칠성이 엄마, 계시오?」

밖에서 여자 목소리가 들려왔다.

「누구다요?」

막 남편의 다리를 주무르기 시작하던 버들댁은 손을 멈추었다.

「나 동식이 엄마요. 급히 할 얘기가 있어서 왔어요.」

「그래요? 어서 들어오씨요.」

버들댁이 방문을 열고 나갔다.

빌어묵을, 예편네가 머 묵자 것 있다고 밤중에 싸돌아댕기고 지랄이여. 천두만은 아슴하고 끈적하게 감겨드는 졸음에 취한 채로 짜증을 부렸다.

「얼렁 들어오씨요. 무신 급헌 일인디요?」

「글쎄 테레비계가 깨지게 생겼어요.」

「머시라고라?」

아내가 놀라는 것처럼 천두만도 놀랐다. 마음으로는 몸을 벌떡 일으켰는데 등이 방바닥에 찰싹 붙어버린 것만 같아 그는 무겁고 더디게 일어나 앉았다.

「아 글쎄 운전수 문 씨가 딴 데 돈 쓸 일이 생겨서 그런다고 이 달부터 곗돈을 못 내겠다고 그런다니까요. 그동안 낸 돈도 빨리 돌려달라고 그러고요.」

「아니, 그 사람 또 노름빚졌당게라?」

버들댁의 목소리가 꼿꼿해졌다.

「그게 아니라 거 있잖아요, 중동인가 어딘가로 돈벌이를 가는데 새 운전 기술 배울 돈이 있어야 한데요.」

「음마, 새 시악시 두고 먼 딴 나라로 돈벌이럴 간다고라? 고것이 무신 초친 맛이디야?」

중동바람은 이 동네에도 불고 있어서 버들댁도 중동이며 사우디 같은 것은 진작 알고 있는 터였다.

「누가 아니래요. 그래도 애들 생기기 전에 한밑천 잡아야 한다면서 부부가 뜻이 맞았더라구요.」

「하이고, 말이 좋아 한밑천이제 월남서 빈손 탈탈 털고 온 것이 누군다라? 지 버릇 개 못 주드라고 노름허는 버르장머리 못 고치고 중동이고 머시고 가면 무신 소양이 있다요. 또 빈손 탈탈 털고 올 것인디.」

담배만 뻐끔거리고 있던 천두만이 아내에게 입 조심 하라는 듯 어험, 험, 헛기침을 했다.

「누가 아니래요. 문 씨는 요새도 틈만 나면 화투장 들고 나서잖아요.」

「근디 요상허요. 새 시악시럴 혼자 두고 갈라면 읤던 테레비도 장만해

주고 가야 헐 판인디 잘 붓던 계럴 깨불면 워쩔 심판이다요. 새 시악시 심심혀서 워찌 살라고.」

「나도 그런 말을 했는데 소용없어요. 좌우간 문 씨는 문 씨고, 테레비계가 깨지면 안 되는데, 누가 대신 들 사람이 없을까요? 그게 걱정돼서 찾아왔어요.」

「글씨요 이. 그만헌 돈 지닌 사람을 나가 알아야 말이제……」

버들댁은 걱정스러운 얼굴로 남편을 쳐다보았다. 텔레비전계는 아이들을 위해서 깨져서는 안 되었다. 텔레비전을 보지 않고서는 친구들 사이에서 이야기 축에 끼지를 못한다고 아이들은 오래 전부터 성화를 대 왔었다.

「고것 참 고약시러우시.」 천두만은 마땅찮다는 기색으로 끄응 힘을 쓰며 자리를 고쳐앉고는,「장담은 못혀도 나가 낼 알아보기는 허겄는디, 동식이 엄니도 여그저그 열성으로 더터봇씨요. 그 계가 깨져서는 안 된 께.」 그도 아이들을 생각하며 속이 상해 있었다.

「그럼요, 계가 깨지면 안 되구말구요. 집집마다 애들이 얼마나 난리가 나겠어요. 그만 가볼게요.」

동식이 어머니가 몸을 일으켰다.

텔레비전은 해가 갈수록 라디오를 밀어내며 더욱 거센 바람을 일으키고 있었다. 안방에서 날마다 영화를 보는 기분이니 그야말로 '안방극장'이라는 말이 제대로 어울렸고, 어른들이 화면에서 눈을 떼지 못하는 형편이니 아이들이 화면 속으로 빨려 들어가는 것은 너무나 당연했다. 텔레비전의 마력은 사람들을 사로잡으며 어디에서나 화제의 중심이 되었고, 그 힘은 그대로 텔레비전 구매욕으로 확장되어 나갔다.

그러나 가난한 사람들은 값비싼 텔레비전을 선뜻 살 도리가 없었다. 월부판매가 없는 것이 아니었지만 6개월 할부금은 그들에게 너무 버거웠다. 그래서 생겨난 것이 24개월짜리 텔레비전계였다. 그건 묘안이긴 했지만 새롭게 생겨난 기발한 착상은 아니었다. 이미 10여 년 전에 일대 유행했던 '스텐계'나 '호마이카계'를 텔레비전으로 바꾼 거였다. 지금보다 훨씬 더 가난했던 시절에 스테인리스 그릇과 호마이카 상이 새로 등장해 인기를 끌기 시작했다. 놋그릇에 비해 녹슬지 않고 언제나 반짝이고 가벼운 스테인리스 그릇들과, 투박하고 멋없는 나무밥상에 비해 예쁜 무늬와 그림들이 그려지고 반들반들 윤나는 호마이카 상에 주부들이 끌리는 것은 너무나 당연했다. 그러나 가난한 주부들은 그것들을 일시불로 들여놓을 수 없으니까 가까운 이웃끼리 짜서 계를 들었다. 푼돈을 모아 갖고 싶은 살림살이를 장만했던 그 계는 가난한 동네마다 성행했었다.

「근디, 그 중동인가 어딘가 가면 참말로 떼돈을 벌 수 있을게라?」

손님을 보내고 들어오며 버들댁이 물었다.

「나도 몰르겄네. 갈 사람이나 많이덜 가라고 혀.」

천두만은 퉁명스럽게 내쏘며 벌렁 누워버렸다. 그는 중동 돈벌이에 대해서 애써 귀를 막고 있었다. 지난날 월남을 가려다가 막혔던 쓴 기억이 있는데다가, 이젠 나이도 들어버려 자신하고는 거리가 먼 이야기였다. 그리고, 여기 수입의 네다섯 배가 되어 1년만 고생하고 오면 집 한 채를 살 수 있게 된다는 소문이 사르르 배아프기도 했다.

한편, 사우디아라비아에 가기로 작정한 문태복은 일삼아 서너 번째 황동일을 만나고 있었다.

「나하고 함께 가서 죽었다 복창하고 1년만 죽쳤다 오면 택시 한 대 너끈하게 살 수 있잖아. 그럼 그때부턴 우리도 사장님이라구.」

문태복은 술기운 퍼진 눈으로 황동일을 바라보았다.

「이봐, 나 더 꼬시지 마. 내 택시고 사장님이고 다 필요 없으니까. 난 그저 적게 먹고 가는 똥 싸기로 했어.」

황동일이 얼굴을 찡그리며 고개를 저었다.

「거 참 이상하네. 월남까지 갔다 온 사람이 왜 그래? 사우디는 총 쏘면서 운전 안 해도 된다니까.」

「이런, 총 쏘아대면서 운전하는 거야 스릴 만점이라 좋지. 난 말이야 그놈의 월남에서 더운 것에 아주 질려버렸어. 그 더위가 지긋지긋했는데 그보다 더 더운 사막으로 가? 아이구, 앓느니 죽지. 난 천금을 준대도 더운 것은 딱 질색이니까 나한테 더 말하지 말고 혼자 떠나. 난 죽어도 싫어.」

황동일은 못을 치듯이 잘라 말하고는 술잔을 비웠다.

「하 참, 그 먼데를 혼자 어떻게 가지…….」

문태복은 머쓱해지며 떫은 입맛을 다셨다.

「혼자긴 뭐가 혼자야. 한 공사장에서 수백 명씩 일한다는데 친구야 또 사귀면 되는 거지.」

황동일의 말에는, 월남 가기 전에는 너하고 나하고 모르는 사이였잖아, 하는 뜻이 담겨 있었다.

「그래, 그렇기는 하지.」

문태복은 풀이 죽어 고개를 끄덕였다.

「자아, 힘내고, 이거 마시고 일어나자고. 타국에 가면 서로 외로우니까 금방 사귀게 돼. 나보다 더 좋은 친구를 사귀게 될 거야. 자아, 건배!」

황동일은 술잔을 들었고, 문태복도 무겁게 술잔을 들어올렸다.

황동일은 술잔을 기울이며 실눈을 뜨고 문태복을 바라보고 있었다.

야, 내가 미쳤냐. 여자도 상대할 수 없고, 술도 마실 수 없는 그따위 멋대가리 없는 나라에 가게. 너나 가서 더위에 푹푹 썩으며 돈 많이 벌어라. 사람이 뭐 천 년 만 년 산다고…….

「떠나기 전에 꼭 연락해라. 내가 송별회를 해줄 테니까.」

술집을 나서며 황동일이 문태복의 어깨를 두들겼다.

「웃기지 말어. 오늘부터 절교야.」

문태복이 퉁명스럽게 내쏘았다.

「그러면 쓰나. 더위 무서워 벌벌 떠는 나 같은 병신을 불쌍하게 생각해 줘야지.」

황동일이 문태복에게 어깨동무를 했다.

문태복은 아내가 흔들어 깨워 눈을 뜨자마자 잠을 잔 것 같지 않게 어젯밤의 일이 곧바로 떠올랐다. 영 기분이 찜찜하고 맥이 빠졌다. 황동일의 말을 듣고 보니 자신도 더위가 지겹고 신물이 났다. 그런데 또 계절의 변화라고는 없이 줄창 불볕이 쏟아지는 더위 속으로 들어간다는 것이 벌써부터 숨막히고 두려웠다.

나도 적게 먹고 가는 똥 싸……?

문태복은 더 풀이 꺾이며 마음이 흔들리고 있었다. 황동일을 잘 꼬드기면 결국 갈 줄 알았었다. 그가 안 간다는 것은 실망이고 두려움을 더욱 키웠다. 그와 함께 가려고 했던 것은 친해서만은 아니었다. 낯선 사람들하고 부대껴야 하고, 낯선 땅에서 살아야 하는 두려움을 없애고 싶었던 것이다.

「아 빨랑 일어나요. 또 학원 늦겠어요.」

아내의 독촉에 문태복은 마지못해 이불 속에서 몸을 빼냈다. 그러면서 그는 마음을 추슬렀다. 아내는 지금 기대에 잔뜩 부풀어 있었다. 부자가 될 꿈을 꾸고 있는 아내 앞에서 중동에 가기 싫다는 말은 한마디도 꺼낼 형편이 못 되었다.

그래, 황동일 너 아니면 친구가 없다더냐. 네 말마따나 친구는 또 사귀면 된다. 내가 얼마나 잘살게 되는지 너는 구경만 하고 죽어라. 내가 택시회사를 차리면 넌 그때 운전수로나 써주지.

문태복은 이렇게 마음을 다잡으며 밥상을 받았다.

중동에 가기로 마음을 정한 것은 하루이틀 생각한 것이 아니었다. 결혼을 했으니 애들 생기기 전에 셋방살이를 면해야 하고, 아이들 남에게 뒤지지 않게 키우고 가르치려면 돈벌이가 실해야 하는 건 두말할 것이 없었다. 그러나 택시 운전수 노릇으로 그런 꿈을 이루기에는 까마득했다. 날마다 회사 입금에 쫓기다 보면 매달 수입이라는 것은 들쭉날쭉이었고, 평균으로 따져도 저금하고 살기가 어려웠다.

그런데 월남바람 이후 새로 불기 시작한 중동바람은 그런 꿈을 이루기 위해 놓칠 수 없는 기회였다. 더도 말고 택시 한 대 장만할 돈만 손에 쥐면 팔자가 필 수 있었다. 월남에서 노름에 손대지만 않았더라면……, 후회가 막심했지만 그건 죽은 자식 불알 만지기고, 사우디에 가서 1년만 죽는 셈치면 그만한 돈은 다시 잡을 수 있었다.

「가세요, 내 걱정 말고 가요. 서로 1년만 참고 고생하면 평생이 풀리는데 그까짓 1년은 아무것도 아니에요. 아니, 난 2~3년이라도 견딜 수 있어요.」

아내의 이런 결심이 합해져 사우디에 가기로 결정했던 것이다.

문태복은 허둥지둥 중장비 운전학원으로 갔다. 자동차 운전 기술로 사우디에 못 가는 것은 아니었다. 그러나 운전수는 흔해 지원자가 많은 데 비해 회사들이 뽑는 수가 적었고, 월급도 중장비 운전수에 비교할 수 없게 적었다. 회사들이 우선적으로 환영하는 것도 중장비 운전수들이었다. 자동차 운전도 전혀 못하는 사람들이 중장비 운전을 배우려고 학원으로 몰려들고 있는 판인데 이미 운전이 숙달된 몸으로 중장비 기술을 익히는 건 그만큼 손쉬운 일이었다. 그래서 우선 학원비를 빌려서 내고 '테레비계'를 깰 수밖에 없었다.

문태복은 중장비 중에서도 포크레인을 골랐다. 포크레인은 중장비의 왕이라고 불릴 만큼 하는 일이 다양했고, 월급도 제일 많았던 것이다. 그러나 너나없이 포크레인으로 몰리는 것이 문제였다. 사람들이 너무나 몰리다 보니 교육도 실습도 부실해졌다. 장비는 적고 사람은 많아 실습을 제대로 할 수가 없었다.

「기계 다루는 방법만 알고 기술을 숙달시키는 건 현장에 투입되어 일

을 하면서 하는 것이오. 훈련소에서 사격훈련들 안 받아봤소? 그 사격만
으로 1등 사격수 될 수 있어요? 기성부대에 가서 총을 자꾸 쏴야지 1등
사격수 되는 거지. 그리고 일반 자동차 운전교습도 마찬가지 아니오. 면
허증 따게 해줬다고 당장 1급 운전수 노릇 할 수 있는 거요? 시내 운전
을 해가면서 차차 1급이 되잖소.」

교습자들은 이런 말로 사람들의 불평을 막으려고 들었다.

「우린 자가용으로 유람하는 게 아니라 당장 취직해야 돼요, 취직!」

「맞아요. 우린 당장 처자식을 먹여살려야 한다구요.」

마음 급한 사람들의 항의였다.

「걱정들 말아요. 우리 학원 거쳐 나가면 다 사우디 가는 비행기 탈 수
있으니까. 지금 기술자 가뭄이라 회사마다 사람 구하느라고 눈이 시뻘
게요. 여기서 기본만 익혀도 '어서 옵쇼, 어서 옵쇼' 하는 판이니까 일단
취직해서 현장에 가 부딪히면 다 숙달되게 돼 있어요.」

교습자들의 그런 느긋한 말에 사람들은 다소 안심도 하고 위안을 받
기도 했다.

중장비 운전학원은 중장비들을 다루는 기술만 익히는 곳이 아니었다.

「회사마다 월급이 다르다는데, 회사를 잘 골라야 되는 것 아니겠소?」

「그야 그런데, 그게 어디 뜻대로 입맛대로 되겠소?」

「그건 그래요. 월급 좋은 회사에서 우릴 기다리고 있는 것도 아니고,
우린 하루가 급한데 월급 좋은 회사가 사람을 뽑을 때까지 막연하게 기
다릴 수도 없는 일 아니겠어요.」

「그거 뭐 차이 나면 얼마나 나겠어요. 회사란 다 그렇고 그런데. 어디
가 걸리든 다 복불복이고 운수 소관이니까 닥치는 대로 떠나야지 별수
있겠소.」

「그도 그래요. 괜한 욕심 부리다가 이것도 저것도 다 놓칠 수 있거든요.」

「근데 말이오, 얘기 들어보니까 도로공사에서 포크레인보다 더 돈을

많이 받는 게 있던데요.」

「예? 그게 뭐요?」

「아스팔트 까는 거요.」

「아스팔트? 그거 일하는 것 보면 온몸이 시커멓게 되잖아요?」

「에이, 온몸이 시커멓게 되는 건 약과요. 그거 아스팔트를 녹이느라고 끓여대니까 길바닥에 깔 때도 뜨끈뜨끈하단 말이오. 그걸 봄·가을에 깔 때도 옆을 지나가면 열기가 화끈화끈 끼쳐오잖아요. 그런데 사막에서 그 일을 하면 어찌 되겠어요? 아무리 두꺼운 고무장화니 뭐니 신는다고 해도 그 뜨거운 아스팔트를 밟아대야 하는데, 발바닥이고 다리가 성하겠어요?」

「그래요. 사우디 불볕 속에 가만히 서 있어도 숨이 막힌다는데, 뜨거운 아스팔트까지 밟아대며 일을 하다 보면 어디 발바닥이나 다리만 상하겠어요? 불알도 익어버리지.」

「허허허……」

「흐흐흐……」

「불알이 익으면 어찌 되나?」

「그야 술안주밖에 더 돼?」

「아이고 맙소사, 천금을 준대도 아스팔트 일은 안 할란다.」

「익지야 않겠지만 거기에 지장이 있긴 있겠는데. 남자 거긴 차게 해야 좋지 너무 뜨시게 해서는 안 좋다고 하잖아요.」

「아무리 돈이 좋다지만 다 살자고 일하는 건데 그리 몸까지 상할 위험이 있는 일까지 할 거 뭐 있겠어요.」

「당연하지요. 남자가 그거 상해버리면 끝장인걸. 차라리 돈 몇 푼 덜 벌고 그게 씽씽한 게 낫지. 다들 안 그래요?」

「옳소, 옳소!」

「국회로 보냅시다.」

사람들의 입에서 입으로 회사 서열이 매겨져 건너다녔고, 사우디아라비아에 대한 이런저런 말들이 오가고, 어느 회사에서 몇 명을 뽑는다는 소식이 왁자하게 퍼지기도 했다.

문태복은 그런 말들에 귀를 곤두세우는 한편으로 포크레인 운전에도 열성을 다 바쳤다. 역시 택시를 운전했던 솜씨는 헛되지 않아 처음 시작하는 사람들에 비해 월등하게 진척이 빨랐다.

천두만은 정육점 총각을 거쳐 부엌용품 상점의 점원 아가씨에게 '테레비계'를 팔 수 있었다. 그 아가씨는 마침 시집갈 준비를 하고 있던 참이라 안성맞춤이 된 셈이었다. 보통으로 사는 사람들은 딸을 시집 보내면서 텔레비전에다 소형 냉장고까지 갖추는 것이 새 바람이었다. 그러나 아무리 작은 냉장고라고 해도 그것을 장만할 수 없는 가난한 사람들은 많고 많았다. 그렇지만 그들도 텔레비전만큼은 빼놓을 수 없는 필수품이 되어 있었다.

「아저씨, 고마워요. 저도 진작 그런 계를 하나 하고 싶었는데 여기서 사람들을 모으기가 쉽지 않았거든요.」

아가씨는 부끄러워하며 말했다.

「고맙기는. 곗돈이나 잘 챙겨내도록 혀.」

인사가 거꾸로 된 셈이라 천두만은 멋쩍게 웃으며 마음이 편안해졌다. 계가 깨져 아이들을 실망시키게 될까 봐 이틀 동안 조바심이 일었던 것이다.

열흘쯤 지나 천두만은 덩실덩실 춤을 추고 싶은 일을 맞이했다. 아들 칠성이가 마침내 주산 초단을 따냈다. 그 자격증은 바로 모든 일류회사부터 은행까지 거침없이 취직이 되는 자동 입사증이나 마찬가지라고 했다. 아들이 장하고 장하고 또 장하고, 고맙고 고맙고 또 고마웠다. 아들을 업고 종로통이고 광화문통을 뛰며 '내 아들, 장한 내 아들 좀 보라'고

목이 터지도록 외치고 싶었다.

　칠성이는 매일밤 12시가 넘도록 주판알을 튕겨대고, 밥을 먹으면서도 암산표를 손에서 놓는 일이 없었다. 주판을 놓을 때면 엄지손가락과 검지손가락이 안 보일 지경으로 재빠르게 움직이며 주판알을 튕겨대는 것도 신기하기 이를 데 없지만, 암산이라는 것은 도무지 이해가 되지도 않고 믿어지지도 않았다. 주판을 놓는 것이야 주판이 있으니까 그렇다 치더라도, 암산이라는 것은 주판도 없이 그 많은 수를 계산해 내니 귀신이 곡을 할 노릇이란 바로 그것이었다. 옆으로는 열 개씩 숫자가 적히고, 그런 줄이 아래로는 스무 줄인데, 그 셀 수 없이 많은 숫자를 아들은 주판도 없이 두 손가락을 까딱거리다가 계산을 해내는데 그 답이 척척 맞아떨어지는 것이었다. 아들의 손은 귀신 같았고, 아들은 귀신들렸다고 할밖에 다른 말이 없었다.

　며칠을 벙글거리며 들뜬 기분으로 보내던 천두만은 어느 날 벼락을 맞고 말았다.

　그날도 서수철이 세 번째로 화장실을 가자 천두만은 혁대를 풀었다. 쌀을 바지 안에 네 번째 넣었을 때였다.

　「아저씨, 뭐 해요!」

　이런 외침과 함께 서수철이 느닷없이 나타났다.

　「아이고메!」

　천두만은 딱 굳어지고 말았다. 그런데 한쪽 바지통 아래로 쌀이 쏟아져내렸다. 천두만이 놀라 쌀을 움켜쥔 주먹이 풀린 거였다.

　「설마 했더니 그 말이 맞구만. 쌍놈에 영감탱이, 날 속이고 도둑질을 해!」

　서수철이 사나운 얼굴로 쌀가마들이 쌓여 있는 구석으로 천두만을 떠밀었다.

　「잘못, 잘못혔구만이라, 잘못…….」

천두만은 와들와들 떨고 있었다.

「바지 벗어!」

「잘못혔구만이라, 잘못혔구만이라.」

천두만은 곧 울음이 터질 것 같은 질린 얼굴로 두 손을 모아 빌었다.

「못 벗어? 경찰을 불러야 되겠어!」

천두만은 바지를 벗었다.

서수철이 바지를 뒤집자 쌀이 쏟아지고 속주머니가 드러났다.

「언제부터 이 짓 했어?」

「어, 얼매 안 되는디요.」

「거짓말 말어. 처음부터지?」

「아니구만요. 한두 달…….」

천두만은, 당신이 말질을 속이는 것을 알고 나도 그런 맘이 생겼다는 말을 하고 싶으면서도 차마 그 말을 할 수가 없었다.

「믿는 도끼에 발등 찍히더라고 형님이 사람 잘못 봤지. 우선 형님한테 연락해야지 안 되겠어.」

「아이고메 사장님, 나럴 죽여도 존께 부장님헌테는 요 말허지 말아주 씨요. 부장님이 아시면……, 나가 죽일 놈이오, 나가 죽일 놈이오. 지발 그것만은…….」

천두만은 돌아서는 서수철의 다리를 붙들고 매달리며 애원했다. 그의 눈에서 눈물이 뚝뚝 떨어지고 있었다.

「쌍놈에 영감탱이, 형님한테 연락해서 아구창 왕창 돌아가게 해버리고, 경찰에 넘겨 콩밥을 먹게 만들어야 하는 건데. 꼴도 보기 싫으니까 내 앞에서 당장 꺼져버려!」

〈9권에 계속〉

한강 · 8

초판 1쇄 / 2002년 1월 10일
초판 21쇄 / 2002년 6월 15일

저자 / 조정래
발행인 / 송영석

책임편집 / 김수영 · 정옥주 · 박윤정
영업총무부 / 박재성 · 이종우 · 변영수 · 이영인

발행처 / (株)해냄출판사
등록번호 / 제10-229호
등록일자 / 1988년 5월 11일

서울시 마포구 서교동 464-41 미진출판센터 5층
대표전화 / 326-1600
팩스 / 326-1624
E-메일 editors@hainaim.com

ISBN 89-7337-404-4
ISBN 89-7337-396-X(세트)

파본은 본사나 구입하신 서점에서 교환하여 드립니다.